Mi vida no tan secreta

J. M. SERVÍN

Mi vida no tan secreta

RANDOM HOUSE

Mi vida no tan secreta

Primera edición: septiembre, 2022

D. R. © 2022, Juan Manuel Servín

D. R. © 2022, derechos de edición mundiales en lengua castellana:
Penguin Random House Grupo Editorial, S. A. de C. V.
Blvd. Miguel de Cervantes Saavedra núm. 301, 1er piso,
colonia Granada, alcaldía Miguel Hidalgo, C. P. 11520,
Ciudad de México

penguinlibros.com

ISBN: 978-607-381-931-2

Impreso en México – *Printed in Mexico*

*Sólo durante los tiempos difíciles
es donde las personas llegan a entender lo difícil
que es ser dueño de sus sentimientos y pensamientos.*

ANTÓN CHÉJOV

Índice

CAPÍTULO I

Pagar con la vida la diversión

1

Mi padre y yo llevábamos toda una vida dando traspiés juntos. Arrastrábamos un vínculo filial que amenazaba con arrojarnos al abismo. No había solidaridad ni amor, o quizá un poco de éste agazapado entre resentimientos. A veces, la angustia de no saber a dónde ir no deja más opciones que aferrarse a una raíz podrida.

Lucio había perdido la pierna derecha a causa de la diabetes y tenía que usar una silla de ruedas. Se había cortado el talón del pie izquierdo, no sé cómo, y no se atendió la herida. No le dijo a nadie. Unas tres noches antes de su internamiento para operarlo, entré a su recámara y lo encontré recostado en su cama, asustado. La fetidez era insoportable. Tenía la herida gangrenada, como un pequeño cráter bermellón con las orillas amarillentas de pus. En ese momento se tomaba una pastilla de antibiótico que un médico del barrio le había recetado. Mi padre me contó que el matasanos del dispensario lo había revisado semanas atrás y que le había dicho que no era nada serio. ¿Podía creer la versión de mi padre? No. ¿Cómo no iba a ser serio? ¿Cómo es que no nos dimos cuenta Cartucho y yo si vivíamos con él? Cartucho era mi hermano menor y nunca le interesó lo que ocurría en casa.

Todo olía mal de por sí, nadie limpiaba. Tuvimos una sirvienta que durante años nos dio servicio; mi madre la conoció en un mercado desde que llegamos a la colonia Juárez. Chela era una mujer joven y malhablada. Se convirtió en una pariente más. Iba casi a diario. Nos siguió a Infiernavit y, poco después de la muerte de mi madre, el viejo la tomó de concubina. Se trajo de San Martín Texmelucan a sus dos hijos pequeños, hasta entonces al cuidado de una comadre de Chela: Vania y Luis David, güeros de rancho. Cartucho y yo los aceptamos a regañadientes. El viejo y sus mañas. Éramos de lo más abusivos, sobre todo con Luis David, que apenas comenzaba a hablar, vivaracho y travieso. Vania apenas y salía del cuarto en el patio del fondo, donde dormían los tres. Chela la inscribió al segundo año vespertino en la primaria donde había estudiado Cartucho, pero la niña rara vez asistía a clases. A veces la encontrábamos por las tardes, en la calle frente a nuestra casa, brincoteando sola, chamagosa, como la muñeca fea de Cri-Cri.

Un buen día Chela y su prole se fueron sin avisar. Mi padre fue a buscarlos a su pueblo y regresó encabronado y triste. No volvimos a saber de Chela y mi padre no dejaba de rumiar su abandono llamándola malagradecida, muerta de hambre.

2

Avisé al resto de mis hermanos, mayores que yo. Llegaron al otro día muy temprano, cada uno por su cuenta, y luego de evaluar la herida con gestos de asco y de darle una tremenda regañada al viejo, lo llevamos casi a rastras a la clínica 20 de

Noviembre del ISSSTE en la colonia Del Valle. En el Volkswagen esmeralda con Tamayo al volante, nos apretujamos la infantería contra la adversidad: Estefanía, Cartucho y yo detrás, y el comandante de las desgracias familiares en el asiento del copiloto renegando de su suerte.

No había camas disponibles. Tuvimos que llenar infinidad de documentos y esperar horas en Urgencias a que aprobaran el trámite de ingreso. Finalmente, mi padre fue encamado en un pabellón lleno de adultos de todas las edades en espera de cirugía. Faltaban personal y medicamentos. Era casi imposible hablar con una enfermera o un médico en ese lugar opresivo que en nada ayudaba a levantar la moral de los internados, dolidos y, en muchos casos, solos, olvidados por sus familiares. Era octubre de 1987.

—Hijos, sáquenme de aquí, está muy feo, tengo miedo —suplicó Lucio sentado en la orilla de su cama, ya en pijama y con el pie vendado.

Se dirigía a Tamayo y a mí, convertidos en sus achichincles. Cartucho y el viejo parecían no conocerse. Tamayo era el de en medio de los hijos varones, el más pícaro y hábil para resolver situaciones familiares difíciles, como ésta. Nos mirábamos preocupados; el miedo había doblegado la soberbia del viejo.

Vivía deprimido y enojado con la vida por la muerte de mi madre, en 1978, y de mi hermano Raúl, dos años después. Sin trabajo, se había desprendido poco a poco de su taller de joyería al no poder pagar la renta. Ya nadie pagaba por una pieza de joyería hecha a mano. Vendió casi toda su herramienta y sólo conservó lo indispensable para hacer trabajitos en casa. Bancarrota económica y emocional. Quemó todas sus naves y vivía de lo que buenamente le daban sus hijos y de las pequeñas estafas de los hampones del barrio, que de vez en cuando le llevaban relojes y alhajitas a valuar o quintar. Otras veces las fundía si eran de oro de catorce quilates.

No recuerdo que Lucio pidiera un favor. Pero esa vez en el hospital nos lo había implorado a mi hermano Tamayo y a mí, la tarde siguiente de su internamiento mientras hacíamos la fatigosa guardia familiar. "Sáquenme de aquí", repetía entre murmullos y a punto del llanto.

Tamayo, Cartucho y yo, los más aptos para resistir en ese momento el trajín callejero, pasamos la noche afuera del hospital. El resto de los hermanos se había ido a sus casas a descansar, reorganizarse y a conseguir fondos para cambiar a mi padre a un hospital privado. Entre los familiares de los pacientes del mismo piso acordamos prestarnos los pases individuales de visita a escondidas del personal administrativo, a fin de poder estar de dos en dos con nuestros enfermos. En esos hospitales los trabajadores prefieren hacerse de la vista gorda o acabarían suicidándose.

A la noche siguiente, mi padre recibió la visita de tres médicos. Rosa María, la mayor de la prole, los trajo del Hospital de México, en la colonia Roma, para hacer un diagnóstico. A mi hermana le habían implantado un marcapasos meses antes y confiaba en ellos a ciegas. Eran tres, dos de ellos de origen libanés, de apariencia bonachona y, como suele suceder, con ínfulas de magnanimidad. Según su opinión, no había necesidad de amputar, pero era necesario trasladar de urgencia a mi padre al hospital donde ellos laboraban. Una semana después, Lucio había perdido la pierna y mis hermanos la mayor parte de su patrimonio en pagos de hospital y honorarios de los "especialistas", que nunca nos dieron la cara para reclamarles.

Para entonces éramos nueve hermanos de los diez originales. Raúl, el mayor de todos, joyero también, pero exitoso y el preferido de mi padre, había muerto por asfixia siete años atrás en un incendio en el cabaret Casino Royal, donde se divertía con un primo, mujerzuelas y unos amigos. Todos corrieron la misma suerte.

3

La noche del 4 de junio de 1980, un jueves, mi padre, Cartucho, Tamayo, su mujer Estefanía y yo fuimos a jugar boliche allá por Insurgentes a la altura de la colonia Del Valle. Aun con poco dinero, siempre encontrábamos la manera de pasarla bien y meter bebida a escondidas. Tamayo tenía un Volkswagen verde muy arreglado que Raúl le había vendido a mi hermana Beatriz, la tercera en la descendencia, y luego ésta a Tamayo a un precio de regalo.

Estefanía pasó a escondidas en su bolsa una botella de brandy Don Pedro, que nos tomamos con refrescos que compramos en el boliche. Jugamos varias líneas y, achispados, poco después de la una de la madrugada, emprendimos el regreso a casa. De camino vimos pasar un convoy de ambulancias y patrullas en dirección norte. Nada anormal. El Negro Durazo y sus razias.

El regreso al barrio nos pareció rutinario, al estilo de un comando de insurrectos que evade alerta las acciones del bando enemigo. Luego de pasar un retén policiaco en la avenida Apatlaco, al oriente, ya cerca de nuestro domicilio en la unidad habitacional Infonavit Iztacalco, conocida como Infernavit, mi padre se preguntó en voz alta dónde andaría Raúl. Teníamos algunos días sin saber de él. Vivía en un departamento en la colonia Nápoles con su esposa y tres hijos pequeños. Durante un tiempo fue nuestro vecino, en un departamento cercano a la casa de mi padre, donde estacionaba alguno de sus coches del momento, relucientes, casi siempre del año. Un departamento de interés social pagado desde hacía mucho por Raúl, donde vivió algunos años con su familia, el cual le cedió a Tamayo como regalo de bodas en retribución a su labor de escudero y alcahuete. Ahora viajábamos en ese Volkswagen que apenas conservaba su viejo esplendor. Llegamos a casa, nos despedimos y Tamayo y Estefanía se fueron a su departamento.

Raúl fue de los primeros en la ciudad en tener un Pacer nuevo que luego cambió por un Mónaco Royal precioso, negro, enorme. Yo lo encontraba muy parecido al Betzabé de *El avispón verde*. Mi ídolo de infancia era Kato, interpretado por Bruce Lee, el chofer del periodista convertido en justiciero anónimo.

En mayo, la Asociación de Joyeros de México le había dado a Raúl un reconocimiento como el mejor del gremio en 1980. Tenía clientela exclusiva entre la farándula, ricachones y comandantes de la policía. Era muy querido incluso entre sus competidores. Había para todos. Su taller estaba en la calle de Empresa 9, a una cuadra de Liverpool Insurgentes.

El 5 de junio, poco después de las ocho de la mañana sonó el teléfono. Mi padre contestó desde su recámara, aún en pijama. No pude entender la conversación, pese a que mi cuarto estaba a un lado. Fue una llamada breve y, como todas las de su tipo en horas inusuales, con malos presagios. En cuanto colgó, escuché cómo mi padre comenzó a cambiarse de ropa casi a tientas y con premura. Salí de mi cuarto para saber qué ocurría.

—Raúl murió anoche.

Así la soltó, así, sin más.

Quién sabe por qué le avisaron primero a él, un hombre parco, duro, con apenas tiempo para unas cuantas sonrisas mientras bebía con sus amigos. Estaba pálido y no quiso darme más detalles. Hizo algunas llamadas, la primera a mi hermana Rosa María, con buena posición económica y a quien solía acudir por jerarquía cuando las cosas iban mal. Casi siempre, por dinero.

—Avísale a Taydé —me dijo antes de partir.

Y así lo hice luego de varios intentos de localizarla en su oficina. Yo le tenía mucho apego y no salía de su casita. Taydé me había enseñado a leer y me regalaba hermosos libros infantiles. En su dúplex de la sección Chinampas yo pasaba las tardes escuchando jazz y leyendo, mientras mi cuñado Rafael bocetaba en su restirador. Así me despejaba de los continuos pleitos con mi padre, entre otros motivos, por sus celos de mi amistad con mi cuñado, a quien apodaba despectivo el Comunista.

Taydé trabajaba en las oficinas del Infonavit en Barranca del Muerto; ella había influido para que le dieran viviendas sin sorteo a prácticamente toda la familia en una unidad habitacional piloto donde nadie quería vivir. Llamé a su oficina varias veces sin obtener respuesta. Un par de horas después le di la noticia. Sólo acertaba a decir: "No puede ser, mi hermano, no puede ser", y colgó. Fue la misma reacción familiar en cadena.

Poco a poco me invadió una fuerte sensación de tristeza y estupor. Me faltaba el aire y me zumbaban los oídos. Por un largo rato quedé atrapado en un vacío mental que me impedía reaccionar. Cartucho salió de su cuarto y su semblante me decía que estaba enterado de todo. Bajamos las escaleras y nos sentamos juntos en la sala. Un sopor frío me invadía por dentro. Quería que alguien me abrazara y diera unas palabras de aliento ante lo que parecía una cadena interminable de tragedias familiares. Cartucho se había reclinado en el sofá, con la espalda apoyada en el respaldo y las piernas extendidas en compás, como buscando alivio a su interminable búsqueda de equilibrio.

Dos años antes mi madre había muerto de una embolia, estuvo internada una semana en un hospital privado y ya no volvió en sí. No pude hablar con ella, despedirla y decirle lo mucho que la quería pese a las chingas que me daba. Teresita, como la llamaban todos, era una mujer bromista y muy activa desde la madrugada; dormía poco y tenía la manía de pedir dinero prestado; siempre estábamos endeudados. La mayor parte del día se la pasaba metida en la cocina y entre una comida y otra, en la calle, haciendo "diligencias", que consistían en visitar conocidos y amistades del barrio para sablearlos, cobrar una tanda, entrar en otra o llevar algún guisado como obsequio por tal o cual favor. Era una cocinera experta y su sazón era famoso en el vecindario y más allá. En alguna ocasión, un gringo, capataz de mi padre cuando éste trabajó en Estados Unidos entre 1969 y 1971 como maestro de joyeros en un enorme taller, le propuso a mi madre que montara una fonda en Rosemberg, Texas, donde mi padre residía. El gringo pondría el capital y serían socios. Mi madre nunca se animó, le gustaba el dinero, pero no vivir lejos de sus hijos y de la ciudad que conocía tan bien. "No, míster Jerfor, se lo agradezco, pero mis hijos no se pueden quedar solos y tenemos que ir cada año a las fiestas de la Virgen de Zapopan en Guanatos, desde allá nos va a salir muy caro." Su alegría contagiosa y cándida contenía a una mujer que de pronto soltaba el llanto, angustiada, y que a veces nos daba unas felpas de miedo por cualquier motivo.

Vivíamos en la calle de Marsella, en la colonia Juárez, diariamente a mediodía, aprovechando la ausencia de mi padre, la visitaba Floria, su amiga de muchos años. Metidas en la cocina, se bebían una botella de Don Pedro con cocacola y hielo que yo iba a comprar acompañado de Cartucho a La Barata, la tienda de abarrotes en Versalles, colindante a donde vivíamos. Así aprendimos a cruzar las calles.

Esas cubitas animaban el ritual cotidiano de chismes, lamentos, consejos y bromas a carcajadas a costillas de alguien más para sobrellevar la vida con todo y maridos parranderos y pícaros, ese ritual terminó con la muerte de mi madre.

"Tanta insistencia para tan poca resistencia", respondía Floria en cuanto mi mamá le hacía la misma pregunta de todos los días:

—¿Y qué, no nos vamos a tomar nuestra cubita?

A veces Floria se ofrecía a ir a la tienda para comprar lo de siempre con el dinero que le daba Teresita. Se volaba los cambios, pero mi madre nunca le reclamó.

Floria tenía pinta de piruja madura, pero no lo era, según mi madre. Entablaron amistad en la colonia Morelos, donde se conocieron a través de una vecina que sí era prostituta y le pedía a mi madre que guisara para ella y sus hijos. El marido de Floria, Tobías, era vendedor de puerta en puerta y con frecuencia lo encontrábamos tirado afuera de la pulquería La Hija de los Apaches, en avenida Cuauhtémoc. Mi padre sospechaba que era ladrón en domicilios. Floria usaba vestidos entallados de terciopelo en colores serios, estampados con flores para hacer juego con su nombre, zapatos de tacón de aguja, maquillaje y labios pintados de rojo como mona de cera. Cabello negro entintado, largo y rizado, que alisaba en la nuca con una peineta. Caminaba de puntitas para no hacer ruido en el piso de mosaico. Mi padre la detestaba y le tenía prohibido a mi madre que la invitara a casa, pero Teresita no hacía caso. Floria se despedía temprano. A eso de las tres de la tarde comenzaba a ver en la sala el reloj de pared con forma de estrellas con picos de madera y metal. Se ponía muy nerviosa si se retrasaba en su partida. A veces pasaba Tobías por ella, ahogado de borracho, y mi madre nunca lo dejaba entrar, lo hacía esperar en el corredor del edificio.

Una vez sorprendí a Floria robándose unos cubiertos. Sólo estaban en la cocina ella y mi madre. Yo las observaba detrás de una silla del comedor. Floria aprovechó que mi madre había ido al baño y extrajo los cubiertos de un cajón de la alacena. Los guardó en su bolsa y le dio un trago a su cuba como si nada. Fui a buscar a Tamayo para acusarla. Lo encontré echado en la cama de Taydé leyendo *Hermelinda linda*. Le dije lo que había visto.

—Uy, pinche vieja, regresa y grítale: Floria, no se robe los cubiertos, para que mi mamá oiga. Ahorita te alcanzo.

Así lo hice y Floria se quedó sin habla, parada en el quicio de la puerta de la cocina, dándome la espalda, con la mano derecha recargada en la cadera y apoyando el cuerpo en el pie izquierdo.

—Chamaco, no estés diciendo sandeces —gritó mi madre desde el pasillo que conducía al baño y las recámaras. No supe qué responder, pero tampoco le quitaba la vista a la ladrona.

—A ver, Floria, ¿de veras se robó unos cubiertos?

—Ay, Teresita, discúlpeme, es que luego se me suben las copas y me da por hacer estas cosas, la necesidad. Tenga —abrió su bolso fingiendo que comenzaría a llorar y le regresó los cubiertos a mi madre. ¿Cuánto podrían darle si ni siquiera los llevábamos a empeñar?

—Pues me va a tener que disculpar, pero ahora sí la tengo que correr, ¡imagínese si se entera mi viejo!

—Ni Dios lo mande, Teresita, perdóneme, ya me voy.

Floria se encaminó a la puerta de salida con mi madre detrás. En eso volteó y dijo:

—No tendrá unos cinco pesitos que me preste para el camión.

—Uy, Floria, si los tuviera, mi viejo no cenaría hoy huevos ahogados. Cuando cerró la puerta, mi madre regresó a la cocina y de camino me dijo:

—Hiciste bien, pero procura no andar de chismoso, eso déjaselo a las viejas.

Al poco rato se puso a cantar alguna canción de Lupita Palomera a todo pulmón. Tenía una voz potente y entonada y los vecinos abrían sus ventanas que daban a nuestra zotehuela para oír mejor.

Como con su llanto rabioso, tenía explosiones de alegría espontáneas, cantar era una de ellas. Floria dejó de visitarla.

Ya en Iztacalco, la convivencia con cubitas la continuó mi madre con Socorro, la esposa de Raúl, y mi hermana Greta, todo un caso, ambas. Desmadrosas, avispadas, buenas pal chupe y, en el caso de Greta, precoz (en aquel entonces tendría unos dieciocho años, le entraba al frasco como pocos y vivía sin rendirle cuentas a nadie, ni a su marido, un empleado de Banrural, un año mayor que ella; ambos eran unos jipis temerarios y aventureros capaces de cualquier locura). Casi toda la familia se había cambiado a la misma unidad habitacional gracias a las influencias de Taydé, principalmente. Todo mundo era elegible, incluida gente de lo peor que nos veían como alzados.

4

En algún momento del día, mi padre llamó a casa y me dio instrucciones. A quien pude le avisé que los restos de Raúl estaban en la delegación Benito Juárez, donde ya esperaba Francisco al resto de los hermanos, que bullían de dolor furibundo que amenazaba con sumirlos en lo que parecía una maldición.

Recordé que de niño Rosa María levantó un acta contra un motociclista que había atropellado a Eduardo, al que ya para entonces apodábamos Cartucho, como el malandrín de la historieta *Periquita*. Mientras paseábamos por uno de los corredores peatonales del en aquel entonces parque López Velarde, en la colonia Roma, de la nada apareció el cafre que al tratar de abrirse paso hacia la avenida Cuauhtémoc perdió el control y atropelló de rozón a mi hermano, que caminaba con los brazos extendidos como equilibrista por la angosta banqueta de cemento que separaba el pasto del andador de asfalto. Nada grave, salvo por la ira de Rosa María que se quería comer vivo al infeliz, tirado en la hierba al lado de su Carabela con el motor tosiendo humo por el escape y la llanta delantera como queriendo huir del accidente. Guillermo, mi cuñado, levantó del suelo al sujeto aplicándole una llave china. Rosa María corrió a la avenida a buscar auxilio. En minutos un buen grupo de mirones atestiguaba cómo el infractor era conducido a la patrulla con las manos entrelazadas sobre la nuca por un policía que le hacía calzón chino jalándole hacia arriba con firmeza, mientras el otro azul montaba la moto para conducirla como evidencia a la octava delegación de policía, en Obrero Mundial. Los agraviados llegamos a pie. Migui me traía de la mano, e imitaba a su mujer, caminando a toda prisa al parejo de ella, quien agarraba a Cartucho como si fuera el culpable. Del susto y el golpe, mi hermano ni hablaba. Un buen rato después, el motociclista recibió el perdón de mi hermana, harta de tanto trámite y espera. El detenido se arregló con el juez y lo dejaron ir. Regresamos al parque. Rosa María y Migui parecían custodios y no nos soltaron de la mano mientras recorríamos los andadores a regaños.

5

Llegó Tamayo con Estefanía por mi padre y a toda prisa partieron en el Volkswagen. Iban demacrados y al borde del llanto. Cartucho y yo permanecimos en casa, desconcertados y haciendo conjeturas. No teníamos ni voz ni voto en situaciones así. Creíamos que Raúl había sido detenido por borracho o armar algún pleito. No podíamos creer que estuviera muerto. Así esperamos hasta eso de las dos de la tarde y confirmamos la noticia por la televisión.

Según las notas periodísticas, la madrugada del 5 de junio de 1980, un sujeto bravucón y taimado, de nombre Víctor Rodríguez Becerra, jefe de compras de la Secretaría de Programación y Presupuesto, había estado bebiendo en el Casino Royal con otros tres compañeros de trabajo. Todos ellos escandalosos y prepotentes. La impunidad como marca de agua del régimen. Llegaron pasada la medianoche, al parecer venían de una cantina en avenida Patriotismo y se habían metido al cabaret con la intención de llevarse a algunas de las mujeres que trabajaban como meseras, bailarinas y *vedettes*. El lugar se ubicaba en Insurgentes esquina con Maximino Ávila Camacho, muy cerca del estadio de futbol donde por entonces jugaba el Atlante como local.

Poco antes de las tres de la madrugada el cabaret estaba a punto de cerrar. Mi hermano, mi primo y cuatro amigos estaban por terminar una botella de coñac en compañía de unas mujeres que conocieron ahí. Estaban ebrios, apretujados en un apartado para clientes especiales. Raúl y sus amigos lo eran en varios lugares de Insurgentes, como el Hollywood y el Chéster, donde mi hermano pagaba unas cuentas enormes y repartía generosas propinas.

Para esa hora, Rodríguez Becerra estaba borracho. Discutía y amenazaba a los meseros por la cuenta. De mala gana pagó y con los amigos detrás abandonó el antro entre bravatas y retando a los golpes a los meseros, que momentáneamente habían controlado la situación y se burlaban del rijoso, un tipo de baja estatura y enclenque. Caminaron en dirección sur sobre avenida Insurgentes y al cruzar Eugenia los amigos de Rodríguez Becerra lo abandonaron, ahogados en alcohol. Éste se quedó solo mentando madres mientras los otros tomaban un taxi con rumbo desconocido. Caminó hacia su automóvil, un Datsun con abolladuras, estacionado en la calle de Detroit, a media calle de Insurgentes y a tres del cabaret.

De la cajuela sacó un tambo repleto de gasolina y torpemente regresó al cabaret. Las puertas ya estaban cerradas y los meseros sólo esperaban a que salieran los últimos parroquianos, entre los que se encontraban Raúl y sus acompañantes.

Rodríguez Becerra roció la alfombra de la escalera de acceso al cabaret con gasolina y le aventó un cerillo encendido. Luego bajó con toda calma hacia la calle. El fuego se propagó de inmediato. Ardieron cortinas, alfombras y mobiliario. Dentro había unas treinta personas. Hubo quien logró escapar por la entrada y rompiendo un ventanal que daba a un corredor externo pese a que el fuego consumió en pocos minutos el edificio. La salida de emergencia estaba bloqueada con cajas de refrescos y cerveza. Mucha gente fue pisoteada y golpeada por la turba aterrada. Sólo había dos extinguidores, inservibles. Dos meseros que lograron escapar descubrieron a Rodríguez Becerra tambaleándose en la banqueta de enfrente con la mirada perdida en las llamas. Fueron por él, lo agarraron y a punto estuvo de ser linchado por una multitud que se había reunido para ver el incendio; los mirones que Enrique Metinides fotografió tantas veces a lo largo de su carrera como fotorreportero de nota roja.

En lo que los sobrevivientes gritaban por ayuda, llegó la policía y se llevó al pirómano; el fuego hizo estallar los ventanales del cabaret. Los bomberos lograron controlar el fuego hasta las ocho treinta de la mañana. Mi hermana Taydé pasó circunstancialmente por ahí a eso de las nueve y media de la mañana de camino a su trabajo. Había dormido con su pareja en casa de unas amistades en la colonia Del Valle. Iban en su Renault 5, conducido por Rafael, muralista y maestro de dibujo en La Esmeralda.

—Mira, manito, pobre gente.

—No veas eso, güera, te vas a poner mal de los nervios y luego no puedes dormir.

Mi cuñado terminaría dando consuelo y apoyo a toda la familia esa misma tarde, mientras Francisco bajaba con Socorro a reconocer el cuerpo de su esposo en el Servicio Médico Forense de la colonia Doctores. Según testimonios de algunos deudos y de mis propios hermanos, no fueron doce los muertos como lo habían reportado los medios, sino treinta y tres, entre ellos, un sobrino de Miguel de la Madrid. El supuesto sobrino fue levantado del forense por unos sujetos en una camioneta de lujo para evitar la autopsia. Algunas versiones apuntan a que el incendio fue parte de una *vendetta* contra el familiar del presidente por motivos desconocidos.

Pese a lo que pudiera esperarse, en el forense le entregaron a Francisco las pertenencias de nuestro hermano completas: una cartera con mil pesos, un anillo de oro y una gruesa cadena de oro con un colmillo de jabalí tallado con la figura de Confucio, regalo de un cliente.

Un cuarto acompañante ocasional logró salvarse porque momentos antes del incendio había salido a la calle a buscar un taxi para él y una de las mujeres. Raúl murió de asfixia, con un fuerte golpe en la cara, al parecer por tropezar con uno de los extinguidores. A todos los demás los encontraron amontonados y calcinados en la puerta de emergencia.

El Casino Royal había sido inaugurado en 1954 como La Terraza, un salón de baile familiar que poco a poco se convirtió en un cabaret con ficha. Fue clausurado varias veces por prácticas prostibularias, abusos en los precios y narcomenudeo. Nada que no pudiera arreglarse con una "mordida". Por aquellos años ahí rondaba el célebre exluchador y homicida Pancho Valentino para levantar muchachas con la intención de prostituirlas. En 1959 fue reinaugurado como Terrazza Cassino y años después se convirtió en el Casino Royal, lujoso y espectacular, una vez que se hizo cargo Ernesto Valls, el zar de los cabarets.

Como cualquier otro antro de su tipo en el D.F., el Casino Royal funcionaba a partir de redes de negocios y contubernios bien estructurados, poderosos y con enormes recursos; una cadena irrompible de corrupción que incluía autoridades y jueces. Tráfico de mujeres y estupefacientes, falsificación y alteración de documentos oficiales, evasión del fisco, blanqueo de dinero y, de ser necesario, desaparición de personajes indeseables.

En la década de los setenta los empresarios Ernesto Valls y Francisco Soto cambiaron el rostro de la vida nocturna de la capital con la apertura de establecimientos gays y la presentación, por primera vez, de espectáculos con desnudos femeninos completos. Valls, empresario tamaulipeco y dueño durante tres décadas de quince centros nocturnos capitalinos de lujo, fue un referente ineludible en la farándula nocturna mexicana. Su brazo derecho era Carlos Molina, fiel colaborador que empezó como mensajero y administraba, bajo la dura vigilancia de su patrón el Tramonto, Terrazza Cassino, Las Fabulosas, El Clóset, Liverpool Pub, El Waikiki, El Mink, El 77 y La Ronda. Sus marquesinas invitaban a mirar en vivo a las desnudistas y *vedettes* más cotizadas: Olga Breeskin, Rosy Mendoza, Amira Cruzat, Gloriella, Princesa Yamal, Princesa Lea, Wanda Seux, Olga Ríos, Mara Maru La Pantera Blanca, Lyn May. Estas odaliscas de la noche capitalina libertina invertían miles de pesos en vestuario, coreografías y producción musical, para ofrecer un espectáculo de calidad cuyo fasto incluía convertirlas en amantes de políticos, empresarios y hampones de alto nivel.

Al Casino Royal se dio sus escapadas Jim Morrison luego de sus conciertos con The Doors en el Fórum, ubicado en Insurgentes y Ameyalco, en la colonia Del Valle, a finales de junio y principios de julio de 1969. Sólo la juventud rockera adinerada tuvo la fortuna de ver en vivo a una banda pensada para tocar en estadios. El Casino Royal era un lugar famoso en el ambiente de la noche porque ahí se reunían en la década de 1970 narcotraficantes como Alberto Sicilia Falcón, acompañado de la *Tigresa*, Irma Serrano, su gran amiga y defensora, o el asaltante de bancos Alfredo Ríos Galeana.

Según la Tigresa, en su libelo *A calzón amarrado*, conoció al narcoplayboy Sicilia Falcón cuando trataron de asaltarla o secuestrarla en la carretera a Toluca unos sujetos con ametralladora que le dieron alcance y le cerraron el paso a su limusina. Sicilia Falcón pasaba por ahí de camino a Guadalajara, detrás de los delincuentes. Bajó de un carro pequeño acompañado de tres amigos armados, e hicieron frente a los asaltantes secuestradores, que huyeron. A partir de ahí surgió la tórrida amistad entre el narcotraficante y la farandulera amante de políticos mexicanos, el más famoso, Gustavo Díaz Ordaz. Sicilia Falcón era un homosexual de clóset que fingía un amorío con la Tigresa. La triada de lujo del hampa internacional, políticos, faranduleros y narcotraficantes, que en México encontró, desde el mandato de Miguel Alemán, el ambiente adecuado para florecer.

En el Casino Royal Sicilia Falcón se corría parrandas legendarias con jefes de la policía y varios de sus subalternos, *vedettes*, delincuentes y narcotraficantes protegidos por aquél. El comandante de la Policía Judicial Federal, Florentino Ventura, mandaba al cabaret a sus hombres de confianza para recibir cocaína y dinero de Sicilia Falcón. Cuando detuvieron al narcotraficante cubano en una operación conjunta entre las policías de México y Estados Unidos, Ventura fue acusado de haberlo torturado. Sicilia era el estereotipo del gánster ostentoso: fumaba puros Montecristo, bebía champaña Dom Pérignon, tenía yates, autos de lujo, vestía caro, tenía a sus pies hombres y mujeres hermosas, y despilfarraba dinero a manos llenas. Era todo un Tony Montana libertino. Al momento de su detención, el 2 de julio de 1975, le fue decomisada una credencial que lo identificaba como agente especial de la Secretaría de Gobernación. Los cargos: asociación delictuosa, contrabando y acopio de armas, falsificación de documentos y delitos contra la salud en sus modalidades de posesión, transportación, compraventa, tráfico y suministro de mariguana y cocaína. Una de las tantas complicidades de Sicilia Falcón apuntaba al secretario de esa dependencia,

Mario Moya Palencia, quien así vio truncada su postulación a la presidencia del país. Su lugar como candidato único del partido político sin oposición real, fue José López Portillo, quien ya como presidente de México encumbró a un viejo conocido de Sicilia Falcón: el Negro Arturo Durazo Moreno como el jefe de la policía capitalina y máximo capo de la delincuencia organizada. Fenómeno peculiar en la historia del crimen en México donde el *Capo di capi* es nombrado por el presidente del país.

La noche del incendio, la marquesina del Casino Royal anunciaba, entre otras, a las *vedettes* Martha Lasso, Diana Collins y Vanessa Mont, además de treinta y tantas bailarinas. Cosas de la vida, en esa fecha terrible no acompañaban a Raúl, Francisco y Tamayo, ni el Mannix (se llamaba Oswaldo, pero nadie le decía así), uno de sus mejores amigos. Aquellos porque tenían que presentarse a trabajar muy temprano al otro día. El Mannix estaba de "comisión". Era un judicial que estaba a las órdenes del Negro Durazo. Raúl lo conocía de la colonia Juárez, donde vivimos once años la numerosa familia. Mannix usaba lentes oscuros de gota, chamarras de piel de solapa ancha color beige o negro, camisas de seda de cuello amplio y picudo, botines de cierre a los lados y tacón cubano, pantalón de vestir entallado hasta los muslos y caída en una ligera campana. Su pistola escuadra siempre fajada en la espalda. Lucía pulcro, con un tono moreno bronceado, gracias a sus frecuentes comisiones a Acapulco, olía a loción fina y portaba anillos de oro que mandaba hacer con mi hermano. Veneraba a mi padre y siempre estuvo enamorado de Rosa María, que nunca le hizo caso.

En una ocasión, Mannix llegó a una reunión en casa de mis padres en Infiernavit. Cartucho y yo jugábamos en la calle y nos acercamos a saludarlo cuando lo vimos estacionarse.

Yo acababa de terminar la secundaria, era el año 77 y a Cartucho le faltaban dos para terminarla.

Mannix bajó de su coche y nos dijo:

—Chamacos, son un par de cabroncitos. Que nadie me les haga nada o los puteo a ustedes y a los otros.

Nos extendió la mano a cada uno y chocamos las palmas como si nosotros también fuéramos tiras. Nos daba mucha risa, Mannix siempre estaba de buenas y no se le notaban las papalinas que se ponía en las reuniones de mi familia. Luego nos dimos cuenta por qué.

Esa vez fue a la cajuela de su Valiant cuatro puertas, color crema. Fuimos tras él. La abrió y vimos una metralleta corta. Mannix se fijó en nuestra reacción y no dijo nada. Nosotros tampoco. Luego, sacó del bolso interior de su chamarra una bolsita con polvo blanco, como si nada se dio un buen pase con la uña larga del dedo meñique derecho y se despidió de nosotros para entrar a la casa. Adentro lo esperaba una de tantas reuniones animadas y escandalosas que duraban hasta bien entrada la madrugada.

Pocos años después del incendio, el Casino Royal se convirtió en Rockotitlán, un antro de rock en vivo donde Cartucho llegó a presentarse con su banda en un concurso muy chafa que ahí organizaban. Él tocaba la batería. Íbamos con cierta frecuencia y nos emborrachábamos a pesar de los precios abusivos. Aun con dinero, nos trataban de mal modo. Los meseros y guardianes parecían custodios de reclusorio.

Cartucho y yo nos reventábamos durísimo para evadir la tristeza del recuerdo que había llevado a mi padre a un ensimismamiento que toleraba por las tardes, con brandy y café, mientras escuchaba por la radio El Fonógrafo, en su radio consola alemana que mi madre había comprado en abonos y que no terminó de pagar. Los papeles de compra estaban a su nombre. Deuda saldada. Yo solía acompañar a mi padre buen rato, aprendiendo de su soledad llena de sabiduría amargosa, que expresaba con reflexiones y recuerdos llenos de mordacidad. Al llegar la noche, la calle me esperaba para enfrentar acompañado de otros como yo, otra variante del miedo a vivir.

Vivir significaba eso: no llegar lejos. Pagar con la vida la diversión.

6

A partir de la muerte de mi madre y luego de Raúl, mi padre cargó su tristeza, pero, sobre todo, el miedo al presente que se le restregaba en la cara casi en silencio, salvo por sus desplantes de frustración que nos llevaban a sostener furiosas discusiones por cualquier idiotez. Yo intuía que mi padre a su modo me reprochaba que no fuera como sus demás hijos hombres, es decir, su incondicional, obligado a dejar de ser yo para ser él. La casa tirada. La derrota que para un boxeador está cantada antes de que llegue el nocaut.

7

La década de 1980 vivió una intensa ola de crímenes. Igual que hoy. Nada nuevo. El Negro Durazo había impuesto razias por toda la ciudad. El jefe de la policía capitalina era el epítome de la corrupción y el delito flagrante desde las entrañas del poder priista en su apogeo. Recordemos La matanza del río Tula en 1982, donde son ejecutados trece narcotraficantes y asaltabancos colombianos y un taxista mexicano, ordenada por Durazo y su lugarteniente a cargo de la temible División de Investigaciones para la Prevención de la Delincuencia (DIPD), Francisco Sahagún Baca, por cierto, compositor de boleros olvidables en sus ratos libres.

Se presenta oficialmente la alianza entre el narcotráfico y la corrupción policiaca, denunciada por el periodista Manuel Buendía, el más leído del país en *Excélsior* por sus investigaciones de corrupción y crimen organizado. Esto sitúa a Buendía en la mira de sus enemigos, quienes lo mandan ejecutar afuera de su oficina en la colonia Juárez el 30 de mayo de 1984. Es el primer narcoasesinato en la historia del país, planeado por el entonces director de la Dirección Federal de Seguridad, José Antonio Zorrilla Pérez. Se dice que cada ciudad tiene la policía que se merece. Ese mismo año, Elvira Luz Cruz, *La fiera del Ajusco*, mata a sus cuatro hijos "por hambre".

1985. Es detenido Alfredo Ríos Galena, expolicía y asaltabancos convertido en el Enemigo Público Número Uno. Ríos Galeana había sido policía en el Estado de México y aún en la corporación inició su legendaria carrera. Decenas de asaltos con armas de alto poder en el Estado de México y el D.F.: casas habitación, comercios, instituciones oficiales y, por supuesto, bancos, apoyado por una bien entrenada banda de veinte esbirros que incluía a una de las mujeres de Ríos Galeana. Su arsenal de ataque incluía numerosos disfraces y la complicidad, mediante millonarios sobornos, con los altos mandos policiacos. Se fuga una y otra vez de diferentes cárceles y reclusorios. En 1986 vuelve a escapar en una trepidante acción digna de Hollywood, ahora del Reclusorio Sur. No se vuelve a saber de Ríos Galeana hasta 2005, cuando la DEA lo recaptura en un suburbio de Los Ángeles, donde el asaltante vive en el anonimato y "renacido", convertido al cristianismo.

Es deportado a México y purga una condena en una cárcel de máxima seguridad. Cálculos modestos suman más de mil millones de pesos de aquellos años, producto de sus robos. Ríos Galeana representa un punto de quiebre en la historia de la delincuencia mexicana y del D.F., que ingresa en la era del narcotráfico, el sicariato y los asesinos seriales como personajes mediáticos.

8

La medianoche del domingo 29 de noviembre de 1987, el popular cantante de baladas, Víctor Iturbe el Pirulí, es acribillado por tres sujetos armados con pistolas automáticas calibre 38 a la entrada de su casa en la zona residencial Arboledas, en Atizapán de Zaragoza, al noroeste del D.F. Eran un secreto a voces sus relaciones con Sicilia Falcón y el Negro Durazo. El Pirulí era distribuidor de cocaína entre la farándula mexicana, pero la *vendetta* se debió a los amoríos del cantante con la mujer de uno de los distribuidores de droga con los que tenía trato.

La tarde del 6 de mayo de 1989, Adolfo de Jesús Constanzo, conocido como el *Padrino de Matamoros*, y líder de los Narcosatánicos, cae abatido por su cómplice, Álvaro de León Valdéz, el *Dubi*, cuando la policía les tiende un cerco en su departamento en el número 19 de Río Sena, en la colonia Cuauhtémoc; momentos antes, durante el feroz tiroteo, Constanzo tira desde el balcón dólares incendiados al tiempo que gritaba: ¡Tomen, muertos de hambre! El Dubi y Sara Aldrete, "sacerdotisa" del clan, son detenidos en el lugar de los hechos.

Yo trabajaba en Banco Somex a unas calles de ahí, en Reforma 213, en el edificio de la PGR. Las calles aledañas fueron cercadas por comandos de judiciales y policías uniformados. Al principio se especulaba otro asalto bancario. Mi novia Azalea me esperaba en Reforma e Insurgentes, muy cerca de donde había estado el Hotel Continental, caído en el temblor de 1985. Caminamos de prisa rumbo al Centro y pasamos la tarde bebiendo cerveza de barril en la cervecería Kloster, en la calle de Cuba. Nos valió madres la alerta policiaca.

Sobre todo de noche, ser joven o pobre, o ambas, te convertía en carnada para los tiburones de la policía. Yo tenía veinticinco años. "Sin oficio ni beneficio", decía mi padre. El D.F. no puede entenderse sin su historia negra, sin su rastro de sangre de una herida abierta en millones de habitantes. Somos parientes del crimen, víctima o victimario. A veces ambos. Ingresé tantas veces a la delegación de policía de Iztacalco, que se me hizo costumbre soportar intentos de extorsión y amenazas por vagancia, consumo de alcohol en la calle, portación de mariguana, agresiones en pandilla y quién sabe qué más. Cargos que se liberaban con una lana a la patrulla, al jefe de la "panel", o al MP; de otro modo, mínimo cuarenta y ocho horas a la sombra.

Una noche de tantas nos detuvieron a seis amigos, a Cartucho y a mí. Nos subieron a una camioneta de policía y nos llevaron a "pasear" por Infiernavit y las peligrosas colonias vecinas. La panel hacía parada cada cierto tiempo para subir a uno o dos sujetos más. Casi siempre, vagabundos hediondos a mierda, vómito y orines. Otra variante era trepar a malvivientes peligrosos para que nos intimidaran. Apretados unos contra otros y tensos, hacíamos lo posible por disimular el miedo a sujetos que a veces nos conocían de vista y que tenían fama de violentos. Rateros y adictos al cemento 5000 y a la mariguana. Nunca tuvimos que enfrentarlos, quizá también tenían miedo de nosotros. Quizá no. En la calle no hay leyes escritas para nada, excepto no meterse en problemas porque los tipos duros viven poco. Así nos ablandaba la policía antes de darnos baje con lo que trajéramos, dinero, sobre todo, pero también chamarras y tenis si no estaban muy gastados. Alguna vez, luego de trasquilarnos, nos soltaron muy lejos, cerca del aeropuerto, y caminamos de regreso en calcetines por largas avenidas y calles hasta llegar a Infiernavit. Respirábamos tranquilos, ahí sabíamos manejar los horarios del peligro.

CAPÍTULO II

Las cosas nunca son como las cuentan

1

Estamos en diciembre de 1988. Mi padre tiene sesenta y tres años. Pese a su semblante cansado y a ratos ausente, gozaba de suficiente vitalidad como para desatender las indicaciones del médico (fueron tantos) y, en la medida de sus posibilidades, llevar su vida sin rendirle cuentas a nadie ni a nada, incluida la diabetes que ya le había arrancado una pierna.

En la ciudad aún quedaba la cruda eufórica del Mundial de Futbol. Tres años atrás, el gobierno de Miguel de la Madrid había maquillado la tragedia provocada por el terremoto en el D.F., que hizo más espectacular el derrumbe de un país, que para entonces sufría la peor crisis económica de su historia: inflación y devaluación del cien por ciento; corrupción petrolera. Endeudados hasta el cogote con el FMI.

A su llegada al poder en 1982, Miguel de la Madrid había anunciado optimista que en tres años iniciaría una moderada recuperación económica gracias al Plan Nacional de Desarrollo. Carlos Salinas de Gortari, como secretario de Programación y Presupuesto, fue el cerebro del proyecto que mandó a la mierda el futuro de todo un país.

El 20 de septiembre de 1985, poco antes de las ocho de la noche, me convertí en rescatista voluntario.

Estaba en Infiernavit tomando cerveza en Viento Azul, la sección de condominios donde solía reunirme con mi flota. Les contaba a pico de caguama lo que había presenciado el día anterior. La ciudad se había sacudido como Godzilla emergiendo de lo profundo de la tierra, dejando a su paso toneladas de cascajo, vidrios rotos y muertos. En eso llegó la réplica, furiosa. Nos quedamos pasmados. Como cuando escuchábamos chiflidos que anunciaban la llegada por sorpresa de una banda rival. Sólo que esta vez no había manera de hacerle frente al peligro. Una señora que regresaba de la panadería comenzó a gritar y corrió por sus hijos a uno de los edificios. La bolsa de pan repleta parecía un bebé envuelto en papel grasoso apachurrado en el regazo de su madre.

Una multitud de vecinos salió a rezar al estacionamiento. Se hincaron, se abrazaron, chismeaban entre rezos y luego, cuando creyeron pasado el peligro, regresaron a sus viviendas silenciados por el pánico. En el aire circulaba un estremecedor siseo de árboles meciéndose lascivos entre cables de electricidad que sacaban chispas. Sensualidad mortuoria. Hubo un apagón general, pero a la media hora regresó la luz.

A eso de las diez de la noche llegó el Güero Chis, y nos resumió lo que había visto a su regreso del trabajo como guardia de seguridad en una fábrica, por avenida Politécnico.

—Está muy culero todo, casi no hay transporte. Me costó casi tres horas llegar hasta acá. Hay ambulancias y bomberos por todas partes y un chingo de gente ayudando en los rescates.

Estaba pálido, medio ido, como noqueado por un piedrazo en la cabeza mientras cruzaba la ciudad en su bicicleta de abonero. El Chis había sido custodio en el Consejo Tutelar para Menores de Obrero Mundial, luego de un año renunció porque le pareció insoportable lo que había visto ahí, además de que un grupo de internos lo tenían amenazado de muerte. Fue la primera vez que escuché que niños y adolescentes trabajaban para narcotraficantes. Había jugado futbol americano en la Liga Mayor con Guerreros Aztecas, como liniero ofensivo y corredor de bola. Un gordo macizo treintañero, de huesos anchos, tosco y cábula. Gandalla pero leal. Un pitbull. Fumaba mariguana todo el tiempo. Se la vendía el Macías, su primo, que había estudiado conmigo la secundaria en el mismo grupo los tres años. Raza de la Ramos Millán, colonia temible vecina de Infiernavit. De vez en cuando el Macías se dejaba ver por Infiernavit y aprovechábamos para comprarle un "cartón".

La mañana del 19 de septiembre amanecí crudo en el departamento de mi hermana Taydé y Rafael. Para entonces vivían en la calle de Holbein, cerca de Patriotismo. No aguantaron el ambiente necrófilo y peligroso de Infiernavit.

Llegué la noche anterior invitado a una reunión con su amigo Pancho y Dori, su esposa cubana. Pancho era un bebedor de gran aguante. Había vivido muchos años en un pueblo de Florida trabajando en mantenimiento de casas. Ahí conoció a Dori, cuando aún eran unos adolescentes, en un parque donde los domingos se organizaban misas evangelistas. Él quería conseguir su residencia. Ella, nacionalizada estadounidense, limpiaba casas. Les daba dinero para vivir bien a cada uno por su cuenta. Se casaron, unieron sus ingresos y les fue mejor. Procrearon dos hijos con nombres que sonaban anglos.

Nadie recordaba por qué Pancho dejó todo para irse de mojado, pero extrañaba a su hermano menor Chavita.

Convenció a Dori de venir a México, vendieron sus pertenencias y con sus ahorros vivieron como ricos dos años.

Después los ahogaron los aprietos financieros; les angustiaba regresar a Estados Unidos y comenzar de nuevo. Nunca traían dinero para la borrachera. Iban con sus hijos a todas partes: Maic y Yeremi. Dos niños hablantines con acento agringado que faltaban seguido a la escuela. Mis sobrinos les hacían el feo.

A diferencia de Chavita, un baterista muy reconocido como huesero profesional, Pancho tenía buen corazón. Con su selecto grupo de amigos músicos, Chavita tenía controlados los pocos lugares para tocar jazz en el D.F., y junto con su socio, un brasileño que tocaba el piano, interpretaban piezas como para bar de hotel turístico.

Chavita tenía prestigio como parte de la orquesta de Emmanuel. Se las daba de buena gente. Hablaba con tono suave y pausado. Nunca subía la voz. Era la personificación del éxito desde la modestia y el esfuerzo. Su mujer la hacía de representante y lo tenía endiosado. Sus niños eran unos plomos ansiosos de formar parte de la farándula VIP. La mayor quería ser actriz; el mocoso apenas sabía hablar, pero ya tenía una batería. Se comportaban como enanos, precoces, entrometidos, con sus vocecillas de pito alargando la última sílaba: Papááááááá, me encantaaaaaa.

El Cartucho era muy buen percusionista, pero el capo del jazz nunca lo ayudó a colocarse en el medio. Chavita despreciaba a los rockeros. Mi hermano inspiraba desconfianza y miedo a los cobardes.

2

Cuando empezó el terremoto yo estaba en el baño alistándome para ir a trabajar. Con la fuerte sacudida me pegué en la cabeza con el espejo del botiquín; de milagro no lo rompí. Supuse un fuerte mareo de cruda hasta que oí a mi hermana gritarle a Rafael para que fuera por sus hijos, que a duras penas se despabilaban en su recámara para ir a clases en un colegio en Coyoacán donde unos jipis, dizque maestros, adoctrinaban a los niños contra el sistema. A mi hermana se le iba medio sueldo en pagar la colegiatura. Ni siquiera entregaban boletas de calificaciones. Rafael apenas ganaba unos pesos vendiendo por encargo sus ilustraciones y dibujos.

El edificio rechinaba, se cayeron vasos de la vitrina del comedor, un librero repleto de una colección de breviarios del FCE y de novelas de bolsillo de Joaquín Mortiz, que leí casi todas. Salí del baño y nos encontramos en la pequeña estancia. Las lámparas del techo se movían como péndulos. Nos miramos unos a otros, asustados y confundidos, agarrándonos del respaldo de los sillones. "¡Está temblandoooo!", gritaban los vecinos y los oímos bajar corriendo las escaleras a la calle. Cuando pasó la sacudida, con muchas precauciones reacomodé los libros en las repisas, mientras mi hermana les embutía unas frutas en el hocico a los futuros revolucionarios pacifistas. Rafael levantó los vasos rotos con escoba y recogedor y regresó a dormir crudísimo. Poco después, Taydé y yo tomamos rumbo a nuestros respectivos trabajos; ella en un traqueteado Renault 5 con sus hijos, que reían como si estuvieran en un parque de diversiones.

Alcancé a tomar una combi desde Patriotismo hasta el metro Chapultepec. Me tocó un asiento individual de espaldas a las ventanillas, sin cojín en la orilla contraria a la puerta, entre los asientos para cuatro personas cada uno; viajábamos apretujados, recelosos y resistiendo los zangoloteos de la ruta. Del lado de la puerta corrediza, había otro banco para tres ocupantes. En total éramos catorce viajeros más el chofer, todos en silencio. La combi me recordó a las jaulas de mi madre atestadas de pericos y canarios posados en los palos.

El corazón me palpitaba fuertemente. Parte cruda y parte el susto del terremoto de 8.1 en la escala de Richter. El chofer subió el volumen de la radio y comenzamos a recibir los primeros reportes del desastre. En el trayecto vi gente en las calles corriendo o en pequeños grupos afuera de sus domicilios mirando las grietas en las fachadas. Sin embargo, no percibía aún la magnitud de la pesadilla que la ciudad comenzaba a vivir. Mientras me preguntaba si suspenderían las labores en los centros de trabajo y las escuelas, miles de personas estaban muertas o atrapadas entre los escombros y jamás sabríamos su número exacto. Semanas después, los cuerpos de rescate calcularían unas seis mil víctimas. Seguro fueron más.

Al llegar al metro Chapultepec, la gente salía despavorida de los accesos. Se había suspendido el transporte en Reforma y tuve que caminar hasta el banco donde trabajaba. Eran poco más de las ocho de la mañana. En los edificios gemelos de Reforma 213 evacuaban a los empleados que ya habían llegado a sus oficinas. Un policía con altavoz orientaba a la discreta multitud para que se alejara del edificio rumbo a los andadores de la avenida. El ulular de las sirenas era perturbador. Mi hermano Francisco estaba parado en una esquina del edificio, lo descubrí a lo lejos fumando sus Marlboro. Le daba un aire a Héctor Lavoe. Vestía impecable, siempre de traje. Arquitecto egresado de la UNAM. De toda mi familia era el único que había llegado tan lejos en los estudios. Dibujante talentoso de sus delirios adolescentes, fumaba mariguana o ingería alucinógenos. Conoció bien el ambiente bohemio de la Zona Rosa, donde Alejandro Jodorowsky lo invitó a un par de fiestas en su casa. El cineasta se especializaba en muchachitas de buena familia, desorientadas, ávidas de notoriedad y drogas gratis. Mi hermano estudió en la Secundaria 3, donde fue condiscípulo de Raúl Salinas de Gortari. Alguna vez fue a su casa en Coyoacán a jugar billar. "Eran unos mamones esos weyes, sobre todo el enano", así recuerda a tres de los hermanos siniestros. Un dandi parrandero y brillante que le gustaba invocar al diablo en pleno delirio etílico. Pesadilla doble para todos. Francisco pasaría un par de años en el banco como supervisor de obras y luego renunciaría harto de la burocracia. Fui a encontrarlo y en su mirada había más curiosidad que miedo o consternación. Nos hicimos la pregunta de rigor:

—¿Dónde te agarró el temblor?

Él y su esposa Guadalupe, también arquitecta, vivían con sus dos hijos pequeños en la calle del Carmen, en el Centro, en un amplio departamento en el cuarto piso. Al momento del sismo, abría las cortinas del ventanal panorámico de la estancia que apuntaba hacia el oriente de la ciudad. Mientras la familia mantenía el equilibrio agarrada del respaldo de un sofá, presenciaron cómo el edificio de enfrente, también de cuatro pisos y habitacional, se derrumbaba en bloques. Vieron a un vecino que se colgaba en el vacío, sosteniéndose con una mano de un tubo de balcón. Segundos después, el edificio terminó de venirse abajo y quedó convertido en un club sándwich de concreto, varillas, vidrios rotos y vecinos destripados. Contrarios a mí, Francisco y su familia pocas veces expresaban sus emociones. Eran eficientes, disciplinados y sus hijos obtenían excelentes calificaciones en la escuela.

—Me ha quedado una vista increíble, sólo espero que no nos desalojen. Cuando regrese a casa voy a revisar mi edificio —dijo como si tal cosa.

Decidimos caminar por la colonia Juárez para ir a ver a mi hermana Sofía, que vivía en Marsella 3, el mismo edificio con elevador achacoso que habitamos toda la familia durante mi infancia.

Recorrimos a pie unas seis calles antes de llegar. Mi niñez convertida en escombros, olores malsanos y miles de muertos en una ciudad aterrorizada que jamás volvería a ser la misma. Polvo, muerte y destrucción por todas partes. Edificios aún desmoronándose. Gritos de auxilio, autos que se detenían intempestivamente en calles bloqueadas por las ruinas y gente que trataba de ponerse a resguardo lejos de los cables de luz. Respirábamos aire viciado y hediondo a gas butano. Sirenas de ambulancias y patrullas se oían a lo lejos. En la calle de Bruselas casi esquina con Londres pasamos con muchas precauciones frente a las ruinas de un edifico de departamentos. Yo no lo sabía, pero ahí moriría aplastado, minutos antes, mi bardo preferido, Rockdrigo: la voz de la neoñeriza chilanga con sus "urbanhistorias" cantadas con voz de pacheco.

Encontramos a Sofía frente a su edificio acompañada de su marido y sus dos hijas pequeñas. Gerardo el Yayo trabajaba como contador en Comar, paraestatal de ayuda a refugiados guatemaltecos que huían de la guerra en su país. Viajaba continuamente a los campamentos en Chiapas. Jamás había visto tanta miseria y transas, decía.

Con semblante desencajado, Sofía y él cargaban cada quien a una niña ante el aullido de las sirenas y el corredero de gente que a gritos pedía ayuda e informaba de edificios derrumbados, en mal estado y fugas de gas y agua. Nos quedamos un rato con ellos y entre todos nos tranquilizamos unos a otros con cigarrillos encendidos. Su edificio no había sufrido daños visibles y podían habitarlo sin riesgo aparente. De todas maneras, no tenían de otra; nadie de la familia podía recibirlos porque todos vivíamos apretados. Al año siguiente, el gobierno destinó recursos a través de los bancos para apoyar a familias afectadas. Francisco trabajaba en el área de peritajes y, gracias a eso, Gerardo recibió un cheque por diez mil pesos para reparaciones que usaron para cambiarse de casa y comprar una estufa.

Fumábamos nerviosos sin digerir lo que estaba pasando. El edificio del bar El bodegón, en Turín y Versalles, tenía enormes cuarteaduras en la fachada.

3

Tuve fugaces recuerdos de una parte de mi niñez en esas calles: las cascaritas de futbol de Marsella contra Turín o contra los chavos de la peligrosa "Romita", algunos de ellos compañeros míos de la primaria; los tiros a puño limpio por cualquier pendejada o, como en mi caso, por alguna apuesta que Tamayo hacía con el hermano de algún otro niño de mi talla. Mi rival frecuente era el Pichi, un pelirrojo presumido y bravucón cuyo tío era el exluchador Valentino Romero, que durante años tuvo una zapatería en un local en los bajos de una vecindad de la calle Turín, donde vivía con su numerosa familia. Mi madre y Taydé llorando en la calle mientras nos embargaban los muebles por una deuda de mi hermana con la tarjeta de crédito Carnet. Mi padre y mis hermanos, metidos en el bar de la esquina: Casa Mundo, luego llamado El Bodegón. Estaban ahí viernes y sábados. Mi madre nos dejaba a Cartucho y a mí pasar más tiempo en la calle para estar al pendiente de los hombres de la familia. Salían del bar borrachos a seguirla en la casa, casi siempre con amigos. Mi madre despertaba para darles de comer algún guiso bien picoso, recalentado o hecho al momento. Los amigos de mi padre la saludaban con amabilidad exagerada, temerosos de que los corriera. Lejos de eso, Teresita se tomaba una cuba con ellos, a veces cantaba una canción o dos de Lupita Palomera y regresaba a dormir. Nunca le reclamó a mi padre sus parrandas que a veces duraban días. Se desaparecía y regresaba a casa sin dinero, oliendo a crudo y con alguna patraña que quería hacer pasar como una aventura emocionante y llena de riesgos, con sus amigotes.

Hasta que Cartucho cumplió cuatro años dormimos en la misma recámara de mis padres, en una camita pegada a la pared del lado opuesto. Desde ahí escuchábamos los angustiosos lloriqueos y susurros de reclamo de mi madre y las justificaciones y disculpas de mi padre. En la habitación a oscuras había una deprimente penumbra iluminada por las veladoras al altar del Santo Niño de Atocha, San Judas Tadeo y de San Martín de Porres. Me daban miedo esos monos de arcilla del tamaño de una botella de brandy, alargados por sus sombras temblorosas por las flamitas; indiferentes a tanto rezo de mi madre para que la ayudaran a salir de los interminables problemas de dinero. Teresa y Lucio, cada uno en una orilla de la cama dándose la espalda mientras discutían en voz baja. Parecía siempre un conflicto irreconciliable, pero no, en algún momento ella le daba la vuelta a la cama para sentarse a un lado de él y abrazarlo como si fuera un héroe.

Ya en mi juventud, al fin entendí que sentía odio por mi padre. Pasó de ser un tipo ocurrente, noble y mordaz a un tiranillo egoísta y mentiroso, que encantaba a sus amigos y a mis cuñados con sus anécdotas picantes y sabiduría callejera, con su don de gentes en la borrachera. A mí no me la pegaba, sabía quién era él.

Nos despedimos de mi hermana y Francisco me invitó a caminar hasta Infiernavit para seguir la ruta del desastre.

Durante el recorrido, me dio una clase muy completa de arquitectura y corrupción: estructuras mal hechas, materiales de baja calidad, falta de mantenimiento, abandono.

Río de la Loza, colonia Obrera, Algarín, Viaducto, Álamos, Xola, hasta Villa de Cortés. En el camino, poco antes de llegar a Tlalpan, nos encontramos con un sujeto que cargaba una caja de cartón con cigarrillos, refrescos al tiempo y medicamentos para primeros auxilios. Le compramos dos cocacolas y una cajetilla de cigarros. Todo al doble. Y era apenas el inicio.

En Tlalpan habían comenzado los rescates en las maquiladoras donde trabajaban las costureras. Los bomberos apagaban un incendio en un edificio de oficinas partido en dos, los camilleros de ambulancias de la Cruz Roja atendían en el piso a heridos. Tuvimos que desviarnos calles adentro buscando la oportunidad de seguir hacia el oriente. A la altura de Villa de Cortés, cruzamos un paso a desnivel para seguir por la calle de Playa Roqueta que al pasar la Viga se convierte en avenida Apatlaco hasta llegar a Infiernavit, donde para entonces mi padre, viudo, vivía acompañado de Chela, su concubina, la gata Monki, unas ratas blancas, un gallo muy bravo que siempre traía abrazado y un par de perros callejeros a los que alimentaba en el zaguán. Realismo mágico en un Macondo de interés social.

Estábamos exhaustos. Mi padre sacó del refri una caguama helada y la destapó para nosotros. Se las ingeniaba para hacer todo sin desprenderse de su enorme gallo, bien abrazado al regazo. Me pegó fuerte la cerveza. El viejo no creyó nuestro reporte en el lugar de los hechos. Vivía indiferente a los noticieros y los chismes de los vecinos. "Es lo mismo todo, las cosas nunca son como las cuentan", decía mientras acercaba maíz al pico de Giro.

Infiernavit mantenía su atmósfera taciturna y monótona que en cualquier momento dejaba salir a sus demonios. La vida transcurría como en un expediente de juzgado indiferente a una antigua denuncia. Era uno de esos jueves de aire contaminado y sol áspero que distingue al clima de la ciudad. Desde la calle se oían los radios y televisores dando el reporte de los hechos. Los mismos rostros de siempre, las calles calurosas y tristes pese a los árboles frondosos y altos de los andadores; unos vagos jugando pelota; otros compartían caguamas en las esquinas con un churro de mariguana disimulado entre las manos con los dedos índice y pulgar. Toquiroool. Viejos desempleados lavando sus carcachas o haciéndoles talacha. El desempleo forzado parecía congregar a una comuna de discípulos de Diógenes.

De pronto llegaba el tufo de basura quemándose a cielo abierto en algún terreno baldío cercano. A comida recalentada en cocinas cuyo menú de calorías engorda los resentimientos. Trinaban los gorriones y los mirlos desde los pirules, pinos y jacarandas. Aún no había el ambiente festivo de los torneos callejeros de futbol, tochito y tenis, según la temporada del año, que daban pie a las borracheras callejeras del fin de semana por todo Infiernavit.

4

Durante unos años de mi niñez y en la adolescencia había formado parte de uno de los mejores equipos de futbol del D.F.: el Necaxa de Infiernavit, que tenía varias categorías patrocinadas por el papá de Rigoberto, uno de mis mejores amigos. Luego de ser campeones en repetidas ocasiones en la liga local, fuimos subcampeones en un torneo de la capital, organizado por el periódico *Diario de México*. El señor Barrientos nos llevaba en su combi a los campos polvorientos del norte y oriente de la ciudad. De regreso nos compraba refrescos y Gansitos, feliz del triunfo. La semifinal la ganamos al equipo del Colegio La Paz, donde jugaba el hijo de Chespirito. Aún recuerdo su berrinche al final del partido. La final la perdimos con otro Necaxa, de un barrio al norte de la ciudad. Vestían playeras rojas sin número ni escudo. Su entrenador estaba cojo y barrigón.

Infiernavit era un barrio de deportistas, sin duda. Ventajas de la deserción escolar y el desempleo.

Nos hidratábamos con caguamas y cocacolas heladas. Al llegar la noche recuperábamos la energía derrochada en el juego con Richardson y ron Alianza, exclusivo de Aurrerá. Éramos asiduos del ventanazo de madrugada, de la compra de alcohol adulterado en callejones al poniente de Infiernavit, separados por la avenida Troncoso, casas de adobe habilitadas como tienditas clandestinas donde a veces también nos surtían jarabes para la tos, pastillas o mota. Eran muy visitadas por los desertores de las granjas para alcohólicos cercanas.

5

Entre el año de 1977 hasta finales de la década siguiente, el tochito se convirtió en una actividad deportiva sin precedentes en Infiernavit. En sus inicios, a alguien se le ocurrió organizar el Tazón Caracol, en el estacionamiento de la sección del mismo nombre. Se jugaba el mismo día que el Súper Tazón, a partir de las diez de la mañana para que quedara tiempo de ver el evento televisado por la tarde. Se inscribían unos diez equipos mediante una cuota de cien pesos. Les pedíamos a los vecinos que estacionaran sus coches en otro lado para dejar el estacionamiento libre. Renegaban, pero todos los hacían por temor a las represalias y a que sus coches recibieran un pelotazo.

Equipos de siete jugadores, torneo relámpago de eliminación directa, el premio era un trofeo, un balón Spalding de medio uso comprado en el tianguis de chácharas de la colonia Doctores o robado del equipo de futbol americano Cuervos, del Colegio de Bachilleres 3, y la gloria del barrio que te reconocía como el mejor equipo de vaquetones con sueños de grandeza. Una parte de la cuota se invertía en caguamas para los finalistas y la otra para el organizador y los réferis, que solían ser ellos mismos. Dos años después, el Tazón era tan popular que se trasladó al lago desecado por el temblor de 1979. Pintamos el emparrillado con tamaño de medio campo de futbol *soccer* profesional. Bajo el fuerte sol parecía trabajo de presidiarios. La cuota por equipo aumentó a setecientos pesos. Lo mismo pasó con el nivel de competencia. En el enorme lago de pavimento, partido en dos por una grieta del ancho de un camión, ahora existía en uno de sus costados una cancha con medidas de setenta metros por treinta. Lo rebautizamos como Tazón Infiernavit. Creció el número de equipos a veinte. Ese experimento habitacional suburbano de caprichoso diseño, con edificios parecidos a panales de concreto donde los condóminos se reproducían como roedores y se agredían entre sí, tenía un torneo de tochito reconocido en una buena parte del oriente y centro de la ciudad.

Durante el torneo, las ventanas de los edificios cercanos a la cancha se atiborraban de aficionados gritones y animosos. No había quien nos ganara; nuestro equipo era los LMA, siglas de La Maldición del Alcoholismo, denominación extraoficial, porque en realidad todos nos conocían como los

Cuervos, famosos en la unidad por jugar en el equipo del Colegio de Bachilleres 3 y por las borracheras escandalosas y descontroladas que organizábamos casi todos los días. Nos conocíamos desde la Secundaria 148 donde estudiamos, en Tezontle y Churubusco, parecida a un reformatorio de medio turno. Cuando ingresamos a la prepa, ya éramos destacados jugadores de tochito, y en los Cuervos, donde, excepto el Bocinas, aprendimos desde cero los rudimentos del juego, equipados para competir decorosamente en ligas juveniles e intermedias.

El Colegio estaba en la avenida Troncoso y el equipo nos dio a decenas de jóvenes algo que hacer con entrenamientos de tres a cinco de la tarde de durante casi todo el año para jugar dos temporadas.

Enfrentábamos rivales muy duros y malintencionados, que también habían jugado en equipos de futbol americano, uno que otro en la Liga Mayor. El tazón reunía una gran cantidad de aficionados que pasaban horas apoyando a gritos y mentadas a sus equipos favoritos. Se organizaba una discreta vendimia de garnachas, refrescos, carnitas, raspados, dulces y caguamas. Por ahí y por allá olía a mariguana. De pronto a alguien se le pasaba la dosis de Richardson y terminaba durmiendo la mona en alguna jardinera cercana. Jugábamos todo el año en nuestras respectivas calles cerradas, pero sólo el primer domingo de febrero disputábamos el Tazón Infiernavit. Chavales fogueados en la calle y en los campos de entrenamiento. Rijosos, arrogantes y en peligro de terminar engranjados contra su voluntad en algún centro de desintoxicación. La mayoría deliraba con la música *high energy* del gigante Polymarch y de Patrick Miller.

Nosotros nos uniformábamos con el jersey de los Cuervos, si es que no nos lo quitaban a final de temporada, o de fayuca de los profesionales gringos. En Tepito habíamos conseguido unas playeras negras de los Oakland Raiders. Nos identificábamos con los Malosos. Mis ídolos eran Ken Stabler, pasador zurdo. Phil Villapiano, un esquinero defensivo brutal y despiadado, y el elusivo pasador de los Vikings, Fran Tarkenton, que jugó cuatro Super Bowls y no ganó ninguno. Perdedores heroicos, todos ellos retirados para entonces. Los profesionales eran gladiadores dopados que cada fin de semana salían a lastimar a sus rivales, llenos de cortisona y estimulados, además de con cocaína y anfetaminas, por hermosas porristas en poca ropa que arengaban a la multitud atiborrada de cerveza en llevar hasta las últimas consecuencias una ceremonia de golpes y lesiones graves que volvían locos a millones de aficionados. ¿Quién no se siente atraído por la violencia triunfalista y espectacular?

Comenzaron a inscribirse equipos de otros barrios, y un trío de rucos de Infiernavit se hizo cargo de la organización, el arbitraje y el rol de juegos a cambio de una cooperación extra de cien pesos por equipo. Al aumentar el monto de inscripción comenzaron las apuestas. Llegaban equipos de la Balbuena, Moctezuma, Villa de Cortés, Ramos Millán, Tlacotal, Vista Alegre, Obrera y Portales. Antes de iniciar el torneo, todos los equipos formaban un enorme círculo en el centro del campo para presentarse cada uno a través de su capitán, que luego gritaba el lema del equipo: "¡Honor y amistad! La Ramos rifa!" y otras jaladas similares; el nuestro era "¡LMA es invencible!", y la mayor parte de la afición correspondía con aplausos y chiflidos para mentarnos la madre.

A veces, durante la pretemporada en nuestra cuadra, mi padre sacaba una silla del comedor a la calle para ver los partidos y burlarse de la pasión desbordada de los vagos como yo. Los sábados, a eso de las cuatro de la tarde, cuando se

jugaban los últimos partidos del día, se organizaba una va-
quita para ir a comprar un costal de ostiones a las bodegas
de mariscos de La Viga, caguamas, limones y salsa Tabasco.
A esa hora remataban toda la merca, pero no nos alcanzaba
para gran cosa. Nunca faltaba el acomedido que prestaba su
coche y los que se ofrecían a ir por el encargo para clavarse
unos pesos. Desde su lugar, mi padre nos abría con su navaja
los ostiones, a Cartucho y a mí nos preparaba docenas en lo
que jugábamos sintiéndonos los dueños de la calle. Mi hermano y yo supimos casi desde niños lo que era ponerse una
borrachera, y siempre tuvimos a mi padre como guía en ese
duro oficio de beber y vivir sin perder la verticalidad, sin
ser una carga para nadie, sobre todo para nosotros mismos.
Desde entonces el Cartucho recorrió un camino acompañado de alcohol que terminó consumiéndolo, arrastrando en
su ruta turbulenta pequeños hurtos, delegaciones de policía,
hospitales públicos, deudas y desamparo, que nos sumergió
en un caudal de tristeza a todos aquellos que supimos valorar
su locura desmadrosa.

6

Para algunos era debut y despedida, se retiraban enchilados
luego de la paliza. No ganaban ni con trampas o armando
la bronca. Había equipos que imitaban los modales de los
profesionales, y recuerdo a uno de por el rumbo de Portales
que mandaba sus señales en inglés. Muy bien uniformados,
esbeltos, papayones. Les metimos cuarenta puntos.
      Yo era el corebac del equipo y alternaba la posición con el
Mogly, hábil corredor recién seleccionado como novato por
las Águilas Reales de la Liga Mayor. Ambos jugábamos la

misma posición en los Cuervos. Amigos inseparables desde la secundaria. Pero Mogly tenía condiciones atléticas y una vanidad que superaban mis habilidades. Yo, peleado a muerte con mi padre, siempre acongojado, perdí la titularidad. Prefería ocultarme en mi cuarto para leer o vagar por el centro de la ciudad, a veces acompañado de alguna noviecilla. Entrenar de lunes a viernes de tres a cinco de la tarde y jugar los sábados durante ocho meses requería de una disciplina masoquista que yo no poseía. Faltaba a los entrenamientos y a veces llegaba amanecido a los partidos. Por el contrario, Mogly, aunque era un vicioso descontrolado, le fascinaban el aplauso y sentirse indispensable. Digamos que se cuidaba un poco durante la temporada. Los couches lo adoptaron como extensión de ellos. Tenía una sonrisa lasciva que hacía encabronar a los contrarios. Era guapo, musculoso y tenía un porte levemente amariconado que volvía locas a las chicas y a más de uno lo ponía nervioso. Fue novato del año y selección Puma en su debut como corredor de las Águilas Reales en 1981. Todos los viernes por la noche íbamos a emborracharnos y echar porras al estadio de Ciudad Universitaria con naranjas que inyectábamos de tequila o vodka. Casi siempre, el Cartucho pasaba escondida una botella oculta bajo su largo abrigo negro. Pasaba el retén de granaderos muy decidido y desafiante y nadie se atrevía a detenerlo.

El último Tazón que jugué fue contra un equipo de la Romero Rubio. Ocho tipos prietos, gordos y macizos, parecían ídolos de piedra. Al principio nos preguntamos quién sería su pasador y quién su receptor. Tenían un aire de haber perdido todo y por lo mismo no tenían límites. Sus ojillos rodeados de unos párpados hinchados y bolsas con ojeras reflejaban preocupación por mantener en claro que nada les daba miedo. Parecían acostumbrados al esfuerzo y al dolor, dado y recibido. Su uniforme todo azul claro lucía impecable y vestían pantaloncillos de juego recortados como bermudas. Se registraron como La División Pánzer. Y sí que lo eran. Su acento de ñeros intimidaba lo mismo que su apariencia. Apenas se les entendía lo que hablaban con un sonsonete que hilaba las frases como si soplaran dentro de un botellón. Venía con ellos una pareja de adolescentes, un chico y una chica vestidos como las Flans, que les proveían de refrescos y a veces mota y chela de una hielera bien surtida. Traían un botiquín que parecía de rescatista de antros. Sólo hablaban entre ellos, nos ignoraban a todos. Su modesta porra de cuatro sujetos treintañeros con pinta de tiras se dedicaba a observar los partidos detrás de sus lentes oscuros. No traían jugadores para hacer cambios. Éstos sí eran malosos de a de veras.

A lo lejos unos cuantos árboles les daban sombra a los mariguanos que se iban a fumar ahí en grupo. Sin decir nada, y apenas probando sus cocacolas, miraban la cancha con una risilla. Ni acercárseles. El líder de los Pánzers vestía una chamarra de fieltro azul que no se quitó para nada pese al calorón a cielo abierto. Eran durísimos y llegaron a la final con nosotros luego de haber lastimado a la mitad de los contrarios. Hocicos rotos, narices sangrantes. Cojeras y luxaciones. Provocaciones, amenazas. Conatos de tiro derecho que calmó el sujeto de la chamarra de los Chicago Bears. Quería ganar por la buena. Bastaba verlo interponerse entre los rivales para no intentar nada más. Su porra se la había pasado comentando entre sí en tono de burla lo que ocurría en el emparrillado. Yo le había pedido al Cartucho que no hiciera caso de las provocaciones y se mantuviera tranquilo. Se había recostado en el pavimento sobre una toalla apoyándose en los codos para ver la final, acompañado de siete amigos suyos. Todos con la playera amarrada a la cintura. Tomaban sus caguamas mientras se bronceaban el torso, no perdían de vista a la porra de los Pánzers.

"¡Abajo los Panzones!", gritó por ahí una vecina que puso un puesto de garnachas y las carcajadas de la afición local se apagaron de inmediato cuando el líder de los contrarios, desafiante, gritó: "¡Cállate, pinche gorda, y ponte a chingarle!"

La cosa es que jugamos tiempos extras empatados a catorce. Repetíamos todo lo que habíamos aprendido entrenando en nuestro equipo y lo que veíamos por televisión en los partidos profesionales. Timbac con aplauso al final, formación, gritos de estímulo con el nombre de nuestro equipo: ¡LMA Cuervos Campeón!, inclinados al frente en posición de salida con los dedos de una mano tocando el campo de juego, engaños. Todo. Nuestro honor estaba en juego cada año. Imitábamos a nuestros ídolos; éramos desertores del sóquer y nos enganchamos renegados de nuestro origen a un deporte donde hasta los perdedores eran heroicos y exitosos, gracias a lo que la televisión nos metió como una droga cien por ciento pura. Yo era la vergüenza de mi padre y mis hermanos, todos Chivas. Sabíamos hasta el último detalle de la NFL, pero entrenábamos en campos de futbol de tierra llenos de piedras y vidrios de botellas rotas, con porterías donde los domingos un gol lo gritaban veinte personas, familiares casi todos, borrachos y pobretones. Bronca segura al final.

Contra lo que pensamos, los Pánzers eran ágiles y tenían buenos reflejos. Toda su estrategia consistía en darle la bola al más ligero y entre todos formar un escudo defensivo alrededor del corredor y cubrir su avance a pasos cortos por una orilla del campo, aplastando a los rivales. No eran hábiles lanzando la bola, los habíamos interceptado varias veces y en una de ellas regresamos el balón para anotar. Yo traía moretones en una pierna y en los brazos, un raspón en un cachete debido a un manotazo que me dieron dizque para quitarme el balón, y varias caídas en el pavimento luego de que me empujaran fuera del campo en alguna corrida o lanzando la bola. Cojeaba un poco, mis rodillas parecían retazos con hueso, pero fingía que no me importaba. Me dolía hasta el culo. El resto de mi equipo andaba en las mismas, nos habían ablandado poco a poco y en el descanso de medio tiempo discutimos la posibilidad de dejarlos ganar para que se largaran ya. El Cartucho se acercó a oír nuestro timbac para ver qué decisión tomaría por su cuenta: armar la bronca o no. "Yo sí me le dejo ir a cualquier culero", dijo a manera de apoyo. No llegamos a nada y regresamos al campo de juego bien enchilados y recelosos. No podíamos rajarnos porque quedaríamos como unos cobardes. Era como crearse fama de soplón en la cárcel. Había quienes disfrutaban por lo bajo que nos estuvieran dando una madriza a golpes. En los barrios siempre hay traidores y envidiosos, lacrillas que ni para chupar son buenos y siempre buscan la manera de mofarse de tus caídas.

Las orillas del campo de juego estaban copadas de espectadores. Por ahí llegaba una brisilla olorosa a mota. En general la afición la pasaba bien gracias a las cervezas. Nos tocó recibir la patada de salida. Era otra oportunidad para que los Pánzers nos golpearan con toda su técnica y mala leche. Había que contraer el cuerpo, aflojarlo en el momento justo y afianzarse en el suelo como gladiadores con escudo ante el embate de unos rinocerontes. Bajo el ruido infernal de una grabadora enorme que tocaba alternados heavy metal y high energy, la patada de salida llegó hasta donde yo estaba en las diagonales. Levanté el brazo izquierdo para indicar que sería recepción libre e iniciamos la ofensiva en la yarda veinte, que en realidad eran diez. La estrategia era de pases cortos a la banda para salir del campo y evitar golpeo, o ser alcanzados por atrás o de lado y recibir una tacleada, que por otra parte estaban prohibidas, pero a los Pánzers les valía madre y el réferi no se iba a atrever a castigarlos. Así nos fuimos poco a poco aguantando los embates de los contrarios, que se daban ánimos entre ellos gritándose mentadas de madre y regaños con insultos en todas las jugadas. En un tiempo fuera, Toño Pechos Chicos me pidió que le lanzara un balazo a medio campo para de ahí tomar una banda y correr como ratero tanto como se pudiera. Así lo hicimos, primero hice un engaño de carrera con Mogly y salí corriendo hacia el lado en curva en dirección contraria a donde lanzaría el pase. Pechos Chicos atrapó el balón y con su pierna coja corrió hasta alcanzar la orilla; fuera del campo fue alcanzado por un contrario que le lanzó el antebrazo al cuello como si lo quisiera ahorcar. Cayeron al suelo de bulto, pero Pechos Chicos no soltó el balón ni con el rinoceronte aplastándolo y éste se paró como si nada. Pechos quedó tendido en el pavimento revolcándose de dolor; los Pánzers comenzaron a burlarse y se felicitaban chocando las palmas de la mano. Mogly se paró en la línea de golpeo y daba pasitos de un lado a otro como para elegir a quién mataría terminando el juego. Su mirada de psicópata lo menos que provocaba era mucha desconfianza.

"A ver quien sigue", gritó uno de los Pánzers estirando la voz con ese sonsonete que para entonces parecía salir de un cuerno. Pechos Chicos yacía en el pavimento ardiente doliéndose del costado izquierdo. El árbitro paró el juego y reconvino a los Pánzers a jugar limpio; se le fueron encima a insultos y amenazas, pero nuevamente su líder los calmó con regaños desde la zona de entrenamiento. Llevamos al Pechos a la sombra de un árbol cercano y dejamos que recuperara el aliento, rodeado de nuestra porra, que ya para entonces estaba caliente y borracha, con ganas de armar la bronca. Volteé adonde estaba mi hermano y había desaparecido; cuando al fin lo localicé a lo lejos venía de regreso con sus amigos sin playeras. Por su andar, supe que traían puntas y navajas escondidas. El líder de los Pánzers se acercó para gritarnos:

—No sean putos, vamos a seguir, ¿no que muy acá?

Reanudamos el partido y seguimos hacia el frente aguantando los golpazos e intimidaciones de los Pánzers. El Bocinas entró a suplir a Pechos Chicos como si lo hubieran mandado al reclusorio. El Güero Chis no había parado de partirse la madre en la línea de golpeo, tratando de evitar a duras penas que me aplastaran cuando yo lanzaba la bola. Estábamos a unos veinte metros de la anotación contraria. Nos reunimos para planear la jugada y el Chis me dijo con su voz ronca de pacheco crónico:

—Recibes la bola y sales en chinga hacia la derecha como si fueras a correr por ese lado; antes de cruzar la línea de golpeo te paras, me lanzas el balón lateral y todos me cubren como escudo por la izquierda para que yo corra la bola o se la lance al Bocinas en la zona de anotación. Si no, a ver hasta dónde llego, estos putos no nos van a chingar.

El Bocinas, que por cobarde no había jugado, reviró:

—Cálmate, Chis. Igual hay que dejar que anoten, esos weyes son culeros, no vayan a regresar con una bandota.

—Ya estamos en éstas, vamos a quedar como putos con toda la banda. Hay que seguir —dijo el Mogly con mirada de loco. Era tan ágil y rápido como narcisista y violento; quería a toda costa ser el héroe del juego.

El Bocinas sudaba a chorros y fue el encargado de centrar la bola; Riguín, Barril y Chis hacían de defensa; Mogly y Chivatillo se colocaron a los costados como receptores abiertos. Recibí la bola sin quitarle la vista al más chancho de los Pánzers, que amenazaba entrar por un lado hecho una furia.

Salí veloz para el lado derecho y cerca de la orilla del campo me detuve y giré al lado contrario para dar un pase lateral por debajo del hombro a Mogly, que había desobedecido la estrategia y se había regresado por el balón; caí al suelo de un manotazo en el hocico que me abrió el labio. El Chis se improvisó como un primer escudo de protección y, una vez que me incorporé de inmediato, salí corriendo como loco a desquitarme dentro de nuestra estampida de alfeñiques que intentaba partir en dos una avalancha de carne maciza. Sentía el regusto salado de sangre en la saliva. Los Pánzers nos fueron embarrando en el suelo uno a uno. Mientras me incorporaba otra vez, vi al Chis que corría a toda velocidad al parejo de Mogly, cubriéndolo; a puros quiebres de cintura y rodeando las líneas de golpeo, Mogly había encontrado un hueco por el centro del campo. Los Pánzers venían detrás y dos de ellos se le aventaron al Chis para sacarlo del campo. Se oyó como si fardos de cemento cayeran del cielo. Mogly conducía el balón a toda velocidad con el rostro desencajado por una expresión entre mofa y miedo, pues de frente tenía que esquivar a los dos últimos Pánzers que protegían un pase largo. Mogly esperó hasta el último momento y, cuando los rivales se le fueron encima tirándose de flecha para taclearlo por las piernas, dio un salto descomunal de lado para romper la defensa enemiga y cruzó la línea de anotación dándose un golpazo en el pavimento luego de que uno de los rivales alcanzó a agarrarlo de una pierna. Cayó de hocico luego de trastabillar y apenas amortiguó el impacto con los antebrazos mientras abrazaba firmemente el balón. Se quedó tirado de espaldas en el pavimento ardiente, moviendo la cabeza de un lado a otro como si se negara a reunirse con Dios. Fuimos corriendo a abrazarlo y a celebrar el triunfo. Los Pánzers se gritaban entre ellos, furiosos. Su porra se había metido al campo de juego para retar a golpes a los presentes. Cuando llegué a felicitar a Mogly, me di cuenta de que le brotaba sangre de la nariz, que traía la playera rota del hombro izquierdo y piel en carne viva por todas partes, como si se hubiera quemado. El labio superior parecía un trozo de hígado de res. El Bocinas comenzó a gritar con el tono exagerado y plañidero que usaba siempre para provocar lástima y evitar que lo madrearan:

—¡Traigan una ambulancia! ¡Una ambulancia! ¡Está malherido!

Se acercó la multitud de mirones, achispados y asoleados alrededor de Mogly. Me di cuenta de que estaba consciente y que el dolor del golpazo en nada mermaba su certeza de ser el héroe del Tazón Infiernavit. Me salí del tumulto para ver qué ocurría en el campo de juego.

Los Pánzers se habían reunido en el centro y discutían entre ellos sin dejar de vernos. Estaban organizándose para darnos en la madre. Al poco llegó el líder, que para entonces me enteré que le apodaban el Duby. Desde el centro del campo y en corto les dijo algo a sus jugadores, señalándolos con el índice en tono más de amenaza que de regaño y poco a poco se tranquilizaron sin quitarnos la vista de encima. El Duby tomó camino hacia donde yo estaba; a mi espalda permanecía Mogly, ya de pie, y el resto del equipo junto con la bola de mirones.

—Chavo, ganaron chido, pero son bien putos, de todo chillan. Vayan por la revancha allá donde vivimos, a ver si es cierto que muy acá. Neta, nos ganaron de cagada.

—¿No se quedan a la premiación? —dije con cortesía fingida.

—Puras mamadas, métanse su trofeo por el culo, bola de vergueros —respondió echando el pecho hacia delante como un animal prehistórico y fue a reunirse con los suyos, que discutían a gritos otra vez.

Cartucho y su banda los vigilaban a lo lejos, y discretamente su comparsa el Pescado los siguió con el labio superior hinchado por un descontón de la noche anterior. Al poco rato, el Pescado regresó para informarnos que habían estacionado una camioneta con un logo del Politécnico en un estacionamiento no lejos del campo de futbol.

Aún atolondrado, el Mogly, como buen exhibicionista, no se preocupó en limpiar la sangre que le escurría por la nariz y le manchaba el uniforme de juego que con tanta devoción su mamá le lavaba a mano hasta dejarlo como nuevo. Miraba sus heridas con expresión de placer masoquista y, caminando como torero sin soltar el balón, fue adonde me había reunido con los árbitros y los organizadores para comentar las incidencias del juego antes de organizar la ceremonia de premiación, que no era otra cosa que ponernos bien borrachos, abrazados al trofeo y hablando del partido hasta la madrugada.

—¿Cómo me vieron? —preguntó Mogly, soltando con el labio superior hinchado por el golpazo una risilla de chulo con la que ligaba en las fiestas.

Fue mi último Súper Tazón, de ahí en adelante el futbol americano dejó de interesarme por completo.

7

Ese mediodía de septiembre posterior al terremoto, mi padre estaba dentro de su casa, un tanto sorprendido de nuestra visita. Había luz, agua y funcionaba el teléfono.

—Aquí ni se sintió —dijo mientras caminaba rumbo a su sillón preferido en la sala. Tenía a un lado la consola prendida en El Fonógrafo. Se dirigía siempre a Francisco, lo que yo, el sabiondo de la familia, pudiera decir, poco le interesaba.

Los canales de televisión difundían imágenes y crónicas al momento. Jacobo Zabludowsky se convirtió, desde su coche con chofer y teléfono, en el pregonero oficial de la tragedia. De México para el mundo. México, magia y encuentro.

La noche del 20, con mis amigos conseguimos entre los vecinos palas, cuerdas y otras herramientas que creímos nos serían útiles y al poco rato nos reunimos en el estacionamiento de Viento Azul para ir en la combi del padre de Rigoberto el Riguín, hasta donde pudiéramos llegar, luego seguiríamos a pie. A la altura de Viaducto ya no había paso en coche. Estacionamos la camioneta en Albino García y de ahí seguimos a pie hasta el Centro. En 20 de Noviembre alcanzamos a ver derruidos, entre otros edificios más, el de la policía en Tlaxcoaque. Tamayo tenía recuerdos imborrables de ahí. Una noche de parranda a finales de 1977 abordó un taxi acompañado de un amigo, el Tizo, un mariguano taimado, desempleado y gorrón. Hijo único, el amor de su madre. Tamayo tenía veintidós años, traía su quincena completa, acababa de entrar a trabajar a Telmex como chalán de confianza, sin sindicato ni prestaciones, nada. Lo de siempre. Recorrieron unas cuadras rumbo a un tugurio en la colonia Obrera cuando mi hermano notó que a las pocas calles el taxista hacía cambio de luces a un coche estacionado en una esquina. Metros después un Valiant blanco se les emparejó y el copiloto le ordenó detenerse al taxista. Eran judiciales. El taxista salió del coche y acusó a sus pasajeros de intento de robo. En segundos los bajaron del coche a punta de pistola. De un momento a otro, Tamayo se quedó sin su cartera, él y el Tizo cambiaron de coche. Una hora después estaban incomunicados en los separos de una delegación de policía de La Merced. Ahí los golpearon y los dejaron sin zapatos ni camisa. A la noche siguiente fueron trasladados a Tlaxcoaque, donde los siguieron golpeando y amenazaron con desaparecerlos si no soltaban una lana. No sabían dónde estaban porque los llevaron en una camioneta sin ventanillas y unas calles antes de bajarlos en el estacionamiento subterráneo, los encapucharon con sus propias camisas. No les dieron oportunidad de hacer una llamada. Los cerdos sabían que era cuestión de tiempo para que sus familiares fueran a buscarlos ahí. Tlaxcoaque era la última esperanza que nadie quería invocar. Mientras tanto, mi padre y Rosa María habían iniciado la búsqueda alarmados porque Tamayo llevaba dos días sin llegar a dormir a casa. Mi madre era toda lágrimas y malos augurios. Ella le pidió ayuda a Mannix. Él lo encontró tres días después y negoció con un comandante su liberación; quería veinte mil pesos por cada uno para dejarlos salir. Por diez mil salieron los dos y mi hermana Rosa María pagó lo correspondiente a mi hermano; lo del Tizo, mi padre. Nunca supe de dónde sacó el dinero, pero recuerdo que la mamá del detenido lloró e imploró que la ayudaran, pues era una mujer sola y sin empleo.

8

Año 1977. Durazo comenzaba a dejar huella en su batalla contra la delincuencia que él controlaba. El periódico del barrio *El Informante* gritó la noticia con un altavoz y mi madre, avergonzada, compró todos los ejemplares que pudo a los gritones que vendían el libelo en Infiernavit. Día redondo para el periodicucho que ocasionalmente explotaba el morbo del populacho con alguna noticia de nota roja ocurrida en

Infiernavit o los alrededores. Lo comprábamos para reconocer a algún vecino; además, alimentábamos nuestros prejuicios sobre las colonias circundantes, más peligrosas y feas que Infiernavit. Era una insignificante nota policiaca sin fotografía de un taxista coludido con judiciales para golpear y extorsionar ciudadanos, en este caso jóvenes. Incluso los nombres estaban mal escritos. Mi madre respiró tranquila.

¡ENTÉRESE DE CÓMO DOS PELIGROSOS ASALTANTES DE IN-FONAVIT EN ESTADO DE EBRIEDAD INTENTAAAARON ROBAR A UN TAXISTA! ¡ENTÉÉÉÉÉRESE!

Durazo y la prensa mantenían el orden y el miedo en una ciudad donde a diario había asaltos bancarios, ejecuciones, desaparecidos, razias, brutalidad policiaca. Seis años de abuso de autoridad, como bien cantaba el Three Souls in my Mind, defraudación fiscal, narcotráfico, peculado, despojo, asociación delictuosa, usurpación de funciones, contrabando, abuso de confianza, extorsión, encubrimiento. El culero aspiraba a la presidencia. Al pueblo lo mismo le da uno que otro.

Tamayo salió llorando de los separos, flaco, ojeroso y con los ojos saltones. El Tizo, como si nada, fue a abrazar a su madre, alcahueta e ignorante, que culpó a mi hermano de lo que le había ocurrido a su hijito. El Tizo portaba una navaja de muelle al momento de su detención. Ése fue el pretexto para mantenerlos desaparecidos cinco días. Gracias a la mordida, libraron cargos de asalto en pandilla y portación de arma blanca que les garantizaba reclusorio.

Cuatro días después, mi padre y su compadre Barajas llevaron a Tamayo al Barba Azul para que se olvidara del mal momento. Cuando llegaron, la orquesta le dedicó a Barajas el *Nereidas*. Barajas era un *habitué* de los cabarets de la colonia Obrera y le trajo a Tamayo a la mesa una muchacha joven y maternal, maternal como todas esas mujeres. Barajas entraba bailando con las manos arriba como si fuera samba. Todos lo querían, excepto los futbolistas de domingo en Ciudad Deportiva. Barajas era árbitro aficionado y no había domingo que no lo persiguieran para romperle el hocico.

Tamayo se emborrachó con la tercera copa y en la madrugada mi padre lo metió cargando de un hombro a su cuarto. La madre del Tizo nunca saldó su deuda con mi hermana y mandó a su hijo a vivir con unos parientes a Querétaro. Nunca más supimos de él. Mala época para Tamayo. Un año después recibió una golpiza en una bronca de pandillas, terminó hospitalizado, casi pierde un ojo y el gusto por salir a comprar alcohol en la madrugada.

9

En esa noche del 20 de septiembre de 1985, Tlaxcoaque era una sepultura y muchos capitalinos respiraron tranquilos, pues dentro de la tragedia que vivía la ciudad, también existía la justicia del demonio.

Por ahí nos desviaron al Hospital Juárez donde nos dijeron que podíamos integrarnos a los grupos de rescate de inmediato. Sin revisión. En ciertas zonas comenzaban a formarse retenes de policía y del ejército para evitar que se les colaran saqueadores. De cualquier modo, ante el desastre, eran inútiles las previsiones y casi cualquiera burlaba los retenes. Los soldados actuaban como si hubiera toque de queda. Tenían el miedo reflejado en el rostro y para disimularlo eran agresivos y malhablados. En un par de ocasiones, al merodear en los alrededores del Hospital Juárez, dos parejas de sardos nos cortaron cartucho cuando nos acercamos demasiado a edificios donde los militares tenían bajo su control los rescates. En una explanada acumulaban objetos extraídos de un multifamiliar. En otra ocasión, un comando de soldados tenía contra la pared a unos rescatistas que no pudieron comprobar quién les había dado permiso para ingresar a un edificio por la calle de Brasil.

Éramos un grupo de diez. Llegamos a picar piedra, a levantar escombros con las manos y a hacerle al maje. Fue el pretexto perfecto para faltar al trabajo (los que teníamos) y distraernos de la rutina del barrio. El terremoto me permitió inventarme una personalidad afín con mis ganas de notoriedad. Era un joven desvergonzado e insolente que buscaba la oportunidad de que se fijaran en él. Llegué a los rescates con un casco de trabajo de aluminio que había pintado de negro y rotulado con una gruesa capa de pintura de aerosol amarilla: U2, mi banda preferida en aquellos años. Un funcionario del gobierno del D.F., al ver el casco y las botas de montañismo que mi hermano y yo compramos en zapaterías Domit, inusuales para la época, se le ocurrió que yo era parte de un grupo de rescatistas profesional y de inmediato aproveché la oportunidad para nombrarme el ingeniero Martínez Hilton, de agrupamientos especiales de rescate urbano. Aún hoy me pregunto de dónde me salió semejante disparate. Ingeniero con apenas secundaria terminada. Expulsado de la Preparatoria 6 por mal estudiante y burlarme de dos maestros, uno de ellos el pedante Froylán López Narváez. El otro daba Historia Universal y se apellidaba Topete. Un viejo marica que fumaba puro en clase; nos llamaba a su escritorio para hacernos exámenes vis a vis echándonos el humo en la cara. Narváez daba la clase de Lógica y sólo le tenía permitido hablar a las "mujercitas", como les llamaba a mis condiscípulas. Esmirriado, parecía un zanate de voz afectada. A las guapas las invitaba a sentarse hasta adelante y se hacía el gracioso. En aquel año de 1977 era popular por su programa de televisión *La rumba es cultura*. Encontré en una revista una caricatura suya con unas maracas, le saqué copias y las pegué en los salones donde daba clase. Fue mi adiós a la prepa más codiciada por el estudiantado clasemediero de aquel entonces.

Pero vuelvo a la noche del 20 de septiembre de 1985. El funcionario de gobierno se creyó el cuento y a partir de ahí tuve manga ancha para meterme por todos lados, acompañado de mi equipo, o sea mis cuates. Me habían dado una tabla con hojas de registro estadístico para informar ubicación, nombre de rescatistas presentes y no sé qué más. En algo influyó mi farol porque me obedecían en todo. El Bocinas, Riguín, Bigos, Chivatito, Mogly, Archi, Pelota, el Güero Chis, Pechos chicos y quien sabe quiénes más del grupo acataban mis órdenes como si de veras estuvieran a mi cargo. Yo era el *Ingeniero* Martínez Hilton y mis subordinados se carcajeaban conmigo y de mí.

En una de las carpas donde se organizaban los rescates, por la Lagunilla, me dieron hojas rotuladas donde tenía que apuntar el número de rescatados, la calle y nomenclatura del edificio, los objetos de valor encontrados, los nombres de las personas desaparecidas y reportadas por sus familiares. Esas hojas las tiré a los dos días, no servían de nada. Incluso los impostores y fantoches fuimos rebasados por la magnitud de la tragedia. Eso sí, en Infiernavit colectamos ropa, alimentos y comida, y entre todos llevamos las donaciones a un campamento ubicado en Cumbres de Maltrata, en la Narvarte, donde nos daban comida y bebidas. Me sentía importante, pero sobre todo eufórico de sentirme vivo rodeado de la muerte. Ante la urgencia y falta de personal capacitado, a los pocos días nos soltaron taladros para perforar concreto y a algunos de mis amigos, los más menudos, los montaban en ganchos y dentro de las cabinas de las grúas y trascabos para llevarlos a la cima de las montañas de concreto. Desde ahí avisaban si habían escuchado gritos, un murmullo o si descubrían un cuerpo. Roma, Doctores, Lagunilla, Tlatelolco.

Al ingeniero Martínez Hilton todo mundo le daba las gracias por su esfuerzo desinteresado. Pretendí no darme cuenta de que Archi, Pelota y Bigos se robaban cháchoras encontradas bajo las ruinas. Esos tres ya la traían y poco después se convertirían en peligrosos asaltantes.

Al final me quedaba un inmenso vacío, la terrible verdad de descubrirme como un farsante. Eso era mi juventud: una rabia enorme paliada con una vitalidad que sólo servía para autodestruirme con la bebida y yendo a pie de un lado a otro por la ciudad, caminando grandes distancias para sudar mi tristeza. Flacos pero con tripa, vigorosos pero holgazanes, para llevar a cabo las pequeñas hazañas cotidianas como levantarse temprano y buscar trabajo o ir a la escuela. Nos valía madres ser de izquierda o de derecha. Íbamos a la par de una ciudad que, a través de una catástrofe colectiva, se liberaba poco a poco de su pasado autoritario. Nuestra rebeldía era pendenciera y sin ideología, procaz y cínica. Imprescindible para cualquier joven resentido y sin futuro. Ya no éramos unos niños a quienes los padres o los maestros nos decían qué hacer y cómo hacerlo y uno obedecía dócilmente, como perros gordos y bien comidos a los que nunca castigan. Al contrario, por todos lados nos daban palo por lo que éramos. Padres y maestros podían irse a la mierda, no nos servían de nada, ni nos mantenían ni aprendíamos gran cosa de ellos, excepto a no ser como ellos. Habíamos aprendido a paso veloz a ignorar a la familia, a verla ni siquiera como estorbo. Ya no éramos esos niños que reñían por nada entre ellos, que hacíamos berrinches porque nos metían a la casa cuando ya era muy noche, porque había que ir a misa los domingos, porque por lo bajo maldecías a los adultos, principalmente a tus padres. Esa época tan cercana aún en nuestro pasado nos había vuelto recelosos e incansables. Ni punks ni banda, ni panchitos ni fresas. Sexuales, violentos y tristes. Eso éramos y no había más. Más Ramones que Sex Pistols, más Three Souls que Javier Bátiz; éramos hoyo funky, no antro rockero progre de la Zona Rosa.

El terremoto había sido un *Blietzkrieg* surgido de lo profundo de la tierra, casi silencioso. Apestaba a muerte y gas butano. Durante poco más de dos meses vi rapiña por todas partes: del ejército, de los rescatistas, de los damnificados, de los voluntarios en los campamentos de apoyo. Calles cerradas, gente al borde de la locura. Habían perdido todo. Los edificios caídos convirtieron a la ciudad en una enorme y siniestra pieza amorfa que presagiaba el volumen del infierno. Los tapabocas no servían de nada para evitar la inhalación de polvo y aire con olor a podrido. Cientos de personas trabajando como hormigas sobre los escombros. Muchas lloraban, algunas por sus mascotas que habían quedado sepultadas. Buscaban a sus familias, sus pertenencias, al perro, al gato. Un llanto huérfano que exigía la presencia de Dios para comprobar que existía. El polvo de los derrumbes y el olor a gas y putrefacción poco o nada nos afectaba. Era peor la contaminación en la ciudad.

A veces, sobrevivir se convierte en una pesadilla, te quedas solo en la vida. Es como si se suicidaran los otros por ti. Vivía en *La dimensión desconocida*.

Nuestro apoyo como rescatistas se prolongó aun cuando ya se habían reiniciado las actividades laborales y escolares, sobre todo en las colonias afectadas. Durante todo ese tiempo viví entre los escombros del Centro, La Merced y Tlatelolco. Muchos niños y ancianos desvalidos lloraban a la espera de noticias de sus familias. A veces dormitaba en el campamento de Cumbres de Maltrata. Ahí daban de comer y beber a quien fuera, lo necesitara o no.

Mi insomnio se agravó y cuando iba a dormir a casa de mi padre, me asaltaban las pesadillas. Una de ellas de vez en cuando reaparece: recorro el departamento donde viví con toda mi familia en la calle de Marsella. Está a oscuras, pero hay lámparas en los rincones; mis hermanos y mis padres están desnudos y con manchas de sangre por todo el cuerpo. Encuentro a mi madre en un rincón llorando sentada en un banco en la posición del pensador de Rodin, pero ella está vestida. Trae uno de sus eternos mandiles. Nadie habla y algo me dice que estaremos atrapados para siempre en ese departamento. No es nada nuevo, desde niño he padecido mal sueño y terrores nocturnos. Mis padres se acostumbraron a oírme murmurar y gritar, y Cartucho, quien siempre durmió conmigo en el mismo cuarto, a veces me sacudía entre risas, divertido de mis esfuerzos por despertar. A la hora de la comida, les contaba a todos lo que yo decía entre sueños y no paraban las carcajadas.

Ése era mi despertar. ¿A qué? A lo mismo. Mis pesadillas son parte de mi realidad dentro de una pecera sin agua. Todo era caos y desorganización, y el gobierno hacía lo posible para que el escenario de la tragedia quedara recogido y listo para el Mundial de Futbol del año siguiente. Querían meter la basura debajo del tapete. Conocí sujetos que se hicieron pasar por damnificados para que les dieran una vivienda nueva subsidiada por el gobierno. Pero todo eso no podía decirse, era un tema tabú. ¿Cómo? ¡Si el pueblo sacó adelante a la ciudad! El mito de una sociedad organizada y solidaria era pregonado por los progresistas chilangos, incluidos los opositores al incompetente y corrupto gobierno de Miguel de la Madrid. El primer presidente neoliberal. Gobernó entre fuga de capitales, baja en los precios del petróleo, inflación de casi el cien por ciento, desempleo enorme. Atracos y homicidios por todos lados. Ya desde entonces el gobierno de Estados Unidos presionaba al mexicano por la corrupción, el tráfico de drogas y los fraudes electorales. Y así seguimos. Su "renovación moral de la sociedad" de De la Madrid, si acaso vino impulsada por un desastre natural que sepultó a miles y sumió en una psicosis colectiva a toda una ciudad. El antes y después de la capital del país quedó bajo escombros de concreto, varilla y miles de cadáveres.

10

Cada generación de mexicanos se llama a sí misma "la generación de la crisis", la realidad es que no ha habido de otra. Los Ratones Verdes, como el gobierno y sus chapuzas, un año después hicieron otro honroso papel en el Mundial que consagró a Maradona como el tramposo genial. A él le echó una mano Dios y a los mexicanos nadie. Nuestra máxima estrella de exportación falló un penalti a la hora buena. La historia de siempre. Todo se prestaba para que nos siguieran dando atole con el dedo, creer en lo increíble, confiar en los cínicos y los corruptos, validar la trampa, el engaño a la vista de todos.

De todos modos, algo se fraguaba; la ciudad se transformaba a toda velocidad, se sentía en el ambiente. La fayuca y el comercio informal relajaban las distancias con la venta de ropa de marca que nos hacía parecer de una misma clase social. La clase media se expandía a través de la piratería y su espejismo de ponernos a la altura de los de arriba. Se diluían en la superficie las diferencias sociales para que en las cloacas de la sociedad la lucha por la sobrevivencia no causara daños mayores a un gobierno que lentamente comenzaba a presumirse como moderno y progresista. Vaya mentira.

El síndrome de estrés postraumático por el terremoto persiste hasta hoy. Ansiedad, neurosis, indisciplina social, quebrantamiento de la ley. Depresión colectiva.

11

Digamos que mi padre nunca fue muy ordenado en sus hábitos, aunque sí rutinario. Crudo, tomaba por la mañana un Peñafiel de mandarina y todos los días té de boldo para limpiar el hígado. Tenía una mirada curiosa, lista para sorprender una trampa o una mentira. Más que expresar algo, su semblante paciente y lejano parecía absorber la credulidad de los demás para burlarse de ella. Tez blanca, frente amplia coronada con unos rizos grises y castaños le daban cierta seguridad para negociar con los españoles judíos que controlaban buena parte del negocio joyero. En este momento no tenemos dinero y nos agobian las deudas. Que la luz, que el teléfono, que el gas. Lo de todos los días. Llevamos quince días comiendo sardinas en salsa de tomate, huevos y frijoles. No tenemos nada que valiera la pena venderse, excepto la consola, pero mi padre la cuida como si fuera la última en el mundo. Conocemos muy bien esta situación y su olor inconfundible a derrota. Éramos muy fuertes, pero sólo para resistir a la adversidad. El éxito, la buena suerte, no cabían en nuestro domicilio. Mi padre era el hombre de la Adversidad, y Cartucho y yo vivimos bajo los preceptos donde quejarse no tenía lugar. Conocimos todas las formas del dolor, desde las más íntimas hasta las más evidentes.

Mi padre había sido montador y dibujante de alhajas casi toda su vida. Durante muchos años tuvo un modesto taller en un edificio de oficinas y sastrerías en el 57 de la calle 16 de Septiembre, en el Centro. Enfrente había una tienda de licores y ultramarinos donde compraba bacalao para Navidad y Año Nuevo. Tenía una bien ganada reputación de maestro en el ramo. Y así le decían: Maestro Lucio.

De niño, al regreso de la escuela, acompañaba a mi madre a llevarle en un portaviandas de peltre la comida del día. A veces nos íbamos a pie desde nuestro domicilio en la calle de Marsella. Mi madre era una caminadora incansable pese a que los callos en los pies la torturaban siempre, por más que los podaba con una navaja especial luego de meter los pies en agua caliente con sal. En la farmacia París de 5 de Febrero compraba jabón Maja y sus instrumentos de pedicura. Tardábamos una eternidad formados en las filas para recibir mercancía y luego para pagar. Abordábamos el camión Roma-Mérida o un tranvía en avenida Chapultepec que daba la vuelta en Bucareli, que seguía por Morelos, cruzaba Balderas, San Juan de Letrán y nos apeaba por Bolívar. Mi madre y sus pesares. Era principios de los años setenta. Nos acompañaba Cartucho, que siempre repelaba si hacíamos la ruta de ida y vuelta a pie.

En el Centro abundaban los talleres de sastrería, joyería, laboratorios de mecánica dental y consultorios médicos especializados en enfermedades venéreas. Las calles sucias congestionadas de peatones y vehículos olían a drenaje y humo de camiones. Por todos lados nos salían al paso ropavejeros, vagabundos y pajareros. En la esquina de 16 de Septiembre y Bolívar había una camisería donde esporádicamente mi padre compraba sus camisas Manchester de lana o tipo guayabera, su ropa interior y pañuelos de tela que mi madre lavaba a mano, planchaba y almidonaba. No sé cómo no le daba asco recoger los pañuelos mocosos que mi padre tiraba al pie de su cama.

Subíamos tres pisos por un destartalado elevador de puertas de rejilla de latón operado por el conserje. Mi padre le había roto el hocico dos veces al viejo majadero y amargado que nos trataba con desprecio a saber por qué. Quedó cojo luego de la segunda felpa en que mi padre le enterró una gurbia en una pierna. "A ver si con ésta te enseñas a respetar a mi familia", le dijo al conserje. Mi padre tomaba todos los días el elevador. El conserje pretendía indiferencia, lo mismo hizo con nosotros luego de quedar cojo. A mí me daba miedo que un día nos fuera a atacar por sorpresa, pero eso nunca pasó.

Esperábamos a que mi padre terminara de comer. Entre bocado y bocado le platicaba a mi madre algún incidente o discusión donde siempre terminaba con una amistad de años; y mi madre le informaba sobre sus gestiones para pedir más dinero prestado, no importaba que fuera con intereses leoninos. Cartucho y yo nos salíamos mientras a jugar al pasillo de granito. En cada piso, un balcón daba la vuelta a todos los despachos. Había un enorme tragaluz en el techo. El edificio siempre estaba fresco y por las noches mal iluminado. Oíamos el ruido de los motores de los taladros de dentista de los talleres de joyería o de mecánica dental y el claqueteo del elevador al subir y bajar. Los sastres nos regalaban retacería de percal o manta en tiras largas para que nos jaloneáramos con ellas. En el cuarto piso se organizaban partidas de dominó en el despacho de un leguleyo que tramitaba amparos y divorcios. Mi padre decía entre risas que toda esa gente era tramposa y el picapleitos, un inútil. Lucio y Teresa eran expertos en jinetear el dinero y siempre vivieron angustiados de no poder pagar lo que debían, sobre todo ella.

La cena con un canasto lleno de bolillos al centro de la mesa, el ir y venir de mi madre de la cocina al comedor, llevando platos con guiso recalentado de la comida antes de lavar alteros de trastes ayudada por Sofía y Greta. Una familia con la tripa a medio llenar. Sus altares, santos y sus plegarias de mi madre al santo Niño de Atocha, a la Virgen de Zapopan, a san Judas Tadeo, a san Martín de Porres. Me daban miedo sus monigotes, pero ni modo decírselo, me daría una buena regañada antes de castigarme encerrándome en un cuarto a oscuras.

Cuando la cosa se ponía muy difícil, nos obligaba a rezar a Cartucho y a mí con ella. No nos sabíamos ninguna oración, pero bastaba con juntar las manos y permanecer hincados junto a mi madre, en la que ella pedía milagros que nunca le concedieron los santos a los que fue devota hasta el día de su muerte. Rezando, llorando a solas por las noches cuando mi padre agarraba sus papalinas de días y no llegaba a dormir; cocinando a solas mientras veía sus telenovelas; tomando sus tres de ordenanza de brandy Presidente cuando cocinaba acompañada de Floria y luego, con los años, de Greta y Socorro. Irascible, nos pegaba a sus hijos menores por rebeldes y desobligados o porque no tenía a nadie más con quien desquitar su eterna angustia, se burlaba de mí por berrinchudo, a Cartucho le metía sus bofetones por malcriado, a Greta, por vaga y a Sofía, por perezosa. Sin pedir perdón, nos perdonaba y nos cumplía pequeños caprichos entre arrumacos de arrepentimiento. Con los mayores se gritaba de todo, sobre todo con Rosa María, que humillaba a mis padres por el dinero que les daba. Luego venía la reconciliación. Mi madre lloraba por todo. Ebria, discutiendo a gritos con mi padre o con Raúl por cualquier tontería; cantando mientras cocinaba, acompañada de mariachis o trío en algún restaurante. Yo con ella de camino a pedir dinero prestado a Enedina, la anciana agiotista del barrio que me hacía bailar el *Negrito Sandía* a cambio de un peso de plata que mi madre me quitaba en cuanto regresábamos a casa. "Ya me debe mucho, Tere, ¿cómo va a hacer para pagarme?", le recriminaba la agiotista, un chacuaco. Íbamos al Monte de Piedad en el Zócalo: empeño, refrendo y desempeño, todo en un lapso de tres meses. En esas ocasiones me dejaba faltar a clase. Yo era feliz porque me sentía libre y porque mi madre compartía conmigo sus cuitas y resentimientos. Así la recuerdo. Así mi familia.

12

Mi padre siempre tuvo aprendices en el taller, uno o dos. Duraban poco. Algunas tardes de viernes y a veces los sábados se los llevaba a la cantina, al billar Joe Chamaco de la calle Tacuba donde servían tragos, y a veces a la casa a seguir la parranda. Así los medía. No le aguantaban el tren y llegaban bien borrachos; se quedaban dormidos en los sillones y mi padre tenía que correrlos sin importarle como regresarían a sus barrios en las orillas de la ciudad. Eran tipos torvos, apocados, sin estudios y nada simpáticos. Poco tenían que contar y mi padre hablaba por ellos. Era un hombre de mundo. Nos decía que no podía dejarlos solos en el taller o le robarían. Cuando iban a casa en Infiernavit, Cartucho y yo escuchábamos todo desde nuestro cuarto o asomados por un balconcito del segundo piso que daba a la sala. Sabíamos que ya estaban noqueados porque sólo se oía la música de la consola y la voz del viejo, que renegaba entre dientes quién sabe de qué.

A veces los dejaba dormir la mona un rato y se iba a descansar. Por la mañana muy temprano bajaba ya peinado, con la misma ropa y con la cara lavada a despertarlos y les pedía que se fueran. Vivíamos en una casita de dos niveles, arriba estaban los dormitorios. Si se prestaba la ocasión, Cartucho y yo bajábamos a tientas las escaleras a hurgarles los bolsillos de sus sacos o chamarras, o si de plano estaban muy borrachos, les sacábamos las carteras del bolsillo del pantalón. Al rato nos íbamos muy contentos a jugar futbol con buen dinero.

13

Luego de que mi padre terminaba de comer, mi madre iba al pasillo del edificio a lavar el portaviandas en el baño común y nos despedíamos antes de que regresaran los aprendices a trabajar a destajo hasta que su maestro se hartaba de tenerlos cerca.

CAPÍTULO III

Nietzsche rebajado con cerveza

1

En 1988 trabajaba como mensajero en Banco Somex, ubicado en el 213 de Reforma, donde tiempo después se ubicaría la PGR. Había cumplido cinco años en el puesto y seis dentro del banco. Llegué ahí por mi hermana Rosa María, que era jefa de Recursos Humanos de una de las tantas direcciones. Uno de sus anteriores jefes en un despacho de contadores y abogados, donde yo mismo trabajé por las tardes como mensajero mientras estudiaba la secundaria, se había colocado en la paraestatal y le había ofrecido a mi hermana un buen puesto directivo. Para entonces ella ya ejercía su título de Administración de Empresas, que en los hechos se traducía en ser una fiera custodia de los intereses de la institución. Egresó de una escuela privada de Comercio y, de un día para otro, se convirtió en una ejecutiva de alto nivel de la que dependían decenas de empleados, entre ellos su propio hermano.

Yo no tenía expectativas de quedarme ahí por mucho tiempo. Lo absurdo es que mi vida laboral arrinconada en un escritorio dentro de un cubículo de vidrios ahumados corría con una lentitud desesperante, en lo que mi angustia de no saber qué hacer conmigo mismo estaba atrapada en la pachorra de un empleo sin exigencias. Para entonces yo era todo lujuria, pero apenas había tenido algunas aventuras con empleadas de mis trabajos anteriores. Durante mi adolescencia me hice de muchas novias con las que nunca tenía sexo por el temor compartido a un embarazo: una historia frecuente en Infiernavit que de vivirla te condenaba al fracaso de por vida.

A mis veintiún años me estaba convirtiendo en un viejo prematuro. Mis resentimientos y una furia contenida ("El mundo es una mierda", era mi consigna alimentada de ideología punk y lectura de Nietzsche rebajada con cerveza) se habían transformado en frustración; sin alegrías memorables rumiaba algo parecido a una venganza que quizá nunca llegaría. Una venganza contra todo lo que me rodeaba.

Estaba harto de debatir conmigo mismo sobre mis conflictos. Reflexionaba durante horas, sobre todo en las noches, y me hacía preguntas estimulado por lecturas que a veces no lograba comprender del todo por más que recurría a ellas una y otra vez: *El mundo como voluntad y representación*. "La vida es una guerra sin tregua y se muere con las armas en la mano", me repetía a mí mismo esa frase de Schopenhauer en mis momentos de flaqueza. Mis hermanos, un desastre, tan confundidos como yo, pero casados, con hijos, con empleos rutinarios, melancohólicos. Yo mismo, acomplejado, siempre inseguro de lo que debía o no hacer, lleno de culpas cuando algo me salía bien y de mentir por todo, sobrellevaba mi existencia sin quejarme en voz alta. Muchos le llaman madurez, pero no es otra cosa que aprender a tragarse la mierda de los otros aparentando dignidad.

El miedo me impedía hacerme cargo de mí mismo, tomar decisiones trascendentales, aceptar responsabilidades, mandar todo a la mierda y empezar de cero en un mundo de carencias, violento, desigual, donde nunca nadie me pedía mi opinión para nada. Había aprendido a sentirme agradecido por cualquier pequeño golpe de buena suerte, como conseguir ese trabajo en el banco, y antes que ése, muchos otros mediante la famosa hoja Printaform de empleos. Mis "palancas" hasta entonces se habían limitado a tener una hermana ejecutiva que me había conseguido mi segunda chamba de oficina y, años antes, al Bocinas, quien me había metido a trabajar en una maquiladora de secadoras de pelo con él, su tía, su madre y tres amigos nuestros. Alrededor de una mesa de madera y sentados en unas sillas periqueras, durante ocho horas al día, con desarmadores eléctricos colgados del techo con armellas por donde bajaba un largo cable, ensamblábamos armazones de plástico que contenían el motor del secado. Mi otra palanca había sido Taydé, que allá en 1981, me presentó con un amigo de su jefe de oficina: el señor Collado, un vejete español, gerente de las zapaterías Sorrento. Me dio chamba de almacenista en la bodega de la sucursal Campeche, en la colonia Roma. Esa bodega fue refugio de mis amoríos fortuitos con una empleada a la que me zumbaba en las horas de comida mientras las otras dos iban a una fonda. Nos quedaba tiempo para que yo fuera a la esquina por unas tortas.

El señor Collado a veces me pedía que lo esperara para darme un aventón al metro Villa de Cortés al salir de trabajar cuando él tenía que presentarse por la tarde en la zapatería para alguna junta con la cuñada y el hijo de ésta, ambos, prepotentes y gritones. Trataban con la punta del pie a las empleadas y, en el caso del tal Chema, se propasaba con un par de ellas, las obligaba a modelar ropa a la venta en la boutique del segundo piso, y una vez golpeó en frente de todos a un empleado de contabilidad al que Chema ya había amenazado por ir a la tienda a cortejar a la cajera.

Durante el trayecto en dirección a la fábrica de la empresa por el rumbo de Portales, Collado trató de convencerme de vestir de otro modo: "¡Anda, hombre, elige de la tienda los zapatos que os gusten y yo te los regalo, que para eso somos amigos! ¡Esas botas de obrero o de la mili, que sé yo, no te van nada bien!"; y me preguntaba: "Y bueno, amigo, ¿qué vais a hacer de tu vida, a poco todo el tiempo piensas trabajar en lo que caiga; leer tanto no sirve de nada si no se le ve el fin". Se parecía a Ángel Garasa, el actor, y yo sólo lo escuchaba y le daba por su lado. "Tu hermana me dice que eres más arisco que un tejón, hombre, si basta con verte el semblante, parece que Dios se ha cagao en ti." Una vez le dije que quizá me inscribiría a un curso de detective y peló los ojos antes de soltar la carcajada: "Pero cómo, ¿eso existe aquí donde la policía no sirve de nada?"

2

Sin pena ni gloria cumplía mi jornada de trabajo entre esos amplios pabellones con ventanales polarizados, lámparas de luz blanca, pisos de mármol y alfombras olorosas a cigarro y desinfectante. Así se nos iba la vida a muchos como yo, hasta que, como en un fatal accidente, el paso del tiempo caía por sorpresa y se azotaba frente a nosotros como un suicida que se tira desde las alturas, desesperado de observarnos cruzar de una trampa de rutina a otra todos los días.

De seguir así me darían una jubilación adelantada. Cinco años atornillado a mi silla de escritorio. A ratos iba y venía recorriendo pasillos para sacar copias, llevar mensajería y los periódicos del día a las "especialistas" del área, platicaba con secretarias, a veces traía charolas de comida del comedor ejecutivo para mi jefa y sus canchanchanas burguesas. A veces ni tocaban el menú y, escondido en mi cubículo, me comía los filetes acompañados de pan antes de regresar las charolas al comedor.

A través de Rosa María, primero me asignaron de planta a una plaza de intendencia. Mi hermana le hacía un favor a mi padre preocupado por mi futuro. Así también nos hacía sentir que le debíamos algo a ella. Hay personas así, que viven de pisotear a los demás haciéndose pasar por generosas. Acepté el trabajo porque era mejor que quedarme todo el día sin hacer nada en Infiernavit. No hay nada más triste que pasar el día en un barrio donde hay muchos desempleados y ociosos. Es lo más cercano a la rutina del presidio. Vagar por la ciudad o leer encerrado en mi cuarto durante las mañanas me ayudaban como desempleado a no dejarme llevar por la fatiga mental y la depresión. Leer, para mi padre, siempre fue un pretexto para estar de holgazán. "¿De qué te sirve leer tanto si no sirves para nada?", me recriminaba desde que yo era un niño.

Aun con la palanca de mi hermana tuve que llenar la clásica hoja Printaform de empleo, una especie de ficha signalética del asalariado mexicano. Los habitantes de este país podemos dividirnos en dos clases: quienes sabemos lo que es llenar ese formulario para conseguir trabajo y quienes no. Si no lo sabes, no puedes hablar de ansiedad, de injusticia ni de sacrificio. De largos trayectos en transporte público para que te entreviste un pendejo y dejes tu salvavidas en sus manos. Seguramente no buscaste trabajo hasta que terminaste tu carrera universitaria y probablemente lo conseguiste gracias a tus contactos. Muchos se titulan de una cosa y viven de otra sin realmente trabajar para vivir. Privilegiados. Todo queda registrado en esa hoja amarilla con foto de frente, tamaño credencial, sin anteojos, frente descubierta y, si uno miente, que sea con el objetivo de llevar a la práctica el noble arte de la mentira piadosa, o el reclutador te hará sentir un miserable si descubre que no dices la verdad en cuanto a tus estudios, aspiraciones, pasado laboral, *hobbies* y demás idioteces que revelan lo que ellos quieren que seas. Que no robarás. Que tienes la disposición para convertirte en criado por tiempo indefinido y por un salario de mierda. Que no te importa salir más tarde sin recibir pago extra. Que no te importa que te descuenten tu salario si llegas quince minutos tarde. Que nunca te vas a rebelar. Que has sido pánfilo y conformista y nunca pondrás en problemas a la empresa.

Mi hoja de Antecedentes No Penales no fue problema; la tramité fácilmente en la delegación Venustiano Carranza, no recuerdo por qué. La lógica era que un delincuente no se atrevería a solicitar el documento. Te tenemos fichado. Sentido común. En las oficinas de Recursos Humanos en la calle de Gante, en el Centro, me hicieron exámenes psicométricos, para entonces ya tenía un mes trabajando en el banco y era mero trámite necesario para el contrato definitivo. Luego me enteré por mi hermana de que la reclutadora tenía dudas sobre mis respuestas ambiguas y confusas, pero como eran amigas las dio por buenas. Favor con favor se paga. Hasta para andar de gato se necesitan palancas en este país. Los cuestionarios y la entrevista de trabajo no tenían ningún chiste; cualquiera con tantito cerebro sabe que hay que contestar lo que quieren oír y aparentar temor y respeto en todo momento. Le dije que pensaba invertir parte de mi salario en terminar mis estudios de preparatoria. Mentira. Que me gustaría mucho hacer carrera en el banco. Mentira. Que me sentía agradecido por la oportunidad. Mentira. Mi puesto debería de llamarse Criado manejable y mentiroso. Labores de limpieza en tres de los pisos de un edificio de quince. Intendencia. Me emocionaba el sueldo base y las prestaciones bajo la promesa de que se irían incrementando con el tiempo y un buen desempeño. Sindicalizarme era opcional y nunca lo hice. De nueve de la mañana a cuatro de la tarde no estaba mal para un desertor escolar que no tenía claro qué hacer con su vida, excepto destruirla con la bebida y la vagancia rijosa en Infiernavit. Vaya logro el mío. Mi padre y mi hermana podían sentirse tranquilos. Gracias a Dios y a ti, hija, este muchacho ya encontró algo que hacer. A ver cuánto dura. Meses después, por esas cosas de la suerte y, sin habérmelo propuesto, recibí un ascenso a una plaza de mensajero en el Centro de Información Económica, ubicado en el tercer piso del mismo edificio. El salario era mucho mejor y salía una hora antes. Reconozco que me sentí bendecido por los dioses y me llené de una euforia que sólo duraría unos cuantos meses, en lo que me acostumbraba a la tediosa rutina de mensajería.

Yo era invisible y nadie me molestaba; al contrario, mi cubículo estaba en medio de un largo pasillo de granito con ventanales polarizados de piso a techo que daban a la calle del lado poniente y sur. En los extremos había un amplio salón con dos oficinas privadas, separadas por muros de madera con ventanales de otro par de cubículos. Ver y que te vean con cierta discreción. Semana inglesa sin checar tarjeta, prestaciones generosas, rara vez tenía que salir a la calle por algún encargo. Casi todas mis funciones eran dentro del edificio. Subir y bajar pisos por las escaleras y veloces elevadores para entregar y recibir documentos, dar mensajes y recibirlos, hacerme pendejo. En general era un ambiente laboral apacible, pero sobre todo en el área donde yo trabajaba. Vestía como me daba la gana y, conforme fui tomando confianza y antigüedad, mi atuendo comenzó a levantar cejas y a atraer miradas y comentarios recelosos que, por supuesto, nadie me decía en mi cara. Botas obreras con el cuero recortado del empeine para resaltar el casquillo metálico lustrado con lija de agua, pantalón de mezclilla, playeras negras, a veces con estampados provocativos (tuve una con el rostro de la reina de Inglaterra que se metía a la nariz una enorme cuchara con cocaína), pelo a rape con un par de trenzas en la nuca, abrigos largos. En fin, la facha de un fogonero recién bañado.

En el Centro de Información Económica nadie estaba preocupado por ser puntual, por las horas extras o en molestar a los empleados de otras áreas con peticiones que requirieran trámites innecesarios y que podían ponerte en la mira de algún director de área quisquilloso, de esos que se les iba la vida en su oficina, de los que no salían a comer, que se retiraban muy tarde y tenían al chofer esperándolos, aburrido y dormitando en el coche dentro del estacionamiento para ejecutivos. De los que, de último minuto, cuando ya vas de camino al elevador llaman a tu oficina para que te unas a una junta de trabajo; en mi caso, esperar porque necesitan fotocopias. Funcionarios grises pero espartanos para ejecutar órdenes e instrumentar políticas económicas que de pronto nos hacían llegar a la masa de oficinistas a través de memorándums que a algunos los ponían paranoicos. Y conspiratorios. Uy, ahí viene un recorte de personal. Híjole, a lo mejor eso significa que no habrá aumentos. A mí se me hace que van a cerrar el banco. A ver si no nos quitan el servicio médico. Con razón no sale mi préstamo hipotecario.

Yo era un Bartleby atrapado en un universo kafkiano. Preferiría no hacerlo, licenciado con cara de bicho. Si quería literatura, estaba viviendo en carne propia algunas de mis lecturas más queridas.

Mi escritorio quedaba de frente al pasillo, justo en medio del piso donde al extremo izquierdo estaba la oficina de la licenciada Gloria Labardini, mi jefa, y las de sus asesores financieros en una oficina compartida. El pasillo también conectaba, en el lado contrario, con una biblioteca financiera que nadie consultaba, los elevadores y un par de salidas de emergencia. La biblioteca estaba al mando de un viejillo socarrón y metiche que movía continuamente la mandíbula para mantener en su sitio la dentadura postiza. Don Mijares fumaba Delicados uno tras otro. Un chacuaco. Se reía de todo y pasaba de largo los desaires de la Licenciada y sus comadres por metiche y lambiscón. Les daba asco el olor a cigarro y sudor rancio del bibliotecario Urriaga.

Los empleados que pasaban por mi lugar sentían curiosidad ante un sujeto extravagante que parecía exhibirse como engendro de feria tras una amplia vitrina, que mataba las horas leyendo periódicos y revistas que llegaban como suscripción, además de novelas, libros de historia, filosofía y otros temas.

Yo salía a las tres en punto. Rara vez me hacían quedarme más tiempo para apoyar los trabajos urgentes exigidos muy de vez en cuando por la dirección general, excepto cuando tenía que vérmelas con Édgar González, el Rusito. El área donde laboraba tenía el pomposo nombre de Centro de Información Económica. Una dirección creada para que la hermana del, en aquel entonces, secretario de Energía y Minas, se ganara una muy buena lana sin grandes exigencias: la licenciada Labardini, economista egresada de la UNAM. Reunió un equipo de cuatro rucas pedorras de su clase como sus asistentes personales y analistas financieras, que incluían a dos egresadas del ITAM, para hacer la labor de zapa de la información de los periódicos en inglés de donde se fusilaban información que hacían pasar como análisis propios. Los primeros dos años tuvo como secretaria a una señora empalagosa y de buena familia que se llamaba Dulce. Hacía honor a su nombre. A todo mundo sonreía y hablaba con delicadeza con su vocecita de Blanca Nieves. En su tiempo debió ser un forrazo: tenía culo de rumbera, ojos color verde esmeralda y boquita de que era adicta al biberón. Dulce dejó la chamba porque le salió un galán otoñal que se la llevó a vivir a Playa del Carmen. Una guapa economista, nieta de un revolucionario ruso exiliado en México, formaba parte de las colaboradoras de confianza de la Licenciada; además, era una de sus decenas de amigas íntimas. Nunca supe cuál era la profesión de Ivana, pero tenía un carácter voluble y por momentos soberbio, por más que ella se esforzaba en parecer buena onda con los plebeyos como yo. Decía que le gustaba el rock porque oía a Journey. Tenían un par de secretarías que disimulaban muy bien su origen proletario y se conducían igual que sus patronas. Eran sus orejas. Todas estaban seguras de que el hermano de la jefa saldría presidente del país. Menudo chasco. Recuerdo que hasta lloraron como en un funeral metidas todas en la oficina de lujo de la hermanita del candidato fracasado, pues el elegido fue López Portillo. Era la primera vez que se postulaba. Ese día lo goce mucho. Ni sus viajes de verano a Europa y a Houston de *shopping* cada dos por tres les evitaron el mal trago. Eran amas de casa ricachonas que se hacían pasar como eficaces profesionistas financieras. Por iniciativa de la Licenciada, les habían inventado un puesto laboral para ser algo más que acompañantes sociales de sus maridos metidos en la grilla de alto nivel.

A un lado de la oficina de la Licenciada, montaron otra, más amplia y lujosa para un eminente economista, suegro de otro político del momento con aspiraciones presidenciales. El tal doctor era un viejecito taciturno que llegaba a eso de las once de la mañana a su oficina con frigobar y se encerraba a tomar whisky Johnny Walker hasta las tres de la tarde. A esa hora puntual, su chofer entraba por él para llevárselo a comer. Su plaza del viejito era de asesor. Salía hasta las trancas bien colorado y con la trompita chueca, pero aún le quedaba algo de garbo al arrastrar los zapatos al caminar. Los burgueses son así, hacen hasta lo imposible por mostrarse dignos ante su servidumbre. Según él, nadie se daba cuenta de cómo iba. Ya no regresaba en las tardes. Se zampaba una botella de tres cuartos en dos días. A fin de mes yo acompañaba a su chofer a la vinatería La Reforma, en Ayuntamiento, a comprar la acostumbrada caja de whisky, latas de ultramarinos y algunas confituras.

Las dos secretarias del Centro de Información Económica mecanografiaban en máquinas Olivetti eléctricas de esfera, seis gacetillas al mes, dos internacionales y cuatro nacionales, además de memorandos. Me mandaban al centro de fotocopiado a dejarlas para que imprimieran quinientas de cada una de las gacetas, para que luego otro centro de mensajería dentro del mismo edificio las repartiera a los ejecutivos. Se sentían muy orgullosas de sus Informes sobre economía, que se fusilaban de los periódicos y revistas nacionales e internacionales que llegaban al CIC, como se conocía a esa oficina con autogobierno.

El analista de asuntos nacionales era Édgar González, un mediocre periodista de finanzas que tenía una columna semanal en *Excélsior* y completaba sus ingresos vendiéndole publicidad de casas de bolsa y otras empresas del tipo al mismo periódico. Chaparro, parecía ruso de caricatura, barbón, pálido, con lunares en el cuello y manos, discreta melena castaña oscura, lacia, peinada de lado, siempre acomodándosela, botines de cierre y traje con chaleco y corbata. Caminaba dejando oír el taconeo de sus botitas. Era hosco, inseguro y tenía una halitosis de escándalo. Pero era él quien hacía el trabajo de corrección y redacción finales de los mentados informes. Tuve pleito a muerte desde que llegó al área. Odio mutuo a primera vista. Me agarraba de su mandadero para llevar sus columnas al periódico, cada jueves, y a veces tenía que esperarlo hasta las cinco de la tarde. Me trataba con desprecio aprovechando su cargo. Usualmente redactaba su nota por la mañana, pero a veces se le iba el tiempo arreglando negocios por teléfono. El gacetillero tenía arduos problemas para escribir una nota de dos cuartillas donde pudiera lambisconear a los funcionarios de economía, hacienda y finanzas del gobierno y al mismo tiempo criticarlos. Vine a conocer al típico periodista chayotero donde menos lo esperaba. Le llevaba el café a la Licenciada cuando una vez por semana se reunían para revisar la información de los periódicos en la oficina de aquella. Édgar no leía en inglés, por lo que se limitaba a corregir el informe internacional ya traducido.

Por todo me llamaba la atención y a mis espaldas hablaba mal de mí. Las secretarias me ponían al tanto de las quejas del Rusito, un auténtico pelmazo. ¿Ya fuiste por los periódicos? Oye, ¿por qué no estabas en tu lugar hace rato?, te necesitaba. No te vayas a ir porque tengo que entregar mi columna de urgencia. Si te interesa el trabajo, entonces haz bien las cosas. ¿Qué tanto lees?

Durante un buen de tiempo, más del que quisiera recordar, aguanté su prepotencia. Me aborrecía, quizá porque se había dado cuenta de que era mucho más culto que él. A mí no me podía engatusar con que sabía de periodismo y de otros temas. No conocía a Truman Capote. El Rusito consideraba un fantoche a Manuel Buendía. "Merecía lo que le pasó", decía. De ese tamaño era su arrogancia. El acabose fue cuando se me ocurrió decirle a la Licenciada enfrente de él que yo quería ser escritor, pero que no sabía cómo lograrlo. La Licenciada tenía la consigna de mi hermana de ayudarla a enderezarme y no perdía oportunidad para intentarlo mediante interrogatorios.

—¡Uy, está en chino! —dijo ella.

El Rusito se rio de mi aspiración con condescendencia. "¿Tú de dónde?", fue su expresión y empezó a presumir el talento de su hijo como intelectual precoz.

—¿Tiene algo de malo? —lo increpé.

—¿Qué?

—¿A poco tú sólo aspiras a ser chayotero?

—No sabes lo que dices, tengo mucha trayectoria. Pregunta por mí en *Excélsior*.

—Lo que valía la pena de ese periódico acabó con Scherer.

3

En ocasiones, en las que todo el equipo se reunía en una oficina para festejar con pastel el cumpleaños de alguien, yo había puesto en evidencia la ignorancia de Édgar en muchos temas donde se creía experto, como en literatura, por ejemplo. Los lugares comunes de todo mundo: Carlos Fuentes es el mejor escritor mexicano, El problema con Octavio Paz es su relación con Televisa, No me convence *El laberinto de la soledad*. Y así, puras jaladas. Entre todos celebraban *La casa de los espíritus* y *Arráncame la vida*. El *boom* del realismo mágico con té y galletitas. No conocían a Luis Spota más que de oídas. En algún momento Rusito nos anunció que a su hijo le publicarían un libro. Todas las cotorronas se desvivieron en felicitaciones y halagos al júnior que ni conocían aún. Un día el Rusito salió un momento a la calle y regresó con su hijo. Eran idénticos, pero el muchacho con mucho acné en el rostro paliducho. De semblante enfermizo, tristón y de melenita como la del padre, llevaba un libro suyo bajo el brazo dedicado con bolígrafo a la licenciada Gloria Labardini: *Oda a Jim*, un poemario y relatos inspirados en Jim Morrison, publicado por el CREA. Todo mundo le hizo fiesta al Rimbaud rockero con cara de que la genialidad saca forúnculos. Ni que fuera Chinaski.

Me quedé otra vez con la sensación de que cualquier pendejo podía ser mejor que yo. Experimentaba una sensación de debilidad física, como si me fuera a enfermar. Tiempo atrás había descubierto que quería ser escritor, sin saber cómo, me daba miedo y sentía una culpa como si estuviera intentando robarme algo que no merecía. Me sobrepuse y dije, refiriéndome a México:

—Aquí sobran los chavos que aspiran a ser poetas y veneran a Jim Morrison.

—Bueno, no precisamente…

En eso la Licenciada interrumpió al garapiñado antes de que diera cátedra, y entre todas las cotorronas y el padre siguieron adulándolo, ignorándome. No dije más y me fui a mi lugar. Un par de horas después, el Rusito fue a mi cubículo y dejó caer su colaboración para el periódico en mi escritorio. Eran diez para las tres.

—Llévala a *Excélsior* antes de que se haga más tarde —y se fue.

Paquito, el auxiliar que recortaba y clasificaba la información de los periódicos, se me quedó viendo de reojo esperando mi reacción. No dije nada y con la cara roja del coraje fui a hacer el encargo.

Así estuvimos varios años, el Rusito tratando de pisotearme, aprovechándose de su puesto y de mis complejos que me impedían pararle un alto.

Una vez, cuando ya me iba, salió de su cubículo muy aprisa y se dirigió a mí mientras esperaba el elevador:

—¿A dónde vas?

—¿Cómo que a dónde voy? Es hora de salida.

Miró su reloj de pulsera, un Citizen de los baratos, y dijo:

—No te puedes ir hasta que lleves mi columna al periódico. Gloria está de acuerdo.

Me quedé resoplando del coraje frente al elevador. Lo que me impedía negarme era superior a mis fuerzas. Si Freud quería un ejemplo de lo que significaba la sombra de los padres en los hijos a lo largo de la vida, ahí estaba yo, cargando una culpa enorme e indefinible, reprochando en silencio el que mis padres no me hubieran dado elementos para decidir por mí lo que me convenía. Había aprendido de ellos a doblar las manos ante cualquier persona que representara autoridad, sólo porque fuera de piel clara. Yo era un malagradecido incapaz de entender la lucha de mis padres y hermanos frente a la adversidad.

La otra opción era evadir el enfrentamiento, volverme invisible. Miedo. No me había dado cuenta de que la socarronería de mi familia, comenzando por mis padres, era una manera de enfrentar sus circunstancias, aunque eso nos convirtiera en una familia de angustiados, pesarosos e insomnes, que podían explotar de rabia cuando se sentían acorralados. Su valentía y generosidad estaban arrumbadas en mi espíritu reseco.

La puerta corrediza se abrió y tardó un poco más de lo normal en cerrarse, como si me esperara. El elevador se fue sin mí.

Fui a sentarme en un sillón frente al cubículo del remedo de ruso y esperé con la vista fija en él. Prendí un cigarrillo y comencé a tirar la ceniza en un macetón metálico con una triste planta de sombra que no se secaba, pero tampoco crecía. Como yo. Eso era yo: una planta que no adornaba, no se secaba, pero tampoco lucía. Un ser vivo inútil al que cualquier imbécil le tiraba su basura encima. Me sentía deprimido y agobiado de reproches hacia mí mismo. De pronto percibí su incomodidad. Se paró de su asiento para cerrar la puerta del cubículo. Tosió y pretendió concentrarse en la redacción de su chayote: corregía, arrancaba de un tirón la hoja del rodillo de la pesada máquina Olivetti mecánica y volvía a empezar. Esa máquina yo la usaba en ocasiones para escribir mis primeros borradores cuando ya nadie estaba en la oficina. En algún momento conseguí una máquina igual en el almacén y la llevé a mi lugar. Eso me hizo más feliz que un aumento de sueldo. El Rusito tecleaba como si estuviera escribiendo *Crimen y castigo*. Al poco rato me di cuenta de que lo hacía adrede para desesperarme. No lo logró. Cuando al fin terminó, unos cuarenta minutos después, me dio la nota y dijo:

—Vete volando —y se fue de prisa por el pasillo. Toc, toc, toc, sonaban sus tacones estilo cubano. Mientras esperaba a que llegara el elevador, se dio cuenta de que no me movía de mi lugar y gritó:

—¿Qué haces ahí? Están esperando mi columna. ¡Urge!

Si algo te enseña evadir el enfrentamiento directo es a no mostrar tan fácil tus debilidades, a parecer estoico, aunque te esté cargando la chingada el coraje. Me levanté del sillón, caminé despacio hacia el elevador y me paré a un lado del enano, muy cerca, mirando de frente a la puerta de acero inoxidable del elevador que reflejaba nuestras siluetas distorsionadas por el odio mutuo. Sentía la cara caliente y la garganta cerrada. Apenas podía contener las ganas de partirle el hocico. Podía destrozarlo fácilmente, dejarlo tirado ahí, en el pasillo de granito blanco embarrado con sangre y que luego lo descubrieran inconsciente para llevarlo de emergencia a un hospital donde pasaría mucho tiempo antes de que pudiera articular palabra. Se me ocurrió que podía enterrarle un lápiz en el cuello. En esos años no había cámaras de vigilancia y cualquiera podía entrar a los edificios públicos muchas veces sin registrarse en la recepción.

Entramos juntos y en silencio bajamos tres pisos hasta el *mezzanine*. El Rusito se dirigió hacia la salida del estacionamiento caminando como era su costumbre para no enfrentar a nadie: de prisa, un tanto encorvado y con cara de que la economía mundial dependía de una columna suya.

Salí a la calle y con toda calma enfilé rumbo al *Excélsior* con la colaboración de Míster Chayote metida en un sobre de papel manila. Al cruzar Insurgentes rompí el sobre y lo eché en un bote de basura. Tenía de testigo a las ruinas del Hotel Continental, donde se presentaba Súper Olga Breeskin. Qué mujerón. Por una mujer así podrías matar y todo mundo lo entendería. Sentí un alivio enorme, respiré hondo, exhalé el veneno y luego seguí caminando muy relajado rumbo al Centro con muchas ganas de recorrer las librerías de viejo de Donceles.

4

Al otro día llegué muy orondo a la oficina, me serví un café de la estación de bebidas junto al escritorio de Laurita, la secretaria de la Licenciada, y me fui a mi escritorio a leer *Lo de antes*, en lo que el chayotero venía a dejar los periódicos del día ya marcados para que Paquito recortara las notas de interés.

La medianoche anterior había visto en Canal Once *El hombre del brazo de oro*. Me inyectó confianza en mí mismo, quizá algún día podría intentar escribir algo al menos parecido. Con potencia y agilidad para enganchar al espectador, ni siquiera sabía que era una gran novela de un escritor que algunos años después reforzaría mis aspiraciones culposas. La novela de Spota la había conseguido en una librería de viejo de Donceles y casi la terminé luego de ver la película. Estaba desvelado y medio crudo, pero me valía madres, traía el estímulo adictivo de dos grandes historias. La tragedia del Tarzán Lira la sentía parte de mí, transcurría en una zona del D.F. donde me movía con frecuencia desde niño.

A las nueve en punto, la hora de entrada para todos, no había nadie en la oficina. Pasadas las diez llegó Paquito con su eterna cara de crudo, prendió un cigarro y esperó a que el chayotero marcara las notas de economía de los periódicos para comenzar a recortarlas. Sacó de un cajón de su escritorio la regla metálica con la que hacía los recortes, pegamento Pritt, unos sellos de goma con los nombres de las publicaciones y un fechador. Poco antes de las once sonó el teléfono. Paquito contestó:

—Sí, de inmediato —colgó y me miró con ojos de fiscal—. Te llaman de la oficina de la Licenciada.

Paquito tenía ojos de batracio. Recorrí decidido el pasillo. Llegué a la oficina y Laurita, que además era su nuera y soplona, puso ojos de que lo sentía mucho, anticipándome lo que me esperaba.

Encontré a la Licenciada sentada frente a su escritorio tomando notas en una agenda y al chayotero a un lado, de pie, algo inclinado según él revisando un borrador. Alzó la vista y me dedicó una mirada de odio.

—Dígame, Licenciada.

—Édgar dice que no llevaste su nota al periódico.

—La entregué en la recepción del periódico sobre Reforma.

—No digas mentiras, por favor. Ya basta. Pregunté a todo mundo y nadie te vio —repeló el Rusito con fastidio sobreactuado.

—Piensa lo que quieras. Tampoco es mi obligación.

—Gloria, tienes que hacer algo. Este sujeto hace lo que se le pega la gana. Es un facineroso.

La Licenciada exhaló fastidiada y me dijo:

—Le has faltado el respeto a Édgar, dime, por favor, ¿por qué no hiciste lo que te pidió? De lo que respondas depende tu chamba, mano.

Me mantuve en silencio un instante y sin dirigirle la mirada en ningún momento al enano, tomé valor para decir:

—Le agradezco la oportunidad de trabajar aquí, pero a mí no me contrató él y no soy su mandadero. Ni siquiera me da para los pasajes. Lo que me pide no corresponde a mis funciones en el banco. Lo hago por llevarme la fiesta en paz, pero la verdad es que no lo soporto, además, le huele mal el hocico. Si prefiere, póngame a disposición de personal o córrame de una vez, pero un día de éstos le parto la madre a este abusivo.

El enano y la Licenciada no daban crédito. Ni yo, la verdad. Me miraban con los ojos bien abiertos. Ella se llevó a la boca la goma de un lápiz. El enano estaba pálido y pude ver cómo poco a poco se amilanaba. Su risita nerviosa lo delataba. Miraba a la jefa con gesto de ¿ahora me crees? En ese momento, lo que más deseaba era agarrarme a chingadazos con el remedo de mujik.

—Te lo dije, Gloria. Te lo dije.

Fue lo único que acertó a decir cubriéndose la boca con la mano como si contara un chisme.

—Veré qué debo hacer en una situación como ésta; no quiero despedirte.

—Haga lo que mejor le convenga; no soporto a este tipo. Cuando gustes, Édgar, nos arreglamos aparte.

Salí de la oficina sintiendo sus miradas. Laurita había oído todo y me veía como si me hubiera sacado la verga delante de todos.

Llegué a mi lugar y esperé, tenso y con las ideas echas nudo.

—¿Qué te dijeron? —preguntó Paquito, prendiéndose de mis cigarros; en aquel entonces fumaba Camel sin filtro que conseguía en Tepito.

—Me van a correr por culpa del puto ése.

—No creo, la Licenciada te aprecia. Me lo ha dicho.

Chasqué los dientes y me puse a leer los periódicos que ya había recortado el asistente de información.

Paquito era el gato de lujo de la Licenciada. Uno de tantos. Tenía muchos años chambeando para ella. Era algo así como un mayordomo informal que le solucionaba problemas personales menores. La Licenciada lo adoraba y siempre me pregunté si no tendría que ver con lo que parecía una vergota abultada tras sus horribles pantalones beige o cafés de tela sintética. Era clientazo de las tiendas de ropa del Eje Central. Se hacía el buena onda con todo mundo, pero sobre todo con las mujeres jóvenes a las que hablaba con un lenguaje cursilón, como si fueran niñas lamiendo paletas de caramelo. Su responsabilidad era el acopio y la clasificación de las publicaciones que llegaban al Centro de Información; recortaba y pegaba todo lo que la Licenciada y su equipo marcaban con plumines fluorescentes; había que llevar un archivo clasificado por fecha y tema y, en ciertos casos, sacar fotocopias de notas importantes que se tenían que compartir con los ejecutivos antes de redactar la gaceta. Ninguna de estas labores me correspondía, pero me fueron asignadas extraoficialmente para ayudar al huevón de Paquito (Paquete, le decíamos a escondidas los mensajeros), que daba prioridad a los encargos de su patrona. Decía que era dramaturgo y siempre andaba en ensayos, pero ninguno de nosotros lo habíamos visto montar una obra y muchos menos escribir un libreto. Yo asumí la chamba extra con gusto, pues me permitía leer a mi antojo y evadir algunos de los mandados dentro del edificio. Se suponía que tenía que estar agradecido con la Licenciada por la oportunidad que me daba de cultivarme y de hacer algo productivo. Estaba ayudando a superar a un pobre diablo. A la Licenciada y su equipo de cotorronas sólo les interesaba en realidad la grilla y los anuncios de ofertas en tiendas de ropa exclusivas. Hablaban de Houston como si fuera su lugar de nacimiento. Tanto ellas como el chayotero pasaban horas y agobios sintetizando la información, para redactar las gacetas semanales que a profesionistas capacitados no les hubiera tomado ni media jornada diaria. Ostentaban credenciales de economistas, sociólogas, administradoras y periodistas, pero, sobre todo, ostentaban su linaje, de dónde venían, como si eso fuera un amparo contra su ineptitud. Los viernes muy temprano la gaceta estaba en los escritorios de las secretarias de los ejecutivos más altos del banco. A eso del mediodía, empezaban las llamadas de felicitación al equipo de parte de puro lambiscón, que con eso le guiñaban el ojo al hermano de la Licenciada, que para entonces aún era presidenciable. Tal para cual.

Hacia la tarde ya se habían ido todos excepto el Rusito, que permanecía en su escritorio revisando su agenda. Fui a buscarlo. Abrí el cubículo:

—El día que gustes nos aventamos un tiro. No pierdo nada, ya me van a correr.

—Lárgate de aquí. Te voy a reportar a Recursos Humanos.

—Haz lo que quieras, pinche lambiscón. Hasta puto eres.

Regresé a mi lugar temblando de rabia. El corredor estaba fresco y silencioso. Puse en orden mi escritorio, guardé mis recortes personales y los puse en un cajón bajo llave. Ya desde entonces coleccionaba noticias de nota roja o de sucesos absurdos. Tenía cajas llenas con esa información chatarra. Percibí un olor a alcohol rancio. En ese momento me di cuenta de que no pasaba de largo que Paquito y yo metíamos cervezas y a veces anforitas de ginebra Oso Negro que rebajábamos con café o agua. Vacié el cenicero repleto de colillas, tomé mis cosas y salí a la calle sintiéndome ligero y nervioso, con unas ganas enormes de desahogarme con alguien. Necesitaba un abrazo, una palabra de aliento. Coger. Pensé en las consecuencias, en todas las explicaciones que tendría que dar, sobre todo a mi padre, que mal que bien contaba con mi apoyo económico. El único que me respaldaría era mi hermano Cartucho, pero implicaba que se enterara de todo y terminaría pendejeándome y burlándose por haber aguantado tanto al soquete barbón. Cartucho era de mecha corta. Yo era todo lo contrario. Juntos, era un estire y afloja para evitarnos problemas con los demás. Policía bueno, policía malo.

Esperé, esperé y esperé. No pasó nada al otro día, ni al siguiente, ni a la semana. Pasaron dos meses; entonces comencé a burlarme abiertamente del enano, le abría su cubículo y lo retaba a golpes o le hacía gestos de asco por su halitosis. Le infundí miedo y me veía como a un loco peligroso.

Sin embargo, todo parecía haber regresado a la normalidad, pero la Licenciada y sus cotorronas me trataban con distancia y casi no me dirigían la palabra a no ser para lo esencial. Laurita me contó que, poco después de mi insubordinación en la oficina de la jefa, hubo conciliábulo con las cotorronas y entre todos votaron si me corrían o no. Ganó el voto de la Licenciada.

5

De pronto me cruzaba con el enano en el pasillo y poco a poco empecé a disfrutar de su mirada incierta, de no saber disimular su miedo. A mí no me gustaba agarrarme a golpes, había aprendido a evitarlo si no había de otra, de medir a la gente a la que me enfrentaba, y muchas veces de plano abriéndome sin parecer cobarde cuando me sentía en desventaja. De todos modos, ya me habían dado varias felpas a lo largo de los años, para empezar mi padre, por respondón. Aun así, me había ahorrado muchos problemas y había logrado sobrevivir en un barrio donde casi todo se arreglaba a la mala. A nadie le gusta el olor de los hospitales ni el perturbador quejido de dolor insoportable. En general, yo era conocido como un tipo extraño, retraído, pero con liderazgo y que no buscaba problemas, aunque de pronto podía estallar, y en un ataque de furia podía dejarme ir sin medir las consecuencias; era la reacción de un animal acorralado y que hacía del miedo una bomba de tiempo.

Estaba en el punto en el que no me importaría enterrarle una navaja en la panza al Rusito. De azotarle la cabeza contra el piso hasta desmayarlo. De estrangularlo. Esto último ya lo había hecho forzado por las circunstancias, no por bravo. Me separaban a duras penas mientras yo gritaba enardecido por el miedo de quien lucha por su vida.

Me di cuenta de que si me juntaba con los sujetos adecuados, era muy difícil que el contrario tomara represalias. Era una manera de darme a respetar, que no había que alardear para que el rival se confiara. En la ley de la calle los fanfarrones terminan de sirvientes de los demás, o muertos.

Durante un tiempo me apodaron el Larousse debido a mi amplio vocabulario en comparación con el del resto de los vagos. En las barriadas la gente vive como campesinos del medioevo, sin roce con el exterior, excepto por lo que ven en la televisión. Aprenden lo indispensable para sobrevivir. En las barriadas, los cobardes la pasan muy mal. A nadie le gusta salir del barrio ni siquiera a trabajar. Van y vienen sin ver nada ni sentir nada, todo lo relacionan con el lugar donde viven y todo les parece lo mismo. Me movía bien entre los tipos pesados del barrio, apreciaban mi sensatez, mi discreción, mi aguante para beber y los paros que a veces les hacía guardando drogas en casa de mi padre. A veces, la mariguana la ocultaba en balones de cuero de futbol americano. Había aprendido a encordar y desencordar los Spalding para guardar adentro "el material". Cuando se hacía la venta, les entregaba el balón bien gordito, como si estuviera inflado y a las pocas horas o al otro día me lo regresaban desinflado y desencordado, yo lo volvía a dejar como nuevo. Ya inflado lo limpiaba pasándole con un trapo una capa de ungüento para lustrar cuero. Nunca les pedí un peso. Gracias a eso, a que era un buen deportista y organizador de torneos callejeros, y a que me embriagaba sin hacer desmanes, estaba prácticamente prohibido meterse conmigo. Y tenía mota gratis.

Por lo demás, los balones salían del equipo de futbol americano del Colegio de Bachilleres 3. Robarse un balón era lo de menos.

6

Desde muy niño me gustaron los deportes, sobre todo con balón. Jugué sóquer toda mi infancia en buenos equipos, el mejor de todos, el Necaxa, refugio de puros niños chamagosos que vivíamos en Infiernavit. Salíamos campeones todos los años en las diferentes categorías, no había quien nos ganara. En un torneo del *Diario de México* le ganamos la final de zona al Colegio La Paz, donde, como ya dije, jugaba el hijo de Chespirito. Lloraron como Kiko cuando el árbitro silbó el final del partido. En la adolescencia comencé a jugar futbol americano hasta que a los veintiún años entré a trabajar al banco. Un desastre: tenía buen brazo, pero baja estatura, zurdo y ninguna tolerancia a la disciplina militarizada de ese deporte. Los couches tenían que adaptar jugadas para que pasara el balón corriendo. No lo hacía mal. Tenía buen quiebre de cintura y visión periférica, pero era experto en echar todo a perder, en mandar a la mierda todo por cualquier pretexto. No estaba preparado para ganar en nada, y menos en un deporte donde mi posición exigía ser un líder, de preferencia, engreído y popular entre las chicas. Por regla no escrita, el corebac tenía que ser el niño mimado del hedcouch y yo estaba lejos de serlo.

Un tal Jorge Garay era el entrenador en jefe, exjugador de Guerreros Aztecas. Pinta descuidada, siempre de bermudas de nailon de su exequipo de la Liga Mayor, calcetas flojas, tenis Converse rojos, sucios y jerséis de los equipos que había entrenado. Tendría unos treinta y pico de años, pero yo lo veía muy ruco. Arrugado y con pinta de gachupín. Llegaba en un cochecito convertible rojo como los que sacaba el Santo en sus películas. Era un júnior de la Narvarte que aún vivía con sus padres, sin presiones, como si tuviera dieciocho años y fuera el galán de una película donde actuaban Enrique Guzmán, Angélica María o Resortes. Le encantaba lucirse en los entrenamientos bajo las torres de electricidad de Infiernavit, lanzando el balón como en sus años mozos, pero en un campo pedregoso, seco todo el año y con manchones de pasto en las orillas. Como casi todos los exjugadores exitosos de la Liga Mayor que conocí, era un fantoche: ¿Qué, maestro, vienes chaqueto?, dale diez vueltas al campo. ¿Entonces qué, maestro?, ¿sí vas a hacer carrera de albañil? Uta, maestro, corres como nena, desde ahora te vamos a llamar la Novia de México. Saca la mota, no te hagas. Y así, todo el tiempo. Garay y el resto de su plantilla de entrenadores sabían que muchos de nosotros fumábamos mariguana y de vez en cuando nos metíamos chochos. Que fuéramos borrachos estaba bien, ellos lo eran.

El alcohol era parte de los ritos de socialización en ese ambiente de machines. Siempre hacían lo posible por remarcar que éramos unos pobres diablos necesarios al equipo por el escaso plantel y presupuesto. Sus asistentes le festejaban todo a Garay y aplicaban los castigos de rigor por faltar a un entrenamiento, soltar el balón en un partido o no memorizar los movimientos. Los tipos se ponían peor que nosotros, unos adolescentes, cuando veían llegar a las muchachitas muy perfumadas, discretas y con sus cuerpazos a punto de descubrir el sexo como una obsesión culposa. Las sacaban a bailar rocanrol y tropicalozas. Y nosotros, mirando con nuestros vasos llenos de Bacardí con cocacola pegados a los labios, soportando a esos imbéciles que considerábamos casi dioses.

Me enganché viendo los juegos de la NFL por televisión. Nos enajenó con todo a finales de los años setenta. Creó una rivalidad a muerte entre la liga Americana y la Nacional. La Nacional era para Imevisión. Los comentaristas de Televisa, sobre todo un tal Von Rosum, se esmeraban en alabar las cualidades de los jugadores de Pittsburgh o Denver. Von Rosum decía que los negros no tenían cualidades para jugar de corebac. Con mucho tiempo de sobra veía todos los partidos y, como muchos otros adolescentes, creía sinceramente que ese deporte me ayudaría a quitarme lo naco, a ingresar a un mundo de acción ruda y hermosas porristas. Me veía en estadios repletos de fanáticos gritando mi nombre como en la película *Destino de un rebelde*, un melodrama deportivo donde los jugadores profesionales aparecen como gladiadores echados a perder por la maldad del sistema. Nick Nolte era el ala abierta de los North Dallas Bulls, un Chinaski metido a futbolista. Me masturbaba pensando en cada una de las porristas. Me identificaba con los más malos, con los que perdían heroicamente.

Compraba mis Converse, calcetas y jerséis de los Vikingos o de los Raiders en un mercado de ropa de fayuca en Tepito, y regresaba a Infiernavit sintiéndome muy acá, de otro pedo. No me ligué una sola chava, pero me hice de muchas enemistades y varias veces tuve que agarrarme a golpes para que no me robaran los jerséis o los tenis. De todos modos seguí yendo a Tepito a comprar ropa usada y a tatuarme a la calle de Tenochtitlan. Si algo nos había enseñado mi padre a sus hijos era caminar ese barrio como si fuera nuestro. Aguanté así cuatro años en ligas juveniles. Pero siempre, a la hora buena, una semifinal, por ejemplo, desertaba del equipo. A veces hasta me iban a buscar a mi casa los jugadores a nombre del couch Garay para que volviera a los entrenamientos. No seas mamón, es nuestra oportunidad de salir campeones. Ni madres. Pinche puto. Luego me andaba escondiendo de todo mundo avergonzado por dejar tirado al equipo. Los Cuervos eran muy queridos en Infiernavit y era un privilegio jugar con ellos, pues además no cobraban. En aquellos años, el deporte organizado aún era una alternativa a la delincuencia, o por lo menos la hacía más llevadera. El equipo representaba a los desposeídos en las ligas donde jugábamos contra equipos particulares o de universidades públicas con buen presupuesto; lo que no sabían los organizadores es que para Garay éramos motivo de escarnio, precisamente, por lo que causábamos simpatía en la liga.

A veces, durante los partidos, perdía la concentración y olvidaba las jugadas, provocaba balones sueltos o castigos por fuera de lugar que ponían los nervios de punta a todo el equipo y exasperaban a los couches. La única manera que tenía de no considerarme un bulto era haciendo las cosas a mi modo y no dejarme llevar por las órdenes de nadie. Procuraba hacer justo lo contrario a lo que me ordenaban. Me daba mi importancia adivinando lo que los otros pensaban de mí para luego desmentirlos con mis actos. Me apodaron el Sonámbulo, porque en una ocasión me sacaron del campo de juego, conmocionado al chocar casco contra casco con un tacle que me doblaba en peso y mucho más alto que yo. Esa vez, el partido fue en las instalaciones de Los Lagartos, de la Universidad Autónoma del Estado de México. Al regresar al D.F., los más rudos del equipo bajaban del autobús para saquear misceláneas allá por Circunvalación. Todos bebían cerveza durante la ruta, cantaban canciones obscenas dedicadas a las mujeres que pasaban por la calle y a las putas de San Pablo, fumaban mota y se orinaban dentro de las botellas para luego arrojarlas por la ventana. En todo ese largo trayecto desde Naucalpan, yo iba pegado a la ventana, mareado por los efectos del golpazo y sin una clara idea de por qué mis compañeros de equipo gritaban eufóricos. Ni siquiera recordaba el resultado.

Era un vago muy leído. Tenía mi cuarto repleto de libros acomodados por orden alfabético en huacales que cubrían esquinados la mitad de altura de dos paredes. Libros que robaba, que compraba de oportunidad en saldos y remates. Rara vez me compraba un libro de novedad. Nunca me ha interesado mucho el presente, ni la moda. A mi padre le exasperaba que pasara tanto tiempo tirado en la cama leyendo. ¿Y para qué quieres tanto libro? Véndelos si ya los leíste. Te vas a quedar loco, tanto leer para qué, ni a la escuela vas, ¿de qué te sirve? Cuando entré a segundo año de primaria, mi padre pensó que estaba enfermo y me llevó con un médico. El diagnóstico fue que más allá de una leve anemia, yo estaba en mis cabales. Leer era lo único que me hacía sentir bien, y como era un mal estudiante, me permitía disimular mi pobre desempeño escolar y que sabía más que mis condiscípulos. No éramos bien vistos los zurdos, y durante un tiempo mi padre me amarró la mano a la espalda para obligarme a agarrar los cubiertos y escribir con la mano derecha. Fracasó. Le encantaba decirme entre risillas zurdo malhecho. Ya en la secundaria me convertí en el lector oficial en voz alta de lecciones de historia, cuentos, declamaciones, lo que fuera. Mi expresión oral era muy buena y me permitía verles la cara a los maestros dándomelas de sabiondo. La verdad es que todo lo que leía era para mí, sin utilidad práctica para ayudarme a aprender aritmética, física, química y otras materias que requerían un razonamiento lógico. Yo sólo sabía leer con fluidez, comprender lo que leía y alimentar mi imaginación morbosa. Desde niño leer fue una evasión muy fuerte que me permitía ocultar mi miedo a tantas cosas que no sabía identificar. Ese miedo lo aprendí de mi madre, de su llanto angustioso por tantos problemas en los que estaba metida.

Taydé y Sofía fomentaron mi gusto por la lectura; me regalaban hermosas ediciones de cuentos infantiles y de temas de fauna, naturaleza e historia, que compraban en abonos. Taydé estaba suscrita al Club de Lectores, donde se podía elegir un libro que entregaban a domicilio, mediante una cuota fija mensual. Taydé comenzó a pedir libros infantiles. Leí adaptaciones ilustradas de *La Odisea*, de *El Quijote*, los cuentos de los hermanos Grimm, de Andersen; historia de Egipto, de los mayas, fábulas de Esopo y Samaniego. La Biblia para niños. Al llegar al sexto año de primaria ya tenía una considerable biblioteca. Apilaba los libros a un lado de mi cama y algunos otros los guardaba en el piso dentro del clóset de mis hermanas. A los quince años Sofía entró a trabajar a una librería infantil ubicada en el parque España: Pigom, que era el nombre abreviado de la dueña: Pilar Gómez, una española hija de la migración republicana de 1939. Mi madre llevó a Sofía a solicitar un permiso a la Secretaría del Trabajo, ubicada en Río de la Loza, cerca de nuestro domicilio. Por ser menor de edad, lo tenía que firmar la empleadora, que lo hizo de inmediato.

Era una librería preciosa de dos pisos con títulos y juguetes didácticos importados al alcance de los niños. Se podía jugar con ellos y tomar el libro que nos gustara. Sofía se encargaba de vender y de regresar todo a su sitio, le gustaba tanto su trabajo que al poco rato la hicieron encargada, lo cual significaba hacerla, además, de niñera por el mismo sueldo de risa. Estos humanistas son como los empresarios convencionales, explotadores y tacaños, nomás que lo tratan a uno como camarada de lucha. Sofía podía comprar libros en abonos y a precio especial. Yo salí beneficiado. Recuerdo especialmente *Cuentos populares rusos*, relatos de la tradición mujik, divertidos y con moralejas que traté de seguir para mi vida diaria. Un cuento en especial, "La mujer charlatana", lo sigo leyendo; ahí está retratada la mujer de barrio mexicana: desparpajada, indiscreta, bravucona, ingenua y leal al marido que la ve como una tonta. Descubrí *El pequeño libro rojo*, y así me fue en la escuela. Los sábados, Sofía nos llevaba con ella a trabajar a Cartucho y a mí. La librería tenía en el segundo piso un salón de juegos y lecturas. Abrían a las once de la mañana y desde que llegábamos yo me subía ahí; Cartucho se iba directo a los juguetes, luego de un rato se aburría y se cruzaba al parque. Nunca me cansé de revisar los libreros repletos con enorme emoción de lo que podría descubrir. Tomaba algún libro y me ponía a leer hasta la una de la tarde en que me salía al parque a alcanzar a mi hermano, que ya se había cansado de molestar a otros niños. Puros fresitas con ropa de almacén tipo París/Londres. De inmediato se veía que eran hijos de personas solventes y bien educadas. Güeritos, de melenitas lacias o rizaditas, bien cortadas, limpios y se expresaban distinto a nosotros, con un tono neutro, no empleaban palabrotas y sus groserías eran inofensivas; tenían cierto don de mando y de organización que nos hacía enojar y comenzábamos a molestarlos. Eran niños caseros, que sólo salían a jugar a un parque un rato el fin de semana, mientras que Cartucho y yo pasábamos tardes completas en la calle, caminando largas distancias con otros niños igual de rijosos e insolentes, a menos que tuviéramos mucha tarea o estuviéramos castigados. Nos gustaba tocar timbres y echarnos a correr. A mí me encantaba hacer desatinar a los ancianos. "Abuelito, abuelito tírate otro pedito", les gritaba en la calle por sorpresa para asustarlos; les escondía sus bolsas y bastones si me los topaba durmiendo en la banca de un parque;

arremedaba como caminaban. Pegábamos chicles en las manijas de las entradas de los edificios. Romper vidrios. Pequeños hurtos. Nos liábamos a golpes con los niños de otras calles nomás por decir que éramos muy machos y que no nos rajábamos. Nos habían educado como versiones enanas del Jaibo, el de *Los olvidados*.

A eso de las tres de la tarde, Sofía compraba unas tortas y refrescos y los tres comíamos en alguna banca del parque España. Cartucho no paraba de preguntar: "¿A qué hora nos vamos?" Lo mismo todos los sábados.

8

Al llegar a mis veinte, me entró el gusto por robar, sobre todo libros. Entraba a las tiendas, en oficinas o domicilios particulares y me llevaba lo que encontraba a la mano. Nada ostentoso ni caro, nada que no pudiera guardar en mis bolsillos o bajo la camisa. Según mi propia experiencia y lo que había observado en ladrones de oficio que vivían en Infiernavit, el hurto sin hambre es una manifestación narcisista de llamar la atención, una necesidad de excitación extrema que provoca miedo y placer al mismo tiempo una vez que se logra el objetivo. El ladrón que no roba por necesidad, o como en mi caso, por una necesidad de saber qué lo justifica, es un egoísta que quiere hacerse pasar por víctima de una injusticia. Lo merezco y no es mío, es el pensamiento que prueba esa absurda necesidad de buscarse una madriza, la cárcel, o ambas.

Mi pasión era robar en librerías, sobre todo en la Gandhi de Miguel Ángel de Quevedo. Era muy sencillo, nadie vigilaba, no había detector de metales ni cosa parecida. Los empleados eran serviciales, confiados y conocían su oficio. Yo rondaba las estanterías y cuando encontraba un título de mi interés, discretamente lo metía por dentro de la camisa: un libro en cada lado de la panza. Usaba camisas flojas, fajadas y chamarras gruesas o abrigos largos, aun en verano. Robaba en más librerías, pero la Gandhi era mi preferida. Había libros que no encontraba en otros lugares.

Me la pasaba leyendo todo el tiempo que podía. Aprovechaba los largos trayectos en transporte público rumbo al Centro, casi siempre. En las filas de espera, en el excusado, tirado en mi cama. En el trabajo, ni se diga, ésa fue una razón importante por la que aguanté tanto tiempo en el banco y a la gente que trabajaba ahí.

A veces me daba ánimos haciendo un recuento de todas mis ventajas. El mensajero, es decir, yo, tenía mucho tiempo ocioso dentro de unos edificios gemelos de veinte pisos donde la mayoría de los empleados vivían angustiados por hacer bien su trabajo y evitar un posible despido. El mensajero estaba a considerable distancia de los demás empleados de su tipo, pues estaba en un área de excepción protegida por los altos mandos del banco. No tenía que rondar las casetas de vigilancia para recoger paquetes y dejarse ver por los policías que veían con recelo a los mensajeros (todos teníamos la reputación de ladrones, mañosos y huevones), o para enterarse de los avisos en los tableros de información al personal. Las reglas y disposiciones para los otros no aplicaban para el gato de angora, o sea, yo. A quien además le daban vales para cambiarlos por trajes baratones en tiendas de la calle de Gante; sin embargo, iba vestido como se le daba la gana. No tenía especial cuidado por su arreglo personal, si bien siempre iba limpio y con ropa en buen estado. Los empleados cumplían al pie de la letra un mensaje enmarcado en las escaleras de emergencia: LA IMAGEN PERSONAL

ES UN REFLEJO DE LA IMAGEN INSTITUCIONAL. Me quedaba claro que mi atuendo poco o nada tendría que ver en un ascenso pese a que así se entendía. Mi posición era inmejorable de cualquier modo, y de obtener un puesto mejor corría el riesgo de tener que cumplir con obligaciones y modificar radicalmente mi apariencia y hábitos dentro de la oficina. Vestir de traje era para mí como si un cura tuviera que salir desnudo a la calle. Me interesaba mantener el trabajo tanto tiempo como fuera posible, pero no tenía intenciones de jubilarme ahí. No importaba qué hiciera ni cómo fuera vestido, de todas maneras, era invisible para la mayoría, como una velada forma de discriminación a lo raro, a lo extraño, a lo que provoca inquietud, desagrado, pero no temor. Si quería hacerme visible, bastaba con pedir un aumento de sueldo o quejarme de algún reglamento o disposición. ¿Para qué? La paga me daba para rentar un cuarto en la colonia Roma, en la calle de Mérida casi esquina con Coahuila; eran los años en que luego del terremoto, la Roma se convirtió en una ruina peligrosa, deshabitada y con mucha gente que no tenía dinero para irse a vivir a otra parte.

El banco me otorgaba préstamos de dinero en efectivo sin intereses, para muebles y coche, que por cierto nunca pedí. Un mes al año de vacaciones repartidas en dos periodos que yo pasaba en Zipolite o Puerto Escondido viviendo como jipi. Se podía fumar en las oficinas, cerrar la puerta del cubículo y tomar una siesta, oculto tras los libreros y anaqueles. De vez en cuando renovaban la plantilla de secretarias y becarias. Los reclutadores tenían buen ojo y gracias a ellos me hice experto en piernas y traseros. Me gustaba su actitud tras el escritorio contestando llamadas y escribiendo a máquina, al parecer indiferentes a las miradas de los chacales que rondábamos por ahí. Olían tan bien. Las había para todos los gustos. Solteras, viudas, muchas divorciadas, comprometidas en matrimonio, solteronas y aparentemente célibes. Con los cabellos teñidos, hoscas, amables, risueñas, desparpajadas y relajientas, adictas a las frituras, eficientes, leales como soldaderas, bravas, obcecadas en su trabajo y siempre dispuestas a quedarse hasta después de la hora de salida. A sacrificarse por sus jefes. Sabían todo de ellos; los alcahueteaban y encubrían sentadas tras un escritorio en un sillín rodante. Me encantaba su muy discreta manera de presumir su trasero aparentando buscar documentos en los archiveros. Taconeaban altivas rumbo al baño o a los elevadores; sus saquitos sobrepuestos en los hombros a la hora de la comida y las llaves de la oficina como péndulos balanceándose entre sus dedos índice y anular mientras asían con firmeza sus monederos. Sus edades se unificaban con el maquillaje, los peinados y el atuendo. El mensajero tenía mucho tiempo para observarlas y en ciertos casos para hacerlas sus amigas, sobre todo a las que, como él, se sentían fuera de lugar, ignoradas, o asediadas por su pasado.

El tal Paquito era idéntico a Diego Rivera, sólo que con un porte de batracio mucho más marcado y sin dinero, talento ni fama. Ojotes, papadón, gordo y moreno sepia. Nunca se quitaba su chamarra de cuero negra estilo matador de toros. Le encantaban las jovencitas y no se hartaba de contarme sus aventurillas con lujo de detalles candentes, puras mentiras. La Licenciada siempre lo jalaba con ella porque era su hombre de confianza para mandados delicados. Las demás cotorronas no podían evitar echarle una mirada discreta al bulto cuando creían que nadie las veía. La fantasía de Paquito era meterle un buen arrimón a la Licenciada, que ya no era ninguna niña, al contrario. Ya se le colgaba la papada a la esbelta y rubia mandamás.

Paquito era un borracho de fuste y casi a diario llegaba crudo mascando chicles de menta que apestaban todo el cubículo.

En el banco conocí a mucha gente entre la tropa (secretarias, afanadores, mensajeros, personal de limpieza y mantenimiento), salida del mismo estrato social que yo, pero orgullosa de su empleo; iba bien arreglada, pulcra y perfumada, con la ilusión de que su desempeño le traería ascensos y un retiro sin contratiempos, avalados por los magnánimos ejecutivos. La Licenciada y su séquito de amigas, favorecidas por el amiguismo de lujo, formaban parte de una élite social y política acostumbrada a manejar recursos ajenos como propios, a hacer llamadas para resolver los mínimos obstáculos de lo cotidiano, desde evitarse filas en los bancos para cambiar dólares, hasta conseguir buenos empleos, entradas para espectáculos, ayudar a familiares y amistades en problemas con la policía o facilitar la obtención de visas a Estados Unidos.

El hijo menor de la Licenciada, Panchito, nombrado así en honor al tío, nos visitaba en sus vacaciones escolares, aburrido de estar en su casa o metido en el club de tenis en lo que iniciaban sus campamentos de verano en Estados Unidos. Le divertía mucho dar lata a los subalternos de su madre. En alguna ocasión, lo envió conmigo para conseguirle un disfraz de Halloween en alguna tienda de la Zona Rosa, pero me llevé al mocoso en camión a la Lagunilla, donde estuvo azorado de todo lo que vio en las calles y mercados. Convivir con la plebe en su hábitat fue una experiencia excitante para él. Fue como ir de safari. Comimos quesadillas y aguas de fruta y al regresar a la oficina, horas después, la Licenciada estaba al borde del soponcio. Interrogó al niño sin mirarme a mí, que me fui a mi lugar a esperar a que me llamaran para reprenderme. La Licenciada se quedó con las ganas: el niño iba feliz, le contó su aventura y al poco rato se quedó bien dormido en un sofá. Un año después, Panchito estaba de visita en casa de uno de los tíos, lo dejaron solo y descubrió una escopeta dentro de un armario. No supimos de la Licenciada durante varios días, hasta que regresó a trabajar vestida de luto y muy demacrada. Con ello dio fin a la chacota de oficina entre mujeres que duraba horas.

9

Pese a la no tan lejana devaluación del peso de 1982 por el presidente López Portillo (que por cierto le daba un aire a mi padre), mi salario cubría mis necesidades más elementales. En aquellos años, un empleo de esos garantizaba vivir montado en el despilfarro de recursos de las empresas paraestatales y sus funcionarios magnánimos. El gobierno de López Portillo había aumentado la burocracia de seiscientos mil empleados a dos millones. De la Madrid la había mantenido intacta. Nos salpicaba un poco la abundancia de ese cuerno que se nos clavaría por el culo a todo un país más temprano que tarde. Aunque yo formaba parte del escalafón más bajo de los empleados del banco, mis prestaciones no estaban nada mal: en Navidad incluían un arcón navideño, un pavo y un aguinaldo que me volvía generoso a conveniencia. En esas fechas parecía líder sindical. La imagen personal es un reflejo de la imagen institucional. Yo revendía los vales a Yayo, a quien poco después despidieron de la Comisión de Refugiados de Centroamérica por no entrarle a las movidas.

Cosa rara, era un funcionario decente y responsable, incorruptible y vestía como se lo exigían sus responsabilidades que no podían impedir los desfalcos y robos de recursos destinados a los refugiados en Chiapas. Parecía galán de película de los Almada. Muy aficionado al Bacardí.

Como la mayoría de la gente que me rodeaba, yo tenía la actitud de quien incluso sin proponérselo, se hace cómplice del desvergonzado triunfalismo de un gobierno que en aquellos años parecía que jamás dejaría el poder. Se hablaba de política en el entendido de que un partido único controlaba todo, decidía por todos y nos hacía creer que nuestras vidas dependían de una declaración del presidente. Me tocó estar entre estudiantes de una preparatoria privada que dejaron al maestro hablando solo y abandonaron la clase para oír por una radio portátil el nombramiento del nuevo gabinete de Miguel de la Madrid. Los ejecutivos del banco de todos niveles discutían y analizaban lo que podía ocurrir por la llegada o renuncia de tal o cual secretario de gobierno. Todo mundo soñaba con un hueso. En las calles era lo mismo, pero existía la idea de que un poder omnímodo controlaba nuestros destinos apabullados por una realidad construida en la fe en un gobernante.

Mi empleo despertaba suspicacias entre mis conocidos del barrio, sobre todo de los que no habían logrado conseguir trabajo fijo que no fuera en fábricas o vendiendo cháchara en el tianguis. Hubo quien se inició como ratero, otros se enlistaban en el regimiento de granaderos que en aquel entonces eran los encargados de cuidar los bancos. Así me encontró el Zaragoza, un mariguano tranquilo y taciturno con el que jugábamos tochito. Un día, a punto de ingresar al banco por la puerta principal oí un tssssssss por la espalda y, al voltear, ahí estaba el Zaragoza enfundado en un uniforme de granadero que le quedaba grande, chaleco antibalas, botas militares, casco y metralleta.

—Desde que llegamos nosotros no han asaltado un solo banco —dijo Zaragoza después de saludarme, con ese acento alargado y defeño de mariguano, orgulloso de su nuevo empleo. No le habían pedido papeles ni había hecho ningún examen. De los churros en los jardines de Infiernavit ocultándose de la tira a granadero, combatiendo la ola de crímenes imparables:

—¿Y ya no fumas de aquellito? —le pregunté.

—Más ahora, pa los nervios de la chamba; acá los compañeros traen buen material, cuando quieras te consigo —respondió Zaragoza. Me vio entrar al banco y me mostró el pulgar manchado de resina en señal de aprobación.

Durante una semana, custodió la entrada principal, me saludaba con un movimiento de cabeza afirmativo y un gesto con el que me recordaba que veníamos del mismo barrio. A la discreta, en alguna ocasión me esperó a la entrada de las oficinas para regalarme una bolsita del producto con el que se apaciguaba su regimiento.

Algunos amigos tenían licenciatura trunca; ninguno tenía chamba por más que llenaban hojas de empleo Printaform y las presentaban en todos lados.

En ninguna época de mi vida me he ganado más reproches por lo que otros consideran tener buena suerte. De mis amigos, sólo yo había desertado de la preparatoria en el primer semestre.

Me di de baja de la Prepa 6 luego de perder el tiempo en los pasillos de los salones y en las áreas comunes de descanso y deporte, mientras intentaba integrarme a los otros estudiantes, al parecer bien adaptados al sistema escolar. Los oía hablar de sus planes a futuro ya en la carrera universitaria y luego recibidos con su título de licenciados con un buen empleo. A muchos de mis compañeros de clase, sus padres los iban a dejar en coche por las mañanas a la escuela. Todo eso me hacía sentir temeroso, inseguro, fuera de lugar, no sabía qué quería, y tampoco estaba preparado para la rutina escolar que me abrumaba. Sólo pensaba en la hora de regresar a Infiernavit con mis amigos, al ambiente rutinario de la calle y su gente rijosa, desordenada, que sólo me exigía andar a las vivas. Tardé un año en recuperar mis papeles de estudiante de la UNAM, trámites fatigosos, lentos, que reforzaban mi actitud indolente. Desde entonces odié CU y respirar su ambiente de alma mater de esperanza del país, que en los hechos enseña el miedo a enfrentar la realidad. Egresados y pasantes saben que no hay casi nada fuera de ahí.

Hice otro intento y pasé un examen de ingreso al Colegio de Bachilleres; mi intención era que me asignaran al plantel 3 que estaba en Infiernavit, pero mis resultados me mandaron al 4 en Culhuacán, y pasó lo mismo. Parecía un recorrido por los vestigios devaluados del mundo prehispánico convertido en construcciones inacabadas de adobe y concreto grises, tristes, insertadas en enormes terrenos de cultivo desecados y unidades habitacionales proletarias. Barriadas miserables y peligrosas trazaban mi mapa cotidiano. Un semestre y deserté para dedicarme a trabajar en lo que saliera siempre y cuando no me quitara tiempo para la vagancia y la lectura. La cosa era ganar algo de dinero para no tener que pedirle a mi padre. Hice de todo para sentirme menos inútil, podía aportar algo de dinero a casa. En los dos años que siguieron me inscribí en la Preparatoria Popular Tacuba; entraba a algunas clases con maestros que impartían lucha de clases para resentidos. Mi materia preferida era frontón a mano en una de las bardas exteriores del plantel. Así me hice amigo de un par de condiscípulos tan perdidos como yo. El Gordo Manrique y el Flautas Jiménez. Se conocían desde niños y compartían la misma ruta de la destrucción. El Flautas era gordo y el Gordo flaco. Se querían mucho. Nos emborrachábamos en el coche del Flautas y les gustaba llevarme a dar el rol a las afueras del rastro de Ferrería donde trabajaba su padre como matarife. Tenía un anecdotario hilarante y cruel sobre el matadero. Nunca me atreví a entrar con ellos a conocerlo.

Dejé de asistir a la prepa popular luego de seis meses de lo mismo. Me confesé con Taydé y decidió apoyar al bueno para nada de su hermano, como lo había hecho antes con Francisco y Tamayo, a ellos con dinero para divertirse, y a mí pagando la colegiatura de una preparatoria privada en la colonia Del Valle que admitía remisos. Pasé otro medio año intentando redimirme en un turno vespertino con los mismos resultados entre estudiantes asalariados mediocres, que desahogaban su frustración en bares de Sanborns. Gente forjada en oficinas y con un recorrido escolar parecido al mío. No le avisé a Taydé de mi tercera deserción, y el dinero para la colegiatura lo gasté en parrandas hasta que no pude más y volví a confesarme con mi hermana. Ella jamás me reclamó. Mi padre se enteró dos años después que yo había abandonado los estudios y me negó el habla hasta que su amputación nos convirtió en enemigos reconciliados.

10

El caso es que en diciembre de 1988 decidí gastar una parte de mi aguinaldo invitándole unos tragos a mi padre en los lugares que él frecuentaba. Seis años atrás había desmantelado el taller, su oficio se vino abajo por la entrada de las grandes empresas que reclutaron mano de obra calificada y aprendices para trabajar con sueldo fijo. La joyería en serie inundó el mercado y bajó los precios. La calle de Madero comenzó a llenarse de plazas comerciales especializadas. Ya no había quien pagara por una pieza original o una compostura hecha a mano. Los talleres de artesanos desaparecieron y con ellos mi padre emprendió la retirada como uno de los líderes de un pequeño comando de artesanos derrotados por la producción en serie.

El nuevo capital lo confinó a un retiro forzado. Malbarató el mobiliario y la mayor parte de su herramienta. Dejó su taller.

Tomamos un minitaxi de nuestro domicilio en Infiernavit y con todo y silla de ruedas nos enfilamos directo a la cantina La Giralda, en Motolinía casi esquina con 16 de Septiembre, a unos pasos de donde había estado el taller de joyería. Mi padre iba feliz por la invitación y se había puesto sus mejores ropas. Guayabera, pantalón de vestir, sombrerito de fieltro tipo *flap top*, chamarra de cuero de solapas anchas y botines. Aunque nunca lo decía, yo sabía que en el bolsillo del pantalón escondía una de sus navajitas de muelle que lo hacían sentir protegido. Dados los niveles de delincuencia a los que estábamos acostumbrados, no dejaban de darme risa las prevenciones de mi padre. Bandas de asaltantes y pendencieros portaban armas de fuego y cuchillos largos y yo no tenía ninguna intención de jugarle al valiente. Ríos Galeana tenía franquicias por todas partes. El dinero que llevaba conmigo, enrollado y oculto en el calcetín, era probablemente menos de lo que costaba la silla de ruedas y la navaja con mango de nácar. Una pareja de ladrones huyendo con una silla de ruedas y mi dinero, mientras mi padre yacía en el suelo pataleando con su única pierna y yo pidiendo ayuda al tratar de levantarlo. La imagen detonó una carcajada mía que hizo enojar a mi padre por negarme a compartirle mi paranoia.

En calzada de Tlalpan, entre Chabacano y San Antonio Abad, se apreciaban las huellas del terremoto: edificios aplastados, campamentos de damnificados que parecían representaciones oficiales de ciudades perdidas. En el Centro, decorado con motivos navideños, había más recordatorios de la clase de gobernantes que tolerábamos: edificios abandonados, baldíos, cascajo, basura, indigentes y más campamentos de damnificados. Las calles sombrías apestaban a una desgracia mustia que había quedado como testimonio de los miles de muertos, la destrucción y la incapacidad del gobierno para hacer frente a una emergencia. Surgió entre el cascajo un paradigma de participación ciudadana en el D.F., un momento clave del despertar de los capitalinos con capacidad de organización y expresión. Sí, hubo mucha solidaridad espontánea de la población, yo fui parte de ella, pero también presencié rapiña y agandalle de civiles; jóvenes clasemedieros, sobre todo, que tomaron el terremoto como una diversión extrema y como una salida de su arrinconamiento social por clasismo, y que durante el Mundial de Futbol tomaron por asalto el Ángel de la Independencia para una bacanal multitudinaria que les permitió rozarse con el populacho y divertirse a sus costillas. Cagadillas presuntuosas con su ropa de marca comprada de fayuca. Muchos de ellos jamás habían ido a un partido de futbol, ni les interesaba. Pero era la moda verlo a color en pantallas gigantes o en el estadio a precios de locura. El equipo tricolor tiene mucho corazón y en la cancha lo demostrará. Funcionarios públicos, empresarios, comerciantes, policías y soldados aprovecharon el terremoto para sacar tajada. Paquito, mi compañero de cubículo en el banco, se había colado como damnificado en un campamento para que le dieran vivienda dos años después. Metió también a un primo y a un sobrino con su mujer y dos hijos. A saber cómo le hizo.

Y así, lo de siempre, la vida tal y como la habíamos aprendido a vivir. Ratería.

El taxi nos dejó en 5 de Mayo, y sobre Motolinía nos dirigimos de inmediato a La Giralda. Pasamos por la Buenos Aires, pero al viejo no le gustaba por ruidosa y porque ahí se reunía el gremio de los limpiadores de talleres de joyería, joyeros de bajo perfil que nunca aprendieron bien el oficio. La Giralda era un galerón largo, entre las loncherías La Rambla y la Casa del Pavo. Su ambiente era de comerciantes españoles, sastres y joyeros, principalmente, pero había también técnicos dentales, coyotes del Monte de Piedad, leguleyos, estudiantes de San Carlos y troqueladores de metal precioso. Una fauna variopinta con un olfato de sabueso para la trácala y la bebida a bajo precio. Yo había crecido en un ambiente donde era normal que todas esas personas, además de abogados, médicos generales y dentistas que tenían sus despachos en edificios como donde mi padre tenía su taller, tuvieran siempre un tufillo alcohólico. Fumaban mucho y su salud de hierro contradecía los cálculos de cualquier organización de salud.

El cantinero y los meseros saludaron a mi padre efusivos y el viejo se sintió de nuevo en sus dominios, si bien algo receloso ante los comentarios que pudieran provocar su condición. Había adornos navideños colgando del techo y un arbolito con esferas al final de la barra, acompañado de una alcancía de cerdito. La cara del chancho sonriente se parecía a la de varios parroquianos. Nos acomodamos en una mesa cerca de la barra para que mi padre pudiera platicar con el cantinero y los meseros cada vez que iban por más tragos. Todos fueron a darle un abrazo, por Navidad, por los tiempos idos, por el dineral que dejó mi padre en lugares así. El hijo, observador, casi ignorado por los demás que lo veían con desdén: facha roquera, con la mirada entre hosca y taciturna de alguien que quiere estar en todas partes al mismo tiempo, bebiendo cerveza del pico de la botella.

En el estéreo, como en todas partes, sonaba José José. El Príncipe de la ciudad triste e intoxicada. Todo era tragedia en él. La tragedia amorosa de millones. Su película autobiográfica coincidió con el terremoto y nadie fue a verla. "Soy asííííí." El gran *crooner* dipsómano y cocainómano, ídolo de los oficinistas donde yo trabajaba. Bacardí blanco para estar a tono con sus canciones. "Del que deja hinchados los tobillos", solía decir mi padre. El arbolito de Navidad, abajo del televisor, en una repisa, brillaba intermitente sin gracia con unas cuantas lucecillas rojas y azules. Eran apenas las cinco de la tarde y ya había parroquianos hasta las manitas de borrachos, abrazados unos de otros, babeando dormidos en una mesa, hablando a gritos. Eran tiempos en que las mujeres sólo entraban a ciertas cantinas aun con el permiso de las autoridades. Los baños no estaban acondicionados para ellas. Nadie de los presentes se conmovía por las inhóspitas condiciones en que vivíamos todos, asolados por el desempleo, trabajos grises, la pobreza y la violencia, aún asustados por el terremoto y sus consecuencias. Casi nadie tenía estudios universitarios; una inmensa mano de obra explotada que se daba tiempo para pasar un buen rato con los amigos en cantinas baratonas. Pese a todo, estaban orgullosos de pagarse unos tragos y, dado el caso, de invitar un par. Creían tercamente que era cosa de suerte para darle un golpe de timón al destino. Por eso, como mi padre, les encantaba jugar a la lotería y a la rifa del pollo en las cantinas, consumidos y empobrecidos, con pocas cosas de qué ilusionarse a no ser con ganar premios amañados.

Mi padre terminó su segundo Don Pedro con agua mineral y nos fuimos. Nos faltaba La Fuente, junto al metro

Allende y saludar a la dueña de la fonda Cafeteka, pero evitar a Rosi *la Borrega*, la desparpajada y alburera propietaria de un taller de troquelado de metales finos, arriba de donde ahora es el bar Pasagüero. Empinaba el codo durísimo la señora. Tuvimos suerte, ya se había ido a repartir abrazos a cambio de arrimones y copas.

Por un momento, en ese atardecer caluroso, seco y con las sombras de edificios ruinosos que cubrían la caída del sol sobre la calle, bajo la nata de contaminación en el aire, mi padre y yo habíamos dejado de sentirnos culpables por llevar años luchando por el derecho a vivir con agua caliente y fría, un excusado limpio, un techo y comida en el refri.

Pasamos de una cantina a otra, saludando en todas a amigos de mi padre. "Oye, Lucio, tu hijo no se parece en nada a ti", alguien gritó desde la barra. Terminamos a eso de las once y media de la noche, a la hora en que cerraban La Fuente, con el tiempo justo para que los últimos clientes tomaran el metro. Estábamos bien picados. Durante horas, mi padre tomó con mesura sus tragos campechanos, repartió abrazos, consejos y recuerdos, un fuerte anecdotario cargado de amargura, mordacidad y fracasos monetarios. Parecían personajes de cine mexicano. Indisciplinados, parranderos, desorganizados, mujeriegos, impuntuales, pero astutos, alegres y simpáticos casi siempre por la bebida, disparadores con los cuates y hábiles con sus herramientas de trabajo.

La misma historia de todos sus amigos y conocidos. El Pollo, el Ronco Lara, el Palanco, Ricardo el Malvado, el Güero Pachangas y muchos más, todos peleando a muerte contra la vida que el destino les había deparado. Ninguno de ellos estuvo presente en nuestro recorrido. Seguro hacían el propio, con sus segundas familias o con sus amantes en cantinas donde la discreción era indispensable.

Un mesero de La Fuente nos pidió un taxi. Le preguntó a mi padre si yo iba bien para llevarlo a casa.

—Te ves peor tú y no has tomado.

Fue la respuesta del viejo al lambiscón mesero que había recibido una generosa propina de mi parte y ni así me dirigía la palabra. En la radio del taxista se escuchaba la cumbia del *Sorullo*.

Llegamos al barrio muy animado por las luces navideñas en las ventanas y entradas de los edificios, pero también por las torretas de las patrullas que rondaban las calles principales. A duras penas bajé la silla de ruedas y ayudé a mi padre a bajar. Como era de esperarse, el taxista no hizo intentos por ayudarnos y, mientras esperaba la paga, torcía la boca en lo que miraba por la ventana de su puerta. En las calles y andadores tropezamos con borrachos de todas edades, listos para echar la bronca por cualquier pretexto. La euforia etílica en las calles y viviendas mantenía agazapado el rencor que convivía con nosotros como un vecino más. De todos modos, en las fiestas callejeras la cumbia sonaba briosa.

Llegamos a casa, no había nadie. Esa Navidad no hubo decoración, nacimiento ni cena con pavo ni bacalao. Hacía tiempo que sólo vivíamos ahí tres personas solitarias y desprendidas de afecto por los demás.

El fregadero estaba lleno de trastes sucios. Cartucho se había ido a una posada. Como tantas otras madrugadas, yo permanecería en vela esperando a que mi hermano regresara.

CAPÍTULO IV

Hay que vivir de prisa y morir joven

1

La Unidad Infonavit Iztacalco tuvo su origen en una de las zonas donde alguna vez hubo tres enormes lagos que cubrían gran parte del oriente y sur del D.F.: el Texcoco, el Xochimilco y el Chalco. En las colonias vecinas, caóticas, bravas y mal trazadas, alguna vez hubo un cauce original de canales, ríos y campos de cultivo. Las treinta y cinco hectáreas de la unidad fueron expropiadas por el presidente Adolfo López Mateos en 1962 y diez años después comenzó la construcción del complejo donde iría a parar toda mi familia, excepto mi hermana Rosa María, en 1974.

Fue ella quien tramitó el crédito de vivienda que en aquellos años se lo daban casi a cualquier asalariado. Mis hermanas Beatriz y Taydé trabajaban como secretarias en Infonavit, y fue a través de ellas que Rosa María hizo un trámite sencillo en aquel tiempo. Beatriz trabajaba directamente bajo las órdenes de Carlos Payán, que se convertiría una década después en el director fundador de *La Jornada*. Beatriz lo admiraba como a un dios, lo veía como una transmutación de

Mario Benedetti que esperaba el momento oportuno para dejar su chamba de burócrata de lujo.

Esas nuevas unidades habitacionales eran un proyecto que a inmigrantes como nosotros despertaba desconfianza, pues estaban en zonas muy feas a las orillas de la ciudad. Según nos contaba Taydé, que trabajaba en un área donde se organizaban las solicitudes y las opciones disponibles, casi había que rogarles a los trabajadores para que aceptaran los cómodos créditos a pagarse a veinte años o más con tasas de interés muy bajas. Beatriz y Taydé estaban tan entusiasmadas con esa panacea que fueron de las primeras en su oficina en pedir un crédito.

Rosa María tenía un buen empleo como secretaria ejecutiva en un despacho de asesores financieros y jurídicos. Era ambiciosa. Por las noches estudiaba Administración de Empresas y cuando se tituló llegaron los primeros ascensos, aumentos de sueldo y luego mejores oportunidades de trabajo, ayudada por uno de sus antiguos jefes, que la recomendó en Banco Somex como retribución a su lealtad y discreción con las movidas del despacho de ingenieros, abogados y contadores donde se conocieron.

Cuando mi madre emocionada vio en un folleto fotos a color de un modelo como el de la casa donde viviríamos dentro de poco, Rosa María vio en ello una buena excusa para seguir acosando a mis padres con reproches, regaños y chantajes. Ella se haría cargo de pagar las mensualidades del crédito. Así había sido desde niña, era la primogénita, la consentida de mi padre, la talentosa y aplicada en la escuela. La que cantaba con voz entonada *Mi querido capitán* y bailaba swing con la gracia de una enana (Shirley Temple era su ideal), la que ayudaba en las faenas de la casa y la que se hacía cargo de vestir y calzar a sus hermanos menores.

La que comenzó a trabajar primero, a sus doce años, como dependienta de una jarcería y con eso llevar dinero a casa para ayudar con los gastos. Trabajaba de día y al terminar la secundaria por las noches comenzó a estudiar Comercio. Sus pretendientes siempre eran tipos cortados por la misma tijera: trajeados, oficinistas de rango medio, aparentemente abstemios y con modales afectados que parecían aprender de los personajes que interpretaba David Silva y Fernando Luján. Rosa María los llevaba a casa y de inmediato ponía a mi madre a prepararles café o de cenar; se la pasaba presumiendo lo mucho que hacía por mis padres y los grandes planes que tenía para ellos y a veces nos incluía a Cartucho y a mí. Casa propia, viajes, buenos colegios, en fin. Era una mentirosa patológica que mi padre nunca supo controlar. En un festival del Día de las Madres en la primaria donde Rosa María estudiaba el quinto año, en la colonia Morelos, mi madre se quedó con los brazos abiertos esperando a su hija, pues ésta se mantuvo al otro lado del patio pretendiendo que no se conocían, mientras los demás niños corrían a abrazar a las suyas. Luego, delante de los profesores que se habían percatado de lo ocurrido, se acercaron a mi madre desconcertados y Rosa María les dijo que se avergonzaba de ella. Mi madre regresó a nuestro domicilio en la calle de Plomeros, desconsolada y llorando. Una puesta al día de *Angelitos negros*. Una maestra le aconsejó a mi madre darle un castigo ejemplar a la majadera. Lejos de eso, mi madre se pasó una larga temporada tratando de contentar a su hijita consentida con regalos y mimos para que le perdonara la manera en que vestía siempre: como criada, le dijo Rosa María, porque llevaba puesto su eterno mandil y unos zapatos gastados.

Para el momento en que Rosa María tramitó el crédito de Infonavit, ya estaba divorciada de Guillermo, un ñero de

Tacubaya que había conocido en el despacho donde ambos trabajaban. Migui era auxiliar de oficina, pero actuaba como si fuera accionista; tenía ínfulas de galán de cine: prieto, engominado y pulcramente vestido siempre de negro, su gracia mayor era imitar a Alberto Vázquez. Su ídolo era el profesor Zovek. Los domingos sin falta llegaban a comer a casa acompañados de Conchita, la suegra, con el hijo tomándola del brazo. La vieja comía lo de tres y se la pasaba contando anécdotas de lo mucho que había sufrido para educar a su Migui, el pelafustán engreído que le estaba haciendo ver su suerte a mi hermana. A Conchita le faltaban dientes y masticaba como chimpancé. Migui tenía celos de Rosa María porque estaba mejor preparada que él, ganaba más y tenía más mundo. Se gritoneaban en presencia de todos y mi hermana, con su lengua viperina, le decía de todo.

Duraron casados unos cuatro años. Vivían en Tacubaya, sobre el Periférico, en un departamento oscuro pese a que las ventanas daban a la calle, ruidoso y amueblado como bar de Taxco: muebles chaparros estilo colonial con adornos mexicanistas y unos óleos tétricos pintados por Migui. Mis padres me encargaban con ellos cuando no quería acompañarlos a Guadalajara.

Un día Migui le metió un par de bofetadas a mi hermana, ella le habló de inmediato por teléfono a mi padre, que fue hecho una fiera a recogerla de inmediato a su domicilio. Migui huyó. Rosa María lo perdonó en aquella ocasión, pero Migui ya no volvió a ser el mismo. Se emborrachaba por su cuenta y dejó de asistir a las reuniones familiares. Cuando se separó de mi hermana, le dio por llamar en la madrugada de larga distancia desde Veracruz. Buscaba a mi padre, que nunca tomó el teléfono. Los demás teníamos instrucciones de colgar si oíamos su voz por el auricular.

Rosa María a veces llegaba a casa de mis padres a quejarse de Migui entre sollozos.

En una ocasión mi padre la sentó en sus piernas y le dijo:

—¿Y por qué no lo dejas?, si tú puedes agarrarte algo mejor.

Mi hermana no respondió, pero esa noche no regresó a su casa. Mandó a Greta y a Sofía a dormir a la sala y ella ocupó la que había sido su cama.

En lo que se divorciaban, Migui consiguió una chamba de cantante en un antrucho por la Narvarte y mi padre con Francisco y Tamayo fueron una noche a tomar unas copas ahí. Migui le dedicó a mi padre *Mi viejo*. Lo esperaron hasta que terminó su *show* y Migui se fue a sentar con ellos. Lo emborracharon. Migui lloró y pidió perdón toda la noche. Abrazaba a mi padre y a mis hermanos estrechándolos con sus manos sudorosas. Salieron al cierre del bar. A unas calles de ahí mi padre le puso una felpa por todas las que le había hecho a Rosa María y no volvimos a saber de Migui.

Dos años después mi hermana siguió el consejo de mi padre, pero no agarró el marido que ella creía merecerse. Se agarró un pelmazo que era el hazmerreír de la familia.

2

No cursé el kínder (hice berrinches tremendos cada vez que me dejaban en la entrada de la escuelita y mis padres terminaron por desistir en su intento). Me había convertido en un niño voluntarioso y desapegado de mi familia. Tenía sueños delirantes y despertaba gritando por las noches.

Guadalajara me enfermaba, me hacía daño: vomitaba por cualquier motivo, peleaba con los niños del callejón de Juan

Díaz Covarrubias, en San Juan de Dios, donde nos hospedaban las hermanas de mi padre, Sofía y Felipa, en una pequeña vecindad que ellas administraban. Convivían con familias o inquilinos solitarios que nunca supimos a qué se dedicaban. A veces, Chofis le rentaba un cuarto a un sujeto de traje, ya mayor, rubicundo y peinado con Wildrot, que siempre cargaba un portafolio de grueso cuero. Cuando nos veía a Cartucho y a mí en el patio, hacía su broma de siempre: tirarse pedos ruidosos haciendo como que se jalaba la corbata. Yo me llevaba a mi hermano al fondo del patio y ahí esperábamos a que el borrachín verraco se fuera dizque a trabajar.

Recuerdo una Guadalajara sombría por las noches, apestosa al diésel de los autobuses y a las fritangas callejeras, y con sus calles estrechas con mosaicos rojos y blancos. El mero centro. Sus cenadurías atestadas, como la de la Chata, amiga de mis padres, nuestras visitas a Colomos a ver entrenar a las Chivas y los partidos en el Estadio Jalisco en el clásico local contra el Atlas.

No faltaban los paseos al balneario Los Camachos, pura raspa. Nosotros entre ella. Cartucho y yo comíamos chicharrones de harina con salsa de pico de gallo en la orilla de la alberca. Los adultos se emborrachaban y cachondeaban por ahí, a la vista de todos. Mi padre tenía amigos del gremio de joyeros y con ellos íbamos al balneario, pero sobre todo al Estadio Jalisco, todos le iban al Atlas. El Palanco tenía un Chevrolet cincuenta y tantos, negro, bien cuidado. Al terminar los partidos nos regresaba a Cartucho y a mí a casa de las tías. Nosotros viajábamos con mi padre en la parte de adelante y a veces, si lloviznaba, en lo que cambiaba la señal en los semáforos, me bajaba a las carreras a deshacer cigarrillos en el parabrisas para que el tabaco hiciera bajar el agua de manera uniforme y le permitiera ver al conductor. No servían los limpiadores. Era mi gran aventura en noches como ésa luego de gritar a todo pulmón los goles de Chivas o hacer rabietas si ganaba el Atlas: subirme de prisa al cofre, apoyándome en la defensa delantera y, luego de rodillas, completar mi encargo. A ese Chevrolet siempre le fallaba algo, menos el motor.

En el camino, los viejos discutían sobre el partido y a veces parecía que saldrían a los golpes, pero no, así eran, bravucones y mordaces, pero al final prevalecía una camaradería cómplice del alcohol y de tantos y tantos negocios que nunca cuajaban. El periplo de mi hermano y mío terminaba a la entrada del callejón de Díaz Covarrubias, ahí nos bajaba mi padre y, apoyándose en el filo de la puerta del Chevrolet, se cercioraba de que nadie nos molestara en el trayecto de regreso a la vecindad, donde nos esperaban mi madre y las tías a la entrada, sentadas en los viejos equipales, chismeando y fumando. El humo parecía llevarse a los fantasmas y aparecidos que perseguían los terrores infantiles de mi madre. Luego, mi padre seguía la parranda con sus amigos. Regresaba muy alegre de madrugada; chiflaba desde el patio y al entrar al cuarto prendía la luz muy sonriente para presumirnos un rollo de billetes que quién sabe de dónde habría salido. Mi madre no hacía preguntas, mientras hubiera para comer, pagar deudas y divertirse un poco, qué importaba de dónde viniera el dinero.

Chofis era una señora coqueta y ronca de tanto fumar Raleigh, de espaldas la confundían con una muchachita y se ganaba piropos por todos lados. Tenía a su "peor es nada" Justicia, un bolero de San Juan de Dios que nunca vivió con ella y lo mantenía casi en secreto, a no ser por algunas indirectas y alusiones para reírse de él. Nada que la comprometiera demasiado, compartían lo poco que ganaban, ella con las rentas de los cuartos de la vecindad y, entre los dos, de timar gente. Mi madre sospechaba que robaban en los camiones. Sofía siempre tenía historias truculentas que contaba con lujo de detalles, así nos entretenía a todos, menos a mi padre que de mentirosa y desvergonzada no la bajaba. Era la nota roja del callejón. De veras, Sandoval, así pasó, tú porque no crees en nada, pero si hubieras visto al aparecido con el cuchillote, hasta hubieras rezado. ¡Se echó a toda la familia! La mujer ésa se metió con el hijo del vecino, una lagartona. Por eso la mataron.

Sandoval era el segundo apellido de mi padre. Las tías y mi madre también le decían Alacrán o güero Mónico, a saber por qué. Sofía afirmaba que en la vecindad rondaban fantasmas. La verdad es que, por las noches, los únicos ruidos que se oían eran los chillidos de una niña mongoloide, de inquilinos yendo al baño común, a veces de sirenas de ambulancias que pasaban en la avenida República, o la pedorrera del viejo verraco.

Felipa se dedicaba a leer las cartas y a hacer curaciones con hierbajos, una bruja pues. Siempre envuelta con un rebozo que le cubría la cabeza. Cuando se sentaba en una silla tejida de patas cortas se le veían las medias pardas enrolladas en sus piernotas de zotaca. Ganaba bien como abortera y casi nunca la veíamos en la vecindad. Ocupaba un cuartito oscuro y fresco que olía a hierbas ahumadas. Una cama, un par de sillas y un ropero. Se ponía una caja de madera sobre las piernas y me llamaba con ella:

—Mira, Servín —no sé por qué ella fue la primera que comenzó a llamarme así, quizá me veía un gran parecido con mi madre, de quien tomé mi identidad como autor—, en esta cajita llena de secretos hay cosas para ti, ya verás. Ora que me muera te la dejo.

Una vez me tomó de la mano y la metió en su entrepierna.

—¡Aún no sabes lo que es esto, pero ya sabrás! —dijo y soltó una carcajada mientras me aventaba la mano hacia fuera, como si le quemara.

A mí me daba una agradable sensación de escalofrío en la espalda cada vez que me decía esto cuando mis padres no andaban por ahí. Me hacía sentir sucio, culpable y cómplice de algo que no sabía qué tan bueno o malo podría ser. Felipa era una anciana sonriente y desparpajada, que siempre tenía una picardía en la punta de los labios. Ella y Chofis adoraban a mi padre y siempre hicieron lo posible para que toda la familia estuviera cómoda en la vecindad. Nos instalaban en una habitación a la entrada con ventana a la calle, amplia, limpia y aireada. En el patio estaban los equipales con mesa de centro donde mi padre encontraba por las noches una botella de tequila para que se sentara a conversar con las hermanas. Se oían los grillos y Chofis decía que eran mensajeros de los muertos que nos cuidaban. Y eso que nunca leyó a García Márquez. Era semianalfabeta como mis padres. La diferencia era que mi padre había cursado cinco años de primaria y con ésos tuvo para convertirse con el paso de los años en un fiero lector sobre todo de periódicos; con mi madre pasó igual gracias a los rudimentos que aprendió en el hospicio. Mi padre tenía algunos libros que leí de niño sin entenderles gran cosa: *Así hablaba Zaratustra* y *El Cristo del Calvario*, comprados en las chácharas de la Lagunilla, adonde íbamos cada domingo sin falta; había otros en casa: los Populibros La Prensa, que yo leía a escondidas: *La mansión del delito*, *Los huéspedes de la gayola*, *En la senda del crimen* o *Crímenes espeluznantes*. Todas las tardes esperaba a que mi padre llegara con la *2ª de Ovaciones* para leer a Matarili y regodearme con las muchachas semidesnudas de "La 3". Los domingos *El Heraldo de México*, a principios de los setenta, con sus fábulas pánicas de Jodorowsky y la columna de Agustín Barrios Gómez, fueron los complementos que tuve a la mano para afinar mis habilidades lectoras. A los diez años me sabía de memoria la programación del *Tele Guía* y no me perdía la columna de Chucha Lechuga, sobre chismes y comentarios picantes de la farándula. Los Populibros tuve que leerlos a escondidas en un principio, además de que no entendía del todo las narraciones un tanto rebuscadas de David García Salinas. Siempre le agradeceré lo que me dio como lector. A este periodista y su terrible crónica roja del México del siglo xx lo relaciono con una anécdota de mi padre.

Cuando estudiaba la primaria, utilizaba plumillas para escribir. Corría el año de 1936 en Guadalajara. En los pupitres para dos estudiantes había tinteros. Cuenta mi padre que era una broma recurrente que los estudiantes de las últimas filas tomaran las plumillas cargadas de tinta y las sacudieran con la punta hacia adelante como si estuvieran a punto de lanzar un dardo. Según mi padre, los maestros eran muy estrictos, abandonaban el salón por un buen rato mientras dejaban alguna tarea y nadie levantaba barullo temeroso de los castigos. Las gotas de tinta manchaban las espaldas de los estudiantes del frente sin que éstos se dieran cuenta. En cierta ocasión, a mi padre "se le zafó" la plumilla y fue a clavarse directo a la mollera de un niño sentado dos filas adelante. Mi padre y los condiscípulos sentados a su lado soltaron las carcajadas al ver balancearse la plumilla, y el niño no acertaba si soltar el llanto o arrancarse la plumilla en medio de un gesto de dolor. Regresó el profesor y al darse cuenta de que había un alumno con una plumilla como péndulo, clavada en la mollera, preguntó quién lo había hecho, mientras auxiliaba a la víctima que para entonces berreaba a todo pulmón. Ningún alumno se animó a delatar a mi padre hasta que el maestro amenazó al grupo con darle de cinturonazos y mantenerlo en la escuela hasta la noche. Los alumnos sentados detrás de mi padre comenzaron a señalarlo y, sin decir nada, el maestro fue por él, lo tomó del brazo y lo llevó al frente. Delante de todos, mi padre recibió dos fuertes cachetadas de ida y vuelta; luego el profesor le rompió su plumilla y le pidió que extendiera la palma de la mano con la que la había lanzado. Con la punta de la plumilla, comenzó a picarle la palma teniendo cuidado de no enterrarla, sólo lo suficiente para que el aguijoneo sometiera a mi padre hasta hacerlo llorar y pidiera perdón. Luego, con la palma enrojecida y pequeños puntos de sangre y tinta, fue conducido por el maestro a un rincón del aula donde lo mantuvo de pie mirando al muro hasta bien entrada la tarde. El colofón fue la chinga a cinturonazos que le dio mi abuela cuando regresó a casa, pero de eso ya no quiso contarnos jamás. Prefería reírse por lo bajo de su broma como si fuera niño otra vez y acabara de enterrarle la plumilla a su compañero. Prendía un cigarro y su vista enrojecida se iba a algún lugar del pasado que sólo él creía conocer.

3

Con mi madre, mis tías hacían del chismerío todo un arte de narración oral e intriga callejera. Felipa y Chofis murieron muchos años después. Yo me enteré de pasada y mi padre no hizo mayores aspavientos. Si la caja de madera de Felipa tenía muchos secretos, está visto que nunca me enteraré cuáles, pero el más importante lo descubrí escondido en su entrepierna.

En aquella Guadalajara de los años setenta, Cartucho y yo pasábamos mucho tiempo solos en esa vecindad y en la calle; mis padres se pasaban horas visitando gente. A veces, al regresar de sus diligencias nos íbamos a comer a la cantina Los Equipales, allá por la calle de Federalismo. Era su lugar predilecto por el ambiente Chiva. Muchas fotos de los héroes del Campeonísimo. Ahí se aparecían exjugadores y amigos de mi padre. Tomaban la copa juntos. Mi madre cantaba y nosotros pasábamos horas sentados mirando sin entender la alegría prolongada y al parecer interminable de tantas personas. Tomábamos refrescos de naranja y comíamos botanas y tecuinos. El resultado era intensos dolores estomacales, a veces diarrea y siempre tés de manzanilla y menta como remedio.

Una de las familias que compartían la vecindad con mi tía Sofía, mantenía encerrada en uno de los cuartos a una niña con retraso mental. De pronto, alguien, la hermana o la madre, ya no recuerdo, muy jóvenes y guapas ambas, entraban al cuarto a calmar a la niña a punta de trompadas. La niña lloraba día y noche, pegaba en la puerta con la cabeza y me provocaba pesadillas. Me veía encerrado en el mismo cuarto perseguido eternamente por un marrano. El marrano realmente existía, era propiedad de un vecino y lo dejaba suelto en el callejón; varias veces nos persiguió a Cartucho y a mí, fiero quién sabe de qué. Yo no sabía que los cerdos pueden ser peligrosos y en una de tantas terminé trepado en un árbol tras ser perseguido por el chancho hasta que alguien llegó a arriarlo a su chiquero dentro de la casa.

Chofis nos contaba detalles de la relación entre mis padres. Teresita se crio en el Hospicio Cabañas, su madre murió alcohólica. Su padre la abandonó cuando ella tenía dos años. Mi madre tenía una media hermana: Luz, hija de mi abuela con un hombre desconocido. Era cuatro años mayor que mi madre.

Mi abuela podía tirar bebiendo a todos los hombres de Teuchitlán. Murió de veinticinco años y dejó a mi madre a cargo de Gertrudis, una hermana que siempre vio a las sobrinas como una carga. Ella metió a mi madre al hospicio, donde Teresa pasó casi diez años. Luz se quedó en la casa para servir a la tía.

Mi madre aprendió a leer, escribir, cocinar y a cantar en un grupo de niñas formado en el hospicio para entretener a los visitantes distinguidos. Las monjas sabían muy bien cómo chantajear a los benefactores. Mi padre la conoció años después, en una iglesia cercana donde mi madre era parte del coro y la que mejor cantaba. Ella tenía catorce años. Lucio comenzó a ir a misa con frecuencia y luego se hizo acólito sólo para estar cerca de Teresa. Le llevaba diez años. Ahí le enseñaron a tocar la guitarra. Para entonces, Teresa había regresado a casa de su tía, que, ya casada, necesitaba una sirvienta. La tía la trataba como tal y a Luz como a su sobrina, lo cual quería decir que no la golpeaba ni la dejaba sin comer. Mi padre le pidió permiso a la tía para visitar a Teresa en el patio de la casita en San Juan de Dios. Ella dio autorización para que fuera todos los sábados por la tarde a ver a mi madre una hora. Luz se enamoró primero de mi padre a lo lejos, mirando a escondidas tras la ventana de la cocina cómo platicaban en el patio y Teresa sonreía con una mueca más de miedo que de alegría. La tía Gertrudis le ordenó a Luz que vigilara de cerca a su hermana cuando Lucio la cortejaba. Ahora salían las dos a ver a Lucio y Luz no perdía detalle de todo lo que hablaban, además de entrometerse. Ahí empezó el problema.

Mi padre me contó que Luz se le había insinuado más de una vez. En una ocasión en que mi madre había sido castigada, la tía mandó a Luz a verlo en lugar de su media hermana. Ella no desaprovechó el tiempo, pero mi padre la rechazó. Desde entonces se formó un triángulo de odio. Un año después Teresa se fugó con Lucio. La esperó en la esquina de su domicilio una noche y ella le dijo a la tía que iba a comprar unas velas. Nunca se explicó por qué la tal Gertrudis no mandó a Luz a seguirla. Huyó muerta de miedo y con sólo lo que traía puesto, puros harapos y un rosario de perlas con una cruz de oro que el cura le había regalado como premio a su hermosa voz. Se ocultaron en Melaque durante unos meses. Mi padre había conseguido un cuartucho en las afueras. Había hecho amigos entre ladroncillos, artesanos y vagos. Para entonces, ya aprendía los oficios de zapatero y joyero como mandadero y criado en talleres. Al año Teresa empeñó el rosario y nunca lo recuperó.

Lucio traía la escuela de mi abuelo Pedro, un aventurero de origen español: de Santander, decía orgulloso mi padre cuando quería tomar distancia de la plebe. Pedro había tenido decenas de oficios y raptó a su hijo para huir con él a Estados Unidos. Los hermanos de mi abuela querían matarlo por sus hábitos licenciosos. Mujeriego y bebedor. Nunca se hizo cargo de mi abuela. Lucio y su padre llegaron a Kansas City y luego a Chicago. Lucio tenía cinco años y Pedro treinta y tantos. Anduvieron de un lado a otro recorriendo pueblos. Pedro trabajó en cocinas de albañil y paleando nieve. Lo poco que ganaba lo tiraba en bebida y jugando a los dados. Lucio solía contar que vivían cerca de la calle de la masacre de San Valentín en 1929. Él y mi abuelo rentaban un cuarto para dormir con otros mexicanos. Ocho más. Escucharon las balas de metralleta de una ejecución de parte de los matones de Al Capone contra miembros de la banda de Bugsy Moran, conocida como North Side Gang. Los sicarios iban disfrazados de policías y fingieron una redada. No lograron abatir a Moran porque éste llegó tarde a la cita planeada por Capone.

Ante la falta de trabajo y sus pocas ganas de conseguirlo, Pedro decidió regresar a México. Viajaron durante días como polizontes en un tren de carga con más mexicanos hartos de estar lejos de sus familias, solos y sin dinero. Llegaron a Guadalajara sucios y hambrientos. El abuelo tenía pinta de mariguano (vestía de overol), luego de dejar a su hijo a las puertas del domicilio de mi abuela paterna y sus hermanos, desapareció para siempre. Para entonces, Lucio tenía siete años. Mi abuela lo recibió a cinturonazos y de inmediato los tíos lo pusieron a trabajar como mozo de un taller de zapatería y en las duras faenas de la casa. Se hizo cargo de él su padrino el Chorrendo y su mujer, una alcohólica que murió de una cruda, porque el marido la castigó por borracha y rijosa, encerrándola en un cuarto dos días sin agua y solo algunas tortillas duras. Dicen que la encontraron tiesa. Como si la hubieran disecado, haz de cuenta, recordaba mi padre.

El Chorrendo le buscó otro trabajo. Éste siempre necesitaba dinero y su ahijado era una buena fuente para obtenerlo. A nadie le importaba que Lucio no continuara sus estudios, casi todas las personas con las que convivía eran analfabetas, alcohólicas y violentas. Les encantaba intrigar. El Chorrendo llevó a mi padre con un sujeto malencarado para ofrecerlo de caballerango.

—Don Rodolfo, aquí le traigo a mi ahijado —dijo el Chorrendo.

—¿Qué sabes hacer? —preguntó de mal modo el sujeto al muchachillo.

—Lo que usted le enseñe, don Rodolfo —respondió el Chorrendo.

—Lo que yo sé no lo aprende nadie, menos un escuincle. Así que a chingarle, ahí está mi caballo —dijo, señalando a Lucio—; cepíllalo, limpia su mierda y luego ponle la montura.

Pactaron un sueldo para el escuincle: la mitad del salario iría a parar a manos del Chorrendo.

Lucio comenzó a hacer lo que le pedían, supervisado por un caballerango, aprendiendo sobre la marcha. Estaba en una casa con un enorme patio central a las afueras de Guadalajara. El caballerango lo corregía a golpes e insultos si se equivocaba. Lucio tenía pavor de que el caballo le diera una patada. Don Rodolfo despidió al Chorrendo a mentadas de madre y se metió a la casa para arreglarse.

Le apodaban el Remington, especialista en asesinatos políticos. Sin saberlo, Lucio se había convertido en criado de un famoso pistolero mujeriego y sin escrúpulos que en la década de los treinta era matón a sueldo del gobierno de Jalisco. Rodolfo Álvarez del Castillo y Rojas era cuñado de María Félix, *la Doña*.

Rápido y con excelente puntería. El apodo le venía de su gusto por las armas de esa marca. Armaba la grande en las cantinas de Guadalajara, sobre todo en las del barrio de San Juan de Dios, donde vivía. Vestía de charro, se fajaba al cinto del lado derecho un revólver calibre 44 Remington Mágnum y a la espalda otro calibre 32. Disparaba con ambas manos y rara vez fallaba el tiro. "Hay que vivir de prisa, morir joven y ser un cadáver guapo", decía. Era arrogante, mujeriego exitoso, irascible y perdía los estribos con el alcohol. Exvillista, como sus padres y hermano, medía un metro ochenta, de piel blanca, cabello y ojos oscuros, complexión delgada y bigote fino; tenía una voz estentórea y amenazante, modulada para llamar la atención. Sólo bebía coñac para sentirse potentado y tequila para recordar su condición de integrante del populacho al que despreciaba. Vivía con ciertos lujos gracias a su actividad como tahúr.

En las ferias de Aguascalientes, Irapuato, Distrito Federal, Puebla, Pachuca, Morelia, Mazatlán y Hermosillo se hizo famoso por ganar mucho dinero en apuestas de peleas de gallos, carreras de caballos, juegos de cartas y ruleta. Era un Juan Charrasqueado de la vida real, un macho de cine mexicano a la Gavilán Pollero, borracho parrandero, jugador, tahúr y protegido del gobierno. A las mujeres las llamaba "yeguas" o "cuaconas": "A mí las que me gustan son las cuaconas: con cuello de cisne, pechos de mujer criando, cintura de doncella, ancas de viuda rica y caminar de adivina mi chamba".

Si la policía lo detenía, le enseñaba una credencial que lo identificaba como Teniente Coronel Asimilado, un eufemismo posrevolucionario para justificar la portación de armas para exmilitares utilizados como sicarios. Era la versión vernácula de Filiberto García, el matón de *El complot mongol*. Usaba chaleco antibalas. Le gustaba alardear por las calles a pie, borracho, con la mano en la pistola por si alguien le salía al paso.

En ocasiones, Lucio tenía que llevarle el caballo a alguna cantina o a las afueras de la casa de alguna enamorada. En alguna ocasión lo esperó toda una noche a que saliera de la casa de una de sus mujeres y cuando el Remington vio a mi padre lo corrió de ahí a patadas.

La impunidad a caballo bayo imponiendo su ley a balazos. Aun corriendo detrás de alguien, su puntería era casi infalible. A un amigo suyo exvillista lo mató por tramposo en el billar. El exmilitar revolucionario disparó primero y el Remington cayó al suelo fingiéndose herido, cuando su oponente se acercó, el Remington ya tenía la pistola desenfundada y de un tiro en la frente mató a su enemigo.

Murió el 16 de diciembre de 1936, a los cuarenta y dos años, después de que resultó herido en un intento de asalto durante las fiestas guadalupanas. El Remington se dirigía acompañado de tres amigos a su auto Roadmaster descapotable, estacionado en Juan Álvarez y Pedro Loza, frente al Santuario, luego de haber terminado de cenar. Iban ebrios, escandalosos y bravucones, como siempre. Cuando se disponía a subir al coche, un grupo de sujetos se acercó y dispararon a quemarropa hiriéndolo en la espalda. El asalto disfrazó una ejecución contra un adúltero que seducía a mujeres de militares, tahúres y funcionarios de gobierno. El Remington tenía muchos enemigos y sólo esperaban la oportunidad para matarlo.

Primero fue atendido en la sección médica de la Casa Municipal, de ahí lo trasladaron al Hospital Civil, donde murió luego de que sus familiares trataron de llevarlo a una clínica particular, pero las autoridades les negaron el permiso.

Lucio nunca cobró los cinco pesos que le debía el patrón por dos semanas de trabajo monótono y extenuante. Para entonces ya no trabajaba para él. No aguantó el maltrato. Siempre odió al Remington; el día que le avisaron de su muerte, estaba parado en la entrada de la casa de su expatrón, riendo para sus adentros mientras esperaba inútilmente a que alguien le abriera para dar el pésame.

4

El cura de la iglesia donde Teresa cantaba y Lucio aprendía a tocar guitarra, vio con buenos ojos la arrejuntada y los casó sin que la parentela de ella se enterara. Para entonces Lucio ya no sabía qué había pasado con su padrino, mucho menos con

Pedro, su padre. Lucio era un hombre esbelto, de mediana estatura, frente amplia, piel blanca, correoso. Le gustaba la calle, tener muchos amigos y fraguar negocios millonarios que siempre terminaban mal. Teresa, menuda, de piel blanca y pelo negro, mirada triste y siempre al frente, dispuesta a resistir cualquier desgracia. Estaban profundamente resignados el uno al otro. Se veían como cómplices para compartir sus miedos y la ausencia de cariño. Era un amor triste y sacrificado, sin grandes logros, un amor que miraba la felicidad a la distancia, con recelo. Lucio y Teresa eran así, desconfiados hasta de sus sentimientos.

No sé de dónde sacaron para los trajes de novios. La única foto de la boda que conserva mi familia es de un estudio. Sin amigos ni parentela que los quisiera, no hubo testigos ni celebración. No es una historia de amor. Es una historia de soledad, acuerdo solidario para resistir penalidades a lo largo de una vida.

CAPÍTULO V

La mejor en el sexo oral

1

Los tres hijos mayores nacieron en Guadalajara. Un buen día, a Lucio se le ocurrió que el futuro de su familia estaba en Acapulco. Se fue con su mujer y los niños a buscar su suerte en la Perla del Sur.

Lucio tenía treinta años y Teresa veinte. Consiguieron un cuarto amplio en el barrio cerril de Petaquillas. La Costera Miguel Alemán tenía unos meses de haber sido inaugurada y se presentaba triunfante como el puerto turístico más importante del mundo. La brisa marina olía a grandes capitales y a voracidad inmobiliaria. Desde Petaquillas se veía el mar. Lucio hizo de todo, pero se concentró más en la pesca de anzuelo en lancha y en la venta de pescado en la playa. Teresa lavaba ropa y cocinaba en una fonda. Para ellos, la vida nunca tuvo glamur; Rosa María y Raúl, los hijos mayores, de seis y cinco años respectivamente, recorrían las colonias vecinas para ofrecerse como mandaderos. Casi el paraíso fue para la familia el infierno cotidiano que arrastrarían toda su vida.

Acapulco estaba por explotar como la Costa Azul mexicana. Pronto llegaría el *jet set* internacional, las drogas duras, la prostitución de lujo. Espionaje, intrigas políticas. Farándula y política mexicanas apuntalan su complicidad con la mafia siciliana para tejer una red criminal internacional que hasta hoy es redituable en millones de dólares. El presidente de México Miguel Alemán, Meyer Lansky, Frank Costello, Virginia Hill, la Reina de la mafia, Orson Welles, Lana Turner, Rita Hayworth, Errol Flynn, Cantinflas, Johnny Weissmüller, María Félix. *Tintansón Crusoe*. Johnny Stompanato, asesinado de una puñalada en 1958 en Los Ángeles, por Cheryl Crane, la hija de Lana Turner, gánster de poca monta y guardaespaldas del mafioso Mickey Cohen, a quien James Ellroy usaría como personaje en relatos y novelas. Para el periodista Roberto Blanco Moheno en sus columnas semanales en *Impacto*, Acapulco le era intolerable: "Destinado a aventureros internacionales y politiquillos traidores a su sangre mestiza, a Sodoma y Gomorra de la gente del cine". Lo que el cine mexicano de la época de oro no trató ni de pasada. Pura demagogia nacionalista y melodramas con final feliz.

2

Cierta noche un amigo de Lucio, el Escualo, le pidió ayuda para llevar cajas de licores y despensa a una lujosa residencia de camino a Punta Diamante, al sur de la bahía. Había que recoger la mercancía de un yate atracado frente a un embarcadero en playa Caleta. Había que hacerlo de noche, en la camioneta Ford del Escualo, y aprovechar el cielo nublado de noviembre. El Escualo trabajaba como capataz en una bodega de carga y ocasionalmente agarraba a Lucio para trabajitos de repartidor. El Escualo robaba mercancías y Lucio le ayudaba a venderlas tierra adentro y entre turistas que comenzaban a llegar atraídos por el balneario promovido al alcance de todos los bolsillos. Eran pasadas las diez de la noche y a Lucio le pareció extraño que no hubiera gente en el malecón.

Al llegar al embarcadero El Escualo le dijo a Lucio que no abriera la boca para nada. Abordaron una lancha donde los esperaba un mulato enorme y sudoroso que, de pie, se balanceaba en la proa y a señas les indicó que comenzaran a remar. Quince minutos vigilados por un sujeto sentado frente a ellos con una pistola en la mano derecha, metida entre las piernas, relajada. Nunca pronunció palabra.

El acceso al yate Zaca, de dos mástiles, estaba vigilado por tres hombres armados, altos, de apariencia extranjera. "Gringos, seguro", pensó Lucio. Se oían voces en inglés y en español y risas en una amplia cabina iluminada.

En la cubierta estaban listas unas cajas de madera, bien selladas con clavos. Estaban rotuladas como "licores" y "conservas". Las bajaron a la lancha. Hicieron tres viajes al embarcadero para poner la carga en unos diablitos, empujados desde el embarcadero a la camioneta del Escualo, por dos sujetos esmirriados, con las camisas abierta hasta el ombligo, anudadas por las puntas y huaraches. Otros dos sujetos, armados con pistolas fajadas al cinto, custodiaban la camioneta.

Luego de terminar, los diableros recibieron su paga por parte del Escualo y se perdieron caminando hacia el centro del pueblo. A Lucio no le checaba el peso de las cajas, y no se oía el y tintineo de los envases. El Escualo no habló en todo el trayecto. En otro coche los seguían un par de sujetos. A su derecha rompían suaves las olas contra las piedras. Más allá de las playas desiertas, el mar infinito descubría una media luna detrás de nubarrones. Se avecinaba una tormenta que borraría el rastro del vehículo bien abastecido; era uno de tantos que, desde Acapulco, convertirían a México en un punto de quiebre para el tráfico de todo tipo de mercancía ilegal.

Llegaron a la residencia y un sujeto los condujo a la parte trasera para desalojar todo en una bodega subterránea, a la que se accedía por la cocina. Había que bajar a un sótano con muros de piedra e iluminado con lámparas de queroseno. Cuando terminaron, en la cocina se toparon con una mujer bellísima, muy esbelta, de cabellera castaña clara, de ojazos azules, en traje de noche blanco y achispada. Iba acompañada de un mexicano relamido e indiferente que fumaba un cigarro en una boquilla de baquelita. Vestía una fina guayabera de lino azul, pantalón blanco del mismo material y unas alpargatas de piel. La mujer saludó a todos, y al Escualo y Lucio les hizo un breve interrogatorio sobre la dificultad de la encomienda antes de agradecerles el servicio.

—¿Cómo se llaman? ¿Son acapulqueños? ¿Les gusta el dinerito? —preguntó esto último sonriendo y remarcando su acento de gringa que normalmente ocultaba con un fraseo elegante.

Lucio se puso nervioso y contestó como pudo; la gringa no le quitaba la vista de encima. Se hizo un largo silencio hasta que abrió su bolso y le dio a cada uno una generosa propina en dólares. El trabajo ya estaba pagado en pesos y mi padre esperaba el momento de recibir su dinero en cuanto regresaran a Acapulco. Abandonaron la residencia sin decir más, nerviosos, pero felices y llenos de fantasías sexuales con la gringa, que compartieron al regreso con fanfarronadas de machos acomplejados. Lucio recibió su pago en efectivo a la altura de Caleta por parte del conductor de la camioneta. Ahí mismo se despidieron, y después Lucio y el Escualo fueron a emborracharse a un barecillo del centro de Acapulco, había muchos, frecuentados por los habitantes pobres del puerto. Las calles terregosas estaban atiborradas de gente, tugurios, puestos de fritangas, prostitutas, maricas, raterillos y vividores.

No le faltaba mucho para que Miguel Alemán, en contubernio, entre otros, con un notario de apellido Palazuelos, regalara terrenos ejidales, que había despojado a campesinos, al petrolero Jean Paul Getty, para que construyera un lujoso hotel en Puerto Marqués. Actores como John Wayne, Johnny Weissmüller, Cary Grant y otros más se despacharon con la cuchara grande gracias a la corrupción gubernamental, para asociarse en la construcción de hoteles como el Flamingos. Era un plan a todo lujo para invadir Acapulco con casinos y hacer del puerto el Montecarlo tropical. El cerebro de todo era Frank Costello, el máximo gánster de la Cosa Nostra en Estados Unidos, quien pasaría unas semanas en México como incógnito para supervisar los negocios en marcha.

Lucio regresó ebrio casi al amanecer a su cuarto de Petaquillas; mientras se desvestía a oscuras, como era su costumbre, le contó a Teresa sus aventuras de esa noche que esta vez le habían dado a ganar buen dinero transportando contrabando a una residencia de millonarios. Evitó mencionar a la gringa. Hicieron el amor y pronto Teresa quedaría embarazada de su cuarto hijo. Otro varón.

3

Meses después, Lucio caminaba por los alrededores de Caleta buscando un bar donde tomar unas cervezas. Era casi la medianoche. Encontró un tugurio tranquilo con un combo de músicos porteños que tocaban boleros tropicales y de pronto un mambo para animar a la escasa concurrencia. Lucio se había convertido en un hombre esbelto y musculoso, gracias a que perfeccionaba sus habilidades como nadador todos los días apenas el sol despuntaba al oriente, braceando algunos cientos de metros mar adentro y de regreso desde playa Hornos hasta la mitad del trayecto al islote de San Lorenzo.

En un par de ocasiones había emulado a los pájaros humanos tirándose un clavado desde La Quebrada. Sintió miedo, mucho miedo, pero no pudo rajarse luego de la insistencia de un par de clavadistas, a quienes conoció en un comedor de pozole en el centro del puerto, adonde asistía con Teresa y los niños cuando había un poco de dinero extra. Ellos le enseñaron los rudimentos para tirarse al mar una vez que entraba la marea. Fumaban mariguana todo el tiempo. Le contaron que a veces eran invitados a lujosas fiestas en yates y residencias para divertir a los extranjeros y de vez en cuando hacerla de semental con hombres y mujeres. "Se la pasa uno bien", le decían, maliciosos. Lucio esbozaba una risita cómplice, envidiando ese libertinaje que volvería famoso a Acapulco.

Comenzó a escalar detrás de ellos para familiarizarse con el risco; subió al punto más alto del clavado, pero sólo consiguió tirarse de la parte más baja, la que no le provocaba tantos vértigos y le permitía controlar el miedo. "Mi vida es así", se decía mirando al mar Esmeralda.

Lucio sabía hacer amigos y eso angustiaba a Teresa, pues nunca sabía con quién podría llegar por las tardes a su modesto cuarto de alquiler a tomar cerveza. Casi todos eran unos tramposos y sus mujeres unas alcahuetas, con las que Teresa comenzó a probar la bebida. Cerveza, que nunca le gustó, y poco a poco le fue tomando gusto al brandy y al jerez Tres Coronas, que tomaba por las mañanas con jugo de naranja como energizante.

Una vez al mes iban a la plazoleta de La Quebrada a bailar danzones, mambo, el ritmo de moda, o la música de Xavier Cugat, interpretados por una modesta orquesta local pagada por una asociación de hoteleros. Sólo dos o tres piezas, pues Teresa interrumpía el baile para irse a sollozar discreta a una mesa, avergonzada por no saber bailar. Sentía que todos a su alrededor la miraban y se daban cuenta de lo hábil que era su pareja en contraste con ella. Lucio la consolaba tomándola entre sus brazos sin perder de vista las caderas sensuales que se movían en la pista.

4

Se había tomado tres cervezas y estaba a punto de seguir su ronda nocturna en otro bar cuando en la entrada del antro apareció la gringa hermosa que había conocido en la residencia. Iba acompañada de otra mujer de apariencia mexicana, también hermosa, el sujeto que había visto en la cocina y un maricón remilgado. Iban elegantemente vestidos y en evidente estado de ebriedad, quizá drogados. Los escotes provocaban estremecimientos en la entrepierna de los hombres presentes, puro pueblo bajo. El capitán de meseros se acercó para ofrecerles una mesa y tomarles la orden. Al poco rato comenzaron a bailar al centro de la pista después de mandar a la mierda al capitán de meseros que insistía en llevarlos a un privado. Lo único que pudo hacer fue apartarles una mesa discreta lejos de la pista. Al parecer, los conocía. Les llevó una botella de whisky, vasos, hielo y un sifón. El cuarteto de fifís inhalaba "fifí" (cocaína) descaradamente en su mesa. A nadie parecía importarle. Mi padre pensó si sería buena idea permanecer ahí. Tomó un par de cervezas más y pidió su cuenta, dándole la espalda a los fufurufos. Podía oír sus carcajadas y de pronto las bromas soeces. Era como si el antro guardara silencio intimidado por los distinguidos visitantes.

Lucio daba la espalda a la pista recargado en la barra. Cuando menos se dio cuenta, la gringa le tocaba el hombro y luego lo jaló de un brazo para llevarlo a la pista. Lucio sintió que la garganta se le cerraba y que todos los presentes lo miraban con curiosidad y recelo. Había pocos parroquianos de cualquier modo. Fauna del puerto la mayoría. Bailó de cachetito con la gringa una pieza de Olimpo Cárdenas: "No sé por qué no te olvido si cada vez te estoy pensandooooo", cuidando de apenas tocarle la cintura y con prudente distancia de la pelvis. Sintió un agradable escalofrío en la espalda al oler el perfume dulce mezclado con el sudor y el tufillo a whisky de la mujer. La pieza se hizo eterna mientras la gringa tarareaba al oído de Lucio, ignorando que bailaba con un desconocido. Cuando al fin paró la música, Lucio intentó conducir caballerosamente a la gringa con sus amigos a una mesa del fondo, pero ella se soltó suavemente de la mano que la sostenía del codo y volteó para decirle: Gracias, mexicano, ya puedes irte, con la misma sonrisa que les había dedicado al Escualo y a él meses antes.

Mi padre pagó su cuenta y, avergonzado, salió caminado despacio del cabaretucho. Algo le decía que su suerte, por un momento, estuvo a punto de cambiar. Nunca se perdonaría no haber ido más allá con la gringa de cascos ligeros.

Quizá se refería sin saberlo a Virginia Hill, *la Reina del champán*, en Acapulco. También era conocida como *la Reina de la mafia*. Las frecuentes fiestas en su mansión reunían a lo mejor de los chapuceros y delincuentes de alta escuela. La crema y nata de la sociedad internacional que la plebe conocía a través de las páginas de sociales de los periódicos mexicanos. El gobierno gringo no se daba abasto para surtir a la creciente demanda de adictos originada en la posguerra.

Mafiosos estadounidenses como Bugsy Siegel, enviado a México por Lucky Luciano y Meyer Lansky, para potenciar el cultivo e importación de opio y heroína hacia la Costa Oeste; diplomáticos, artistas de cine, políticos, banqueros y aristócratas decadentes a la Ugo Conti, el arribista napolitano, gigoló y cazafortunas que protagoniza *Casi el paraíso*, la novela de Luis Spota que retrata como pocas a la pretenciosa e ilusa burguesía mexicana de los años cincuenta. Por aquellos años comenzó a incrementarse el consumo de drogas en México. María Dolores Estévez Zulueta, conocida como Lola la Chata, controlaba el tráfico de cocaína, heroína y mariguana en la capital del país desde un humilde puesto de comida en el mercado de La Merced. Buena parte de esa droga entraba por Acapulco para ser transportada al D.F.

Mucha de esa élite delincuencial cosmopolita se había refugiado en el país durante la Segunda Guerra Mundial, atraída por la rubia de ojos azules. México les encantó. Virginia Hill representaba la fantasía de la estrella hollywoodense: sexy, promiscua y reventada. Era todo menos estrella de Hollywood, pero representaba como pocas el glamur astuto, prostibulario y seductor a la *femme fatale* de la literatura *noir* estadounidense, sobre todo el angelino. Dashiel Hammet, Raymond Chandler, James Ellroy; Rita Hayworth, Gilda. Hollywood. A la edad de treinta y cuatro años, fecha aproximada en que pudo conocerla Lucio, Hill ofrecía fastuosos banquetes para relacionarse con políticos y empresarios poderosos, y abrirle las puertas del país a la mafia siciliana, que le había perdonado la vida luego de una supuesta traición. Hill vivía amenazada y vigilada por sus jefes. Desde muy joven, se había relacionado con personajes del hampa de Chicago,

Nueva York y Hollywood. Fue amante de Bugsy Siegel y lo acompañó durante su estancia en México. Diez años antes habían venido a Sinaloa a mercar heroína. Cuando él vino a supervisar las inversiones en hoteles y casinos, se rumoraba que habían contraído matrimonio en Acapulco luego de una semana de borrachera. Hill se convertiría poco después en amante de un capitán piloto de la Fuerza Aérea mexicana por un corto tiempo: Luis Amezcua Correa, quien fue ascendiendo en la escala política hasta ser uno de los hombres más importantes del presidente Alemán. Amezcua se convirtió de inmediato en el contacto de Hill en Los Pinos y utilizaba aviones de la armada mexicana para transportar contrabando. El coronel Carlos I. Serrano, fundador de la Dirección Federal de Seguridad y amigo personal de Miguel Alemán, era el enlace entre traficantes de ambos países.

Las fiestas que ofrecía Hill en Acapulco eran patrocinadas por sus jefes mafiosos. Ella no tenía ni un quinto. Algunas de esas famosas bacanales las celebró en el D.F., en las Lomas y en las suites de los hoteles del Prado y Reforma, entre otros sitios exclusivos propiedad de la oligarquía mexicana y extranjera radicada en el país. Así cubría todos los frentes donde se concentraba el poder político y empresarial mexicano. De esta manera recuperó los privilegios que le había otorgado la mafia antes de ser etiquetada como traidora. Algunos nombres: Joe Epstein, Frank Nitti, Charles Fischer, Frank Costello y Joe Adonis le soltaron carretadas de dólares para que costeara todos sus caprichos, que incluían residencias para sus familiares. Hill provenía de un pueblucho gringo en Georgia y, como muchas mujeres de su tipo, se casó joven con un hombre mucho mayor del que poco tiempo después se divorció. Trabajó como mesera en Chicago, en el Ristorante San Carlo, el preferido de Al Capone.

Fue Joe Adonis quien la sacó de ese lugar para convertirla en prostituta de lujo y soplona de la mafia. Inició en la prostitución y las drogas duras a muchas jovencitas que buscaban ser actrices de Hollywood o que se deslumbraban con el glamur de los ambientes controlados por mafiosos. Entre sus iniciadas se dice que estaba Elizabeth Short, *la Dalia Negra*, asesinada brutalmente en Los Ángeles en 1948 e inmortalizada en la ficción *noir* y el *True Crime*.

Virginia pronto escaló peldaños para convertirse en el "correo de la mafia". A los treinta años ya era experta operadora de la Cosa Nostra siciliana asentada en Chicago. Una pájara de cuenta fina que desde la adolescencia había aprendido a usar su belleza para relacionarse con la crema y nata del bajo mundo. Se convirtió en enlace de negocios de apuestas entre los enemigos jurados, Al Capone y Lucky Luciano. Hill sobornaba policías y políticos para aceitar negocios de prostitución, apuestas y narcotráfico a gran escala. Todo ello le valió el título de la Reina de la Mafia. Hill era el fetiche sexual de tirios y troyanos.

Inteligente, hábil y encantadora hacía ver a Mata Hari como una principiante. Se dice que alguna vez se llevó a la cama a María Félix. Cantinflas se derretía por ella y Hill se reía de sus propuestas de matrimonio. Su pito es del tamaño de un cacahuate, se reía burlona soltando intimidades a sus amigos a espaldas del mimo. Admirada y respetada en México, en Chicago, Nueva York y Los Ángeles sólo era conocida como una prostituta de la mafia. Hill se daba sus "días sin huella" de alcohol y cocaína con Errol Flynn, otros artistas de Hollywood y miembros del *jet set* mexicano en el yate Zaca, propiedad del actor, estacionado frente a la Roqueta. En una noche de juerga, Hill podía zamparse hasta quince jaiboles. En el D.F. parrandeaba en el Tenampa y en el Ciro's.

En una reunión, en una suite del Hotel del Prado, acompañada de Amezcua, Hill, que no acostumbraba a consumir drogas, casi muere de una sobredosis de heroína. Amezcua logró salvarla llamando a un médico de confianza que tenía una clínica de belleza en la colonia Juárez, donde se hacían cirugías estéticas esposas de políticos y traficantes, *vedettes* y artistas de cine. En algunas de esas reuniones se colaba Carlos Denegri, el corrupto periodista que perfeccionó el "chayote" y el soborno a la idiosincrasia priista.

En alguna de las visitas de Hill a la capital, Bernabé Jurado, el famoso abogánster especializado en juicios contra delincuentes, sacó de la cárcel a un hermano de Hill y a sus acompañantes luego de una trifulca en el Guadalajara de Noche. Jurado les cobró una fortuna que Virginia pagó al momento en dólares. Era un cerebro frío y calculador bajo una apariencia de la gringa tonta y superficial a la Rita Hayworth. A Hill le interesaban la literatura y la poesía, era apasionada lectora de Alejandro Dumas y poseía colecciones de cuadros de Renoir, el Greco y Van Gogh.

Sólo Agustín Barrios Gómez husmeaba en este ambiente gangsteril desde su columna de chismes en el periódico *Novedades* y luego en *Órbita*. Hill impulsó más el ingreso del país a la modernidad que Miguel Alemán. Narcotráfico, juego, prostitución y espionaje. Virginia Hill, la visionaria.

Cuando fue enjuiciada en Estados Unidos por una comisión encabezada por el senador Estes Kefauver, encargada de investigar delincuencia organizada por miembros de la Cosa Nostra, ante la pregunta de la procedencia de sus ingresos, Virginia Hill contestó así a uno de sus interrogadores: "¡Es que soy la mejor del país en la cama!"

Su especialidad era el sexo oral. De lo que se perdió mi padre.

5

La familia llegó al D.F. justo cuando el cine mexicano dejó de idealizar la revolución. 1954. Un cine folclórico, vernáculo, aferrado al mito del cabaret y los caciques rancheros. De madrecitas abnegadas y solapadoras de machitos a la Cruz de la Garza y Garza. Eran tránsfugas de todo, por eso el cine mexicano nunca les gustó, sobre todo a Lucio. Charritos y ficheras, así lo definía. En la colonia Morelos, la familia convivió con la plebe burlesca, promiscua y altanera. Se asentaron en la calle de Plomeros. Carne de vecindad. Nada que ver con los peladitos ocurrentes que personificaron Cantinflas o Medel. Para la familia la ciudad era una alerta continua de peligro, de rencillas callejeras y chismes. Nadie era mejor ni peor que los demás. Todas las familias luchaban por la vida más o menos en las mismas condiciones, a todos los afectaba el desempleo o los trabajos temporales mal pagados, ocupaciones inciertas y con un pie en la delincuencia o la transa; problemas económicos y visitas frecuentes a las casas de empeño cercanas a pignorar radios, alguna prenda, una alhajita heredada; ingresos a reclusorios por riñas, robo u homicidio imprudencial. Los niños, siempre hambreados y ocupados en actividades de adultos, aprendieron a empeñar en el Monte de Piedad, sobre todo en sus sucursales de El Carmen y en la casa matriz. Aceptaban casi cualquier cosa. Vivir incómodos y apretados en cuartos de dos habitaciones, a veces con baño compartido y piso de tierra. Pulquerías, cabaretuchos y prostitutas como entretenimiento masculino. Pulquerías y prostitución como opciones femeninas.

A mi padre le gustaba rifarse a golpes. "Ganes o pierdas, no hay que dejarse porque te ven la cara de pendejo", decía cuando regresaba desfajado y con golpes en la cara. Con el resto de las familias que los rodeaban, Lucio y Teresa compartían el fatalismo y el gusto morboso por la sangre, además del sensualismo procaz, el cual llevó a mi padre a convertirse en hábil bailarín de danzón.

Salón México, 1955. Gana un concurso de baile y en segundo lugar queda Pancho Valentino, exluchador, ladrón, padrote y novillero frustrado. Se hacen amigos esa noche y se van de parranda a un cabaret de la colonia Guerrero. Mi padre regresó a casa hasta la madrugada siguiente, ebrio y sin un quinto. Mi madre lo había mandado buscar por todas las cantinas del rumbo con Rosa María, Raúl y Beatriz, los tres hijos mayores. En una de ellas les dijeron que a mi padre se lo había llevado "la julia" por levantar a una piruja en la calle de Rivero.

Valentino comienza a frecuentar a Lucio en su casa para ofrecerle baratijas que quería hacer pasar por alhajas de oro, el arte del "goleo", y a veces llevaba herramienta usada. También, como parte de su mercancía iba a la vecindad acompañado de alguna mujerzuela a la que siempre presentaba como su novia. A insistencia de mi madre, Lucio corta su amistad con el delincuente de sonrisa contagiosa, voz ronca y porte de galán de barriada, alto y musculoso. "Tú te lo pierdes, güerito", le dijo Valentino a Lucio la última vez que lo visitó en un tallercito de joyería de la calle de Palma, donde como aprendiz, iría ganando fama de montador fino y dibujante de alhajas de creación suya.

En aquellos años, el senador y amigo del expresidente Alemán, Carlos I. Serrano, manejaba varios burdeles de lujo donde se traficaba cocaína. Se ofrecía la droga a los clientes y también se les fotografiaba en secreto para extorsionarlos, dado el caso. Funcionarios de gobierno, banqueros y actores de cine, todos controlados por la policía gracias a sus debilidades. En una redada a uno de sus prostíbulos ubicado en San Ángel, por agentes de la Subprocuraduría General de la República, detuvieron a la administradora, a varios empleados y algunos clientes de bajo perfil. Serrano exigió su liberación y que se destruyeran las pruebas. Luego de una intensa rebatinga que duró semanas, Serrano logró su objetivo y los agentes que encabezaron la redada fueron despedidos.

6

El matrimonio cambió de domicilio otra vez. Se instalaron en un cuarto amplio y aireado en una vecindad ubicada en Argentina 86. Muy pronto, los hijos aprendieron a transportarse en los tranvías amarillos viajando de mosquita. En el universo de *Nosotros los pobres* reales, el melodrama es una broma de mal gusto. La vecindad quedaba muy cerca del Centro de la ciudad, una media hora a pie del Zócalo. Teresa estaba embarazada otra vez, y un mes después dio a luz a Tamayo en un dispensario médico cercano. A la familia le gustaba emprender caminatas mensuales hasta la Villa de Guadalupe para dar gracias quién sabe de qué, Lucio se tomaba unos pulques con los vendedores ambulantes que recorrían el cerro. Estas excursiones a la Villa se prolongarían hasta la infancia de sus hijos menores. Para entonces, el matrimonio sólo jalaría con ellos, Sofía, Greta, J. M. y Cartucho. A los pocos meses la familia se cambió a la calle de Plomeros, en la colonia Morelos. Era un barrio muy movido, violento. Estaba lleno de rateros y homicidas imprudenciales, de negocios pequeños y variados, talleres y bodegas de todo tipo. Lucio y Teresa eran clientes frecuentes de los baños públicos cercanos, ahí llevaban a toda la familia a asearse a fondo un sábado al mes, ya que en la nueva vecindad en el baño común siempre estaban ocupadas las regaderas y había que hacer fila desde muy temprano para usarlas. Los hijos mayores recuerdan mucho el olor a carbón de los anafres y el aserrín de los boilers. Había varios cines sucios y malolientes donde se metían sin pagar y a veces se quedaban dormidos. Teresa entraba por ellos roja de furia, los sacaba a nalgadas y jalones de greñas luego de buscarlos angustiada por todo el barrio. Conforme lo permitían los recursos, el matrimonio fue inscribiendo a la escuela a sus hijos. La primaria José Teresa Pontón en avenida del Trabajo todos los años tenía sobrecupo y, a veces, ni con dinero para untar al director y comprar los útiles, los hermanos alcanzaban lugar. Francisco y Tamayo perdieron un par de años por el sobrecupo. Francisco, un año mayor, cuando al fin alcanzó lugar, lo inscribieron en el mismo grado que a Tamayo, que cursaba el tercero. Francisco se aburría porque ya sabía leer de corrido, sumar y restar, gracias a que sus hermanas mayores le habían enseñado en casa durante las noches.

En las entradas de las vecindades siempre había gente chismeando, registraban todo lo que ocurría en esas calles mal pavimentadas y polvorientas, donde por las noches se montaban puestos de comida. Dentro de la vecindad, en el patio general, la familia aprendió a convivir a regañadientes con vecinos desconfiados y violentos. Había un amplio poder de negociación en los pleitos a golpes. Lucio, Raúl y poco después, Francisco y Tamayo, se volvieron expertos en resolver sus diferencias prefiriendo el verbo a los chingadazos.

Así vivían en esa vecindad cercana a las cantinas Las Golosas y El Águila, donde Lucio se hizo parte del mobiliario durante las tardes luego de regresar de su chamba. Se comportaba como si fuera el dueño e invitaba tragos a los conocidos.

Por razones no registradas, pero que apuntan al asedio de acreedores, la familia, ya para entonces de ocho integrantes, se mudó por unos meses a la colonia Moctezuma, donde Teresa se convirtió en nana de unos bebés cuyas madres no tenían tiempo de atenderlos. No se daba abasto. Ese pasaje de la familia es oscuro e incierto. De lo muy poco que recuerdan los hijos mayores, es que una noche Lucio regresó agitado y nervioso, le pidió a Teresa que empacara sus cosas y alertara a sus hijos para hacer lo mismo. A medianoche salió toda la familia huyendo a la calle de Granada rumbo a un cuarto de vecindad en la misma colonia Morelos que ya les había conseguido uno de los tantos compadres.

Yo nací ahí, cerca de la parroquia de Concepción de la Tepiquehuacan, en un dispensario con partera. Para entonces Francisco y Tamayo salían a la calle a jugar y ganarse unos centavos: entregaban la basura de los vecinos a un trabajador de limpia del gobierno del D.F., o pepenaban cartón para venderlo en un expendio y por las tardes acompañaban de la mano a las prostitutas de las calles de Rivero para hacerse pasar como sus hijos y evitar que las subiera la julia. Se ganaban cincuenta centavos cada uno por una tarde de paseos con sus mamás postizas.

7

El paseo a la Villa me deprimía. La vista de tanta gente en la entrada del atrio caminando de rodillas, llorosa o cargando a algún familiar inválido para acercarlo a la entrada del templo, me hacía creer que en algún momento mi familia pasaría por lo mismo. Sin embargo, siempre he sido morboso y me atraían las escenas repulsivas. No podía evitarlo. Una vez que mis padres se encomendaban de rodillas a la virgencita, salíamos del templo, y a Cartucho y a mí nos tomaban fotos, montados en un caballo de cartón, o nos compraban un sope, y de inmediato mi padre iba con el expendedor de pulque. Mi madre se tomaba un refresco, odiaba el pulque.

8

Mi padre se especializó en la joyería en aquellos años gracias a un conocido que lo presentó con el maestro de un taller. Le tomó unos cuantos años dominar el oficio. Montó su primer taller, modesto como todos, en la calle de Palma, donde sobresalió entre decenas de competidores. Se volvió un padrino del ramo, todo mundo lo consultaba y todo mundo lo quería. Sus relaciones sociales cambiaron a través de sus clientes, gente con dinero. Sus historias se hicieron más entretenidas y variadas. Se movía como alguien con mundo. Sólo su mujer lo conocía a fondo. Así sacó adelante a su familia hasta que, en 1978, con la muerte de mi madre, Lucio no pudo más y se dejó llevar, como dentro de un barco que naufraga, por una larga y penosa depresión.

CAPÍTULO VI

Protagonistas de las verdades sutiles

1

Como al resto de los hermanos, a Cartucho y mí nos educaron para no acusar a nadie, nunca. Teníamos que defendernos por nuestra cuenta, aunque estuviéramos en desventaja. Nuestra calle en la colonia Juárez quedaba muy cerca del callejón de la Romita, lleno de niños pendencieros. El nuevo domicilio representaba un alivio luego de años de ir de un lado a otro buscando vivienda barata. El departamento se rentaba en muy poco debido a un litigio en el edificio.

En la familia, primero había que recurrir a la ayuda de mis padres y luego de mis hermanos mayores, sólo en caso de emergencia a un amigo o un conocido, nunca a extraños. Pasamos una infancia callejera, llena de alegría al aire libre, pero también de ojos morados, raspones por todo el cuerpo y lloriqueos rabiosos. Entre nosotros, decía mi padre, tenemos que salir adelante como sea. Debíamos atender las órdenes de los mayores sin chistar, de los viejos. Oír y callar, y nunca cuestionar. Lo que dijeran era sagrado y siempre podíamos aprender de ellos. Nos regía una especie de *omertà* donde oír con atención y ser cauteloso era indispensable para sobrevivir.

Desconfiar de la policía, una regla de oro. Los médicos eran como parientes regañones a los que acudíamos rara vez por pastillas o cosas simples. Los pobres tienen prohibidas las enfermedades costosas y los tratamientos largos.

Para entonces, mi padre ya ganaba lo suficiente para sostener a una familia de diez hijos, ayudado por los cuatro mayores. Mi padre y sus amigos. Maliciosos, bebedores con resistencia espartana, ocurrentes, en problemas financieros todo el tiempo, pero con el negocio que los haría millonarios a punto de concretarse. Lo suyo era el pensamiento mágico. Olían a loción y brillantina. Mi padre usaba Old Spice y Alberto VO5. Fumaba Raleigh y su bebida favorita era Presidente campechano. El Ronco Lara y su mujer vivían de aventarse a los coches fingiendo que los atropellaban para luego extorsionar al conductor. El Ronco a veces llegaba a visitarnos con el pantalón raspado. Vestían de traje y camisa desabotonada del cuello, nunca corbata; botines, toscos anillos y pulseras de oro bajo con circonios. Eran inescrupulosos, pero la culpa terminaba por volverlos sus peores enemigos. Pequeños timadores. Clientes frecuentes de cantinas, billares y cabarets. Jugaban futbol los domingos en campos llaneros. Caminantes frecuentes de San Juan de Letrán, a veces para consultar uno de los tantos consultorios especializados en enfermedades venéreas e impotencia. La santísima trinidad del Tarzán urbano: antro, putas y sífilis. Mi padre hasta el día de su muerte portó un reloj Omega extraplano de oro muy fino que consiguió en un remate del Monte de Piedad. Era su orgullo y lo presumía siempre. Ahí donde lo consiguió iba a dar en empeño una vez al año cuando menos.

Las ofensas a mis hermanos o a los amigos las considerábamos como propias y había que sacar la cara por ellos, siempre. Así probábamos la lealtad de los otros al exigirles lo mismo; ¿cuántas veces estos amigos abusaron de la buena fe de mis padres? Los agravios se arreglaban a veces a golpes o con reclamos interminables, pero con una borrachera se hacían las paces. Teníamos prohibido acudir a la policía, mejor con mis padres, ellos verían cómo resolver cualquier conflicto. La policía no es de fiar, ni el presidente del país ni ninguna otra autoridad. Hagan lo que hagan. Y así, como mandamientos, procurábamos obedecer sin respingar pese a que no pocas veces esos mandamientos servían para alimentar la amargura y el resentimiento de mis padres hacia una vida, nuestra vida, que pocas veces nos premiaba con alguna alegría perecedera.

2

Mis padres siempre estaban endeudados hasta el cogote y nos educaron desdeñando los logros de los demás, de nosotros mismos. Nuestro trato tenía una fuerte capa de mordacidad y mala leche, y de parte de ellos en especial, un tufo clasista que los demás aprendimos a ver como normal. "Dame blancura y te daré hermosura", era una frase muy usada por mi madre. "Los negros huelen a selva", solía decir mi padre para referirse a la mayoría de los parroquianos de los bares donde se metía en Houston y Rosemberg, Texas, cuando trabajó en Estados Unidos a finales de los años sesenta. Al único negro que le tenía cariño era a Pelé. Siempre recordaba un bar con sinfonola donde entraban niños negros y, con la tolerancia del cantinero que se hacía de la vista gorda, pedían monedas de cinco centavos para echarlas a la máquina. Bailaban y reían hasta que los echaban de ahí. Mi padre los comparaba con pequeños micos, había cariño en sus palabras, el cariño que se profesa a una mascota. Nos hacía reír y yo me imaginaba ahí, en ese bar, haciendo amistades entre gente despreciable. Casi treinta años después yo trazaría mi propia historia como indocumentado en Estados Unidos, mucho más al norte, en Nueva York y Connecticut. Eran trabajos muy pesados, agotadores, pero bien pagados que mi padre habría rechazado por considerarlos indignos. Mi padre trajo de su experiencia el gusto por la música de Nat King Cole y Louis Armstrong, pero presumía su admiración por los Kennedy y el *American Way of Life*. Mientras vivió allá, le gustaba que lo confundieran con español o gringo, hasta que abría la boca para hablar en un inglés limitado pero práctico, el necesario para darse a entender.

En su taller de joyería de la calle de 16 de Septiembre 57, mi padre tenía una ilustración enmarcada de los hermanos Kennedy mirándose de frente uno al otro, sonrientes y carismáticos, tal y como los idealizaba una nación que los ejecutó a sangre fría. Lee Harvey Oswald, la teoría de la conspiración soviética contra el bienestar mundial que los gringos convirtieron en mercadotecnia. La fortuna y trayectoria de los Kennedy se la debían al tráfico de alcohol y armas, pero eso mi padre no lo sabía y probablemente no le habría importado. En el fondo, él quería ser alguien así, poderoso, un hampón de alto nivel. Era muy ocurrente y gran conversador. "Siempre anda echando tiros", decía mi madre para referirse al pulcro arreglo personal de su marido. Lo adoraba.

Tal y como lo había visto en *Los intocables* y en las películas de Cagney y Bogart que tanto le gustaban. Siempre se sintió bien entre los gringos blancos, les admiraba su sentido del orden, su voluntad por el trabajo y capacidad de organización. Cuando veíamos la Serie Mundial o alguna película musical, siempre decía: "Los gringos saben mucho de esto, son muy profesionales y trabajadores". Kim Novack lo volvía loco.

Mi madre no dejaba de ponernos de ejemplo a los niños bien portados que vivían en los departamentos vecinos en el edificio de Marsella. Casi todos, gachupines o criollos bien instalados en el país, comerciantes, gente metida en la mercadotecnia y uno que otro artista o periodista como Gironella o Bambi. Eran parte de la realeza de una colonia que mezclaba sin conflictos distintas clases sociales. Mira, hijo, cómo no aprendes a Andresito, tan buen muchachito y siempre limpio; no sé ustedes qué tanto hacen que siempre andan chamagosos, todos despergeniados. A ver, ¿ustedes qué gracia tienen?, mi madre siempre comparándonos con alguien más. Andresito era uno de nuestros vecinos, un niño de mi edad remilgado y dulce, parecía angelito. Mi madre nos recriminaba con la vista fija en los programas de televisión donde aparecían niños que cantaban, bailaban o actuaban. *Despergeniados*: mal vestidos, ridículamente vestidos. ¿De dónde venía el adjetivo? No he vuelto a escucharlo desde su muerte. Recriminarnos lo que no podíamos ser, era una manera de no aceptar lo que mis padres no podían darnos. Pocas veces recibí una felicitación de parte de ellos. Si algo me salía bien, lo tomaban con las reservas del caso: No se la vaya a creer. A mi padre lo sacaba de quicio mi precocidad para aprender a través de la lectura y de todo lo que veía en la tele, sobre todo documentales, las cápsulas culturales de Agustín Barrios Gómez en sus *Cincomentarios* y de Severo Mirón en *Platícame un libro*.

Agustín Barrios Gómez, celebridad del periodismo frívolo, que desde la década de los cuarenta tenía una columna en *Impacto* y luego en *Novedades*, "Ensalada Popoff", que usaba para adular y balconear celebridades de la farándula, la política y el *jet set* mexicanos, así también extorsionaba y ganaba favores. Era una fuente fiable para enterarse de los negocios de los mafiosos que venían a México en plan de empresarios hoteleros y del juego. Siguió de cerca los pasos de Meyer Lansky y Virginia Hill en Acapulco. Abrió una discreta mirilla a un mundo de traiciones, orgías, tiroteos y codicia de poder, del vertiginoso enriquecimiento de Abelardo Rodríguez, el presidente que le dio el banderazo de salida al tráfico de drogas a gran escala. De niño me gustaba leer su columna en *El Heraldo*. Se hablaba al oído con el poder. Fue acérrimo defensor de Díaz Ordaz. Años después, siendo Barrios Gómez embajador, Arturo Durazo Moreno, exjefe de la policía del D.F. y del hampa capitalina, prófugo de la justicia mexicana, envió a su emisario y pistolero, José González González a la embajada de México en Canadá para que le pidiera a Barrios Gómez un gran favor: que lo exiliara. El emisario de Durazo llevaba un maletín lleno de cocaína y centenarios. Barrios Gómez se quedó con todo y después corrió de su oficina a González González.

Severo Mirón, un caso, moriría acuchillado por el novio de una sirvienta a quien Mirón acosaba. Muy culto, muy preparado, hizo más de diez mil reseñas de libros, pero era un viejillo verde y prepotente. Su seudónimo dice mucho de él: severo mirón de culos y tetas de muchachitas. Amordazado, acuchillado en brazos y piernas, la herida letal, en la yugular. "¿A quién le puede importar mi persona?", solía decir cuando algún medio quería entrevistarlo. Julio Samuel Morales Ferrón, nombre de pila. La mañana de 1992 fue encontrado muerto en su oficina de la colonia Santa María. Bernardo Bátiz, en aquel entonces procurador de Justicia del D.F., descartó represalias por su labor como periodista: "Sabía demasiado, pero de libros, nada más", dijo. Rubén Palacios, el homicida, purga una condena de treinta y siete años, un mes y quince días de prisión en el Reclusorio Oriente y debió pagar 30 mil 769 pesos a los familiares de Mirón. La novia fue condenada por complicidad y enviada a una correccional, de donde salió dos años después al cumplir la mayoría de edad. En casa nos instruimos mirando y oyendo a Mirón, pero no recuerdo algún libro recomendado por él. Su apariencia era la de un viejo regañón y amargado. *Ad hoc* con las figuras "serias" de la televisión de aquellos años, los setenta. Su reputación de hombre culto y honesto, pero eso no aplacaba los demonios de la carne fresca. En los años cuarenta tenía una columna de chismes "Nuestra ciudad", en el periódico *La Prensa*, el diario que dice lo que otros callan. Su editor decía que a su nombre le faltaba brillo y le encontró un seudónimo. Cubrir los chismes parecía sencillo, pero Mirón se hizo de enemigos sobre todo por relacionar a personalidades del espectáculo con negocios de narcotráfico y trata de blancas. La Asociación Nacional de Actores lo vetó. Devoraba lecturas y tenía una memoria privilegiada. Durante años fue el único referente libresco para el populacho que lo veíamos por televisión. Quería ser dramaturgo y vocero de la clase obrera. Murió como muchos otros periodistas en México, asesinado. Yo no me acordaría de él si su muerte no hubiera sido material de la nota roja.

3

Mi padre odiaba a los competidores. Me animaban mis hermanas mayores que veían en mí a una especie de engendro de feria que podía opinar de todo; festejaban mis gracejadas y arremedos que sin querer ponían en evidencia la ignorancia de mi padre. A veces, tenía que refugiarme en mi cuarto para esperar a que se le pasara el coraje, de otro modo, me arriesgaba a recibir unas buenas cachetadas y sus comentarios hirientes que me hacían llorar. ¡Aguántese que no le hice nada! Me decía el chillón incomprendido. Así me restregaba sus insultos y comentarios mordaces que mis hermanos celebraban con él.

—Alguien debería de aclararte que no sirves para nada —me decía.

En una ocasión nos llevó a Cartucho y a mí al Estadio Azteca. Domingo. Jugaba el Atlético Español contra no recuerdo quién. Estadio casi vacío, un mediodía de junio soleado y caluroso. Llegamos luego de un largo viaje en metro y tranvía. En la explanada del estadio nos compró unos sombreritos de paja con un cintillo estampado con el escudo y un banderín de Chivas que ni al caso, pero era nuestro equipo y siempre lo presumíamos orgullosos. Ya instalados en la tribuna alta, detrás de las bancas, nos compró refrescos y durante el partido nos explicaba jugadas o por qué tal o cual jugador era un tronco o tenía talento. "Manuel Manzo, jugadorazo, un artista", decía. Le apasionaba el futbol y nos contagiaba. Según recuerdo, el Atlético ganó con un aburrido uno cero y no vi el gol por estar volteando hacia todas partes, impresionado con la magnitud de ese estadio donde los contados gritos de la afición podían oírse claramente con el eco. El futbol y el cine eran los entretenimientos preferidos de toda la familia.

En cuanto el árbitro silbó el final, nos dirigimos al túnel de salida. Cuando subíamos las escaleras, me toqué la cabeza y alarmado recordé que había olvidado mi sombrero en la grada; apenas y le dije a mi padre lo que había ocurrido, eché a correr para recuperarlo; ahí estaba, como una mancha amarillenta con una cinta roja entre el desierto de cemento gris. Regresé por la misma ruta con el sombrero puesto y en mi camino, nervioso, me raspé el tobillo con el borde de las gradas de cemento. Llegué al inicio del túnel y no vi a mi padre y a Cartucho. Pensé que me había equivocado de túnel y caminé al siguiente. Lo mismo, comencé a voltear a todas partes sintiendo crecer la ansiedad y miedo. Regresé donde según yo había dejado el sombrero para recorrer nuevamente la ruta y así rencontrarme con mis acompañantes. Minutos después estaba sentado en una grada de la orilla, asustado y confundido. Decidí ir con un cubetero que descubrí parado en un pasillo tomándose un refresco mientras hacía las cuentas del día. Le expliqué lo que me ocurría.

—Uy, manito, ¿cómo que te perdiste? ¿Y tu papá, cómo es, con quién viene?

—Es un señor peloncito, trae guayabera y está con mi hermano, un niño de pelo chino y playera de Chivas.

—A ver, pérame.

Guardó el dinero, dejó la cubeta ahí y me llevó de la mano con un policía. Recorrimos un buen trecho de andadores y pasillos. Llegamos a la entrada de un palco, yo iba al borde del llanto con una sensación entre vergüenza y miedo a que nadie fuera por mí. El policía me entregó de la mano a otro hombre de traje en la entrada, que abrió la puerta y quedé frente a la vista de la cancha a la altura del círculo de medio campo. El palco era enorme. De espaldas a mí estaban Ángel Fernández y Fernando Marcos, las leyendas de la narración futbolera que tanto apreciábamos en casa; nadie como ellos para convertir cualquier partido (como el que habíamos visto en vivo ese día) en una batalla de héroes llena de ingenio, cultura y buen humor. Las famosas cuatro palabras de Fernando Marcos eran aforismos para resumir el partido y las frases de

Ángel Fernández en momentos dramáticos son inolvidables: ¡El momento en que los hombres se separan de los niños!, las repetíamos y gozábamos tanto o más como si fuera prosa vernácula del más alto nivel. Mi afición por el futbol se debe en mucho a estos dos personajes. Ahí los tenía, y yo estaba listo para que me regañaran y pusieran en ridículo frente todos los que quieren y aman el futbol. Bebían unas cubas en vasos de vidrio. Ángel Fernández ni me volteó a ver, pero Marcos me dijo, una vez que le explicaron lo que había ocurrido:

—¿Te perdiste, amiguito?, no desesperes. Ve con el señor del micrófono para que te anuncie.

Me había señalado a un señor que recuerdo gordo y con bolsas en los ojos. Muchos años después supe que era Melquiades Sánchez, célebre locutor de cabina encargado de dar las alineaciones y anuncios en el estadio: "Mete un golazo, un golazo Tutsi Pop". Otra leyenda. Me preguntó mi nombre, el de mi padre y de nuevo se dirigió al micrófono del sonido local.

—Al señor…, padre del niño… se le solicita pase a recogerlo al túnel catorce de este Estadio Azteca.

Me dio la mano y me indicó que fuera con el hombre que me introdujo en la cabina. Don Fernando Marcos se despidió de mí con una seña de mano; Ángel Fernández hablaba por teléfono con el mismo tono de voz con el que transmitía los juegos, soltaba risitas de vez en cuando.

Poco después de recorrer la mitad del túnel hacia la salida, pude distinguir a mi padre, traía una mueca burlona y el ceño fruncido. Soltó a mi hermano de la mano y empezó a mover las suyas a la altura de las orejas hacia delante y hacia atrás mostrando las palmas.

—Sí, soy bien pendejo, papá, pero, por favor, no me regañes delante de la gente.

—Ay, hijo, qué sonso eres, te estamos haciendo señas tu hermano y yo y tú, para variar, siempre en la luna. Nos escondimos tantito para hacerte una broma. Ni a él —señaló a mi hermano— le pasan estas cosas. Siempre es lo mismo contigo. Vámonos y no te me despegues.

No me habló en todo el regreso y tuve que aguantarme primero el llanto y luego la risa con los chistes que le hacía a mi hermano sobre lo ocurrido mientras me miraba de reojo para ver mi reacción. Al llegar a la casa fue lo primero que contó y pasaron semanas antes de que encontrara otro motivo mejor para bromear y confirmar ante mis hermanos que yo era un zurdo malhecho y lunático, su insulto recurrente con el que se explicaba mi desinterés en todo lo que a mi padre le parecía importante.

4

Él era feliz escuchando a Mantovani y su orquesta, apenas más sofisticado que Ray Conniff. Los pretensiosos arreglos hacían parecer a Mantovani muy clásico. Con ello, mi padre se sentía parte del sueño americano al que tuvo que renunciar para no estar lejos de su familia. Alguna vez en su cumpleaños le regalé un disco y en vez de darme las gracias me regresó lo que costaba el obsequio. Jamás le volví a regalar nada. Éramos tal para cual.

Cartucho y yo nos metíamos en problemas un día sí y otro también. No era raro que algún adulto en la calle nos diera coscorrones, nos amenazara o persiguiera por la cuadra. Éramos burlones y raterillos. Rompíamos vidrios a pedradas, nos peleábamos a golpes, hacíamos llorar a las niñas con bromas pesadas. Insoportables los dos. A veces jugando futbol, caliente por el juego, yo tiraba patadas a los tobillos o empujaba a codazos a los rivales, donde siempre había muchachos mayores que yo. Tenía diez años y Cartucho ocho. Las cascaritas callejeras reunían a las fuerzas básicas de la vagancia del barrio y se formaban equipos combinados en edad y afinidades de incierta procedencia. El mismo equipo de futbol profesional, la escuela, o identificados por nuestras precariedades, que reconocíamos como parte de una identidad que nos hacía ser hostiles con aquellos que presumían un nivel de vida más desahogado: la ropa, el dinero para comprar golosinas, los juguetes que no estaban a nuestro alcance y, al final de todo, las rencillas personales surgidas de las distancias económicas o de la rivalidad por un liderazgo momentáneo. Decía mi padre que el amor y el dinero no se pueden ocultar, y había niños que por más sucios y andrajosos que anduvieran, se les notaba que no tenían apuros económicos. Sus modales, la calidad de la ropa y los tenis que vestían, la tacañería que en sus casas llamaban: "Cuidar el dinero". Eran egoístas y rara vez compartían un refresco, una paleta de agua o una garnacha cuando se atrevían a comer una. A diferencia de todos los demás, eran disciplinados y quisquillosos, traían reloj pulsera y no dejaban de ver la hora. A la larga convivíamos como chacales en busca de alguna presa.

En el fondo, todo me importaba un pito, pero fingía lo contrario. Había en mí un aire teatral y convenenciero que sólo me servía para hacerme el listillo y ser aceptado. Cartucho, más visceral, desahogaba su energía rabiosa en corto, era todo puños y atrevimiento. Su escasa noción del riesgo lo volvía tan peligroso para sí mismo como para los demás. Eso lo hacía temible y a la vez adorable para nuestros amigos, sobre todo a los de más edad, más colmilludos, que veían en él al bufón maldito que ponía en práctica actos temerarios para divertimento ajeno.

Durante todos esos años, y los que vendrían, con Cartucho viví la sensación de que me agarraba de un tobillo para impedirme escapar de unas arenas movedizas. Casi siempre era el primero en ejecutar fechorías que los demás, o yo nada más, sólo ideábamos. Robar pelotas en la calle o golosinas y refrescos en las tiendas, chucherías en casas de amigos, quemar con un cerillo ropa de los tendederos. Rompíamos a pedradas vidrios de domicilios particulares y a correr, asustados pero eufóricos, a escondernos durante horas en patios de vecindades, parques o azoteas desde donde mirábamos a la calle parados de puntas. Una de nuestras diversiones favoritas con los amigos era sacar bolsas de basura de los tambos de metal en las azoteas, para arrojarlas a la calle a los coches.

Corríamos como locos en fuga a escondernos a las vecindades cercanas, donde siempre encontrábamos refugio entre los tendederos o en las viviendas apretujadas y apestosas de nuestros amigos. Pegarle porque sí a otros niños distraídos o frágiles. Molestar ancianas. Robar cualquier cosa donde se prestara la ocasión. Así fue hasta al final de nuestra juventud. Siempre metidos en líos. Mediaba o sacaba la cara por mi hermano cuando no había de otra. Policía bueno, policía malo. Éramos burlones y él un provocador, así nos habían educado.

5

Sin darme cuenta, me convertí poco a poco en un niño empecinado en llamar la atención, resistiendo sin queja al dolor físico de los pleitos y accidentes en los juegos callejeros.

Aguantaba insultos, burlas y maltrato de todo mundo, principalmente de maestros y de mis padres, que no veían por dónde podría enderezarme. Me defendía como gato bocarriba y de pronto me brotaba un odio contra todo que me volvía hiriente y sádico. A veces golpeaba a quien fuera con lo primero que encontraba a la mano.

Una vez descalabré de una pedrada a un niño que me gritó maricón delante de mi hermana Greta, quien me llevaba de la mano. En esos años me daba por ponerme como capa una toalla o un trapeador seco. Vestía sombrero y botas vaqueras. Greta intentó perseguir al chiquillo, pero la contuve.

—Así no dejará de gritarte cosas —dijo ella—, tienes que defenderte.

—No le tengo miedo —respondí ruborizado sin perder de vista al Moquitos.

Ella chasqueó la boca y retomamos el camino a casa, en silencio. Nos habían mandado por tortillas.

Llegamos al departamento de Marsella. Traía el coraje embuchado. Por la tarde nos dieron permiso de salir a jugar y lo primero que vi al abrir el zaguán del edificio fue a Mario *el Moquitos*, jugando en el patio comunal a la entrada de un conjunto habitacional, en la calle de Versalles, frente a amplios y viejos departamentos que alguna vez ocuparon familias pudientes. Para entonces, ya era una vecindad ruinosa. Sin decir más y con Cartucho detrás de mí, tomé una piedra de buen tamaño y eché a correr; cuando tuve cerca al Moquitos, se la estrellé en la cabeza y, para mi mala fortuna, con el impulso resbalé y me fui de bruces. Me recuperé de inmediato, listo para agarrarme a golpes, pero me di cuenta de que el Moquitos seguía tirado en el suelo arcilloso con una mano en la cabeza por donde le escurría sangre en abundancia. Me espanté, o más bien, nos espantamos. Cartucho jadeaba con los ojos pelones sin saber qué decir, le hice una seña con la mano para indicarle que me siguiera y echamos a correr. Primero nos escondimos en un edificio de oficinas en la calle de Hamburgo, a dos calles de nuestro domicilio. La puerta siempre estaba abierta y no había conserje en la recepción. Subimos hasta la azotea y ahí nos sentamos en el suelo, recargados en un muro que daba la calle. Durante un buen rato nos quedamos oyendo el ruido de los motores de los coches que circulaban en la calle, voces aisladas; en todas yo creía descubrir la de la madre del Moquitos, preguntando por nosotros.

—¿Y por qué te lo madreaste? —preguntó Cartucho. Sentado con las piernitas flexionadas hacia arriba, su pelo rizado y la cara chamagosa y chapeada, parecía un animalillo de bosque asustado y arisco.

—Ya me la debía, a cada rato se burla de mí. Cree que le tengo miedo.

Somnolientos y aburridos, emprendimos el regreso a casa dos horas después. Al dar vuelta en Versalles y Marsella vimos a mi madre en el zaguán del edificio, al borde del llanto y roja del coraje. A su lado estaba la madre del Moquitos y el hijo con un parche enorme en la cabeza y los ojos hinchados de tanto llorar.

—Mira, cabrón, cómo dejaste al niño —el manazo que recibí en la nuca casi me saca los dientes.

No dije nada, me quedé parado frente a mi madre, con la cabeza baja y mirando de reojo al Moquitos, que ahora se abrazaba de su madre. Pinche Moquitos. Cartucho, a un lado mío, poco a poco se fue alejando para quedar lejos del alcance de la furia de doña Teresita, el azote de los niños malcriados.

—¿Por qué lo descalabraste?, ¿quién te enseño a ser así? Discúlpelos, señora, ya no sabemos qué hacer con este par.

Diario es lo mismo. Los vamos a internar con los Hijos del Ejército.

Mi madre se disculpaba con ese tono de amargura acumulada que nunca terminaba de desahogar de una vez.

—La entiendo, doña Tere, yo también soy madre, pero no puedo permitir que le pasen estas cosas a mijo. Casi me lo matan. Los suyos van a terminar en la correccional; a cada rato andan en líos. El grandecito es un mustio. Págueme lo del doctor y las curaciones y por esta vez no llamo a la policía.

—¿Cuánto es?

—Cincuenta pesos.

—¿Pues en dónde curó al niño, oiga?

—¿Los tiene?, o levanto la denuncia, faltaba más.

—Váyanse a la casa —nos ordenó mi madre a empujones.

Cartucho abrió el zaguán del edificio y antes de meternos vimos cómo mi madre sacaba de su monedero un rollito de billetes. Contó y volvió a contar, y cuando estuvo segura le pagó a la señora y conservó para ella un billete.

Subimos corriendo al primer piso del edificio de treinta y dos departamentos, rumbo al número siete, en el primer piso, donde vivíamos al final de un largo pasillo oscuro durante el día por la falta de luz natural. La que nos esperaba. La puerta de entrada tenía un pequeño cordel que, por un orificio de taladro, mi padre había amarrado por dentro al gatillo de la cerradura, así no habría que pararse a cada rato a abrir cada vez que alguien tocaba a la puerta. Mi madre desamarraba el cordel por las noches a eso de las ocho y en días en que preveía la indeseable visita de un abonero, no fuera a ser. Además, tenía un colgante de tubitos metálicos que se agitaba cuando alguien abría la puerta.

Cerró la puerta sin hacer ruido. Yo venía tenso esperando lo peor. Al llegar a la sala nos dio un empujón en la espalda.

—No me salen a la calle en toda la semana. Métanse al cuarto de sus hermanas, ahí se quedan hasta la cena.

Obedientes nos fuimos cabizbajos y sentados en la orilla de una de las cuatro camas individuales (Sofía y Greta compartían una, Rosa María, Beatriz y Taydé tenían cada una la suya) esperamos lo que seguía. Me relajé pensando que había pasado lo peor cuando de pronto sentí un doloroso jalón de pelos que me sacudió antes de tirarme al piso. Cartucho recibió lo propio. Luego, me dio una cachetada bien puesta seguida de chanclazos en las nalgas.

—Mis únicos cien pesos para toda la semana, muchacho cabrón. ¿Quién te crees, pinche mustio?, y tu hermano detrás, aprendiendo chingaderas. ¿Qué te me quedas viendo?, bueno para nada. No sé cómo no aprendes de los otros niños. Mugroso, guandajón. Anda, llora, aquí espero, pobre incomprendido.

Y ¡pum!, de remate una patada donde cayera.

Guandajón: mal vestido, fachoso. Pero si ellos nos compraban la ropa y muy de vez en cuando, ¿qué esperaba? Parecíamos enanos de circo con esos atuendos aseñorados e idénticos para, según mis padres, no hacer diferencias entre Cartucho y yo. A veces la chancla de mi madre salía volando contra nosotros, pero si fallaba y rompía una de sus figurillas de porcelana se desquitaba con una tanda doble de cachetadas y jalones de pelos. Era un ataque de furia explosiva y estridente. No paraba hasta vernos llorar. Estoy harta de ustedes, malagradecidos, buenos para nada. Cada uno se sentó en la orilla de una cama. Sollozando, asustados, humillados, con ganas de que nos perdonara y nos abrazara. Todo el tiempo nos decían que éramos de lo peor y al mismo tiempo nos llenaban de mimos. De la estancia se colaban los diálogos de una telenovela, a saber cuál, todas son iguales.

Mi madre reapareció con los libros de *Lengua Nacional* de cada uno. Traía la mirada vidriosa del enojo, la frente perlada de sudor, la barbilla trabada y desprendía un tufillo a sus cubitas del mediodía. Abrió primero mi libro, el de cuarto año, y dijo:

—Te lees de aquí hasta acá —dijo al momento de dármelo con las páginas seleccionadas. Eran más de diez—. Y tú, panzón, lo mismo. Ya saben, primero Cartucho y luego tú, y cuando acaben vuelven a empezar hasta que yo les diga que paren. Si siguen dando lata, me los vuelvo a chingar, ¿oyeron?

—Sí.

Y se fue a ver la última de sus telenovelas, como todas las tardes. A la recámara llegaba el murmullo de mi madre comentando para sí el capítulo. No conozco a nadie que gozara más con los melodramones. Las veía casi siempre a solas, pero de vez en cuando con alguna vecina o con mis hermanas Sofía y Greta, cuando éstas no salían a ver a sus amigas. De pronto lloraba conmovida. Vivía como suyas las tramas y se identificaba con los personajes de carácter duro, justicieros e impasibles ante la mala suerte del destino; tarde o temprano saldrían adelante, excepto mi madre.

El chiste de nuestro castigo de lectura en voz alta era mantenernos entretenidos durante toda la tarde, para que mi madre no tuviera que preocuparse de saber qué hacíamos y dónde estábamos metidos. Así podía ver a gusto sus telenovelas, mientras nos castigaba y mejorábamos habilidades lectoras. Es el castigo más gratificante y provechoso que he recibido en la vida; a la larga me dio un oficio y otra manera de entenderme a mí y al mundo que me rodea. Esos hermosos libros de texto eran toda una lección de civismo y orgullo nacionalista. La cubierta con esa frondosa Madre Patria morena y digna, sosteniendo un asta con la bandera mexicana, y al fondo la cabeza de un águila con una serpiente atrapada en el pico, es el símbolo de una época de la que todo mundo se avergüenza hoy en día. Las chichotas de la Madre Patria. Esas amenas y sencillas lecturas eran didácticas; siempre aprendía algo de sus contenidos, además de que traían al final de cada texto un vocabulario que me ayudó mucho en mi expresión oral y escrita. Esos libros, en una de las últimas páginas, nos advertían que eran propiedad de la República mexicana y que por ello eran de texto gratuitos, siempre y cuando lo cuidara el poseedor que tenía que poner sus datos en esa misma página. México vivía un "milagro económico" falso, propagado por Luis Echeverría, un presidente cruel y autoritario, responsable de masacres estudiantiles que se las daba de socialista y prócer. Pobre pendejo. A nosotros nos iba de la chingada. Tan sólo la Navidad pasada no le había alcanzado a mi padre para una cena navideña decente. Comimos algo parecido al bacalao y romeritos con pan Bimbo.

Mi madre, sin proponérselo, me había convertido en un voraz lector que ya no necesitaba de castigos como ése para leer todo lo que tenía a mi alcance. Gracias a esos libros de texto aprendí a copiar a mano relatos completos: fueron mis bases de redacción, ortografía y comprensión de la lectura. Sin ellos, mi paso por la escuela hubiera sido insoportable. Mi madre compraba fiadas las historietas en sepia de *Lágrimas y risas*, con sus variantes *Fuego*, *Rarotonga* y otras más que ya no recuerdo; el *Tele Guía* para enterarse de los chismes de la farándula y estar informada toda la familia de los horarios y estrenos de nuestros programas preferidos. Me gustaba leer todo lo que llegaba a la casa y no podía esperar al viernes o lunes para ir solo, acompañado de mi madre o de mi hermano Tamayo al puesto de periódicos. En casa leíamos de todo: la *2ª de Ovaciones*, *El Heraldo*, *Esto* y la revista *Balón*, las historietas *Archie*, *La pequeña Lulú,* todos los superhéroes de Marvel, *Duda, lo increíble es la verdad, El Payo, El caballo del diablo, El monje loco, Tradiciones y leyendas de la colonia. Hermelinda linda,* una historieta escatológica, radical, lasciva y adelantada a su tiempo, nadie ha hecho en México algo tan transgresor. Mi hermano Tamayo la llevaba a casa a escondidas; él era del Club de Hermelinda y su foto aparecía a cada rato en el cuadro de honor al final de la revista. Se sentía orgulloso y a Cartucho y a mí nos divertía. Teníamos que leerla a escondidas en nuestro cuarto. Luego llegó *El brujo Aniceto,* primo de Hermelinda. Ni a cuál irle.

Un dineral invertido en literatura plebeya en serio, mucha la comprábamos en los puestos de revistas usadas del mercado Juárez o las leímos ahí mismo rentadas por diez centavos. A mi madre le fiaba hasta el del periódico. Así se alfabetizaron mis padres y las historietas fomentaron la lectura en toda la familia. Mi padre llevaba la revista *Contenido* y estaba suscrito en abonos a *Selecciones del Reader's Digest,* pero sobre todo me gustaba *Tele Guía:* tanto que me aprendí de memoria la mayor parte de los programas y horarios que, por otra parte, no cambiaban mucho entre una semana y otra. Mis padres me preguntaban a mí en vez de hojear el semanario y eso me hacía sentir orgulloso y muy útil, además era el control remoto y encargado de cambiar los canales, ajustar la antena y de pegarle a la tele en un costado cuando la señal se distorsionaba. La de apodos que salían con esas lecturas.

6

Presumía mis conocimientos aprendidos en los libros de texto y mi cultura de fruslerías sacada de tanta lectura de entretenimiento y de los documentales televisivos. Me gustaba entrar en las casas de mis amigos y robar insignificancias, pero sobre todo comida, a la menor oportunidad. Teníamos un amigo, Walter, sobrino del Mannix, tartamudo, buena gente y malo para el futbol. Tenía las rodillas encontradas. Nos metía a su casa a Cartucho y a mí a jugar a las escondidas o con sus autopistas eléctricas. A cada rato nos avisaba que iba al baño. Era una casa enorme, de dos pisos y muchas habitaciones. La cocina tenía una despensa del tamaño de nuestro cuarto de servicio donde para entonces yo dormía con Francisco y Tamayo. Ahí estaba el botín. A veces regresaba a la calle con frascos de mermelada en los bolsillos, galletas, fruta, pedazos de carne asada envueltos en una servilleta, alguna figurilla de porcelana o morralla dejada en una mesa o una vitrina.

En la colonia Juárez teníamos amistades de distintos estratos sociales, desde vecinderos hasta niños que habitaban casas enormes antiguas o lujosos departamentos con estacionamiento, sirvienta uniformada y conserje a la entrada con recibidor. Cartucho y yo no teníamos conciencia de ser pobres y poco nos importaba que otros niños fueran a colegios privados como el Madrid o el Williams. Nos bastaba con una pelota, el aire libre y ríspido de la calle y de vez en cuando un paseo con nuestros padres. En Navidad y Reyes siempre recibíamos buenos juguetes, alguna vez una bicicleta y muchos balones. Con los amigos nos reuníamos por las tardes en la calle para jugar futbol, pero sobre todo a molestar a los peatones y, antes de que llegara el momento de que salieran a buscarnos nuestros hermanos mayores o la mamá de alguno de nosotros, nos sentábamos en la banqueta para platicarnos historias inventadas que aprendíamos en nuestras casas. Los pobres nos reconocíamos porque los domingos salíamos a jugar a la calle desde muy temprano mientras los pudientes se iban al club deportivo o a un paseo fuera de la ciudad en el coche de sus padres. En aquellos años, la colonia Juárez era un crisol de la clase media echeverrista, educada y con ciertas inquietudes artísticas, quizá producto de la cercanía con la Zona Rosa y su ambiente de galerías y pintorcillos callejeros. Francisco y Tamayo disfrutaron mucho su adolescencia ahí como dandis proletarios que se ligaban chavas de buena familia en fiestas jipis.

En nuestro edificio había inquilinos cubanos y españoles, artistas como el pintor Gironella y una famosa periodista de sociales de *Excélsior* a la que conocíamos por su seudónimo: Bambi. La señora nos saludaba muy amable a Cartucho y a mí cuando bajaba de su departamento del tercer piso y nos encontraba en el pasillo del nuestro. Alta, distinguida y bien maquillada, pálida como muerta.

Éramos *Los hijos de Sánchez*, sucios, feos y malos, incrustados por un golpe de suerte momentánea en un barrio con aire bohemio.

7

Por la calle solía pasear una señora de unos cuarenta años, rubia platinada, bajita de estatura y entrada en carnes. Se llamaba Farah, al parecer, una aristócrata exiliada de origen polaco que caminaba como si nada la mereciera. Condesa Perna de Tarasco, su nombre completo. Mirada fija al frente, parsimoniosa y con cierto garbo que infundía más desconfianza que respeto. Una loca redomada, o al menos de eso tenía fama entre los vagos del rumbo. Unos decían que era espía de los comunistas. Tenía la nariz larga y respingada como de bruja de cuento. Corría el rumor de que robaba niños y nos tenían prohibido acercarnos a ella o hablarle. A veces iba acompañada de otras mujeres extranjeras con las que se tomaba fotos afuera de su casa con amplios ventanales que exhibían pinturas al óleo de gran formato con marcos dorados. Siempre que la veía pasar acompañaba su recorrido con la mirada hasta que daba vuelta en alguna calle o se alejaba hasta perderse de vista.

En mi imaginación descuartizaba animales. Era pintora. Tenía un taller en Berlín y Liverpool dentro de un enorme edificio antiguo que se ha salvado de la demolición. En la planta baja había un local con vitrinas enormes donde Farah exhibía sus óleos de gran formato. *Venus de Milo*, faunos, personajes mitológicos. Figuras recargadas de erotismo en colores pastel.

En una de las tantas ocasiones en que era expulsado por burlón de la palomilla de amigos o simplemente no había nadie en la cuadra con quien jugar, caminaba a solas por la calle de Berlín cuando me topé casi de frente a Farah, que estaba a punto de abrir la puerta de su estudio. Me miró a los ojos y sentí miedo, pero al mismo tiempo ganas de seguir ahí frente a esa mujer que imponía, por la fuerza de sus rasgos, su personalidad silenciosa y enérgica que perturbaba a los vecinos.

—¿Cómo te llamas, niño? —me preguntó con voz fuerte, dominante, en un español marcado por un acento que hasta hoy no sé de dónde provendría.

—Me dicen Foco o Chispa.

—Pregunté tu nombre, no como te dicen los tarados con los que te juntas.

Sentí miedo y vergüenza, era mi apodo de familia, pero algo me decía que la señora no me haría daño, así era ella.

—J. M.

—¿Y no prefieres que te llamen por tu nombre? De donde vengo los apodos son para los criminales.

No supe qué contestar y me quedé esperando a que entrara en su estudio para salir corriendo.

—Ven, entra conmigo, te voy a enseñar lo que hago. Puede que te guste.

Al ver que me quedaba petrificado y temeroso, insistió como si fuera una orden:

—Ven, no te va a pasar nada. No soy bruja ni como niños, tonto.

Por fin la vi esbozar una leve sonrisa y, sin valor para negarme, entré luego de que Farah abrió la puerta y me indicó a pasar antes que ella. Había que subir unas escaleras de granito hasta el primer piso por un estrecho pasillo de muros blancos alumbrado con un foco pelón. Sentí que me faltaba el aire y me veía amarrado, embozado y torturado. Nadie sabría qué me pasó y mis padres sufrirían mucho y la policía tendría que declarar que estaba desaparecido. Noticia de la *2ª de Ovaciones* a ocho columnas, seguro. El nuevo niño Bohigas. Se me secó la garganta y llegué al último escalón resignado a mi suerte y con el corazón palpitando como si me hubiera ido de pinta. Detrás oí la respiración de Farah, agitada y su paso lento economizando energía. Su transpiración agridulce me provocó escalofríos en la nuca. Me hice a un lado para que abriera con llave una puerta de madera y la luz del día me deslumbró tras los amplios ventanales sin cortinas en dos de los muros altos, pintados de blanco que daban a las calles de Berlín y Hamburgo. Farah se descalzó de inmediato y antes de atravesar el estudio aventó sus zapatillas a un lado de la puerta de entrada. Había varios pares amontonados. Era apenas un poco más alta que yo.

En el amplio galerón con piso de duela impecable, otra puerta abierta conducía a un baño donde a la distancia pude apreciar una tina enorme. En un extremo del salón había una estufa y en uno de los quemadores una tetera; también, una mesa pequeña con dos sillas, un pretil repleto de ollas, trastes y algunos instrumentos de cocina, así como un enorme refrigerador blanco. Al otro extremo, un sofá cama con un cobertor gris esperaba paciente, extendido, como en espera del momento de proporcionar placer o descanso a la dueña. En una mesita había legumbres y fruta en un canasto. En la esquina que encontraba los muros todos con ventanales, había una mesa grande de madera llena de pinceles, pinturas de óleo y un caballete pequeño; al lado un caballete grande, lonas enrolladas y muchos objetos más, desperdigados por toda la mesa y alrededor de ésta. Un espejo casi del tamaño de un ventanal se apoyaba contra la pared mayor y por él podía ver mi frente amplia, el cabello lacio, mi cara seria y una camisa azul chamagosa. Pecoso y esmirriado. Frente a un sillón viejo estilo provenzal, había una enorme pintura en proceso que ocupaba buena parte de la pared contigua al ventanal. Era el boceto de una silueta femenina con cabello largo que ondeaba al viento. ¿Farah? ¡Nah! En otro muro había un par de pinturas de menor formato ya terminadas. Un minotauro y una niña desnuda con un pandero en un bosque. Yo no salía de mi sorpresa, y el miedo se había convertido en una inmensa curiosidad morbosa y excitante. El fuerte olor a trementina y pintura se mezclaba con un leve aroma a lavanda y el olor de Farah. Me preguntaba dónde escondería a los niños que raptaba esa señora nalgona de cabellera espesa y lacia.

—Yo vivo arriba, aquí sólo vengo a pintar.

Por mera inercia me senté en el sofá mirando el boceto.

—Fíjate bien en las pinturas. Voy a preparar té.

Me tomó por sorpresa oír su voz tan cerca, a mis espaldas, casi al oído. La había perdido de vista, abstraído con las pinturas y el lugar mismo. Me abandoné a una experiencia sensorial que comenzaba a inquietarme por el hecho de tenerme que ir en algún momento. Sin que nadie me apresurara, de pronto quise salir de ahí. Era un sentimiento de culpa al imaginar que alguien se enterara de que había estado en la guarida de la loca que todo mundo hacía mofa. Sin embargo, me sentía cómodo, entregado al momento como si conociera el galerón de tiempo atrás. Me recorría la espalda un placentero cosquilleo.

A los pocos minutos, Farah regresó con dos tazas grandes repletas de una infusión verde y humeante.

—Tómalo con calma mientras ves lo que hago.

Farah se dirigió a la mesa de las pinturas, dejó su té en la mesa de al lado, tomó sus pinceles, una paleta y algunos tubos de pintura que empezó a escurrir sobre la madera manchada de oleos secos. Hizo algunas mezclas con un pincel delgado y comenzó a delinear contornos como de nubes alrededor de la silueta. Así estuvo un buen rato, abstraída en sus trazos, ajena a mi presencia. De pronto se detuvo, dejó la paleta en la mesa, fue al baño y al poco rato regresó con un espejo más grande que recargó sobre el otro. Farah me quedó de frente; veía sus muslos hacia arriba. Yo podía verla reflejada desde mi lugar en el sillón como si ella me enfrentara. Había dejado mi té de hierbabuena en la duela, esperando a que enfriara y ahora miraba embebido a la mujer a través del espejo.

Sin más, Farah se despojó de la blusa y un sujetador color melón con varillas en las copas puntiagudas y siguió pintando. Tenía unos pechos enormes, venosos y aún firmes y rosados, con los pezones del tamaño de un pistache. Todo en ella era así, voluptuoso, por eso provocaba desconfianza. Se incrementó el placentero escalofrío que me recorría la espalda y algo parecido a cosquillas en los huevos. Las únicas veces que había visto a una mujer desnuda era cuando fisgoneaba en las regaderas para sirvientas en la azotea. Indígenas regordetas y púdicas que por puro reflejo se ponían una mano en el pubis mientras se enjabonaban con la otra. Me asomaba a verlas por los orificios del grosor de una broca pequeña que había siempre a un lado de las cerraduras. Las sirvientas los tapaban con jabón de pasta, pero sólo había que esperar a que comenzaran a bañarse envueltas en vapor para tirar el tapón con una aguja o la punta de un lápiz. A veces lo hacían ellas. Moisés, el menor de los hijos del conserje de nuestro edificio, nos confesó a Cartucho y a mí que esos orificios los había hecho su hermano Juan, el Bodrio, que tenía fama de pervertido bien ganada. Nos metía en su cuarto de azotea para leernos cuentos pornográficos con fotos. Se reía a carcajadas cuando interrumpía la lectura para descubrirnos sonrojados e inquietos, escuchando sin parpadear las vulgares historias. Nunca abusó de nosotros, pero al salir de su cuarto nos amenazaba con acusarnos con mi mamá. Esto era distinto: Farah poseía una fuerza de atracción enorme, segura y consciente de su cuerpo, de que yo estaba ahí y no había nada malo en enseñarme sus pechos. Ella era así, una mujercilla barrigona pero imponente.

Como pude, terminé el té delicioso muy azucarado y Farah notó mi inquietud. Dejó los pinceles y la paleta en la mesa y, en lo que se ponía sólo la blusa, al momento de abotonársela, dijo:

—Es hora de que te vayas. Deben andar buscándote. Ve tu cara, parece que viste un muerto. Jajajajaja.

Asentí con la cabeza incapaz de hablar, pero sin quitar la vista de sus pezones transparentados a través de la tela ligera.

Farah se dirigió a la puerta del estudio y me dejó bajar primero. Al llegar a la planta baja, me tomó por la barbilla y me dijo adiós con una leve sonrisa. Abrió la puerta y al salir al aire fresco volteé a despedirme con una seña de mano, pero Farah cerró de un portazo y no alcanzó a verme. No pasaba nadie por la calle. Caminé nervioso para dar una vuelta a la manzana por Hamburgo hasta llegar a Marsella. Al subir las escaleras a mi domicilio me sentía ligero y poseedor de un secreto que me hacía feliz y no tendría que compartir con nadie. Esa noche no pude dormir y experimenté mi primera erección; no sabía para qué servían. Desperté con ardor en el pitito. Afortunadamente me tocaba regaderazo y se me quitó la molestia. Estaba listo para aguantar el día de escuela. Pensé en Farah durante días. La encontré en la calle algunas veces más, pero no me volvió a dirigir la palabra por más que le buscaba la mirada; no existía más para ella.

Me había introducido a un mundo nuevo, de descubrimientos vitales. Me hizo preguntarme por primera vez para qué sirve ir a la escuela. No era para mí, lo tuve claro.

8

En casa había guantes de boxeo, mi padre y Tamayo nos enseñaron a usarlos. Era tan importante como desconfiar de los extraños. Tamayo era un adolescente pendenciero y no sabía boxear bien, pero era aferrado y mañoso. Mi padre había sido boxeador aficionado en Guadalajara, pero lo dejó el día en que en el gimnasio donde entrenaba un muchacho recién llegado, bien vestido y modoso, le puso una felpa inolvidable. Mi padre menospreció al rival por su apariencia y recibió una lección de boxeo y de vida.

Lo recuerdo regresar a casa golpeado. Le gustaba pelearse a puño limpio. Entre asustados pero llenos de emoción, Cartucho y yo lo veíamos hecho una fiera y al menos, hasta donde nos tocó verlo, salir bien librado. "Yastuvo, yastuvo", era la súplica del derrotado para detener la pelea.

Tamayo nos echaba a pelear con otros niños de nuestra talla, y esa sádica diversión que disfrutaban los mayores, nosotros y nuestros adversarios lo veíamos como un rito de iniciación a la vida callejera. Lo cierto es que yo les era antipático a muchos niños; nadie quiere tener en su pandilla a un sabiondo y menos si se burla de los demás por tontos. Gané muchas enemistades, ojos morados y, en ocasiones, el aislamiento del grupo de amigos como castigo. De pronto salía a la calle por las tardes para reunirme con la pandilla y me encontraba con que nadie me hablaba, se iban a buscar otra banqueta o zaguán lejano para así demostrarme que no me querían entre ellos. Mientras, a Cartucho lo abrazaban y festejaban su desparpajo temerario. Nunca le di mucha importancia, aunque me ponía celoso la popularidad de mi hermano. Vagar solo en las calles me hizo observador y reforzó mi carácter ensimismado y a la vez belicoso.

Había veces en que no podía evitar quejarme. Lo que me hizo Conchita, la madre de Migui, se lo conté a mis padres en cuanto regresaron de Guadalajara con Cartucho, algunos meses antes de que Rosa María y Migui se divorciaran. Yo estaba de vacaciones escolares de segundo año de primaria y me habían dejado al cuidado de ellos, pues ya no podía ir a Guadalajara sin riesgo de enfermarme del estómago y pasarme en cama todo el viaje. Mi madre decía que alguien me había hecho mal de ojo.

Conchita se hacía cargo de mí durante el día y me dejaba salir a jugar con los niños de la vecindad donde ella vivía, en Tacubaya. Rosa María y Migui pasaban a dejarme antes de irse a trabajar. Me quedaba a dormir con ellos en su departamento. Conchita decía estar enferma de cualquier cosa para tener al hijo pegada a ella. Rosa María y Migui regresaban por mí ya entrada la tarde.

Esa vez, Conchita hizo de comer caldo de res, pura grasa caliente con cartílagos duros que me rehusé a comer.

—¡Ah!, ¿no quieres? —me preguntó la corpulenta anciana con aire desafiante—. Aquí no hay perros ni somos ricos. Tus caprichitos hazlos con tu mamá.

Moví la cabeza para decir que no.

—Pues no te paras de ahí si no terminas.

Pasé horas sentado frente al plato de sebo. Conchita iba y venía de la cocina para vigilarme. Salía a barrer el patio, chismeaba con alguna vecina y aprovechaba para quejarse de lo duro que era hacerse cargo de un escuincle grosero mientras su hijo se partía el lomo trabajando. Y los papás, de vacaciones. Al principio regresaba y me veía con enojo, en silencio. Luego, con amenazas:

—Si no te lo tragas, no te paras de la mesa, de eso me encargo yo.

Una media hora antes de que llegara mi hermana, se sentó a mi lado y me forzó a comer todo, apurándome con sopapos en la nuca. Frío, seboso, como despojos de basura atorada en una alcantarilla. Sentí que me ahogaba a cada bocado con lágrimas embarradas en los cachetes.

Cuando al fin terminé, sollozando corrí al baño y vomité todo. Limpié el piso y la orilla de la taza con papel de baño y casi tapo el excusado. A fuerza de jalarle al agua, me deshice de todo. No quería salir, el asco me sofocaba y tenía miedo de encontrarme con la vieja. Aún recuerdo el fuerte olor de su perfume barato mezclado con sudor. Vejez resentida, una aparente dignidad de quien se avergüenza de su origen. Pasé un rato así. El sabor de boca me provocaba arcadas. Conchita se había desatendido de mí y desde el baño la podía oír hurgando entre cacharros de la cocina con la radio encendida. El Fonógrafo. En eso se abrió la puerta de entrada para dar paso a los gritos de mi hermana y Migui, salí corriendo a encontrarlos. Para variar, discutían. Conchita los interrumpió para acusarme. Dijo que yo era desobediente y majadero. Nunca dijo que me había pegado y que me había hecho comer a la fuerza sebo y cartílagos, la famosa "babilla" que tanto le gustaba a Tamayo. Recibí un fuerte regaño de Rosa María. Amenazó con regresarme a mi casa al otro día y dejarme a cargo de Tamayo. ¡Claro! Preferible ser su mandadero, al menos con ese abusivo me la pasaba en la calle. Sirvió para que dejara de pelear con el marido y nos fuimos a su domicilio, a unas calles de la vecindad. Abordamos su Volkswagen gris impecable, pero que apestaba a gasolina. Casi me vomito otra vez.

No quise cenar y me fui a ver la tele. Comenzaban *Los intocables*. Era el episodio de Letito, el mensajero de la mafia que dejaba un clavel blanco como aviso a quienes iban a morir por no saldar sus cuentas con los jefes. "Hola, soy Letito." Al terminar la serie me escabullí a mi recámara sin despedirme, aprovechando que Rosa María y Migui seguían discutiendo con la changa de entrometida para defender al hijo. Alcancé a darme cuenta de que apagaron las luces de la sala. Rosa María y Migui se metieron a su recámara. Al rato me paré al baño y estuve buen rato ahí, con arcadas. Tuve pesadillas toda la noche. Por la mañana muy temprano desperté demacrado y triste. Miraba al techo a la espera de que mi hermana saliera de la recámara para decirle que quería regresar a mi casa, donde podía ver la tele a mi antojo y salir a jugar con mis amigos a la calle. El problema es que faltaban dos días para que regresaran mis padres. Mis otras hermanas trabajaban todo el día y no podían hacerse cargo de mí, aún no se casaban y no tenían suegras espantosas y sádicas como la tal Conchita. Tamayo era la única opción. Francisco nunca estaba en casa o regresaba por las madrugadas. Era la primera vez que extrañaba realmente a mis padres, incluso a mis hermanos mayores, que eran unos cabrones. Me preguntaba si no sería un castigo de Dios por ir mal en la escuela. Por un tiempo se me metió en la cabeza que era adoptado y por eso me pasaban esas cosas. Imaginé que la vieja moría atropellada, o que se le atoraba el bocado en la boca y se asfixiaba; que mi padre madreaba a todos y me pedían disculpas por maltratarme. Que tenía una enfermedad incurable y todos estarían tristes por mi muerte. Era un niño malcriado y voluntarioso y no me había dado cuenta.

El asco me persigue hasta hoy, ni siquiera puedo oler el caldo de res; durante años tuve sueños donde ahogaba a Conchita en un excusado.

9

Cuando mis padres regresaron de Guadalajara, mandaron a Tamayo por mí a casa de Conchita. Ojalá y Tamayo fuera Letito, pensé. La vieja me entregó en la entrada de su casa y ni adiós me dijo.

—¿Qué le hiciste a la pinche gorila? —preguntó mi hermano mientras cruzábamos el patio de la vecindad, seguidos por la mirada de un par viejas chismosas paradas en la entrada de sus viviendas. En el portón de la entrada, cuatro sujetos como de la edad de Tamayo fumaban mariguana desafiantes. Ya en la calle respondí:

—Nada —y me solté llorando.

—No seas chillón, aguántate, ya vamos a la casa. Ponte al tiro. Si nos quieren asaltar corremos a la avenida.

En cuanto vi a mis padres, acusé a la vieja entre sollozos y de inmediato mi padre llamó por teléfono a Rosa María. El tono de la discusión subió a los gritos; mi padre llamó tripona abusiva a Conchita. Vieja pendeja, ignorante y engreída. Luego colgó. Mi madre echaba espumarajos por la boca y se acabó a insultos y apodos denigrantes a Conchita. Desde entonces la conocíamos como "Cornelia", en alusión al orangután del *Planeta de los simios*. Fue de las pocas ocasiones en que mi padre me defendió de la hija consentida. El domingo siguiente se presentaron a comer a nuestra casa, mi madre le sirvió de comer a Conchita poco y de mal modo, y discretamente mi padre le pidió a mi hermana que no la volviera a llevar a la casa. Rosa María lo tomó como saldo a favor para su inminente divorcio. Migui se hizo el ofendido y se llevó a la vieja glotona en cuanto ésta se acabó un platazo de plátanos fritos con crema como postre. Al fin podríamos ver *Alta tensión* y luego *Siempre en domingo* sin los comentarios sosos de la vieja: Puros mariguanos, Teresita. Ay, qué guapa se ha puesto la D'Alessio. Ay, este señor Raulito qué simpático es. A qué hora sale Julio Iglesias, a ver si no es muy tarde y lo vemos aquí. Teresita, ¿tendrá más platanitos con crema?

10

Casi doss años después de su divorcio, Rosa María obtuvo el crédito de Infonavit y mis padres, confiados en que por fin tendrían casa propia, y no sin muchas reservas, aceptaron dejar nuestro departamento en la calle de Marsella, por esa unidad habitacional aún sin terminar, ubicada muy al oriente de la ciudad, en una zona árida, de frecuentes ventiscas y tolvaneras, rodeada de milpas y ciudades perdidas, donde el transporte público siempre saturado era una asombrosa novedad que parecía extraída de un futuro apocalíptico como el de *El planeta de los simios*. De todas maneras, no nos quedaba de otra: mi padre ya no podía con la renta y no era suficiente con lo que Raúl y Rosa María aportaban a la casa. Los otros tres hermanos mayores hacían su vida en pareja alejados de la familia. De Francisco y Raymundo mis padres no esperaban nada.

Nuestro departamento en Marsella siempre estaba bien iluminado y, a pesar de todo, nos acompañaba una fuerte carga de melancolía y zozobra. Las calles parecían escenarios de una película de Buñuel, de Ismael Rodríguez o Roberto Gavaldón: tristes y peligrosas, donde en cualquier esquina podría ocurrir una desgracia, aparecer un hombre golpeado clamando ayuda o venganza a gritos. Siempre templada y a veces calurosa, la ciudad que recorríamos en largas caminatas mis padres, Cartucho y yo de camino a Tepito, al mercado callejero de chácharas donde mi padre compraba herramienta de segunda y mi madre algún adorno sencillo para la casa: una figura de porcelana, un cenicero de vidrio, una lámpara. Heredé ese gusto por lo inservible que da calor e identidad a una casa. Recuerdo sobre todo las tardes sentado con los amigos en la banqueta de la calle mientras veíamos pasar gente de regreso a sus hogares luego del trabajo. Borrachos discutiendo o abrazados antes de despedirse. Vagabundos alcoholizados gritando sandeces con un costal al hombro repleto quién sabe de qué. Los Robachicos. Gran leyenda urbana de presuntos secuestradores en este país. Ahora son una realidad.

Todo ello me hacía sentir que la ciudad era nuestra, de mi familia y de los amigos. Que éramos parte de ella. La precariedad no nos quitaba las ganas de vivir. Pero sin darnos cuenta, esa ciudad de gente altanera y despreocupada iba cambiando por otra que emergía de entre el asfalto, las demoliciones y las nuevas avenidas que separaban barrios e identidades. Me gustaba mucho ir a jugar con mis amigos del barrio de la Romita, que en su frontera con avenida Chapultepec aún tiene un busto de un héroe que siempre creí que era el capitán Custer. Los camiones y tranvías viejos y agotados que tardaban horas en llevarnos a los balnearios y bosques en las orillas de la ciudad. Nuestros conocidos siempre quejándose de la falta de trabajo. Mis padres agradecidos de la vida cuando había dinero suficiente para que toda la familia comiera en abundancia y para pagar la renta. Una vida brava, angustiante y al mismo tiempo entretenida.

El departamento de Marsella tenía dos recámaras y un cuarto de servicio. En aquel entonces yo tenía siete años y dormía con Francisco y Tamayo en el cuarto de servicio en unas literas, rotándome entre una y otra cada noche; Cartucho en una cuneta con mis padres y todas mis hermanas en una recámara. En ese cuarto de servicio nos encerrábamos a jugar Cartucho y yo; me encantaba dar maromas en la litera de arriba hasta que un día rodé al piso y me partí la barba. De milagro no me mordí la lengua. Me llevaron a un hospital y aún con el dolor del golpe y la aparatosa cortada que había llenado de sangre mi camisa con un Dumbo estampado, pensaba en que tendría chance de faltar a la escuela unos días. No fue así, mi madre se empeñó en llevarme y pasé todo el turno haciendo muecas de dolor que no lograron conmover a nadie. Cambié de actitud y anduve muy serio unos días en lo que me quitaron el parche de la barba y pude presumir la cicatriz como si me la hubieran hecho en un ring de boxeo.

Por las noches se reunía toda la familia a ver series de televisión. *El gran chaparral, Los intocables* y *La dimensión desconocida*. Estas dos últimas eran como una droga para mí, nunca me perdí un episodio. Quería ser como Rod Serling, vestir como él y hablar con la voz impostada y solemne del doblaje. Con frecuencia tenía sueños delirantes, pero no me importaba, mi imaginación se desbordaba y cada noche me preguntaba qué haría si me perdiera en el tiempo, viajara a otra dimensión o simplemente mutara en un animal con apariencia humana. A mis vecinos y amigos les encontraba parecido con los personajes.

Mi madre estaba enamorada de Robert Stack, es decir, de Elliot Ness, el policía mojigato que el resto de la familia repudiábamos. Los hombres queríamos ser como Frank Nitti o los otros gánsteres que se la pasaban tan bien entre chicas, whisky, grandes negocios y balaceras. El espíritu de mi familia nunca estuvo del lado de la ley, aunque la respetábamos, pues sabíamos sus alcances cuando alguien comete un error, sobre todo con gente como nosotros. Elliot Ness era el ejemplo del pesado aguafiestas, una figura de autoridad que nos hacía sentir inferiores y sin salidas.

11

Por el año de 1959, Lucio encontró un trabajo vespertino en una pequeña fábrica de calzado ortopédico en Azcapotzalco. Distribuía su calzado en algunos negocios pequeños del Centro.

La gente llenaba las salas de cine para ver a Marilyn Monroe en *Una Eva y dos Adanes*; el gobierno reprimía brutalmente al movimiento ferrocarrilero mientras presumía de una paz social inexistente para los más jodidos. La familia vivía no lejos de la fábrica, en la calle de Argentina 86. Lucio trabajaba como almacenista con la idea de que su experiencia como aprendiz de zapatero en uno de los muchos talleres de su colonia, pronto lo llevaría a la planta de producción, aún dividida por la eficiencia de unas cuantas máquinas de cocido de suelas y la lentitud de los maestros del oficio que con herramientas manuales, daban forma al zapato que calzaban niños y adultos marcados por la polio. Así completaba su raya como oficial de joyería en un taller de la calle de Plateros, hoy Palma. Era un aprendiz continuo de la vida, que no veía ni de lejos cuándo podría dejar de serlo. Hasta ese día.

A cargo de la caja estaba una mujer de nombre Gloria, atractiva y amable, divorciada y con tres hijos más o menos de la misma edad que Rosa, Raúl e Hilda. Morena, chiapaneca. Le gustó el almacenista amiguero y educado en el trato. No parecía parte del arrabal migrante de la provincia que venía a probar suerte a la gran ciudad.

Él no correspondió a los coqueteos de la cajera que además llevaba parte de la contabilidad de la empresa.

Un buen día luego de un inventario, coludida con el jefe de almacén, la tal Gloria lo acusó de robo y Lucio fue detenido a la entrada del trabajo por unos agentes y conducido directamente a Lecumberri. De camino le dieron su calentada. Le achacaban dos mil pesos en efectivo y unos pagarés al portador. Lucio nunca había visto tanto dinero junto. En casa no supieron nada de él durante tres días; mi madre creyó que se había ido de parranda hasta que se apareció Pancho el Liso (estaba cacarizo) a preguntar por su compadre.

—¿Qué no andaba con usted, Pancho?

—No, Tere, si por eso vengo, lo están buscando en el taller de joyería.

A mi madre se le fue el resuello y le pidió a Pancho que buscara a mi padre donde solían reunirse para beber, a las pocas horas regresó para decirle que nadie lo había visto. En la desesperación ella y el compadre fueron hasta la fábrica y les dijeron que no sabían nada. Fueron atendidos amablemente por la mujer que había levantado la denuncia.

Pancho le dijo a mi madre que localizara a un viejo compañero de parrandas: el licenciado Urdapilleta, que se encargó de la búsqueda. Un leguleyo tramposo y cábula que vivía de hacer amparos y llevar expedientes de desahucio. Mis hermanos recuerdan esto como un sueño delirante: mi madre abatida por la angustia, pensando lo peor. Podría estar golpeado o muerto en algún callejón de Nonoalco donde Lucio y sus amigotes frecuentaban tugurios. A la quinta noche Urdapilleta se presentó en la vecindad y le informó a mi madre de la situación.

—Lucio no es ratero.

Fue lo único que se le ocurrió decir a mi madre. Los cargos no se sostenían y podría salir del penal siempre y cuando soltara una corta al juez y a los agentes que lo habían detenido, dispuestos a cambiar su reporte dado que la tal Gloria ni el jefe de almacén no se presentaron a ratificar la denuncia. El problema es que era viernes y habría que esperar hasta el mediodía del lunes para seguir el trámite. La mochada era de unos cinco mil pesos, una fortuna. Urdapilleta se ofreció a prestar la mitad del moche y mi madre se movilizó con sus amistades y conocidos para conseguir el resto. Empeñó un radio, la plancha, un juego de cama de algodón y consiguió prestado con un agiotista lo que faltaba. Ya con el dinero, Urdapilleta se movió para tramitar la liberación del detenido en el juzgado de lo penal instalado en Lecumberri. Lucio recuperó su libertad hasta el siguiente viernes por la tarde, en la última tanda de liberados bajo fianza de ese día.

Llegó demacrado a casa, agotado, pero con una mirada de resentimiento profundo que se transformó en una amargura sabia con el paso de los años. Le confesó a mi madre la razón de su encarcelamiento y distrajo los reproches contando lo que había vivido dentro de un sistema disciplinario militarizado, cuya crueldad se aplicaba a través de los custodios y sus comandos para inocularla entre los condenados, convertidos en depredadores de sí mismos. Ninguno de ellos podría salir inmune de un universo de castas patibulario que reproducía radicalmente la pandemia revanchista que afuera de esos muros de más de quince metros de altura, contagiaba a una sociedad enferma de odio.

Recuerda su llegada a Lecumberri un mediodía de entre semana e ingresar por las puertas metálicas verdes y aceradas del penal. Lo entregaron a unos celadores con armas largas que lo condujeron hasta una oficina llamada "Mesa de Libres". Ahí un licenciado a cargo de la oficina comenzó a interrogarlo. Nombre. Edad. Origen. Nombre de sus padres: difuntos. Un familiar a quien hacerle notificaciones. Domicilio. Casado. Católico.

—¿Delito?

—Ninguno.

—Aquí nadie es inocente. Responda a lo que se le pregunta.

Lucio se quedó en silencio un momento sin saber cómo responder y recibió un sopapo en la nuca de parte de un custodio a sus espaldas.

—Me acusan de robo.

—Vaya a que le tomen las huellas digitales.

Pasó a un escritorio frente al del juez y un sujeto entrado en años, canoso y ronco lo puso a tocar el piano para que sus huellas quedaran registradas en una ficha de control. Luego, el juez ordenó que lo condujeran a la crujía H, para los recién llegados que aún pueden comprobar su inocencia y en vías de ser procesados.

Lucio vio un teléfono en el juzgado y pidió permiso para hacer una llamada.

—Cuesta seis pesos.

No traía dinero, los chotas se habían quedado con todo lo que traía de valor: una cartera con treinta pesos, un reloj Omega y un anillo de oro bajo con un lapislázuli montado.

En el patio de ingresos lo esperaba una hilera de detenidos en fila india, algunos con cobijas bajo el brazo. Llegaron a la Oficina de Inspección donde los registraron de pies a cabeza y en el caso de mi padre, lo despojaron de su saco. Luego, por dentro se abrió otra pesada puerta y un mayor de crujía los recibió con gesto burlón. Entraron a otro patio más pequeño donde de inmediato les empezaron a silbar los presos desde sus celdas que rodeaban el patio.

Le asignaron la celda veintitrés con otros tres sujetos de nuevo ingreso.

—A partir de hoy van a aflojar diez pesos diarios cada uno para no hacer la fajina, si no, se chingan haciéndola todo el día —les advirtió el mayor.

En Ingresos a Lucio lo habían desnudado y rociado con un desinfectante. Le dieron un uniforme azul a cambio de su ropa de calle. Alguien le dijo que la ropa de los de recién ingreso iba a dar a los mercados de segunda de Nonoalco. No pudo rentar por cinco pesos una cobija deshilachada.

El miedo apenas lo dejaba respirar. Lucio traía un fuerte dolor en las costillas de la derecha y moretones en brazos y piernas. Por llevado, recuerda que le dijo uno de los chotas al momento de darle el primer golpe dentro del coche.

—Nunca habías estado en Cana, ¿verdad, güero? —le preguntó un sujeto chaparrito, de mediana edad, chimuelo, con una cicatriz en el cuello. Tenía varios ingresos por drogadicto y robos menores. Lucio dijo no moviendo la cabeza.

—Pues aquí o aprendes a desafanar o te carga la chifosca. Si quieres atizarte, me dices.

Lucio nunca olvidó las madrugadas en vela, los gritos desaforados, la banda de música del penal, desafinada y estridente, que a las cinco de la mañana anunciaba el momento de estar de pie y el posterior pase de lista y el desayuno: atole frío y un pan duro. Los golpes e insultos del mayor de crujía y sus comandos eran cosa de todos los días por cualquier excusa dentro y fuera de las celdas.

No le quedó de otra más que hacer la fajina desde que despertaba hasta el momento en que le permitían regresar a su celda al atardecer.

Uno de esos días, muy temprano, atraído por los gritos en el patio de ingreso al penal, se asomó desde su celda luego de que algunos de sus compañeros de encierro le dieran el paso para que se asomara al patio. Ahí vio una fila de cien reos que eran alineados a punta de golpes y fuetazos por un oficial que seguía instrucciones del director del penal. Cuando estuvieron bajo total control, el oficial pasó con cada uno de ellos a darle una fuerte cachetada en pleno rostro. Algunos de los reclusos en la fila contenían el llanto, aterrorizados. Purgaban condenas de al menos veinte años. Era una cuerda que partía rumbo a Las Tres, como conocían los presidiarios a las Islas Marías.

Guiado por un reo a cargo de repartir trapos para la fajina, conoció las colonias, el *gulag* penitenciario donde se reunía el lumpen y la aristocracia del crimen. Ahí escuchó del pocito y del apando, los cuartos de torturas y confinamiento en solitario donde los castigados a veces salían con los pies por delante. Ni los oficiales se acercaban ahí. Por el recorrido a las colonias, Lucio no pudo evitar que lo golpearan entre varios. Era su cuota de ingreso de novato.

Cuatro días después, Urdapilleta lo buscó en el penal y pudo darle algo de dinero en lo que se movía por fuera para untar a los jueces con el moche. Al otro día un custodio le avisó a Lucio que un juez lo esperaba en el Juzgado Tercero. Llegaron a un estrecho pasillo que comunica con los juzgados. Un vigilante le abrió la puerta de metal oxidada y ruidosa. De pronto quedó frente a una reja de gruesos barrotes que permitía apreciar el amplio juzgado lleno de escritorios y máquinas de escribir igual de desgastados.

Un empleado se acercó a preguntarle su nombre. Luego, dijo:

—Está usted acusado de robo, pero la parte acusadora no ha venido a confirmar el delito.

Alcanzó a ver entre el hormiguero de funcionarios judiciales y leguleyos a Urdapilleta, que a lo lejos le hacía señas sonriente para llamar su atención. Firmó unos papeles que lo exculpaban del delito por el que fue acusado, pero el empleado le dijo que eso no le garantizaba su libertad, si acaso una pena más corta. Aguardó más de cinco horas la resolución del juez, sentado en una banca junto con otros detenidos en espera de sentencia, y finalmente fue llamado desde la puerta por donde había ingresado. Lo llevaron al salón donde le habían recogido su ropa, entregó el uniforme y recorrió de regreso a la calle el camino que lo había llevado a esa pesadilla, corta, para su buena suerte. A la entrada del penal abrazó a Urdapilleta y como si tal cosa, regresaron a pie hasta el domicilio de Lucio. William Burroughs escribiría en

El almuerzo desnudo: "Como dijo un juez a otro: sé justo, y si no puedes ser justo, sé arbitrario".

Estaba dispuesto a desquitarse de la tal Gloria y del jefe de almacén. En casa lo esperaban sus hijos y algunos amigos del barrio. Entre Urdapilleta y Teresa hicieron desistir a Lucio de sus intenciones. Si te agarran ahora no sales y le vas a dar la razón a la pinche vieja. Urdapilleta rara vez se presentaba cuando se le necesitaba, pero tenía un gran olfato para adivinar una buena borrachera de gratis y sacar algo de dinero. Se había dado sus mañas para hacerle llegar a mi padre cincuenta pesos con los que pudo pagar un rancho aceptable, una colchoneta y una cobija.

El Liso, el padrino de Taydé, llegó a la vecindad de la colonia Morelos poco después, de buenas, como siempre. En una miscelánea él y Urdapilleta compraron una botella de ron Potosí, refrescos, cigarros y celebraron la liberación del Alacrán. Las dos semanas que pasó en Lecumberri a Lucio le parecieron una vida, se sentía avergonzado y dolido. Teresa sentía celos y vergüenza, pero no podía reclamarle nada que no le constara a ella; Lucio era muy hábil para ocultar sus amoríos o Teresa muy aguantadora para pasarlos por alto y mantener unida a la familia. "¿Ves lo que te pasa por andar de cabrón?", dijo ella.

Lucio se reencontró en Lecumberri con Pancho Valentino. Sentenciado a veinticinco años de prisión por el asesinato del padre Fullana Taberner en su parroquia de la iglesia de la Virgen de Fátima, en la colonia Roma. Fullana estaba relacionado con personajes destacados de la farándula que ayudaron a la construcción del templo teatino en 1950. El Charro Avitia, Viruta y Capulina, Juan Arvizu, Ana Bertha Lepe. Fullana tenía fama de presumido y malhumorado con la feligresía pobre.

José Valentín Vázquez Manrique, alias José Izquierdo Domínguez o José Manrique Vázquez o Sergio Montes de Oca y finalmente Pancho Valentino, fue un ministro del demonio. En su biografía abundan el melodrama y los desplantes de justiciero popular, pero ello no lo hace encantador. Ni a la justicia ciega. Como hampón de poca monta: proxeneta, asaltante, vendedor ocasional de drogas, estafador y vago sin domicilio, nos permite mirar al pasado sin suspiros nostálgicos. No bastaba su condena al infierno. El populacho, fatalista y mocho, pedía la pena de muerte para el Matacuras, abolida en la capital por el presidente Emilio Portes Gil en 1939.

La crónica policiaca de la época, reverente, folletinesca e ingenua, pero con una narrativa espectacular, me permitió apropiarme del horror bajo formas admisibles. Pancho Valentino profanó las leyes de Dios y de los hombres invocando a la provocación y al escándalo. Sólo así trascendería a nuestros días, a mis recuerdos, a la historia de mi familia. Su historia da cuenta de la biografía de un sujeto condenado al fracaso y de su arrepentimiento fingido en un entorno donde la certeza yace bajo el cascajo de la culpabilidad colectiva. Expuso la progresiva disolución social de un país abismado en sus mentiras. Ha conseguido que el tiempo lo purifique. Que mi historia se impregne de reconstrucciones sórdidas.

—Yo soy producto de la época. Estoy influenciado por las películas de gángsters y he sentido la injusticia de ver en Paseo de la Reforma a una mujer manejando un costoso automóvil, cargada de joyas, el día que yo no tenía para comer.

Eso declaró Valentino como atenuante al momento de su detención. Había tomado su nombre de luchador, inspirándose en Rodolfo Valentino, el galán del cine mudo.

Roberto Blanco Moheno lo calificó como un "delincuente pintoresco y despreciable". Lo había visto torear en la

Plaza México y salir abucheado por su incapacidad para matar al novillo luego de siete intentos con la espada, intentos que quedaron clavados en el lomo del animal. Valentino fue bautizado peyorativamente como el Siete de espadas.

El exluchador había ingresado al Palacio Negro, dos semanas después de haber asesinado a sangre fría al padre teatino. Lo habían condenado a treinta años de encierro y pronto lo trasladarían a las Islas Marías castigado por intento de fuga. Valentino era nueve años mayor que Lucio. Nacido en 1918 en Pachuca, Hidalgo, portaba pasaporte como ciudadano gringo; ello le había ayudado muchas veces a tener un trato preferencial de las autoridades. Desde su adolescencia, Valentino había pisado el reformatorio y el penal por robo, proxenetismo, vagancia, tráfico y consumo de drogas. Era amigo cercano de María Dolores Estévez Zulueta, *Lola la Chata*. Valentino había conseguido la nacionalidad estadounidense alistándose como ametralladorista en el ejército gringo con los B-29 durante la Segunda Guerra Mundial, pero no fue enviado al frente de batalla por no hablar inglés. El gobierno estadounidense lo pensionó con ciento veinte dólares mensuales que Valentino derrochaba en México en salones de baile y prostíbulos. Dipsómano, amiguero, mujeriego y fanfarrón. Había pasado algunos años luchando en arenas pequeñas de la frontera de Texas. De pronto tuvo la oportunidad de luchar en la capital del país y logró hacer pareja con el Santo y compartir carteles estelares con los grandes de su tiempo: Gori Guerrero, Enrique Llanes, el Murciélago Velázquez, entre muchos otros. Todo fue efímero, Valentino era irresponsable y violento; faltaba a entrenar y agredía a sus compañeros y autoridades. Su inteligencia y carisma le servían para embaucar mujeres y timar incautos. Era experto en trepar palos encebados para ganar dinero en las ferias. Había bajado la frontera fingiéndose turista para evadir a la policía texana, que lo buscaba por robo a transeúnte y vagancia. Llegó a la capital para instalarse definitivamente el 20 de marzo de 1956, urgido de dinero, resentido por su frustrada carrera como luchador y novillero. De inmediato encontró un cuartucho en el barrio de La Merced, muy a modo para su economía tambaleante. En algún momento se involucró con el exboxeador Rubén Castañeda Ramos *el Samy*, dedicado a comprar objetos robados. Cuando Pancho Valentino fue detenido luego de asesinar al cura, Castañeda Ramos declararía a *La Prensa*: "Hubiera sido más fácil para el luchador hacer dinero como bailarín, torero, deportista o autor de un libro de aventuras".

Y así era: Valentino obtuvo en Estados Unidos una beca para estudiar medicina o derecho penal, rechazó ambas; conocía la mitad de Europa presentándose como luchador y novillero en plazas pequeñas de Madrid y Portugal, y ya en el D.F. se convirtió en un destacado bailarín de danzón, así conoció a Lucio, compitiendo en concursos de baile donde ambos se disputaban con frecuencia el primer lugar. Desde su paso por el antiguo Tribunal para Menores, el director Gilberto Bolaños Cacho había diagnosticado el futuro de Valentino al considerarlo sumamente peligroso, altanero y fanfarrón. 1935, procesado por robo con violencia. 1936, daño en propiedad ajena. 1937, vagancia y malvivencia. 1942, robo y violación. 1947, robo y lenocinio.

El lunes 18 de agosto 1952 desfiguró el rostro de su esposa, la francesa Andrea van Lissum, durante una discusión por divorcio sostenida dentro del restaurante Hollywood, en Reforma y avenida Hidalgo.

Valentino llegó a la cita en la Alameda y de ahí caminaron al restaurante acompañado de dos amigos, que no hicieron nada por impedir la agresión. El cinturita, el zorrero y el traficante de mariguana. Se sentaron en un gabinete. Valentino al lado de su esposa y sus esbirros enfrente, apretados y olorosos a brillantina con los ojos fijos en los senos de la mujer. Valentino les sonreía, fanfarrón, presumiendo su trofeo. Ella callada, también sonreía con un dejo de coquetería que hacía enojar a su marido. De pronto, Andrea recibió cinco navajazos en el rostro. Valentino le gritaba: ¡Puta! ¡Mustia! Los amigos se esfumaron. En repetidas ocasiones el padrote la había presionado para que se dedicara a la prostitución y a vender drogas. Ante las negativas, la golpeaba y en esa última ocasión, fuera de sí, casi la mata ante el horror de los comensales. "Tu belleza ya no te servirá en el futuro", sentenció el hampón entre los gritos de dolor de su esposa.

No era la primera vez que agredía brutalmente a una mujer. Años atrás, acompañado de una hermosa prostituta de lujo, que hacía pasar por su esposa, Valentino fue a buscar a unos parientes radicados en Querétaro. Bajo el engaño de ser un exitoso empresario de la lucha libre, quería sacarles dinero como préstamo para montar un espectáculo en esa ciudad. "Podemos ser socios", le dijo al primo y a su esposa, un par de incautos que lo recibieron como toda una estrella del deporte. Luego de la cena pasaron a la sala a hablar del negocio. Comenzó con sus balandronadas y a contar sus aventuras por todo el mundo. En eso, su acompañante lo corrigió con el nombre correcto de un famoso artista de cine gringo. Valentino se jactaba de ser su amigo íntimo. Volteó a ver a la mujer hecho una furia, la tomó por la muñeca izquierda y le apagó un cigarrillo antes de soltarle una bofetada. Después, la paró del sofá de un jalón y se la llevó de las greñas y a gritos al coche. "Así hay que tratar a estas cabronas", gritó el padrote a manera de despedida.

Andrea van Lissum tenía veintiocho años y luego de separarse de Valentino fue a vivir con sus padres a la colonia Plutarco Elías Calles, al norte de la ciudad. Nacida en París, se nacionalizó mexicana y tenía cuatro meses de casada con Valentino al momento de la agresión. Era bailarina, culta y hablaba seis idiomas. Lo conoció en un salón de baile y de inmediato fue seducida por la labia y atractivo físico del entonces luchador. Valentino se hacía pasar como un tipo noble que siempre luchaba contra la adversidad. Imitaba los personajes de David Silva en el cine. Pasaron la luna de miel en Ciudad Juárez, que se prolongó cuatro meses, ya que Valentino aprovechó sus contactos para luchar en la arena local y hacer algunos trabajitos por encargo: robo a casa habitación y tráfico de drogas. Cuando Andrea lo denunció, declaró que la golpeaba constantemente y por eso le había pedido el divorcio.

—Me negué a traficar estupefacientes bajo las órdenes de Lola *la Chata*, pero mi esposo insistía en que necesitábamos dinero y yo debería de ayudarlo. Le pregunté cómo y me dijo que entrara a trabajar a una casa de asignación que él conocía. "Ahí no te faltarán viejos rabo verde a quien explotar", me dijo.

La parisina declaró que Valentino le presentó a Pedro Vallejo Becerra el México, excoyote del Nacional Monte de Piedad, y a un tal Rubén, con quienes quería formar una banda de asaltantes de transeúntes y automovilistas. Ella sería el gancho fingiéndose turista extraviada vestida como cabaretera.

—Me pedía que le presentara amigos para robarles. Me cansé de sus abusos y amenazas de muerte cada vez que le pedía el divorcio. Una noche en Ciudad Juárez se puso a fumar volcanes, mariguana rociada con cocaína, en el hotel donde nos hospedábamos. De pronto se puso violento y me cortó el cabello a rape con unas tijeras. Luego se fue a vender cocaína en un burdel y regresó tres días después, destruido por los remordimientos y sus excesos. Me pidió perdón de rodillas pero no me importó.

El 23 de agosto, Valentino declaró a *La Prensa* que se presentaría ante el juez penal correspondiente, pero amparado ante la justicia federal para no ser detenido. Declaró que la francesa lo había tiroteado con un revólver, pero que por fortuna ninguna bala dio en el blanco, por lo que tuvo que defenderse sin intención de lesionar el rostro de su mujer. Todo eran embustes.

—Tampoco consumo drogas ni trafico, no soy tratante de blancas, tengo treinta cuatro años y soy originario de Pachuca, Hidalgo. En cambio, Andrea es experta en armas de fuego y ha trabajado como espía para diferentes países en perjuicio de México. En el Hollywood ni me di cuenta de que después de regresar del baño cortaba cartucho a un revólver y se dirigía a mí apuntándome, pero el arma se encasquilló y no pudo dispararla.

Sus contradicciones lo pusieron en ridículo con las autoridades, a lo que respondió:

—Bueno, el caso es que con una lima de uñas —otra contradicción— le hice las lesiones que ella presenta, pero todo fue en legítima defensa.

Valentino pagó una fianza de diez mil pesos ante el Juzgado VIII de la Tercera Corte Penal por libertad condicional y no volvió a ver a Andrea.

Para ese año de 1952 ya era un luchador rudísimo pero mediocre, que hacía pareja en la Arena México, La Coliseo y otras arenas del interior del país, con Bull Dog Rolando Vera, Jack O'Brien, Lobo Negro, El Vampiro, Joe Silva, Luis

Rangel, Pancho Gaona, Tarzán López, El Santo, El Verdugo y El Fantasma. Cuando hacia pareja con Blue Demon, éste aventaba intencionalmente a Valentino hacia las primeras filas de butacas donde se sentaban mujeres atractivas, extranjeras. Valentino aprovechaba el momento para manosearlas y pedirles que los esperaran al final de la función para invitarlas a salir. ¿Cuándo vas a cambiar?, solía decirle el Demon a su compañero ocasional de ligues.

En aquellos años, los funcionarios judiciales, afines a la demagogia penalista del momento, les dio por llamar a los delincuentes: "Unidades biológicas susceptibles de regeneración". Cinco años después, Valentino culminaría con un crimen espectacular en su ascendente carrera como criminal desordenado, impulsivo y torpe.

El 28 de enero de 1957, José Valentín Vázquez Manrique, Pancho Valentino, cruzaba las puertas del penal de Lecumberri, bajo una fuerte custodia policiaca que impidió que la turba reunida en las afueras linchara al homicida del párroco Fullana Taberner. Fue el ingreso novecientos setenta y uno. Eran las diez treinta de la mañana de un día nublado y no tan frío para la temporada. Vestía una chamarra color ladrillo y zapatos puntiagudos sin agujetas del mismo color de la chamarra, con tacón cubano de bailarín pachuco, pantalón café abombado con la valenciana doblada, sin cinturón. Iba sin rasurar, bajo el brazo portaba dos cobijas y un cobertor que le proporcionó su madre. Presumía una seguridad impostada en su paso de torero que cruza el ruedo antes de la corrida. Al Siete de espadas le asignaron la celda treinta y ocho en la parte alta del penal, destinada a los homicidas. Un año después de los tres que pasó en Lecumberri, ya era uno de los "mayores" del pabellón y había formado un pequeño grupo de aprendices de lucha libre.

Una vez que habían transcurrido tres días de que Lucio pasara el angustiante trámite de identificación y registro, cruzó la sala de ingresos. Llegó a su celda siguiendo a un tipo que iba al mismo pabellón, éste le recomendó no hacer amigos hasta que no le rindiera sus respetos a la Mamá Grande, es decir, al mayor de crujía. Él lo protegería y le diría qué hacer.

Cuando se atrevió a salir a uno de los patios principales, un comando del mayor de crujía le dijo que lo estaban buscando en el patio de la crujía H. Fueron hasta ahí y Lucio descubrió a Valentino entre la multitud. En el polígono atestado, inocentes y desventurados, los menos, sobrevivían a duras penas entre la peor calaña, los más. Acababan de repartir el rancho, pero Lucio se abstuvo de pedir su ración de comida. Pudo ver cómo los presos no tenían escudillas ni cubiertos, por lo que en su mayoría tenían que recibir la comida caldosa en botes de hojalata usados por quienes ya habían terminado de comer y que los utilizaban para otros alimentos. Los que no tenían botes sujetaban un extremo del faldón de la gruesa camisola y hacían un pequeño hueco para una porción de comida que variaba según los centavos que dejaran caer en el bote del repartidor en turno. De los barandales colgaban cobijas, trastos y uniformes recién lavados. En una de las paredes del polígono había un gran altar a la Virgen de Guadalupe, alrededor suyo dormitaban algunos presos.

A las seis de la tarde en punto toda la población del penal tenía que estar en su celda. Los silbatos de los custodios sonaban por los patios como un coro de pájaros infernales. Lucio ocupó un rincón y se puso en cuclillas. No quería ver ni ser visto. Llamar la atención. En ese momento se dio cuenta de que era urgente reinventarse, ser otro. El que ya era pero no dejaba salir. Ese otro que necesitaba para sobrevivir en la jungla.

Estaba en el "México desnudo", descrito por el pintor Manuel Rodríguez Lozano, personaje preso en Lecumberri en la novela *Ensayo de un crimen*, de Rodolfo Usigli. El México prodigioso del beso y la puñalada, donde todo es verdadero. El México que William Burroughs definió como "siniestro y sombrío y caótico, con el caos especial de un sueño".

El bullicio era el aullido de la jungla urbana contenida en una jaula de concreto apestosa a fluidos corporales y desinfectante, todo a la vez. El terror tiene olor. Lecumberri, lugar bueno y nuevo, según su significado de raíces vascas; el Palacio Negro, la reina de las vecindades, la gran paradoja de la no redención.

13

Gregorio Cárdenas, Enrico Sampietro, Miguel Corvera Ríos, Higinio Sobera de la Flor, José Revueltas, David Alfaro Siqueiros. Decenas de presos volteaban hacia la puerta de ingreso para reconocer a alguno de los recién llegados. Miradas turbias, desquiciadas por el miedo o el odio, implorantes. Sacarles algo, pedirles algo, la rapiña descarada como práctica común y, cuando reconocían a un hampón con alcurnia delincuencial, de inmediato lo arropaban esperando recibir un favor, una morralla, su protección. Largas horas de ocio hacían más cruento y miserable los millones de años de condena acumulados entre todos los reclusos en los cincuenta años de vida del penal hasta aquel entonces. Condenas que parecían concentrarse en una sola, como lápida. La Condena

Universal que nunca se cumple por completo y que es alimentada por los infelices que continuamente ingresaban a la Vecindad Madre.

Valentino vestía el burdo uniforme y tenía la gorra en forma de barca guardada en la bolsa de la camisa. Miraba recargado en un muro a otros presos que jugaban conquián no lejos de donde él estaba. Decía Lucio que se veía sin el aire fanfarrón con el que engatusaba a la gente y padroteaba mujeres. Valentino llevaba casi tres años recluido al igual que sus cómplices, el México, el Chundo y Pablo Barbosa, el autor intelectual del crimen espectacular y hereje que había ocupado durante semanas las páginas principales de todos los periódicos del país. Habían asesinado al cura equivocado. Un crimen nihilista y absurdo que había tocado las fibras de una sociedad ignorante y mocha, que jamás hubiera imaginado que en tiempos de paz alguien se atrevería a matar alevosamente a un cura al que se tenía casi por santo. Eran un clan de perdedores que planearon mal el robo y mataron al sayo, la víctima equivocada, porque Barbosa no se tomó la molestia de señalarles al bueno. Se dice que lo hizo adrede para evitar que mataran a su tío, el sacerdote José Moll, con quien Fullana compartía la sacristía y los oficios de la iglesia aún en construcción. Barbosa y el tío eran apasionados de los toros y Moll había patrocinado los intentos del sobrino para convertirse en matador de toros. Como compensación, Barbosa le presentaba aspirantes de novilleros con los que el tío pasaba alegres veladas, a veces, en su habitación de la sacristía.

Lucio se acercó a Valentino un tanto aliviado por tener un apoyo en la prisión. Ambos fueron protagonistas de las verdades sutiles y formaron parte del delirio estridente de los cautos.

14

En la década de los cincuenta, el D.F. vivía una artificiosa época de oro como capital moderna, suntuosa y divertida. París de noche las veinticuatro horas. Una animada y libertina vida nocturna correspondía a la efervescencia cultural que ponía a México en los ojos del mundo. La capital era el lugar donde confluían artistas, escritores, bohemios y buscavidas de todas partes. La generación Beat no sería nada sin las estancias prolongadas de Jack Kerouac y William Burroughs, sobre todo, en el D.F. y algunos pueblos del interior del país. Ciudades como el D.F. eran un refugio para quienes huían de la depresión surgida luego de la Segunda Guerra Mundial. El paraíso de los licenciosos. La Interzona que inspiró a Burroughs ficciones sombrías. Europeos, estadounidenses, el sueño mexicano, el surrealismo libertino que no es más que una expresión de la impunidad chacotera que tanto maravilla a los extranjeros.

La década fue una época de transición. Una vez superadas las secuelas de la Segunda Guerra, toda clase de cambios políticos, sociales y geográficos a nivel global trajeron como consecuencia que la tecnología por primera vez en muchos años se concentrara en desarrollar bienes de consumo y potenciar el ocio de las mayorías. En Estados Unidos florece el jazz y la presencia perturbadora y marginal de los negros comienza a configurar una contracultura que transforma el pensamiento y el consumo de masas. En México el mambo se consolida como el ritmo más popular y bailado. Pérez Prado es nuestro James Brown, un Cole Porter delirante, sensual y latinizado. El rocanrol apenas comienza a dar sus primeros contoneos en un ambiente conservador y represivo. Los semanarios de nota roja elevan sus tirajes y se convierten en la lectura preferida del populacho. Moral y éticamente el pueblo le concede el beneficio de la duda al Gran Criminal en un país donde la justicia es sólo apariencia, teatro. El crimen genera sus propios íconos (Gregorio *Goyo* Cárdenas Hernández; Felícitas Sánchez Aguillón, *la Ogresa*, descuartizadora de bebés de la colonia Roma; Higinio *el Pelón* Sobera de la Flor, entre muchos otros) y con ello genera el florecimiento de una industria editorial sensacionalista y necrófila donde los bajos fondos, el crimen, el deporte profesional y la farándula, la santísima trinidad del morbo, la frivolidad y las esperanzas rotas, forman una gruesa pátina oscura para dar identidad a un pueblo que sólo sabe gozar en la tragedia propia y ajena.

La supuesta época dorada de un país que aparentaba ir con paso firme y seguro hacia el progreso tuvo en lo macabro y el escándalo los mejores aliados para infundir miedo, morbo y terror en las masas crédulas, ignorantes y mochas, ávidas de figuras que reforzarán su pensamiento mágico. Rulfo con *Pedro Páramo* convirtió en literatura la demagogia oficial que pregonaba la belleza de un país misterioso y sabio, de epifanías continuas a través de destilados de maguey. El país de los inditos místicos, del maguey como símbolo de la identidad nacional, y de los grandes páramos que también se convierten en llanos de concreto en llamas, provocadas por explosivos y bombas molotov; cascajo y basura donde convergen el delito y la impunidad, como revocación del homicida; el lugar donde yace la víctima de un cuchillo alevoso, el maguey como crisol de las bebidas rituales y milenarias convertidas en mejunje para profesar la violencia extrema. La genialidad de Juan Rulfo sirve al mañoso discurso del Estado que propaga la imagen de un país ensimismado en sus tradiciones mientras se abre al mundo lleno de esperanza. Páramos y llanos urbanizados, espacios físicos para alojar el infierno en

la Tierra. El capitalino convierte el universo de fantasía vernácula de Rulfo en realismo mágico necrófilo. Vine a buscar
a mi padre para ejecutarlo y no vengo de Comala.

15

—Ni te me acerques —le dijo Valentino a Lucio sin quitar la
mirada del juego de conquián. A su lado, como un perro fiel,
estaba el Chundo, cómplice de Valentino, que en cuclillas
fingía poner atención al juego.

—Soy yo, Pancho, no te hagas. ¿Que no te acuerdas de mí?

—Clarín de orquesta, pero bien que me hiciste el feo allá
afuera por culpa de tu jaina.

—No tenía de otra, era ella o tú. Te dije que no te pararas
por el chante.

Pancho Valentino soltó una carcajada y dijo:

—Sí, ¿verdad? Muy pinches dignos.

Valentino tocó al Chundo en el hombro para que se fi-
jara en el recién llegado. El Chundo, en cuclillas, rio ladino
y siguió mirando las cartas.

—Pos sí.

—Ya sabemos qué te comiste.

—Nanay, Pancho, una pinche vieja me echó la culpa de
haberla robado.

—Conozco esa historia, así es con las jañurrias. Y qué,
¿a la brava?

—Te digo que no robé nada. Estaba ardida porque no me
la llevé al río.

—¿Quiovanas con los bisnietos?

—Sin lana, apenas voy tirando, no he podido encontrar
un jale que llene la barriga de la prole.

—Ven, te voy a enseñar el ring donde enseño lucha.

De camino, frente a un custodio al que saludó con familiaridad, Valentino sacó de la bolsa de su camisola un pequeño envoltorio de papel, lo desdobló y con la uña del dedo meñique izquierdo pizcó por la nariz un jalón de fifí.

—Métele —dijo, mientras preparaba otro uñazo para Lucio casi enfrente de otro botudo, como le llamaban a los custodios, que miraba la escena sin inmutarse.

Lucio aspiró, se pasó el dorso de la mano por la nariz y siguió al exluchador en su recorrido. Valentino repitió la acción para darle al Chundo, que no se le despegaba para ningún lado.

—Saliste padrotón, nomás que te haces el finolis —dijo Valentino—. A las jainas les encanta que uno las trate mal, una dosis de castigo las mantiene quietas y enamoradas. Aprende de lo que ya sabes. Jajajaja. ¿Y cuándo desafanas?

—No sé, ni siquiera mi gorda sabe que estoy preso.

—Yo conozco al San Javier de aquí, igual te tira una liana.

Lucio sabía que eran puras habladas y reviró:

—¿Y merodio qué se comió?

—¿No te enteraste?, vooooy. Salimos en todos los periódicos y en los chillones no dejaban de dar la noticia. Nos quebramos al sayo equivocado. Un pinche curita.

—Leí algo en *La Prensa*, pero con tanta chamba a uno se le olvida todo.

Lucio mentía, estaba bien enterado del caso; no había nadie en el país que no se hubiera escandalizado por un delito digno de las peores herejías.

Frente al improvisado ring de lucha, a Lucio le llamó la atención el color gris de las cuerdas de yute. Pancho Valentino las había pintado semanas atrás y así enseñaba lucha a unos diez reos. Meses después usaría las cuerdas como lianas;

la idea era que se confundieran con los muros por donde pensaba escalar y huir de Lecumberri. Fue descubierto, humillado frente a los reos antes de recibir una despiadada golpiza dentro de su celda. El incidente aceleró su exclusión a las Islas Marías un mes después.

CAPÍTULO VII

Fugaz alegría irrepetible

1

Mi padre regresó a México luego de trabajar en Estados Unidos a finales de 1969. Míster Hertfort y unos socios texanos lo habían contratado después de indagar en el D.F. por los mejores en el ramo joyero. Estuvo un mes en Rosemberg, Texas, hospedado en el hotel, mientras acondicionaba el taller; posteriormente regresó a México a comprar herramienta nueva para él y a reclutar trabajadores entre su palomilla del gremio. Todos a su cargo. Su nuevo patrón le dio un adelanto de su sueldo semanal de ciento cincuenta dólares en Hertfort Diamond Ring Factory. Con eso dejó a la familia bien protegida un mes. Poco a poco lo alcanzaron los reclutados conforme conseguían medios para transportarse en avión con un pasaporte de turista.

Nunca vino a vernos, pero todos los domingos llamaba por teléfono y hablaba con mi madre largo rato y luego con todos sus hijos: Sesenta y seis, cero ocho, quince. Llamada de larga distancia para la señora Teresa Servín. ¡Quiubo, viejo! Y a llorar durante la larga conversación telefónica. Después, mi padre hablaba con los más chicos.

—Los extraño hijos, pórtense bien con su madre.

—Te extrañamos, pá.

—Les acabo de enviar unos regalos con los de La Torre.

Y los de La Torre llegaban con hermosos juguetes, ropa de moda y obsequios para todos. Francisco y Tamayo vestían muy *groovy*, con camisas de seda en colores chillantes, mangas abombadas y pantalones de campana ancha. Mis hermanas usaban mascadas y coqueteaban olorosas a perfumes importados en sus empleos de secretarias. A Sofía y Greta, más pequeñas, les enviaba muñecas. Para Rosa María y Raúl sólo había saludos y alguna postal personalizada. A Beatriz le mandaba cartas con instrucciones para ayudar a Teresa, su Gorda, a administrar el dinero y abonar las deudas.

Parecíamos otras personas, con dinero, bien vestidos y con juguetes que envidiaría el pesado del Tío Gamboín. La correspondencia entre mis padres fue constante y profusa. Lucio posaba en fotografías con la camisa desfajada, relajado, teniendo como fondo algún parque público con asadores o la fachada de las casas con jardines bien cuidados en las orillas del pueblo donde vivía. Se sinceraba con Teresa y le dejaba entrever que no todo era trabajo pesado e inviernos crudos. Acordaban estrategias para pagar deudas, las más urgentes. De una forma u otra sus cartas tenían un tono derrotista. Ella lo animaba y le pedía que se cuidara de las "lagartonas". Cuida tu dinero. No tomes mucho.

Las tres navidades sin él se nos hicieron melancólicas y largas. Recuerdo una donde el mero 24 de diciembre, hacia el atardecer, Taydé se encargó de poner las luces en el árbol de Navidad. Con su belleza y aire ausente iluminaba la casa y nos transmitía tranquilidad, pese a que mi madre vivía endeudada.

El departamento estaba silencioso, todo mundo se había metido a sus cuartos y parecía como que no habría cena navideña, sólo yo me había quedado en la sala acompañando a mi hermana trepada en una silla para alcanzar el pico del árbol que llegaba hasta el techo ya con la estrella. Taydé y Beatriz llevaban amigas de su trabajo a comer a la casa y mi madre les cobraba veinte pesos el menú. Yo me metía debajo de la mesa para verles las piernas y a ellas les daba risa, quizá sin imaginar que un niño de siete años ya tenía una naciente curiosidad sexual.

Ahí estoy con Taydé dándome la espalda subida en una silla. Su cabellera lacia, castaña clara y abundante, y su falda apenas arriba de las rodillas, parada de puntas, sin zapatos y con medias claras, concentrada en su labor para no perturbar a la parvada de canarios y pericos australianos separados por una rejilla en la enorme jaula pegada a la ventana que daba al tragaluz. Por alguna razón, la jaula no tenía sobrepuesta la manta que cubría a las aves por las noches. A Taydé le sobraban los pretendientes. Tenía siempre un aire distante como si pensara en un galán que habitaba un universo paralelo al nuestro. En *La dimensión desconocida*. Era extraño que esa noche no la hubieran llamado para desearle feliz Navidad. Por costumbre, en fechas como ésa nuestro teléfono no paraba de sonar por llamadas de los pretendientes de mis hermanas, sobre todo de Taydé. Era fan de Sandro de América, un Elvis argentino que volvía locas a las muchachas de su época. A sus diecisiete años Taydé había comenzado a trabajar como secretaria en las oficinas del Banco del Ahorro Nacional, en la calle de Venustiano Carranza 52. A su jefe, un tipo cincuentón, pulcro y educado, se le ocurrió invitarla a comer cabrito en el restaurante Sobia.

Mi padre le negó el permiso y un buen día fue por ella para esperarla a la salida del banco. Taydé se sorprendió de encontrar a mi padre recargado en un poste, fumando despreocupado. Le presentó al jefe y Lucio le dijo que no volviera a invitar a su hija a ningún lado:

—Está muy jovencita y usted ya es hombre hecho y derecho. ¿Que no tiene esposa?

Ese detalle casi le cuesta el empleo a Taydé, que moría de vergüenza, pero el jefe sólo la cambió de departamento y ahí quedó todo.

Taydé se descontroló cuando supo que Sandro estaría en México. Era 1973 y el cantante se había presentado primero en *Siempre en domingo*, con el pelmazo de Raúl Velasco. Ahorró lo más que pudo y pidió al banco un préstamo de caja para ver a su ídolo en vivo en uno de los salones del hotel Fiesta Palace, en Reforma, pero Rosa María ya había comprado con meses de anticipación dos boletos de primera fila como regalo de su cumpleaños de Taydé, el mismo jueves del *show*. Mi padre les dio permiso de ir siempre y cuando llevaran al chaperón oficial: Tamayo. Taydé tuvo que comprarle el boleto que le costó casi el doble en la reventa. Había heredado la manía de mi madre de endeudarse a la primera oportunidad. Incluso tenían el carácter parecido. Rosa María iba emperifollada con un elegante vestido de seda azul de una pieza y una estola que alquiló en una tienda de pieles en Félix Cuevas. Taydé vestía una blusa blanca de manga larga con holanes que le cubrían las manos, un chaleco de terciopelo negro y una falda blanca, corta; unos enormes aretes de aro blancos, apenas disimulados por su hermosa cabellera, y tacones de charol negro. Tamayo iba con un suéter amarillo de cuello de tortuga, pantalón sastre que le quedaba rabón, heredado de su hermano Raúl, y unos zapatos tipo mocasín que le prestó su amigo Álvaro, el galancillo de la cuadra.

El *show* estremecedor del ídolo argentino, el primero de los dos esa misma noche, era esperado por un centro nocturno de lujo lleno hasta el tope principalmente de mujeres de todas edades. Taydé no paró de fumar de sus Commander y permitía que Tamayo, de apenas dieciséis años le gorreara los cigarros muy serio para disimular su cara de palurdo adolescente. Rosa María le dijo que podía cenar lo que quisiera y su hermano pidió pollo a la cacerola que devoró antes de que comenzara el *show*. Durante hora y media tomaron dos Camparis cada una y Tamayo cinco cocacolitas entre gritos paroxísticos de la multitud ante los movimientos de cadera y esa voz quebrada y varonil de un sujeto que llenaba el escenario con su sexualidad salvaje y mirada tierna. Su repertorio enloqueció al foro. Cuando interpretó *Rosa, Rosa*, Rosa María comenzó a bailar de pie en su mesa y a cantar a todo pulmón con su voz cantarina y entonada. Tamayo les dijo a mis padres que Taydé parecía hipnotizada por el tal Sandro. Siempre lloraba con *Así*, a causa de un amante muerto en su imaginación que el día del *show* le cantaba a ella en vivo. Vestía de esmoquin y su elegancia inicial dio paso conforme avanzaba el espect*áculo*, a un tipo sudoroso y descamisado que parecía hacerle el amor al mismo tiempo a trescientas mujeres que no paraban de gritar y a algunos gays que, como no queriendo, tarareaban discretos las sentidas canciones del divo. Luego de esa noche, Tamayo imitaría el estilo de bailar de Sandro, pero nunca reconoció de dónde había sacado esos pasos que lo hacían ver más bien bufonesco. Al finalizar el *show*, el maestro de ceremonias invitó a los presentes a tomarse una foto con el ídolo. Costo: cincuenta pesos. Una fortuna. "Cada quien paga su foto y tú, la cuenta de todos, al cabo que yo compré tu boleto", le dijo Rosa María a Taydé, mientras corría a formarse para ser de las primeras. Taydé pagó el consumo de los tres y se quedó con lo justo para la foto. Cuando ella y Tamayo llegaron al pasillo que conducía al vestidor, Rosa María ya estaba formada casi hasta adelante. Tamayo se dedicó a terminar con los Commander de Taydé mientras esperaba recargado al inicio del pasillo y echaba ojo a las muchachas que se apretujaban formadas frente a él. Delante de Taydé había al menos cuarenta mujeres esperando a que se abriera el camerino de Sandro de América. Rosa María no llamó a su hermana para adelantarla en la fila. De pronto, apareció un sujeto pálido, de piel aceitunada y cabellera abundante y negra. Chaparrito, se cubría con una bata de baño afelpada y vestía unos mocasines beige de ante. Fumaba un largo cigarrillo blanco y sonreía desganado. Comenzó a firmar autógrafos mientras un fotógrafo tomaba placas de Sandro con las fans en lo que otro hombre cobraba en efectivo. Cuando llegó el turno de Rosa María, Sandro posó muy serio y luego de tomarse la foto con mucha cortesía hizo a un lado a Rosa María para dar lugar a la siguiente fan. Por fin llegó el turno de Taydé y a su amigo el puma, le brillaron los ojos de emoción. La saludó de mano con una enorme sonrisa enmarcada en el rostro anguloso.

—¡Qué linda! ¿Y cómo te llamás vos?

—Taydé —respondió ella carraspeando ruborizada.

—¡Qué bello nombre!

Sandro la tomó por la cintura y la jaló hacia él.

—Que sea memorable este momento, mi nena —dijo con la vista fija en la lente. Se tomaron la foto. Aparecen muy sonrientes en casi un *close up*, como novios. Entonces Sandro agregó—: Oye, mi nena, y si me das un teléfono donde localizarte uno de estos días antes de irme y vamos por ahí a conocer algún lugar de esta hermosa ciudad.

—¿Cómo?

—Que si me das un teléfono donde llamarte.

—Sesenta y seis, cero, ocho, quince.

El número fue apuntado en un papel por el fotógrafo que ya estaba listo para lo que parecía algo a lo que ya estaba prevenido. Le pasó el papelito a Sandro y éste lo guardó en una bolsa de su bata.

—Hasta pronto, mi nena —la despidió en lo que le daba un suave beso en la mejilla.

Taydé regresó sus pasos por el pasillo aturdida por emociones convulsas. Cuando llegó a donde la esperaban sus hermanos, Rosa María le recriminó:

—¿Por qué dejaste que te besara? Es un pesado, ¿verdad, Tamayo? Se le ve a lo lejos. ¿Qué tanto te decía?

—Supongo que lo mismo que a todas —dijo Taydé con aire ausente—. ¡Ay!, ¡qué guapo está ese pinche argentinito!

Tamayo no dijo nada, pero se reía entre dientes al darse cuenta de dónde venía el enojo de Rosa María.

Esperaron media hora más por sus fotos en la recepción del salón. Venían enmarcadas en cartulinas con el nombre del lugar impreso en azul y la fecha del evento: Mayo de 1973.

Tres días después sonó el teléfono a eso de las dos de la tarde.

—Bueno —respondió mi madre.

—Buenas tardes, ¿podría comunicarme con la señorita Taydé?

—¿Quién habla?

—Sandro, un amigo.

—Si fuera usted su amigo, sabría que mija trabaja y sale hasta las seis.

—Disculpe usted, sólo quería saludarla. ¿Puede darle mi número para que me llame en cuanto pueda?

—A ver, dígame.

Mi madre no apuntó nada, molesta por tanta llamada parecida. Le dijo buenas tardes al sujeto con acento extraño y colgó. Días después, como de pasada le informó a Taydé que le había llamado un "lagartón", un tal Sandro.

—¡Mamá!

2

A partir de las diez de la noche, el teléfono tenía que estar disponible para que llamara mi padre, por lo que mis hermanas se encargaban de despachar a sus amigos cuando el reloj de pared en la sala avisaba que estaba a punto de cumplirse el plazo. Recibíamos la Navidad comiendo todos juntos en la mesa, atentos a la conversación por larga distancia. Luego, uno a uno íbamos tomando el teléfono para saludarlo brevemente. Con mi padre o sin él en casa, Cartucho y yo nos íbamos a dormir con nuestros juguetes y algo achispados, pues en Navidad y Año Nuevo nos permitían tomar un poco de sidra. Nos ponía los cachetes colorados y no parábamos de reír.

3

Todos los trabajadores reclutados por Lucio se quedaron en Texas, rehicieron sus vidas y dejaron para siempre al país de la eterna crisis financiera. Sólo él regresó, cansado, nostálgico, pero con mucho dinero ahorrado. No podía vivir sin su mujer, ella le aguantaba todo. A pesar de eso, Teresa se había negado a emprender una nueva vida "del otro lado". La foto de regalo del pasaporte familiar quedó enmarcada en la sala como una especie de recordatorio de lo que pudo ser y no fue. En la foto retocada tamaño media carta a color, Teresa aparece con los labios pintados de rojo en medio de sus hijos menores, sobriamente vestida y sentada en un banquillo en posición de tres cuartos respecto a la cámara. Yo a su espalda. Tengo siete años y visto un cardigán verde olivo con un cintillo horizontal amarillo y playera blanca. No rompemos un plato; la foto podría llamarse "Estudio Williams en avenida Cuauhtémoc". Estoy peinado de casquete regular con copetito. Cartucho, frente a mi madre, viste igual que su hermano, tal y como era la costumbre de sus padres y de Rosa María, de comprarles ropa idéntica para hacer el ridículo en pareja. Vestían como enanos ropa para adultos chiquitos. Los tres miramos al frente con una expresión entre confiada y nostálgica por anticipado.

Yo fui el pretexto ideal para darle portazo a la aventura de migrantes. Mi acta de nacimiento tenía mal escrito mi apellido: "Cervín". Legalmente yo no era hijo de Lucio ni de Teresa. Para corregirlo, habría que emprender un fatigoso trámite burocrático que a mi madre la tenía sin cuidado. "Por algo será, viejo", decía para reforzar su renuncia a dejar todo atrás. Cuando Lucio regresó definitivamente de Estados Unidos, una tarde de sábado mientras se tomaba una cuba de Don Pedro sentado en su sillón favorito frente a la consola, me dijo:

—Tu madre no pudo alcanzarme allá. Resulta que no eres hijo nuestro. ¿Ves? Hasta en tu acta estás malhecho.

Y soltó su risilla inconfundible con la boca torcida de lado.

4

Los dólares se fueron en malos negocios, fiestas de familia, parrandas, liquidando deudas. Mi padre culpaba a todo mundo del esfuerzo inútil. No quería regresar a Estados Unidos sin sus grandes amigos de aventuras, solo, y porque en la televisión local no pasaban los juegos de la liga mexicana de futbol. Estaba a punto de comenzar el Mundial de Futbol en México. Mi madre le compró en abonos una tele Philco a color para ver los partidos. Aún recuerdo la goliza que nos metió Italia. Cómo lloré. Mi padre y mis hermanos mayores estaban demudados. Al gran Nacho Calderón le habían ensartado cuatro goles. "¡¿Por qué siempre nos ha de pasar esto a nosotros?!", solía decir Fernando Marcos en alguna de las frecuentes debacles de la selección nacional. Pese a todo, la más feliz de tener a mi padre en casa era su mujer. Lo apoyaba en todo, lo consentía siempre, muchas veces sin razón.

5

En 1974 nos íbamos a convertir en vecinos de una ciudad perdida rebautizada como Campamento 2 de Octubre, de la colonia Ramos Millán, de la Zapata Vela y de las Unidades Habitacionales Picos I y II; todas plagadas de gente rijosa, de un proletariado emergente que había comprado lotes muy baratos y fundado colonias de trazo caprichoso, llenas de callejones y calles estrechas sin pavimentar, sombrías y peligrosas. Una pesadilla rural incrustada en la periferia oriente de la capital. De pronto en alguna callejuela aparecía una vaca mugrosa o un cerdo famélico, montañas de basura y perros muertos. Ningún Pedro Páramo saldría vivo de ahí. Se avecinaba otro Mundial de Futbol y mi madre decidió comprar otra tele, otra vez en abonos, con mejor definición, colores más vivos. Más cara. Misma marca. La televisión anterior la había regresado al vendedor en cuanto terminó el Mundial del 70. Lo nuestro era vivir endeudados. Embargados. Angustiados.

Infiernavit, como las colonias y unidades habitacionales aledañas, fue construida sobre un enorme terrario, sin planificación y tan aprisa como lo exigían las invasiones de terrenos y los proyectos habitacionales similares que, con la demagogia que distingue al gobierno mexicano, se presumían como una solución de vivienda obrera que era todo menos funcional. Los lagos desecados han sido el dolor de cabeza de una ciudad que desde su fundación ha padecido inundaciones y falta de agua, la trágica paradoja de la historia de una ciudad condenada a sobrevivir en medio de desastres. La elogiada civilización azteca no tenía ni puta idea de lo que significaba construir un imperio en un islote rodeado de lagos en una cuenca sin salida natural.

Infiernavit es un Frankenstein de los conceptos habitacionales desarrollados por Carlos Obregón Santacilia, el arquitecto que convocara en 1929 al Concurso Nacional de Vivienda Moderna para Obreros. Ése es el origen de los multifamiliares y sus parientes pobres, las unidades habitacionales. La historia oficial se desvive en elogios para arquitectos como Juan O'Gorman, Ricardo Legorreta y algunos otros por haber creado el concepto habitacional donde la gente, bajo la ilusión de poseer su propia vivienda, viviría hacinada en conejeras que vinieron a sustituir las vecindades que idealizó el cine mexicano. Infiernavit parecía una pesadilla orwelliana donde la clase obrera habita viviendas de concreto y ladrillo rojo, rodeadas de jardines de caprichoso diseño y exuberancia desbordada por falta de mantenimiento, un lago enorme con embarcadero, lanchas, peces y patos; un campo de futbol, un centro social y dos centros comerciales administrados por los propios colonos. La unidad está dividida en secciones que de algún modo antecedieron el furor ecológico de hoy en día. Nosotros vivíamos en Sauce del Agua y éramos vecinos de Mezquite, Oyamel, Raíz del Agua, Sabinos y Ocote.

El llamado racionalismo arquitectónico es un concepto geométrico donde todas las construcciones parecen maquetas de alumnos de primaria de un colegio Montessori. Horribles, paquidérmicas. Para los planificadores de estos conjuntos habitacionales que equivalen a lo que en Estados Unidos se conoce como Projects y en Francia, Banlieus, la idea del bajo costo en los materiales, la simpleza, que no la sencillez, podrían darnos a los pobres con salario una vida digna, hacinados en edificios y casas conectados, por lo que en poco tiempo se convirtieron en peligrosos pasajes peatonales y callejones donde cualquiera podría ser emboscado por las peligrosas bandas que se organizaron en muchas secciones casi al mismo tiempo en que comenzó a colonizarse Infiernavit. A la unidad llegó Greta recién casada con el jipi Enrique, los *Bonnie & Clyde* de la familia vivían en un departamento en la sección Lirios, al extremo oriente de la unidad pegada a la avenida Río Churubusco y tan cerca del lago que siempre tenían su departamento infestado de mosquitos; mi hermano Francisco con su esposa Lupe y su bebé se instalaron en un departamento similar en la misma sección, pero en otro edificio; eran vecinos distantes, pues Francisco nunca congenió con mi cuñado, pese a que con Greta se ponía unas papalinas de miedo. Taydé con Rafael y una bebé llegaron a Chinampas y habitaron una casita dúplex pegada a una de las avenidas principales: Apatlaco; eran los bohemios y con mejor carácter de toda la prole. Una noche a la semana, Taydé estudiaba teatro en el Cadac, en Coyoacán. Rafael tenía una buena colección de discos de jazz y oía Radio UNAM. Eran una pareja típica de la izquierda no radical de los años setenta. Parecían Óscar Chávez y

Julissa en *Los Caifanes*. Su dúplex era mi segunda casa. En muchos sentidos les debo que no me haya convertido en un malviviente. Taydé no lo decía, pero sus hermanos menores la poníamos muy nerviosa. La palabra bondad tomó un significado profundo con ella, a prueba de nuestra arrogancia y abusos. Desde la adolescencia se nos hizo frecuente andar borrachos cada dos por tres y metidos en líos. Taydé y Beatriz hacían reuniones familiares en sus casas los fines de semana y de pronto llegábamos el Cartucho y yo golpeados, hambrientos siempre y oliendo a cerveza. Tampoco es que desentonáramos en esas reuniones que a cada rato se suspendían por interminables discusiones ante cualquier pretexto para de ahí pasar a los insultos directos, los reproches y casi siempre Beatriz y su marido (otro pintor y maestro de artes plásticas en la Academia de San Carlos) corrían a los invitados.

Taydé y Rafael siempre tenían palabras de aliento para mí en momentos difíciles. Su dúplex era mi refugio, sobre todo cuando peleaba con mi padre; me abstraía con lecturas, música, cerveza, mucha comida en el refri, ron y quietud de la estridencia peligrosa del barrio y de mi propia angustia que hacía de mi vida un laberinto sin salida. Aún me costaba trabajo distinguir la mierda, el olfato vendría con el tiempo; por lo pronto sólo era un consumidor de lecturas.

Estaba flaco y casi no dormía. Hasta hoy, duermo mal, con sobresaltos, pero me creció la tripa. Yo correspondía haciendo de niñera de sus dos hijos cuando Taydé y Rafael se iban de juerga. Una vez que se dormían Frida y León, ponía un disco de Coltrane, fumaba mariguana y me ponía a leer. Esa atmósfera de bohemios proletarios me hizo pensar por primera vez en un futuro distinto, un mundo de abstracción y creatividad sin sobresaltos por el miedo de vivir.

6

Beatriz llegó a Chalupas con sus tres bebés y su marido Luis, exburócrata de Pemex, pasante de arquitectura que desertó de la UNAM para seguir su vocación en San Carlos, donde años después formaría parte de la planta de maestros. Les tocó una casita similar a la de mis padres, en un conjunto de doce iguales, pero sin jardín, de un solo techo inclinado en cuarenta y cinco grados, lo que le daba una apariencia como de vivienda del Tío Chueco. Luis coleccionaba la revista *Duda, lo increíble es la verdad, Los agachados* de Rius y *Fantomas*. Yo le pedía permiso a mi hermana para leerlas cuando Luis estaba en sus clases. Era un artista sentencioso, egocéntrico, irascible y con un temperamento inestable, le daba mala copa y con todo mundo se gritaba; lo malo es que no sabía pelear a golpes y en Infiernavit se llevó varias felpas, una de ellas de parte de Tamayo, quien lo puso quieto por gritarle a mi hermana. En fin, Luis sólo respetaba a mi padre y con frecuencia lo iba a buscar a su taller para llevárselo a beber a alguna cantina del Centro. Para el viejo era una pesadilla. En algún momento tuvo que decirle que ya no lo buscara. Nadie lo soportaba y mi padre terminaba conciliando con sus conocidos para que no madrearan a su yerno. Luis no lo tomaba a mal. Era un tipo consciente de que siempre cargaría como un lastre el odio hacia sus padres que desahogaba contra cualquiera luego de unas copas. La señora Nelly y don Javier eran un par de viejos tacaños que se creían mejores que los demás. Lucio no los soportaba y nunca hizo porque nos visitaran ni siquiera en Navidad, que era la temporada en la que Lucio perdonaba a todo mundo, incluso a sí mismo. El padre de Luis era burócrata de Pemex, usaba el mismo traje hasta que no aguantaba otra puesta y le sacaba provecho a los zapatos poniéndoselos al revés para emparejar las suelas gastadas. Murió envenenado por comer comida guardada durante meses en su refri. Nelly maldecía a su propia familia, odiaba a sus cinco hijos, principalmente a Luis, el rebelde.

Raúl, su esposa Socorro y una bebé llegaron a Mezquite un año después que nosotros a la unidad. Ahí tuvieron dos hijos más. Les tocó un departamento amplio en un cuarto piso y de inmediato comenzó a organizar unas pachangas de escándalo. Esa sección en poco tiempo se convirtió en bastión de pandilleros. Ahí Tamayo encontró discípulos aventajados a los que adiestró en la trácala y el timo. Hasta hoy un par de ellos viven de lo que les enseñó mi hermano. Raúl siempre se arrepintió de haber ido a parar a esa unidad. Despreciaba a sus rijosos y sucios vecinos. Tendederos con ropa colgando de ventanas, parecía censo informal del Inegi en cuanto al número de miembros promedio de las numerosas familias que habitaban esos departamentos. Áreas comunes convertidas en corrales y bodegas, tienditas en cada departamento de planta baja, riñas callejeras, música a todo volumen a cualquier hora, espacios de estacionamiento enrejados como jaulas de circo. Altares de cemento por todas partes. Vandalismo y vagancia entre personas de todas las edades fueron configurando el sobrenombre con el que esa unidad es conocida el día de hoy: Infiernavit. A nuestra llegada conocimos familias completas dedicadas a deshuesar los departamentos y casas aún desocupados, se llevaban hasta los cables de luz. Vendían todo en el tianguis de fierros de la avenida Apatlaco, donde iba a dar mucho de lo robado en la unidad. Mi hermano era uno de los padrinos del tianguis dominical que frecuentaba para "hacer negocios".

Después de cinco años se habían formado decenas de bandas juveniles violentas y alevosas. Aún no aparecían las armas de fuego, las riñas eran a mano limpia, con "filerillos" y piedras. Echar montón era la forma más segura de pasar por bravo. Los fines de semana era común ver pasearse por el corredor del enorme lago a tipos con peinados conocidos como "cola de pato": una abundante cabellera despuntada hacia atrás, de tal manera que se formaba una base de pelo esponjosa y puntiaguda en la nuca, camisetas blancas de tirantes, pantaloncillos de mezclilla muy entallados y recortados lo suficiente para dejar ver parte de la trusa en color llamativo, calcetas blancas arremangadas hasta el tobillo y zapatos negros bien boleados marca Punk de la zapatería Canadá. Les gustaba bailar *high energy*. Entre afeminados y machos, les encantaba mostrar sus cicatrices de navaja o botellazo. Solían ser los lidercillos de las bandas más numerosas.

En 1979 se estrena *Los guerreros* en el cine y nos cambia la manera de entender nuestro aislamiento violento y desmadroso. Nos dimos cuenta de que había bandas por todas partes de la ciudad. Los guerreros neoyorkinos nos influyeron para modificar nuestra identidad a través de un atuendo estrambótico (despergeniado, dirían mis padres) que resaltaba nuestra identidad de ñeros de periferia urbana. Cuando recorríamos la ciudad para ir al cine o a alguna tocada, nos acompañaba el espíritu temerario de la genial película de Walter Hill.

Mi familia había dejado la colonia Morelos, donde nací quince años antes, en busca de una vida mejor y luego de nuestra estancia de nueve años en la cosmopolita colonia Juárez, regresamos a la misma situación en un escenario desconocido. Creo que fue el amor a mis padres, tenerlos cerca y con el viejo en especial, mantener con él la complicidad de las grandes parrandas semanales, más que cualquier ilusión de bienestar, lo que llevó a mis hermanos a mudarse a esa unidad habitacional.

Tamayo, Cartucho y yo vivíamos con mis padres, repartidos en tres habitaciones. Tamayo dormía solo y se pasaba la vida como informante de las actividades del resto de los hermanos. Nos tenía tomada la medida a Cartucho y a mí, nos hacía berrear del coraje por abusivo. Mis padres le llamaban a esa clase de muchachos "pichoneros".

Llegamos a Infiernavit cuando yo iba en quinto año de primaria y Cartucho en tercero, pero mis padres acordaron con Rosa María que nos quedáramos entre semana con ella en su departamento de soltera allá por la Roma sur, a un lado del Viaducto, mientras terminábamos el año escolar. Presumía su domicilio como si fuera un palacio francés. Lo tenía decorado como esos bazares de maricas en la Zona Rosa, lleno de porcelanas y muebles rebuscados. Nunca invitó a mis padres a conocerlo.

La primaria Miguel de Unamuno quedaba en la calle de Berlín, en la colonia Juárez, y era más fácil que Rosa María nos llevara todas las mañanas en su Volkswagen. Trabajaba en Insurgentes y Chilpancingo, en un despacho de abogados y contadores. A la salida, pasaba por nosotros, pero había que esperarla afuera de la escuela un buen rato en lo que llegaba del trabajo a la hora de la comida. Aprovechábamos el tiempo para buscar a nuestros viejos amigos y vagar por ahí. No encontrábamos a nadie; si acaso a Moisés, el hijo menor de los conserjes del edificio donde habíamos vivido no hace mucho. Moisés me llevaba cinco años, pero parecía de mi edad; era chaparro y vestía bermudas color caqui hechas de sus uniformes viejos de secundaria, playeritas con rayas horizontales, zapatos negros y calcetines. Era lambiscón y mañoso y continuamente nos peleábamos con él, pero nos encantaba buscarlo por las trampas que aprendíamos. Mis padres ni por enterados.

Moisés recibía propinas por barrer zotehuelas, hacer mandados y pasear a los perros de las viejitas del edificio. Siempre traía dinero y se compraba en la lonchería unas tortas enormes a las que les escurría la mayonesa, se saboreaba frente a nosotros las tarascadas que se pasaba con Orange Crush. ¿Quiereeen? ¡Compren, putos! Cartucho y yo lo que más deseábamos era tener dinero para comprar algo así; mi padre sólo nos daba un peso de domingo, que gastábamos de inmediato en juguetitos en el mercado o historietas en el puesto de revistas e historietas usadas.

El edificio de Marsella tenía elevador. En la azotea estaba el cuarto de máquinas que lo hacía funcionar. Moisés tenía llave. Nos enseñó a treparnos en el techo por fuera del elevador y agarrarnos bien fuerte de unas varillas soldadas en las esquinas para formar un cubo que protegía los cables, motor y poleas. Una vez instalados, Moisés bajaba al cuarto piso y entraba al elevador para apretar los botones. Cartucho y yo pasábamos buen rato subiendo y bajando con el aliento suspendido por la emoción y el vértigo del zumbido de un motor a punto de destartalarse siempre. A veces, Moisés se apañaba de una de las orillas y esperaba con nosotros a que alguien usara el elevador.

Años después, Moisés mató a uno de sus hermanos mayores, Fernando el Sátiro. Se odiaban y Fernando le hacía la vida imposible, lo golpeaba y lo ridiculizaba en público. Moisés aprovechó una borrachera de su hermano para empujarlo hacia las escaleras de granito por donde se ingresaba a la conserjería, en el sótano. Fernando murió desnucado y Moisés fue a dar al Reclusorio Norte.

Un día, Rosa María nos llevó a la escuela de prisa en su Volkswagen que siempre olía a perfume, chicle de menta y gasolina, ahí me daba unas mareadas tremendas. Se le había hecho tarde y llegamos a la escuela cuando ya estaba cerrado el portón. Martes. Apenas había empezado la ceremonia con la que la directora ordenaba a los grupos, de uno en uno, el ingreso a los salones; si tocábamos, los conserjes nos dejarían entrar no sin antes recibir un regaño. Formábamos filas por grupo en el patio cerca del rellano por donde se entraba a la dirección del viejo edificio porfiriano. Desde ahí a la directora no le faltaba ocasión para regañarnos por el micrófono: Holgazanes, mugrosos, vamos a hablar con sus padres para que esto no se haga costumbre. Una vez que desfilaban a los salones todos los grupos, la directora tomaba nuestros nombres y a los rezagados nos permitía irnos. El punto era avergonzarnos en público.

Los maestros eran muy abusivos y, en ciertos momentos, sádicos. La directora de la primaria, auxiliada por alguno de ellos, aprovechaba las ceremonias para poner en ridículo a los niños más pobres; los llamaba al frente para ponerlos de mal ejemplo por llevar el uniforme incompleto o sucio; a todos los demás por burros o indisciplinados. Algunos lloraban y la directora nos pedía abuchearlos. Cartucho y yo recibíamos nuestras reprimendas por indisciplinados y, en el caso de mi hermano, por broncudo. Nos castigaban parte de la mañana dejándonos parados frente a los mingitorios, sin salir a recreo, o más tarde del horario de salida. Por cualquiera motivo te mandaban a casa y no podías regresar a clases si no ibas acompañado de tus padres, que por lo general les daban la razón a los maestros y hasta les pedían más rigor en los castigos, sobre todo a los niños con problemas de disciplina. Mi maestra de tercer grado una vez me encerró en una bodega, sin luz y llena de bancas rotas y demás triques. La duela olía a podrido y por una grieta del techo se filtraba un rayo de luz. Se le olvidó levantarme el castigo y la escuela se vació. No me di cuenta hasta que desperté: me había quedado dormido para evadir el miedo a la oscuridad y a las ratas. Comencé a gritar pidiendo ayuda y un rato después llegó el conserje a sacarme de ahí. Para entonces mi madre me buscaba por todas partes sin imaginarse que estaba encerrado en un calabozo escolar. El conserje llamó a mi casa y de inmediato mi madre fue por mí, cuando la vi acercarse al portón de la escuela, pensé que su aspecto furioso era contra mí y casi me cago en los pantalones. Pero me abrazó y le advirtió al conserje que al otro día regresaría para hablar con la directora.

—Qué habrás hecho, muchacho cabrón, para que te hayan castigado así.

—Nada, nada, no le caigo bien a la maestra.

Cumplió su palabra, pero fue directamente con Emita. Se puso pálida la vieja tirana y moría de vergüenza ante los insultos de mi madre delante de los otros profesores reunidos en el patio, incrédulos de la potencia de los gritos de la energúmena en mandil. Y cuidado y me agarre de ojeriza al niño y me lo quiera reprobar, sentenció mi madre.

Pasé con seis ese año, ignorado por completo por la tal Emita. El tiempo y el aislamiento, la educación como castigo, los golpes y las humillaciones públicas hubieran hecho las delicias de Foucault. En cierto modo, yo la tenía más fácil, pues era de los muy pocos que podía leer de corrido, por lo que era extraoficialmente el maestro de ceremonias en las efemérides y festivales del día de las madres. Además, por iniciativa de los maestros me aprendía de memoria declamaciones y poemas que gritaba a voz en pecho con el mismo tono engolado y cursi, moviendo primero un brazo al frente y luego el otro. "¡Bandera de Méxicooo, legado de nuestros héroesssss, símbolo de la unidad de nuestros padres y nuestros hermanossssss!" Pura mierda. En los hechos los maestros se contradecían con su resentimiento y odio a los niños. El ridículo total, pero con eso evitaba castigos más severos.

Mi maestra en cuarto año: Elena, bajita, de rasgos indígenas duros, caderona, muy maquillada y siempre alhajada en manos y cuello. Oro bajo y joyería de maquila, que era común verla en los refrendos del Monte de Piedad. Nunca le simpaticé pese a mis esfuerzos por darme a querer, así nos decía a los alumnos como obligación hacia ella. El único año que llevé calificaciones regulares y buen comportamiento. A la maestra se le ocurrió dejarnos de tarea que escribiéramos un cuento sin poner el nombre del autor. Se los llevaría a casa para leerlos y elegiría el mejor. El mío contaba la historia de un oso de circo que enjaulado se compadecía de los humanos porque no sabían lo que era vivir de divertir a los demás. Un niño liberaba al oso y cuando están a punto de huir del circo, el oso se arrepiente, regresa a su jaula y él mismo cierra la reja. Era un cuento inspirado en mis lecturas de *Cuentos populares rusos* y de mi fascinación por aquel gitano borrachín y maloliente que recorría las calles pidiendo dinero con un oso engrilletado por la nariz al que hacía bailar con un pandero.

Que baile el osooo, la, la, la, la. Pobre oso, si ese sujeto lo hiciera hoy mismo, moriría linchado por una horda de animalistas.

Gané. Cuando la maestra se dio cuenta de quién era el autor, comenzó a decir que el cuento no era mío, que lo había copiado y que si no decía de dónde, les diría a mis padres y me expulsaría. Siguió intimidándome delante del salón, se hizo la indignada. Tú no tienes imaginación para inventar algo así. Mentiroso. Durante varios días siguió con lo mismo y pretendía ignorarme en clase. Al siguiente lunes me vi obligado a aceptar que el cuento no era mío, que lo había sacado de un libro. Tuve que mentir para que me perdonaran. Mentiroso a pesar mío. Al fin respiró tranquila y pudo darle el premio (una pinche abeja en el cuaderno de tareas hecho con un sello de tinta) y el aplauso de toda la clase a su "consentida", una niña güerita de buena familia que vivía en el edificio Vizcaya, en Bucareli. Me sentía tan confundido que comencé a reírme buscando la aprobación de los demás alumnos. Me gané otro regaño y la confirmación de la maestra de que había plagiado. Fue la mejor lección de ética que he recibido en mi vida.

Como parte del programa de estudios, la maestra organizó grupos de lectura en voz alta según las capacidades de cada uno. Leíamos en clase lecciones de nuestro libro de *Lengua Nacional*. Luego, cerrábamos el libro y la maestra decía una palabra del vocabulario que venía con la lectura y teníamos que alzar la mano para decir el significado. Yo parecía un fantasma; la arpía me ignoraba y, para justificar su parcialidad hacia ciertos niños, les daba la palabra para que respondieran correctamente, a veces ayudándolos ella. De todas maneras, me encantaba ese ejercicio porque se nos iba buena parte de la mañana y era en lo único en que me sentía bien preparado. Con los grupos formados, había que ir a casa del representante elegido para practicar las lecturas que la bruja escogía. Así conocí los lujosos y enormes departamentos del Vizcaya. Lorenita y su hermana Fátima, nuestras anfitrionas, nos hacían reír mucho burlándose de su madre, imitándola en sus desplantes de divorciada en busca de macho.

La arpía aprovechaba para contarnos en clase historias del lugar donde vivía en la periferia de la ciudad, Neza tal vez; hablaba de víboras escondidas en los matorrales, animales de granja y alimentos frescos. Adobe, construcciones en obra negra, calles sin pavimentar, perros callejeros famélicos, asaltos en despoblado; ésa era la realidad, pero ella se mofaba de quienes vivíamos rodeados de pavimento y edificios de concreto. Su marido era policía de crucero. El caso es que a la hora de elegir los grupos en orden descendente, el primero de diez y nueve de calificación, el segundo de ocho y siete, el tercero de seis y un cuarto con todos los que reprobaban el examen oral. Yo leía mucho mejor que cualquiera y la bruja me mandó al grupo dos con siete de calificación.

Semanas después me cambió al primer grupo cuando el proyecto estaba a punto de fracasar y ya nadie asistía a las reuniones caseras. Los padres no veían con agrado meter a sus casas a niños pedorros y chamagosos como los suyos. A todos nos avergüenza que la pobreza la reflejen nuestros iguales. Además, en toda la escuela se sabía cuál era mi nivel de lectura y expresión oral. Hasta la directora reconocía que yo era el mejor maestro de ceremonias escolares. Podía decir de memoria versos y poesías patrióticas, biografías de próceres, "sentidas" palabras a los maestros en su día; yo era un loro que iba a la escuela a memorizar esos estúpidos panegíricos para complacer a padres y maestros. En quinto año me seleccionaron para competir en declamación y ajedrez en la "Ruta Hidalgo", un torneo escolar que comenzaba por delegaciones y terminaba en un gran certamen nacional. Deserté de las competencias cuando ya había ganado a nivel delegacional. Les había avisado a mis padres de mis logros y les fue indiferente y a mí me exigían en la escuela ponerme a ensayar y practicar.

Si alguien cree que estos incidentes me deprimieron y me dio por intentar el suicidio, se equivoca. Bien que me burlaba a las espaldas de la arpía. Venía bien curtido de casa y lo que había logrado la maestra Elenita era quitarme el fardo de ser el primero en la clase. Tampoco es que ya entonces tuviera despierta una vocación de escritor. A esa edad no se tiene vocación de nada, quien diga lo contrario, miente. Escribí ese cuento porque se prestó la oportunidad y tenía la facilidad de hacerlo sin esfuerzo y así compensar mis problemas con las demás materias.

En quinto año me eligieron como abanderado de la escolta, pese a mis calificaciones apenas de siete como promedio general. Afortunadamente después de dos ceremonias con la sorpresiva distinción, me dio una hepatitis que me mantuvo en cama, aislado durante dos meses. Fue algo placentero, pues mis padres y mis hermanos mayores me consintieron mucho. Y en cuanto pasó la crisis de la enfermedad, que incluía noches completas de pesadillas y fiebre, pude leer todos los libros que me llevaban Taydé y Sofía, echado en cama tragando caramelos macizos. Mi madre alquiló un televisor a color y yo pasaba la tarde viendo caricaturas y series. Un compañero de aula, el Yayus, un día fue a verme a mi cama de enfermo con el pretexto de preguntar por mi salud. Era un chamaco tristón y apocado, vecino nuestro, vivía en un cuarto de azotea con su madre, una señora que limpiaba casas. De buenas a primeras comenzó a sondear cuándo volvería clases, mi madre lo oyó y dijo:

—Uy, mijo, tiene todavía para rato en convalecencia, yo creo que unas dos semanas más.

A Yayus le brillaron los ojos y no pudo ocultar su alegría, le habían prometido ser el nuevo abanderado si yo no regresaba de inmediato. El lambiscón se fue sin más, ni se despidió. Cuando volví a clases, me encontré con que ya no me hablaba, dándose sus ínfulas, y todas las tardes practicaba en el patio de su edificio la marcha para llevar la bandera.

Mi maestro se llamaba Tomás, su tipo era común entre los maestros de primaria y secundaria de aquellos años: baja estatura, moreno, de rasgos indígenas, atuendo de telas sintéticas a la Alfonso Zayas, botines de tacón cubano, bigote mostacho y enormes complejos de inferioridad que desfogaba abusando física y verbalmente de los alumnos, haciéndose pasar por tipo muy duro y culto. A ver señoressss, pongan atenciónnnn y demuestren que no tienen retraso mental.

Le caí bien y me tomó entre sus protegidos. Los otros dos eran Eloy, un muchacho grandulón y medio estúpido que le ayudaba a mantener en orden al grupo; su padre era diablero en el mercado Juárez, en la calle de Abraham González, y la mamá atendía un puesto de flores ahí mismo. Y Sarita, una niña gorda y siempre limpia, que era la más aplicada de toda la escuela: diez en todo incluso en lunch; llevaba unas tortas de guisado deliciosas que compartía con gusto a quien le pedía, yo entre ellos. Los padres de Sarita trabajaban en una oficina de gobierno e iban todos los días por ella a la escuela. Sarita, a quien para un festejo de 10 de mayo la habían puesto a ensayar una canción que *Los Polivoces* habían vuelto popular, *La suegra*: Han visto el cuerpo de una ballenaaa, cantaba la niña muy salerosa, y los demás niños teníamos que responder: Síííííí, y Sarita continuaba: Pues ni más ni menooooos. Una guaracha humorística y misógina a todo lo que da. Dedicábamos una hora o dos a la semana después del recreo al ensayo, y a veces Eloy y yo nos parábamos a bailar y a hacer payasadas junto a Sarita para hacerla de Polivoces del grupo. A mí me quedaba hacerla de Enrique Cuenca. Me divertía horrores. La semana previa al festival, la directora tuvo el sentido común de cancelar la presentación de Sarita y la consentida de todos se tuvo que conformar declamando "Perdón a mamá", imitando el estilo dramático de Chachita en *Nosotros los pobres*.

Para entonces yo ya había aprendido a duras penas a dividir y a sacar raíz cuadrada, lo que me hacía ver menos tonto. Al maestro Tomás le hacían reír mis ocurrencias y me agarró de su mandadero. Todos los días después de la hora del recreo, nos mandaba a Eloy y a mí al Sumesa de la calle de Londres. Tenía bien aleccionado a la conserje y nos dejaban salir de la escuela sin problemas. El maestro me daba el dinero que yo guardaba celosamente en mi bolsillo y, ya en la calle, Eloy me pasaba el brazo por mi hombro y como compadritos íbamos al Sumesa a comprar una anforita de Presidente para el maestro. Nos tomábamos nuestro tiempo para retrasar el regreso dándole toda la vuelta a la manzana por Bruselas y Hamburgo, hasta llegar de nuevo a Berlín 9, donde estaba ubicada la escuela. Al salir del supermercado me guardaba la anforita envuelta en una bolsa de papel de estraza en la cintura, por dentro del pantalón, como si fuera una pistola y luego me bajaba bien el suéter azul marino para disimular. Eloy sólo era mi acompañante por si las dudas.

Regresábamos al salón orgullosos de haber cumplido con nuestra difícil misión de alcahuetear al borrachín que nos daba clases y nos echaba a pelear en el entarimado frente a los pupitres. Por lo menos una vez por semana se limaban asperezas entre rivales con un tiro rápido en el salón. Tomás nos pedía nuestros suéteres y los más altos del grupo cubrían las ventanas que daban a las de la dirección de la escuela. Luego, pasaba al frente a los rivales, hombres o mujeres, y los forzaba a aventarse un tiro rápido para que los gritos de los niños apoyando a su favorito no llamaran la atención de la directora. Mi salón estaba en una esquina del patio, aislado del resto, junto a los baños de los niños, que alguna vez fueron caballerizas. Tomás paraba el combate pronto y regresaba a los rijosos a su lugar después de obligarlos a darse la mano y prometer que ya no buscarían jaleo.

En una ocasión tuve que ir solo al Sumesa porque Eloy había faltado a clases por gripa. Cuando regresé y metí la pachita discretamente en un cajón del escritorio metálico del maestro, se me ocurrió preguntar muy seguro de mi estatus de consentido:

—¿Qué?, ¿y ahora no hay tiro?

Antes de que subieran los gritos apoyando mi petición, el maestro dijo:

—Pues quédate al frente, chaparro, vamos a empezar contigo.

No podía creer lo que escuchaba. Se me secó la garganta y comenzaron a zumbarme los oídos mientras veía colgar suéteres de las ventanas. ¿Yo? ¿El consentido del profe, a quien mandaba al súper por su elixir del buen humor; a quien nunca castigaba por indisciplinado jalándole las patillas hasta hacerle pararse de puntas; a quien nunca le tiró como proyectil un gis a la cara; a quien nunca le había pegado con el borrador en la punta de los dedos juntos? Si yo era de los mejores promedios de la clase (tenía siete). El declamador estelar en las ceremonias. No supe qué hacer y me llevé las manos entrecruzadas de los dedos a la mollera. No tenía miedo de pelearme, sentía vergüenza; me estaba humillando delante de todos. Además, ¿con quién iba a pelear si me llevaba bien con todos? Incluso con los más ñeros, como Pablo Barbosa, un tipo dos o tres años mayor que el resto, un auténtico bruto agresivo y pendenciero; o con niños que vivían en vecindades y trabajaban en el mercado al salir de la escuela. Barbosa se sacaba su pito enorme disimulando desde el pupitre y te jalaba de una mano cuando pasabas junto a él para que le tocaras su cosota erecta. Faltaba que Barbosa alzara la mano porque me desmayaría.

Sarita me miraba desconcertada desde su lugar en la fila de enfrente, en medio de todas, como diciendo: Ni modo, manito, a rifársela. Éramos como cuarenta niños, casi todos hombres, así que había de dónde elegir contrincante. El maestro escogió a Nandito, mi mejor amigo de la escuela en ese entonces. Comenzaron los uuuuuuuuuyyyyy de la clase seguidos de risillas. Nandito se puso rojo y comenzó a mover la cabeza negándose sin palabras a ir al frente. Estaba a punto de llorar. Era un niño callado y muy inteligente, que le encantaban las Serpientes y Escaleras y la Oca, llevaba sus tableros a la escuela y en los recreos nos la pasábamos jugando con algún otro niño. Por alguna razón, siempre estaba metido en problemas familiares y faltaba con frecuencia a clases. Parecía que lo único que le importaba en la vida eran sus juegos de mesa y tener buenos amigos a su lado. Nos parecíamos. Bajo amenazas y regaños pasó al frente y se paró a mi lado. Era el momento de la explosión de la rabia contenida. Sangre, sudor y olor a pedos en un salón lleno de niños educados a madrazos. Ferales.

—¡Órale, empiecen!

—¡Tiro! ¡Tiro! —gritaba la clase.

Yo volteaba a ver al maestro con una leve sonrisilla para pedirle que terminara con su broma de mal gusto. ¿No éramos cuates?

—Órale, chaparro, ¿qué, te da miedo? —gritó Tomás.

Con eso bastó para que me le fuera encima a Nandito, que respondió de inmediato. En lugar de darnos de puñetazos nos engarzamos en una lucha cuerpo a cuerpo, que en el fondo ambos sabíamos que era la mejor opción para no lastimarnos uno al otro. Nos empezaron a abuchear y nos calentamos. Se convirtió en una agitada lucha revolcándonos en la sucia tarima sin barnizar. Nos tomamos muy en serio nuestro papel y en un dos por tres éramos Santo contra Blue Demon dándonos de manazos en la cara. Imitábamos enérgicos todos los clichés de la lucha libre que habíamos visto en las películas, incluso llegué a saltar para caer encima de Nandito que a duras penas resistía a mis embates. No supe cómo, pero de pronto me comenzó a sangrar la nariz y el maestro detuvo la lucha. Todo el salón coreaba el nombre de Nandito. Sarita pasó al frente para llevarme papel de baño que traía en su mochila. De regreso a nuestros pupitres, paré la hemorragia, mientras Nandito recibía palmadas en la espalda. Pese a que le puse una revolcada, quedó la certeza de que mi mejor amigo había ganado el combate. El maestro me dio permiso de ir al baño para enjuagarme la cara. Cuando regresé alguien gritó por ahí:

—Para que no te pases de lanza con el Nandito, wey.

El maestro muy divertido aprovechó el momento para reclinarse tras el escritorio, como si se fuera a amarrar un zapato, y darle un trago a su anforita. Todos nos sabíamos el truco y al parecer a nadie le molestaba, pues nunca supe de una queja de los padres. A lo mejor hasta les parecía buena idea.

Nandito y yo seguimos siendo tan amigos como siempre y nos dio por jugar luchitas en el recreo. A veces de parejas o haciendo trío con el Barbosa.

Ahora me sorprende que haya tanta gente agradecida de sus maestros de primaria y secundaria. Los maestros como Tomás y Elenita abundaban. Tuve muy escasa motivación de su parte para continuar en la escuela. Al terminar la secundaria sentí que me había quitado un peso de encima; nunca volvería a cruzarme con esos tiranos que parecían salidos de una película de Truffaut. Excepto por un par de maestras de Literatura, que en secundaria descubrieron en mí a un inesperado lector entre la horda de barbajanes, sólo recibí de ellos maltratos, golpes y burlas como para conservar buenos recuerdos. Me volví un cabrón con los maestros y gozaba haciéndolos repelar. Pero esa es otra historia.

El caso es que aquella vez que llegamos tarde a la escuela, Rosa María no esperó a que abrieran el portón y siguió su camino en coche a toda velocidad. Cartucho y yo nos quedamos en la puerta mirándonos uno al otro, le hice una seña con la cabeza y decidimos caminar tranquilamente en dirección a Reforma. Llevábamos dinero para comprar un lunch en la cooperativa de la escuela y una alegría maliciosa de quien sabe que está haciendo algo indebido.

Tomamos rumbo a Chapultepec. A nuestra corta edad nos sabíamos desenvolver muy bien en las calles. Por las tardes, cuando vivíamos en Marsella, luego de hacer la tarea salíamos a jugar con otros niños y juntos, como una pequeña jauría, recorríamos todo el vecindario y más allá. Llegábamos a la colonia Roma, la Condesa, la Cuauhtémoc y la San Rafael, tocábamos timbres de los edificios, con resorteras tirábamos a los pájaros y en los parques jugábamos cascaritas de fut. De pronto llegaban a nuestras calles los niños del barrio de la Romita, gandallas y desastrados. Algunos eran hijos de trabajadores del mercado Juárez; la ventaja es que estudiaban conmigo y las cosas no pasaban a mayores, pero eran el terror del rumbo.

En algún momento, poco después del inicio del tercer año de primaria, la delegación escolar de la zona decidió que algunos estudiantes de la Miguel de Unamuno tendrían que terminar el año en una primaria vecina: la Horacio Mann, en Abraham González y avenida Chapultepec. Decenas de estudiantes de todos los grados fuimos movilizados a esa escuela con el fin de compensar la pobre inscripción de niños en ambos turnos. A no ser gente que trabajaba en el mercado de enfrente, vecinos de la Romita y algún otro despistado, por lo general ningún padre quería inscribir ahí a

sus hijos por la mala fama de la escuela. Yo fui de los primeros niños obligados a cambiar de escuela de buenas a primeras
bajo la promesa de la directora de que al semestre siguiente
regresaría a la Miguel de Unamuno. Nunca entendí por qué
mis padres nunca se opusieron a la medida arbitraria, el pro-
pósito de la misma ni de qué sirvió. La cosa es que pasé todo
ese tiempo en una escuela ruinosa, entre niños que apenas
sabían deletrear y donde a los maestros no les importaba si
estudiabas o no. Eso sí, ninguno de ellos me puso la mano
encima; era costumbre de los maestros aplicar castigos físicos
bastante dolorosos, además de cargar libros pesados en ambas
manos con los brazos extendidos mirando a la pared. Con eso
era suficiente para tomarle aversión al estudio. A veces nos
abofeteaban por cualquier pretexto.

Yo había tenido dificultades para adaptarme a la educación primaria; los dos primeros años los estudié en el turno
vespertino de la Víctor María Flores, en la calle de Barcelona.
Llevaba un uniforme caqui tipo militar que luego volvería a
usar en secundaria, me pasé dos años deprimido y sin salir
a jugar a la calle como ya era costumbre. Al regresar a casa a
eso de las siete de la noche, mis amigos ya se habían metido
a merendar, despertaba tarde por la mañana y no me daba
tiempo de terminar la tarea. Me iba a la escuela cuando mis
hermanos y mis amigos regresaban de la suya. Fue el último
año que mi padre trabajaría en Estados Unidos y que nos
regaló a Cartucho y a mí juguetes muy hermosos, como un
avioncito de latón de cuerda, réplica de los bombarderos de
la Segunda Guerra Mundial. Sacaba chispas y daba maromas.
Lo llevaba a la primaria y en el recreo cobraba veinte centavos
por niño para echarlo a andar.

Taydé había hecho un gran esfuerzo por cambiarme de
escuela a un turno matutino. Dos meses después del inicio

del tercer año escolar en aquel año de 1971, ahí estaba yo, en la Horacio Mann tratando de adaptarme nuevamente. Llegó un momento en que todo me daba lo mismo, salvo porque hice buenas migas con mis compañeros y gracias a ellos reconocí el ambiente de las vecindades cercanas, algunas de ellas en la colonia Doctores, por donde se ubica la Arena México. En esa época Cartucho y yo nos contagiamos de piojos y mi padre hecho una furia nos mandó a rapar a la peluquería. Al domingo siguiente, Rosa María nos llevó al mercado de la Lagunilla a comprarnos unas gorras; yo elegí una boina negra y Cartucho un gorro de estambre con borla en la mollera. Nos comenzaron a decir los Pelones. Nos gustó tanto andar rapados que así llegamos a sexto año y mi hermano a cuarto.

En la Horacio Mann me hice amigo de los hermanos Ramón y Efraín, y de un primo de ellos, Ezequiel. Ramón estudiaba conmigo, Efraín estaba en segundo año en el mismo salón que el primo, unas ladillas. Algunas tardes iban por mí a casa y juntos nos íbamos a jugar fut al patio de su vecindad. Sus padres tenían negocios de reparación y apertura de cajas fuertes ahí por la calle de Doctor Balmis. Siempre estaban de buen humor y tenían amigos que nos metían a sus casas a tomar aguas de frutas o a ver la tele un rato. A los tres les gustaba sacarse el pito en el salón. También lo hacían en la calle, por cualquier motivo y cuando menos lo esperabas. Ezequiel siempre estaba haciendo muecas y cuando pasaba alguien por la calle imitaba su manera de caminar. Si me invitaban a jugar con ellos en viernes, íbamos a saludar a sus padres al negocio. Olía a plomo y acetileno, el padre de Ezequiel era empleado del de Ramón. Por lo regular ese día terminaban la tarde chupando Ron Castillo al fondo de la accesoria. Nos dejaban un rato verlos trabajar y nos invitaban un vasito de refresco al tiempo; luego, sus padres les daban unas monedas a cada uno y nos íbamos corriendo a la tienda a comprar refrescos y Twinkies. Ellos me invitaban.

—Pinche Pelón, nunca traes dinero —me decían a carcajadas, enseñando el pastelillo masticado en la boca.

—Oh, chinga, pues no me den —respingaba yo.

Al año siguiente, ya de regreso a la Miguel de Unamuno, dejé de frecuentarlos. Pero un día acompañado de Cartucho y Moisés, me asomé a su calle para buscarlos y descubrí que el negocio de apertura de cajas fuertes ya no existía. Los hermanos y Ezequiel se habían cambiado a otro rumbo y nadie sabía dónde. A mis papás, que sabían de mi amistad con ellos, nunca se les quitó de la cabeza que los padres de esos niños se dedicaban a algo chueco y por eso se habían ido sin dejar rastro.

7

Mi apodo era Ñero-Ñero-Vecindero, por mis amistades escolares. Cartucho y Moisés me decían así con estribillo cantado para hacerme enojar. En el barrio todo mundo nos conocía y no faltaba quien pusiera al tanto a Francisco y Tamayo. Lo cual ocurría casi a diario. La vagancia infantil no representaba mayores peligros, al contrario, adultos en la calle de pronto nos paraban para preguntarnos dónde vivíamos y, si les parecía que estábamos lejos de casa, se ofrecían a encaminarnos; a veces mentíamos diciendo que estábamos perdidos y nos daban dinero. Jugábamos despreocupados de secuestros o pedófilos. En Día de Muertos, le hacíamos ojos y boca a una calabaza con un cuchillo y luego la encendíamos desde dentro con una vela. Íbamos a Reforma e Insurgentes, de ahí a la Zona Rosa, a veces llegábamos a la Doctores para pedir calaverita sin disfraz, chamagosos y osados.

Mi padre era un gran caminador. Los sábados muy temprano nos llevaba a pie a Cartucho y a mí jugar futbol al Tótem de Chapultepec. Llevábamos a Chiquilingüis, un Fox Terrier ratonero vivaz e inteligente que no se separaba de mi padre. Luego nos alquilaba unas bicicletas cerca de la Casa de los Espejos. Nos había acostumbrado a pasear con poco dinero y rara vez nos compraba un refresco o golosinas.

Regresábamos a casa poco antes de la comida, arrastrados por el Chiqui, extenuados pero felices, y eso que mi padre nos pateaba unos balonazos que a veces nos torcían las manos o nos dejaban las piernas y la panza enrojecidas con las marcas del balón. El último viernes de cada mes nos despertaba en la madrugada para llevarnos al Balneario Olímpico o al Bahía, en la avenida Zaragoza. Ese día faltábamos a clase. Eran una tortura el metro y los camiones que tomábamos para ir y venir. Inevitablemente me mareaba y vomitaba por la ventana de los autobuses. En esos balnearios mi padre se reunía con amigos más jóvenes en su mayoría, para jugar futbol en campo con medidas y tiempos reglamentarios. Cartucho y yo nos sentábamos cerca de la línea de banda lateral muy atentos al juego; al terminar, mi padre nos llevaba a las albercas, nos dejaba ahí y se iba a jugar frontón a mano. Al Bahía solía ir el Ratón Macías a jugar frontón. Las retadoras duraban buen rato, volvía sudoroso justo cuando Cartucho y yo no aguantábamos el hambre y la sed. Nos compraba una torta y un Boing y con eso teníamos hasta regresar a casa, por la tarde. Exhaustos de tanto nadar y correr. A veces iba toda la familia y se armaba el picnic en los prados alrededor de las albercas con lo que preparaba mi madre en casa: tacos sudados, aguas de fruta, sándwiches de sardina y tortas de recalentado del día anterior. Felicidad absoluta.

8

Caminamos sin parar ansiosos por llegar al bosque. No recuerdo qué películas se exhibían en el cine Latino, en el Diana y el Chapultepec, que pasamos en nuestra ruta. Sí recuerdo que la emoción y el miedo a ser descubiertos nos mantenía alertas de manera innecesaria: Infiernavit estaba muy lejos de ahí y Rosa María estaba trabajando, era muy difícil que alguien nos delatara. Aun así, caminábamos volteando a todas partes hasta que llegamos a la entrada de los Leones, que, por ser día laboral, no tenía muchos paseantes. Tomamos en dirección al zoológico y ya ahí nos metimos corriendo a ver a los animales. No pudimos ver a los osos ni a los grandes felinos, nuestros predilectos, porque estaban guardados. El cautiverio los volvía volubles y perezosos, parecían empleados de gobierno. Fuimos con los elefantes y lo mismo. Era como si se hubieran puesto de acuerdo para castigarnos por irnos de pinta. En alguna ocasión me cayó orín de una tigresa mientras la miraba asombrado en su jaula verde. Le dije a mi padre que estaba lloviendo y mi padre se rio de mí.

No traíamos suficiente dinero para subirnos al trenecito y nos dio miedo que, al estar solos, llamáramos la atención de algún vigilante del parque. Tomamos en dirección al lago, al embarcadero de las lanchas. Rentamos media hora de paseo. Nos quedamos con lo justo para una torta y un refresco. Ni nos pasó por la mente que el regreso sería nuevamente a pie. Mi padre nos había enseñado a remar, pero no era lo mismo ir con él que hacerlo solos, a los cinco minutos yo ya no podía con los remos, Cartucho menos. Los acomodé entrecruzados en la lancha y simplemente dejamos que las suaves ondas de agua nos llevaran hacia dentro del lago. Nos recargamos,

Cartucho en la popa y yo en la proa, y al poco rato nos quedamos dormidos.

Al despertar el sol pegaba fuerte. Me ardía la cara. Desperté a Cartucho que dormía encogido como los teporochos afuera del mercado Juárez. Todo asustado dijo:

—¿Qué? ¿Ahí está Rosa María?

—No, wey, pero estamos bien lejos del embarcadero.

La lancha estaba casi en el centro del lago, cerca de una fuente. Intenté remar, pero los remos pesaban mucho y comencé a desesperarme. Parecía imposible avanzar en línea recta. Los remos parecían forcejear entre ellos para ir a orillas contrarias. A lo lejos se oían gritos de relajo de las pocas lanchas ocupadas por parejas de novios y grupos de estudiantes de secundaria. El agua verdosa olía mal y los patos reposaban amodorrados en las orillas. El follaje del bosque y los paseantes se veían chiquitos a la distancia y me produjeron un vacío en el estómago parecido a cuando no hacía la tarea. Yo cargaba con la culpa de haber pasado de panzazo el tercer año sin saber dividir. Mi madre le pidió a la maestra Emita que me hiciera repetir el año, pero Taydé se opuso indignada y, una semana después de iniciadas las clases, se comprometió con la maestra de cuarto a que me enseñaría a dividir y me aceptaría en el grupo. Gracias a Taydé terminé a tiempo la primaria.

Sin quitarme la vista de encima, Cartucho mantenía una mano dentro del agua y la movía como si mezclara algo. Le contagié la angustia y dijo al borde del llanto:

—¿Nos vamos a ahogar? Rémale bien. Yo ni quería venir.

Volví a intentarlo, pero lejos de avanzar, la lancha daba medias vueltas para un lado y para otro. Traté de calmarme y hacer lo que me había enseñado mi padre: mover los remos al mismo tiempo hacia al frente y luego hacia atrás en un movimiento circular. Avancé un poco, pero sentía los brazos tiesos por el esfuerzo y la ansiedad. Recogí los remos y comencé a voltear a todas partes.

—¿Y ahora qué hacemos? —dijo Cartucho, recriminándome.

—Cállate, cabrón, mejor ayuda.

Descubrí una lancha no lejos de donde estábamos con dos hombres adultos y un par de niños. Me puse de pie con mucho cuidado para no perder el equilibrio y comencé a hacerles señas con los brazos. Casi me caigo fuera de la lancha. Cartucho comenzó a reírse. Al fin, luego de un rato, uno de los hombres volteó a verme y con señas de mano me preguntó qué pasaba.

—Ayúdenos, por favor —grité.

En ese momento sentí que todo Chapultepec se burlaba de nosotros. Creí escuchar el rugido de un león que se divertía de mi tragedia. Parecía flotar sobre el orín de la tigresa. Los changos aplaudían escandalosos. La lancha comenzó a acercarse lentamente. Cuando llegó el tipo que sostenía los remos, barrigón y con una playera del Atlante, dijo:

—¿Qué problema tienen, chavos?

—¿Nos podrían llevar a la orilla, por favor? No sabemos remar.

Los cuatro ocupantes de la lancha se comenzaron a reír. Dos niños jiotosos y muy morenos, como de nuestra edad, pero que seguramente no iban muy seguido a la escuela, vestían pantalón corto y playeras del Atlante como la del padre. El otro adulto también tenía barriga, pero era delgado, vestía una polo sin botones blanca con una franja azul marino cruzando el pecho y pantalones azules de obrero.

El panzón atlantista con mucho cuidado se acercó a la orilla de la lancha para pasarse de nuestro lado como en las películas de piratas al abordaje. Cuando puso dentro su pie calzado con un tenis Súper Faro, sacó la lengua de lado como reflejo del cuidado que tenía de no caer al agua.

Ni cuenta me había dado de que nuestras pesadas mochilas de grueso cuero con hebillas, la mía azul marino y la de Cartucho de color natural, se habían mojado de la base. Las pusimos en la proa y, con tanto acomodar los remos después de mis intentos por navegar, se había formado un charquillo de agua en el centro que corría adonde estaban las mochilas. Ya en nuestra lancha, el barrigón me pidió que me quitara del asiento de proa. Tomó los remos y en un dos por tres, seguidos de su bote movido por su comparsa y con sus hijos riéndose, llegamos al embarcadero. Regresó pujando a su embarcación y nos dijo:

—Se fueron de pinta, ¿verdad? Cuídense, chavos, no sean pendejos. Y si no viene gente grande con ustedes no alquilen lanchas, se pueden ahogar.

Tomamos nuestras mochilas, apenados, fuimos a la ventanilla por el depósito. No nos dieron nada por habernos pasado del tiempo alquilado. Caminamos de prisa de regreso a la escuela. Íbamos asoleados y las mochilas nos pesaban como una lápida. Además, me dolían los brazos.

Se nubló el día. Llegamos al cruce de Reforma e Insurgentes, el Hotel Continental parecía que nos iba a tragar por irnos de pinta. Nos metimos a la colonia, cerca del restaurante Randevous nos topamos en la acera contraria con Paco y Lola, los dos iban en la Unamuno, pero en quinto y sexto año, respectivamente. Traían ropa de civil y un atajo de tortillas. Lola era muy brava y se agarraba a golpes con quien fuera si molestaban a su hermano. Con un movimiento de manos y cabeza, Paco me preguntó qué hacíamos por ahí.

Yo lo saludé con una seña de mano y seguimos nuestro camino, presurosos. "Pos qué hicieron", gritó Lola, burlona.

Dimos la vuelta en Berlín y en la esquina con Londres alcancé a ver a Rosa María que platicaba con la conserje de la escuela. Su coche estaba estacionado enfrente y tenía abierta la puerta del copiloto.

—¿Dónde se habían metido, desgraciados? —Rosa María masticaba chicle de menta, lo hacía todo el tiempo. Conocíamos muy bien su mirada cuando estaba enojada. Había que tener miedo.

—Es que nadie nos abrió y nos fuimos a dar una vuelta.

—No, no es cierto, si hubieran tocado les abro —dijo la conserje, como si estuviera culpándola a ella.

—Súbanse al coche, babosos.

Rosa María se despidió de la conserje como si fuera su mejor amiga. Ésa era su costumbre antes de humillar a quien creía inferior con fuertes regaños e insultos por cualquier pretexto. Mi madre decía que tenía hocico de verdulera.

En el asiento del tripulante estaba sentada una muchacha muy joven de ojos grandes y con marcas de acné en el rostro. Vestía saco y falda corta. Sus piernas con medias se veían muy bonitas. Nos dio las buenas tardes y se bajó del coche para inclinar el respaldo del asiento hacia adelante. Era una compañera de oficina recién contratada a las órdenes de mi hermana.

Durante el trayecto a su departamento, soportamos en silencio una avalancha de regaños, amenazas e insultos, los más leves: Tarados y malagradecidos.

—Si se creen que me los voy a llevar a Disneylandia, están muy equivocados. Olvídense de mí, ya no me haré responsable de ustedes.

Frente a sus amistades, Rosa María quería pasar por generosa y espléndida. Puras mentiras y fanfarronadas. A nosotros ni nos pasaba por la cabeza un viaje así, éramos felices viendo televisión, con balones de futbol y en la calle. Rosa María nos hacía lo mismo a los cuatro hermanos menores: Sofía, Greta, yo y Cartucho. En ese orden con dos años de diferencia entre unas y otros. Nos prometía regalos, viajes y dinero para tenernos pegados a ella. Rara vez cumplía y a veces nos llevaba en su coche a Plaza Satélite, en aquel tiempo muy de moda, nos hacía probar ropa o elegir juguetes y ya cerca de la caja, decía:

—Dejen todo, después venimos.

Con mis padres hacía lo mismo para darse su taco de pudiente y generosa. Siempre salía de pleito sobre todo con mi padre, en sus últimos años de vida del viejo. De todas maneras, en general nos perdonábamos como una manera de seguir alimentando nuestros rencores y una necesidad de afecto que no llenaba nada ni nadie. Llegamos a su departamento en una casa de dos pisos adaptada para rentar vivienda a cuatro personas solteras. Había que cruzar un patio con estacionamiento y subir unas escaleras externas para llegar al departamento al fondo en el segundo piso. Su fachada era un enorme ventanal corredizo. Nos ordenó que nos laváramos las manos antes de comer. Comenzó a cocinar milanesas mientras su invitada ayudaba a poner la mesa. Ya sentados todos, la muchachita no nos quitaba la vista de encima compadecida de nosotros. Alcancé a sonreírle para fingir que no pasaba nada grave. Rosa María nos recetó una perorata hiriente, como todas las de ella. Nos culpó de la mala salud de mi madre y continuamente nos llamó estorbos y malvivientes. Voy a hablar con mi papá para que los metan a un internado, yo lo pago. Ustedes serán los responsables si a mi mamá le pasa algo grave. Nos hizo llorar, y avergonzados y dolidos, sin terminar de comer, nos fuimos a nuestra recámara. Al rato, sin abrir la puerta, gritó:

—Cuando regrese, quiero que ya estén acostados, no tienen permiso de prender la tele.

Se fue a trabajar y nos encerró con llave en el departamento.

Al rato me dio hambre y fui a la cocina por mi milanesa. Rosa María había tirado nuestras porciones a la basura. Las saqué y preparé unas tortas para Cartucho y para mí. Así estuvimos encerrados once días hasta que llegó el momento de ir a pasar el fin de semana a Infiernavit. Íbamos una vez al mes. Era viernes por la tarde, y durante el camino Rosa María trató de hacer las paces hablándonos de buen modo y para variar con promesas de llevarnos de compras. La ignoramos y yo me hice el dormido.

En cuanto llegamos, Cartucho se echó a correr para abrazar a mi padre y entre sollozos le dijo que ya no quería regresar con ella. Yo contuve las lágrimas por pena.

—¿Pues qué pasó, hija?

—Lo de siempre. Son insoportables, nadie puede controlarlos. Se fueron de pinta y tuve que llamar a la policía para localizarlos. Andaban en Chapultepec. Malagradecidos y burros. Cuando me avisaron me desmayé en la calle.

—Malagradecidos de qué hija, si a quien les haces el favor es a tu madre y a mí; ellos están chiquillos y hacen lo que uno les dice. De todo te desmayas.

Rosa María se puso furiosa con la respuesta. Pasó de acusarnos a reprender a mis padres por la educación que nos daban y de ahí a champarles su apoyo financiero con el préstamo de la casa. Ella hacía mucho por toda la familia y no iba soportar que nadie le hablara de ese modo. Y si no nos gustaba a ver quién se hacía cargo del crédito y de ayudarlos con la despensa. Cuando al fin se calló, se hizo un pesado silencio y mi padre nos mandó a nuestro cuarto. Subimos corriendo y de inmediato nos quitamos los uniformes y, ya cambiados, empezamos a aventarnos un balón de futbol para hacer tiempo y salir a la calle.

Escuchamos el griterío. Cada vez ocurría con más frecuencia y así sería hasta la muerte de él. Desde que nació Cartucho, Rosa María dejó de ser la consentida y el centro de atención, y mi padre no iba a permitir que nadie le hiciera llorar a su niño, por más ayuda que recibiera de la hija mayor, la exitosa.

No escuchamos en qué momento Rosa María se fue. Bajamos tímidamente y mi madre ya estaba sirviendo la cena.

—Vénganse, hijos —dijo mi padre con voz afectuosa—, ya no van a regresar con esa cabrona y no quiero que le vuelvan a aceptar nada. ¿Oíste, vieja? Ya me cansé de tener problemas por culpa de ustedes. No entienden. Nomás hacen desatinar a su madre. El lunes los va a llevar a la escuela para que aprendan cómo ir y regresar. Tú que eres el mayor ponte muy listo y no me sueltes a tu hermano. ¿Ya te aprendiste el teléfono de aquí?

—Sí.

—¿A ver?

—Seiscientos cincuenta y siete, cero cuatro, cuarenta y nueve.

—Si tienen un problema, vayan corriendo con Memo y él que me localice —dijo mi madre.

Memo era un carnicero de la calle de Turín. Adoraba a Teresita, agradecido de los platillos que mi madre le preparó muchos años para él y sus morrongos. Memo nos fiaba la carne. Además, mi madre había convencido a Beatriz de que le consiguiera un crédito de vivienda al carnicero.

Y así, durante una semana, mi madre nos despertaba muy temprano, nos daba un licuado de plátano con huevo y fue y vino por nosotros a la escuela. Ella aprovechaba para pasar a saludar a sus muchas amistades. La querían mucho y siempre la ayudaban. Todo cambió un día en que nos encontramos al Popis en el metro Cuauhtémoc. El Popis estudiaba en la Unamuno, pero no sabíamos que vivía en Infiernavit. Era grandote y bonachón como un Tribilín y estudiaba el sexto año por tercera ocasión. Ya nos habíamos hecho amigos en la escuela, porque Cartucho lo hacía reír mucho por desmadroso. Mi madre aprovechó para encargarnos con él porque era cinco años mayor que yo. A la semana siguiente nos íbamos con el Popis a la escuela, ida y vuelta en trolebús y metro. Él trabajaba por las tardes como aprendiz de sastre con su padre y una vez al mes nos invitaba tacos de carnitas cerca del metro Villa de Cortés. Hicimos una gran amistad pese a que con el paso de los años él se manifestó abstemio. Nos introdujo al universo de Bruce Lee; tenía un proyector de súper ocho y en Tepito conseguía películas sin subtítulos. Organizaba sesiones de cine en su casa en Viento Azul y una de sus hermanas pretendía traducirnos los diálogos de *Operación dragón* y otras por el estilo. Nos reíamos de ella en su cara, pero la chica nunca se molestó con nosotros. En una de esas sesiones fue la primera vez que vimos una peli porno, uno de los protagonistas era Sylvester Stallone, que en la secuencia final baila una especie de víbora de la mar agarrado de las manos con otros tantos actores y actrices. Malísima, parecía una parodia.

Terminé la primaria en la Miguel de Unamuno, a Cartucho lo cambiaron a la David Alfaro Siqueiros, la flamante primaria a unas calles de nuestra casa y semillero de toda clase de malvivientes con los que mi hermano haría amistad.

9

Era casi imposible tomarle cariño a Rosa María. Llegamos a detestarla tanto que prácticamente ya no le dirigíamos la palabra. Allá por 1980 se casó con uno de los tantos amigos de Raúl, Adolfo, un bruto sin gracia alguna, tacaño y vociferante. Era el criado de mi hermana. Vivía de cuidar a su padre, un viejo agiotista que hizo dinero como ingeniero del priato en la época de Adolfo López Mateos. Había tenido a su cargo obras de urbanización de una parte de la costa veracruzana, en Tecolutla, y de ahí había jalado una pequeña fortuna; además, prestaba fuertes cantidades de dinero con réditos altísimos y embargaba propiedades a deudores. Adolfo *Popito*, como lo llamaban el odioso padre y mi hermana, era el achichincle de ambos y mantenido de Rosa María. Cuando amputaron a mi padre de la pierna, los gastos de hospital desfalcaron a Francisco y a Taydé. Rosa María le sugirió a mi hermana empeñar un terreno que había comprado en Querétaro años antes. Taydé pagó la deuda un día después del plazo establecido. El padre de Adolfo ya no quiso regresarle el terreno que finalmente fue a parar a manos de Rosa María una vez muerto el agiotista mayor.

Rosa María era la única que podía hacerse cargo de mi padre y se lo llevó a vivir con ella a su casa de Tecamachalco. Durante un tiempo pagó una enfermera y luego a Chela, la sirvienta que llevaba años trabajando para la familia. Popito también se hacía cargo de él con puros regaños y malos tratos; mi padre se hartó y nos pidió a Cartucho y a mí que, antes de regresar a su casa en Iztacalco (ya en venta por Rosa María, aunque mi padre nunca lo supo), le partiéramos el hocico a Popito. Evité que mi hermano lo hiciera y luego me arrepentí.

Con mi padre ya muy decaído, hubo una reunión en la casa de Rosa María en Tecamachalco, donde a la familia le encantaba ir para simular que había dinero y luego terminar en pleito. Esa reunión era resultado de toda la mierda culposa que la familia trataba de desahogar en una gran borrachera donde los hermanos mayores pretendían estar unidos y quererse. En algún momento, Rosa María me llamó aparte y fuimos a la cocina.

—Cuando yo muera, quiero dejarte dinero y unas propiedades que tengo por ahí —me mantuve en silencio y esperé mirándola de frente—. Estoy muy enferma y no sé qué hacer con todo lo que tengo, pero Popito se encargará de darte lo que te digo.

Se acercó y me abrazó. A duras penas le correspondí. Salimos de la cocina, yo detrás de ella, chaparra, nalgona y andar de hacendada; traía puesto en una muñeca y en el cuello un juego de alhajas muy fino que le había dizque regalado mi padre para saldar una deuda. Lucio malbarataba su trabajo incluso con sus hijos. Las conversaciones eran a gritos y todos mis hermanos reflejaban una gran amargura y tristeza por la condición del patriarca. Todo en esa enorme casa con jardín en una de las mejores zonas de la ciudad parecía impostado, artificioso, sin vida propia.

Para ella, yo era una especie de desclasado sin ambiciones. He conocido pocas personas con tan mala leche. No volvimos a hablarnos más. En su cama de agonía en el hospital de Nutrición (donde, por cierto, antes de ingresarla, su marido falseó todos los datos del estudio socioeconómico para que le cobraran menos) me despedí de ella con un adiós sin palabras.

CAPÍTULO VIII

Vivir en un mundo que te empequeñece

1

Robar. No es nada más un asunto de la pobreza o una necesidad como la del vicioso con su droga. Es adicción a la adrenalina, mecha corta ante la frustración; cinismo, no hay miedo ni culpa. En Infiernavit no había grandes diferencias entre los jóvenes y los viejos. Padres e hijos celebrábamos la Navidad, los cumpleaños, los quince años, las bodas; endeudados a pesar de los ahorros de un empleo miserable o de un negocito casero que tarde o temprano te llevan a pedir un préstamo al vecino, a tu amigo del alma, a un agiotista o a una casa de empeño cuyos réditos incluyen meterte por el culo tu dignidad y el orgullo.

Ley de vida. Así éramos y así sería para siempre. El futuro estaba escrito, aunque The Clash gritara lo contrario, por más que renegáramos; teníamos evidencias de que nada ni nadie podría cambiarlo. Todo era gris, pardo, a pesar de los colores que distinguían los muros de los edificios de cada sección de Infiernavit. Los árboles y la vegetación abundante hacían menos triste esa mole de madrigueras de concreto que durante el día parecían deshabitadas a no ser por unas cuantas mujeres de todas las edades y algunos viejos, asomados a las ventanas. Ellas iban de aquí para allá en los andadores camino al tianguis por mandado, sin la alegría de la patita y con la abnegación celebrada el 10 de mayo; reconocían a sus hombres orgullosos de su astucia para sobrevivir a pesar de saberse derrotados por su suerte. Meten mano a una carcacha en eterna reparación, como si quisieran reanimar su espíritu; fuman y beben cerveza recargados en un macetón reinventando la misma historia de siempre; los hombres hacen deporte en las canchas improvisadas en estacionamientos y en el lago desecado. Sin distinción de sexo, esperan de lunes a viernes el trolebús o el micro para ir a la casa de empeño, a buscar trabajo, a visitar por sorpresa a un familiar para sablearlo o de camino a la visita al reclusorio; viejos jubilados o en edad improductiva por el desempleo forzado que encauza el talento para los juegos de azar, la maña y los deportes callejeros; niños y adolescentes desertores escolares convertidos en obreros, comerciantes, traficantes o malandros. La televisión prendida todo el tiempo. En la pantalla todo es bienestar y las tragedias se miran a lo lejos.

2

Vivíamos en un mundo que nos empequeñecía. Nuestras necesidades y apetencias eran peligrosas, innombrables, precarias, pero al mismo tiempo, compartidas, nobles. Nos dejaban solos en el descampado donde el viento frío de la desgracia, el miedo y el peligro soplaba en la nuca de delincuentes, homicidas, policías, agiotistas, aboneros, caseros y capataces; del soplón y el traicionero, del convencido de la virtud y la honradez a regañadientes; tragábamos saliva agria al ver los recibos de la luz, el teléfono, la hipoteca, el gas, el predial, el agua; resignados a las enfermedades crónicas, los accidentes, las lesiones graves y las muertes por riña, asalto o venganza; en las horas muertas solicitábamos consulta o ingreso de urgencia en hospitales públicos; velábamos al muerto, deudas y más deudas, escarmientos y culpas religiosas hasta por comer bien o embriagarnos. Mis padres nos educaron como viajeros en una ruta larga de aprendizaje a la mala, llena de baches éticos que ponía a prueba nuestro equilibrio emocional. Éramos depositarios de unos valores que en su fragilidad nos retaban a no rendirnos así fuera traicionando. Esa carencia nos hacía renegar de lo que éramos y envidiar la discreta bonanza de unos cuantos abnegados a las normas disciplinarias de la sobriedad y el agradecimiento al sacrificio laboral, así fueran amigos o parientes cercanos. Nos jodía y avergonzaba de nuestras pequeñas faltas castigadas con rigor por la Suprema Corte de Justicia del Populacho al que pertenecíamos.

3

No hay un registro exacto del momento en que llegó, pero ahí estaba ya. El Cuete, el Fierro, la Mamá de los Pollitos, el Plomo, la Confesora, la Fusca. Las calles dejaron de ser territorio exclusivo de las bandas juveniles. Las fronteras se dividieron con los desertores que se pasaron al bando de los nuevos ricos: policías o asaltantes apadrinados por judiciales. La nueva autoridad callejera se pavoneaba amenazante de la mano de su arma de fuego.

Para muchos conocidos se acortó su esperanza de vida y el reclusorio se convirtió en un segundo hogar para los sobrevivientes.

4

Al principio me deprimía su anecdotario. Pero poco a poco comenzó a divertirme el humor cruel y cínico de sus narraciones a detalle con gran noción del suspenso que tarde o temprano tenía un final predecible: balazos mortales o que los dejaban lisiados, largas convalecencias en hospitales públicos, ingresos al reclusorio. *La vida inútil de Pito Pérez* en la era de Durazo. La novela negra jamás escrita. En esos sujetos animados y fanfarrones, la adulación y el respeto del barrio eran un estimulante tan potente como la borrachera, las drogas o su narcicismo suicida. Presumían su estilo de vida dispendioso, solapado por sus familias y novias que se hacían de la vista gorda hasta que la cárcel o la muerte los convertía en leyendas. Les faltaba la locura genial de su inspiración, Alfredo Ríos Galeana, en una actividad tan común en la ciudad.

5

Mi padre: No creas que atracando tendrás una vida de rey. Nadie acepta sus limitaciones, nadie entre nosotros vive de sus rentas o hazañas. Nadie es tan listo. Tarde o temprano caes donde todos, como todos. Tu tumba no tendrá epitafio. Los picudos no viven mucho. Aprende de las películas que te gustan. Lee bien los periódicos.

Bastaba con conocer las historias de ciertos vecinos, convivir con ellos, saber de su paso por reclusorios, por hospitales de Urgencias, librando la muerte de ellos o de un familiar casi de milagro por una cuchillada o un balazo, mirar en sus rostros la fatiga crónica de quien resiste a la adversidad que respirábamos en las calles habitadas por criminales, tiras y aprendices. En Infiernavit sobraban las advertencias de los moños de listón negro colgados de los zaguanes y en las puertas, de las continuas colectas de dinero para sacar a familiares de la cárcel o pagar el funeral.

Abundaban los reincidentes. Nadie era una mala persona en sí misma, cada uno estaba metido en lo suyo: ganar limpiamente un poco de dinero donde no hay de otra más que joderse al que se deje. Compartíamos nuestros miedos y alegrías como un numeroso clan donde cada uno decidía cómo se lo cargaba la chingada.

6

La primera vez que me apuntaron con una fusca fue en el cumpleaños de Marcela, una compañera de aula en la secundaria. Por aquellos días de 1976 mis amigos y yo fuimos en bola de mirones a ver el accidente entre trenes del metro de la línea dos en la estación Viaducto. Ese año se retiraron del boxeo Rubén *el Púas* Olivares y José Ángel Nápoles *Mantequilla*. Idolazos caídos en desgracia.

Güera, media ranchera en sus modos, bonitas piernas, cinturita, ojos zarcos, pestañotas y carita dulce de inocencia extrovertida, Marcela estaba muy desarrollada para sus catorce años cumplidos. El primer año como mi condiscípula; el segundo, los chavales de la escuela ardíamos con su presencia. Amable con todos aunque estuviéramos llenos de granos en la cara. Si le gustabas y eras discreto, si te tocaba la suerte de ganar pupitre junto a ella, te dejaba acariciarle como no queriendo la rodilla. Su piel aduraznada descubría entre sus poros abiertos un vello discreto y claro. Usaba el jumper azul un poquito más corto de lo permitido, no demasiado como para que alguna maestra o los prefectos descosieran el dobladillo delante de todos, como escarmiento en el patio antes de entrar a clase. Su cabellera castaña clara y quebrada la contenía con una coleta alaciada con fijador y una banda elástica. Bajarle el cierre en la espalda del uniforme azul de una pieza era mi fantasía sexual constante.

Marcela no parecía interesada en nadie del salón, ni de otros. Nomás nos daba alas a la bola de babosos, divertida de nuestra lujuria mal disimulada. Llenos de acné, con voz como graznido de cuervo, desgarbados o muy gordos, chaparros como yo o muy altos, peleados con nuestra genética. Le gustaba jugar volibol y en los descansos largos se daba vuelo pegándole a la pelota con las manos juntas a la altura del vientre, dando brinquitos hacia adelante con una pierna flexionada, como dando una coz para que se le alzara la falda.

La última clase de los viernes era de Orientación Vocacional. La impartía un sujeto que parecía pretendiente de Angélica María en alguna película. Saco *sport* de terlenka rojo o azul celeste, camisa blanca abierta de los botones superiores para dejar a la vista el pecho peludo, pantalón de casimir acampanado; piel clara, esbelto, cabello rizado y cano, voz ronca y humor campechano. Durante la hora que duraba su clase trataba de corregir el camino de quienes apuntaban para la fábrica, el encierro y la vagancia.

—Muchachos, en la vida hay que tener metas claras. Si siguen estudiando, podrán terminar una carrera, tener un buen empleo y formar una familia; el país ofrece muchas oportunidades a la gente que se esfuerza.

—¿Y entons usté por quéstáquí?

Gritaba del fondo del salón uno de los cincuenta buenos para nada de ambos sexos.

—Soy psicólogo y me gusta trabajar con adolescentes como ustedes —respondía de inmediato, amable. Y no bajaba la guardia—. A ver, tú, por ejemplo, ¿qué te gustaría ser de grande?

—Mi apá tiene una vidrieríaaa.

—No te pregunté de qué vive tu papá.

—Pos es lo mismo, ¿no? Voy a trabajar ahí cuando termine la secun.

Y así, respuestas como ésa abundaban cuando no las típicas mentiras: quiero ser doctor, abogado, futbolista profesional (del América, por supuesto); las mujeres, además de secretarias, querían ligarse a un millonario, ser amas de casa. Algunos estaban conformes con aprender el oficio familiar. No faltaba quien aspiraba a policía, maestro o enfermera. Todos con los brazos cruzados, repantingados en el pupitre, poniendo a prueba la tolerancia del galán otoñal.

En una de ésas llegó mi turno y respondí haciéndome como de costumbre el sabiondo para provocar al gallinero y lucirme con Marcela:

—Me gustaría ser ingeniero electrónico para inventar robots.

Se soltó el chifladero y las risillas burlonas que el orientador acalló con su comentario:

—No sabes ni hacer la raíz cuadrada, pendejo —soltó alguien por ahí.

—¡Silencio! Oye, qué interesante, pero ¿qué tipo de robots?

Respondí como científico de *La dimensión desconocida*:

—Uno que nos evite trabajar a los humanos.

—Bájale, wey —se oía entre mis vecinos de pupitre, al fondo del salón, desde donde los maestros batallaban con el alud de cábulas anónimas, vulgares, e interrupciones continuas a la clase. Parecía carpa.

Todos los maestros tenían apodo, el orientador era el Fino. Yo, como todos los demás, tenía el mío: el Chispa.

—Pues me da gusto, sigue adelante —respondió en cuanto pudo retomar el control, dándome la suave a sabiendas de que le tomé el pelo.

Éramos unos pobres pendejos después de todo y los maestros no dejaban de recordárnoslo sin provocar a los violentos, los había de sobra y no tenían reparos en retar a golpes a los maestros, amenazarlos, rayar sus coches o poncharles las llantas con navajas.

Una compañera de cuerpo tosco y que aparentaba mayor edad que el resto, una vez dijo como si nada que su novio la llevaba los sábados a un hotel de la colonia Doctores, para verla desnudarse mientras él se masturbaba sin tocarla. Se hizo un silencio en la clase seguido de risillas que el Fino rompió, dándole la palabra a otro alumno luego de aconsejarle a la chica que aprendiera a cuidarse para no quedar embarazada. Después aprovechó para darnos una lección de control natal que nos entró por un oído y nos salió por el otro. Todo sonaba a regaño, a advertencia funesta.

En otra ocasión, Marcela dijo que su sueño era ir a bailar a los cabarets de la colonia Obrera donde iba su hermano con amigos.

—Dicen que el Ratón Loco y el Barba Azul están bien chidos —dijo como si nada.

Los tiros a la salida eran cotidianos, así como huir a la calle escalando la barda del patio trasero protegida con alambre de púas, fumar a escondidas en los baños, espiar a las mujeres desde los orificios disimulados en los excusados de los hombres, o patear en pandilla a algún pasado de listo o al más pendejo de la clase; también era común, como el Soto, llevar oculto en el morral un rifle de diábolos, para dispararle desde un salón a los distraídos en los descansos en el patio. Prácticas comunes en la Secundaria Diurna 148 Lao-Tse. Mi *alma mater*.

A los más violentos o incorregibles los transferían a algún plantel lejano, o de plano los expulsaban definitivamente. Las bandas callejeras se reproducían y se enfrentaban en ese plantel, que admitía a una parte discreta de los adolescentes de la zona. Yo me había hecho amigo de algunos sujetos de las peligrosas colonias vecinas de Infiernavit y de vez en cuando lograba internarme en ellas para visitar a alguna novia o echar desmadre sin ser agredido. En general, todos temíamos al barrio de los demás, y por los compañeros de clase me enteré de que Infiernavit tenía tan mala fama como la Tlacotal, la Ramos Millán, la Mujeres Ilustres o la Agrícola Oriental, donde abundaban vinaterías, vulcanizadoras, lotes baldíos, funerarias, taquerías y consultorios médicos privados con servicio de emergencias.

Yo soñaba con darme a conocer en la calle donde vivía Marcela, en la colonia Agrícola Oriental, pero ella desatendía mi cortejo terminadas las clases, mientras le invitaba unos tacos de canasta o una jícama con chile antes de acompañarla cerca de su domicilio, caminando por el camellón empastado de Churubusco.

7

Marcela tenía experiencia en tratar hombres mayores, empezando por sus hermanos y los amigos de éstos, de quienes decía que les habían presentado a mujeres que trabajaban en el Barba Azul y el Molino Rojo. En aquella ocasión, en la clase con el Fino, Marcela dijo, mirándose las uñas descascaradas por el barniz rosa, como no queriendo:

—Pues yo quiero conocer un cabaret y bailar cumbias toda la noche. Mis hermanos me prometieron que en cuanto cumpla dieciocho años me van a presentar a los amigos del Ratón.

"¡Ah, chingá!" Brotaron risillas maliciosas. El Fino nomás peló los ojos, dudando de si Marcela no le estaba tomando el pelo. Era un buen tipo, medio amanerado. Jugaba el papel del maestro comprensivo buena onda que entiende bien a la juventud. Era puro miedo a que le partieran la madre. "Qué interesante", dijo y se frotó las manos, perturbado por la respuesta y sin saber qué más decir. De inmediato le dio la palabra a otro compañero, que por supuesto tenía las mismas intenciones que el resto de los tarados del salón. Quizá Marcela por eso no nos soltaba la nalga, porque no éramos originales ni sinceros para decir lo que queríamos, por ejemplo, meternos un buen revolcón con ella o con una vieja como ella. Ir al cabaret, con ella, sin sus hermanos. Emborracharnos y meternos con las tipas que ahí trabajaban. Nuestros padres y hermanos mayores lo hacían y, como con Marcela, esperaban a que tuviéramos edad para llevarnos a "desquintar" con una puta de cabaret. Era lo normal, pero sólo ella tuvo el valor para decirlo en un salón de clases. Me hubiera gustado perder la virginidad con Marcela, pero para ella los tipos como yo éramos unos puñeteros sin remedio.

8

Llegamos puntuales a las siete de la noche a la casa de Marcela el Bocinas, el Bigos y yo. Los dos iban en mi salón y éramos los grandes amigos y cabecillas de la banda de nuestra calle. Decidimos no avisarle al resto, para no tener que andar cuidándonos de las habladas y cábulas de uno y otro lado. Tampoco le dije al Cartucho, su presencia muchas veces era como estar encadenado a una piedra, de pronto se volvía impredecible y a veces todo terminaba mal. No hoy, no esta noche, no por su culpa. Yo iba por Marcela. En su cumpleaños.

Caminamos por el camellón de Churubusco entre calles terrosas y callejones sombríos, ni meterse por ahí; misceláneas por todas partes y vagos pendencieros en casi cada esquina tirando barrio mientras chupaban caguamas. Olía a mota, a diésel quemado y animal muerto en el camellón. Había que pasar de largo como si nada, una mirada indiscreta o retadora podría cambiarlo todo. Billares, vulcanizadoras, talleres mecánicos, papelerías, expendios de pan. Había coches deshuesados afuera de los zaguanes y en las entradas a los callejones. Niños en bicicleta pasaban cerca de nosotros pedaleando muy despacio para vernos bien y de paso comprobar que íbamos de paso, sin hacerla de pedo, luego iban con el reporte a sus mayores. A esa hora aún había chance de evitar una madriza o salir corriendo. Las razias comenzaban después de medianoche, a menos que hubiera operativo, o sea, apretón de tuercas para que nadie se olvidara de quién era el alto mando en esas barriadas. Lo más riesgoso de la ruta estaba al cruzar los anchos camellones de Río Churubusco hacia el oriente. Era la frontera entre barrios traicioneros, peligrosos y tristes por más escándalo que hicieran en sus fiestas callejeras. La casa de Marcela estaba a tres calles del cruce con Churubusco y una avenida de doble sentido. De seguro la flota de la zona estaba avisada de la fiesta, así que había que andarse con cuidado. El Bocinas suponía que los hermanos de Marcela eran tiras y por eso nadie se metía con ellos, tenían fama de gandallas. Era mejor no comprobarlo.

9

Bañados y con nuestras mejores ropas, limpias, así nos mandaban a la calle nuestros padres en ocasiones especiales. Chamarra de mezclilla, playera blanca de algodón grueso un poco holgada para disimular la panza, jeans entubados de las piernas, algo rabones, para que se notaran las calcetas blancas y zapatos negros de suela gruesa para trabajo rudo, bien boleados. Yo olía a jabón Zote porque mi madre decía que era muy bueno para el cabello. Puro cuento, era más barato y servía para todo. O sea que yo olía a lavadero. Para no traer el casquete corto, tal y como lo exigía el reglamento de la secundaria, nos habíamos cortado el pelo casi a rape, como piojosos. Éramos bien fantoches.

10

Nos abrió Marcela. Vestido corto, rojo, sin mangas; tacones, medias, perfume, maquillaje y peinado a la Lucía Méndez.

—Ninguna vieja puede estar tan buena a los catorce años. Esta chava se quita la edad —dijo el Bocinas en cuanto la anfitriona nos dejó solos, en un rincón del patio trasero.

El Bocinas era desconfiado hasta la paranoia y siempre estaba atento en descubrir a alguien en alguna mentira.

Habían decorado con unos farolitos de papel de China rojo y azul los focos de la sala y del comedor para darles un ambiente de congal. La iluminación nos hacía ver pálidos y enfermos, medio zombis rojizos y azulosos. Había un tocadiscos y una mesa pegada a un muro con una olla enorme, repleta de chupe rebajado con Kool-Aid. Marcela regresó con su mamá para presentárnosla, aunque ya la conocíamos de las juntas en la escuela. Se parecían, pero la señora traía arrastrando el peso de una vida de todos conocida para una mujer como ella. Gorda, con fatiga reflejada en el rostro. Se había maquillado y perfumado. Tal vez a la edad de su hija estaba igual de buena. Para allá vas, Marcela.

Hasta ese momento me cayó el veinte de que éramos los primeros invitados en llegar; habíamos saludado a unos chavales sentados en la sala, eran más o menos de nuestra edad, pero fumaban como si lo hicieran desde bebés. Probablemente eran de la secundaria cercana, donde se suponía que ahí estudiaban los menos burros con buena conducta. Me dio la impresión de que se rieron de nosotros en cuanto les dimos la espalda.

La señora se presentó de mano, secándosela primero en el mandil, tímida pero con la mirada recia. Cocinaba algo y lavaba trastes. Regresó de inmediato a sus funciones y el resto de la fiesta casi no la vimos, a no ser para recoger basura de la sala y el patio trasero.

—Tómense algo —dijo Marcela señalando la olla—, así se les quita el frío y se les suelta la lengua, están muy seriecitos.

—¿Y tú? —dije.

—Yo al ratito, orita tengo que ayudarle a mi mamá.

Marcela se dio media vuelta y caminó despacio rumbo a la cocina, como si tuviera miedo de caerse con los tacones. El vestido se le untaba a las nalgas y a mí se me iba el resuello. Ninguno de los tres despegamos la mirada del culo de Marcela; nos constaba que estaba buena, pero no tanto.

—Ni te hagas ilusiones —me dijo el Bigos con una risilla y dándome un codazo para que lo siguiera a la olla de las cubas.

El Bocinas no decía nada, sólo observaba todo y cuando empezaron a llegar los compañeros de la secundaria, con una cuba en la mano, empezó a saludar a todos llamándolos por sus apellidos en vez de sus apodos. Parecía el papá de la anfitriona. Bocinas siempre adoptaba un aire de formalidad en situaciones así, aunque con un tono burlón, despectivo, que le ganaba la desconfianza de todo mundo. Su padre desmantelaba coches y jugaba boliche. Era muy bueno en ambas cosas y era muy buscado por los ladrones de autos. Tenía su taller en la colonia Obrera, incrustado en una vecindad de dos pisos con un pequeño patio en medio donde habían vivido los abuelos. La parte alta de esa casa achacosa la utilizábamos para armar fiestas cuando el papá del Bocinas salía de viaje por un trabajito o algún torneo.

Nos instalamos en un rincón, cerca de la olla con bebida. Hacía frío y la mayoría de los invitados bailaba rock pesado y cumbias dentro de la casa. Una y una para que nadie protestara. En la sala habían recorrido los muebles hacia las paredes, y los que no bailaban, permanecían sentados en los sillones, moviendo la cabeza arriba y abajo, sosteniendo una cuba o un refresco en una mano y con la otra un cigarro. Sin el uniforme escolar, la mayoría semejaba adultos enanos con su ropa de calle muy formal, para ocasiones especiales. Parecían monos de los *Thunderbirds*. Casi nadie vestía mezclilla; todo mundo iba muy perfumado, sonriente, pero con cierta melancolía o malestar reflejado en el semblante.

Podría enfrentarlos a golpes, sin ser yo un dotado de fuerza; sabía defenderme y meter buenos puñetazos, tenía mis reflejos al tiro y ya entrado en una pelea me embargaba una furia que me volvía temerario. Si pegas primero, pegas dos veces. Un axioma muy sencillo y verdadero. Como si desde ese momento ya estuvieran pensando en el regreso a sus casas evitando el peligro, esos muchachos se ensimismaban.

Por las ventanas que daban a la calle de esa casa de solo un piso, se reflejaban las luces de las patrullas. Podría uno pensar que era una calle animada en plena Navidad. La tira rondaba el barrio sin prender las sirenas a menos de que algo se saliera de control. A diferencia de nuestro barrio, en el de Marcela no había redadas ni operativos, nada donde la Ley tuviera que enfrentar a los vecinos. La policía sólo era testigo de la vigilancia que hacían las bandas de chavillos a pie y en motonetas, "patrullando" como le decíamos a esa marcha que duraba toda la noche en busca de alcohol, fiestas donde poderse colar por la buena o por la fuerza, y para madrear salvajemente a los intrusos, sobre todo si eran rateros sorprendidos en la movida. Poco a poco nos habíamos ido acostumbrando a que esas bandas de casi niños, como nosotros, se hicieran del control en las calles.

La policía les había cedido el terreno y los dejaba hacer, siempre y cuando no se pasaran de la raya y llamaran demasiado la atención. Era un barrio de pandillas, traficantes y asaltantes pesados, no se andaban por las ramas. Los vecinos estaban de su parte; eran sus maridos, sus hijos, sus novios, sus tíos, sus primos, todo quedaba en familia, y las bandas funcionaban como grupos de autodefensa contra los barrios vecinos, igual de violentos y trágicos. Los mafiosos de la zona les daban lana para moverse y los agarraban de gatos. A veces me preguntaba cuánto tiempo me iba a resistir a la tentación de traer dinero conmigo a cambio de trabajar para algún capo. Mi padre me dijo alguna vez que de haberse imaginado dónde íbamos a venir a parar, hubiera puesto una funeraria. "Ya seríamos ricos —decía— y sin meternos en problemas." De pronto me invadió una sensación de miedo, comencé a sudar ligeramente y sentí náuseas. Le di un largo trago a mi pisto, servido en un vaso desechable, y poco a poco me fui calmando.

Me di cuenta de que había perdido de vista al Bigos y comencé a buscarlo. Al asomarme a la calle desde la puerta, lo vi caminar de regreso a la fiesta, golpeando en la mano la tapa de una cajetilla de cigarros.

—Está bien cabrón ir a la tienda. Hay que andar a las vergas —dijo ofreciéndome un Marlboro.

No necesitaba decirme a qué se refería.

El alcohol nos lo vendían en esas mismas misceláneas o en casas particulares a deshoras en ventanillas iluminadas desde la calle por un foco que podía verse a lo lejos. Casi siempre al fondo de un callejón. A veces también se conseguía droga: mariguana o "activo" para inhalar. La coca era para burgueses, ni la conocíamos. Había que tocar y hacer fila pacientemente, sin perder la calma ni caer en alguna provocación, porque en esos callejones se llegaban a juntar hasta treinta sujetos en grupos desconocidos unos de otros, todos rijosos, borrachos, pero controlando el miedo de salir de ahí apedreado, pateado, o en ambulancia por un "piquete". Todo por una botella de alcohol barato: Richardson. Quién sabe qué chingados era, en la etiqueta no decía si era ron o brandy, de color oscuro y aún mezclado con mucho refresco, unos cuantos tragos nos ponían hasta la madre. Bebida para teporochos y jodidos. Seguramente de eso eran las cubas de la olla en esa casa de muros de adobe pintados de verde esmeralda. Estaba construida como tantas otras, ganándole terreno a tierras de cultivo, "milpas", por familias pobres que habían emigrado del campo a lo que en un principio eran las orillas de la ciudad. Les llamaban "ciudades perdidas" y a los colonos "paracaidistas", aunque a muchos les habían regalado los terrenos como pago por militar en el PRI.

Por lo general, las casas como la de Marcela, eran un monumento a la improvisación y a las leyes de la gravedad, un desafío a los temblores, con cuartos por todas partes y obra negra en los segundos pisos; tenían varillas apuntando al cielo como aguijones de insectos enormes, el piso de cemento resbaladizo, pintado de rojo o azul o veces de tierra apisonada porque no había para más. En los baños siempre había cubetas de agua para desalojar los excusados, con la mierda flotando o atorada eternamente.

11

Aún era temprano, apenas pasaban de las nueve. La fiesta se ambientó una hora después con la llegada del resto de los invitados, la mayoría del salón. Llegaron los hermanos de Marcela con tres amigos tan siniestros como ellos. Vestían de traje sin corbata, botines de tacón cubano, melena discreta cortada a gajos para disimular el pelo grifo, castaño y opaco, al que le hacían los honores ocultando con lentes oscuros el efecto de la mota. Parecían clones de Rigo Tovar. Se fueron a parar junto a la consola de los discos y se comían con la mirada a las pocas chavas que valían la pena. Si éstas se acercaban a poner música, les hacían conversación tratando de parecer amables. A los hombres nada más nos saludaban, serios, asintiendo como para dejarnos claro que nos tenían en la mira. Los hermanos de Marcela recorrían la casa con un cigarrillo entre los dedos índice y medio de la mano con la que sostenían su cuba. Al mayor le decían Fayo. El menor era Enrique. Habían puesto en la mesa del comedor una botella de Bacardí blanco de a litro, a un lado de la consola. Así nos demostraban que ellos sí tomaban "fino".

En eso llegó el maestro de Física. Amado, el Yeah Yeah. El apodo se lo puse yo y el menso lo repetía sin darse cuenta de que era para él. Un tipo joven que hacía lo posible por ser alivianado. Le teníamos cierto aprecio porque no era muy estricto con las calificaciones de una materia que muy contados en la clase entendían. Se había hecho muy amigo de Marcela por obvias razones. Y por eso mismo ella no tenía problemas para pasar la materia. Vestía saco de pana, camisa azul de seda, jeans y mocasines de gamuza. Barba y melenita. Parecía baladista. Se dirigió a la cocina para que Marcela le presentara a su mamá y sus hermanos. Se quedaron un rato platicando mientras que la anfitriona lo atendía con una cuba y una tostada de cebolla adobada tipo tinga. Luego regresó a la fiesta para saludarnos a todos como amigos de toda la vida y comenzamos a tutearlo y a llamarlo por su nombre.

Para entonces, los chavos de la otra secundaria ya se habían agrupado en un extremo de la sala comedor y bailaban y bromeaban entre ellos, evitando dirigirnos la palabra a los demás; se les notaba el miedo y no me quedaba claro quién los había invitado, porque Marcela y su familia los ignoraban. Los de mi salón no eran de bronca a las primeras, pero los otros no lo sabían y estaba bien para mantenerlos a raya.

Me cambié de lugar y fui a pararme de espaldas a una de las ventanas que daban a la calle. No me había dado cuenta de que junto al baño había un cuarto cerrado cuyo muro a un costado de la puerta abarcaba un amplio espacio hasta el final de la construcción general. Por debajo de la puerta se filtraba una luz amarillenta que de pronto se desvanecía por el andar de alguien dentro que se detenía frente a la puerta. Se escucharon unos toquidos discretos. Nadie les hizo caso. Comencé a sentirme incómodo, desconfiado de lo que ocurría a mi alrededor, un domicilio lleno de mensajes ocultos que yo era incapaz de interpretar; era como si me estuvieran tomando el pelo.

—Vente para acá, ¿qué haces ahí parado solo como idiota? —el Bocinas vino a sacudirme y me llevó al mismo rincón donde nos habíamos plantado desde que llegamos. Los tres habíamos saludado a nuestros compañeros de salón como si no los conociéramos y apenas hablábamos con ellos. Puro agachón. Estábamos despegando, así decíamos para referirnos al punto en que el alcohol te vuelve osado, risueño y, en nuestro caso, indiferente a todo lo que no fuera alcohol, cigarro y la oportunidad de pasarnos de listos. Siempre estábamos dispuestos a ir más allá de lo que habíamos aprendido de nuestros mayores, con los sentidos alterados, pero a las vivas. El alcohol nos convertía en alimañas curiosas. Hasta ese día, lo único que habíamos logrado eran unas cuantas borracheras, algunas golpizas, varias detenciones en las razias de la policía y la garganta lijosa de tanto fumar. Vivíamos una vida donde pedir disculpas no sirve de nada.

12

La casa se llenó de invitados, y en la pista de baile las parejitas pasaban de la vuelta y brinquito acelerado del rocanrol a la filigrana de brinquito y vuelta a media velocidad de la cumbia. Amado bailaba con todas las chicas sin perder de vista discretamente a Marcela, quien sólo bailaba cumbia con sus hermanos. Hacía mucho calor y nos lo bajábamos con más cubas al tiempo de la olla que alguien llenaba a cada rato. En algún momento se organizó una vaca entre todos los presentes y dos de los esbirros del Fayo fueron por más chupe.

Hablábamos a gritos para darnos a entender en medio del ruido de la música. El Bocinas sudaba a chorros, achispado ya y nervioso, siempre temiendo lo peor, así estuviera en un convento; no dejaba de mirar a todas partes, atento a los hermanos de Marcela y sus amigos. Por más precauciones que el Bocinas tomaba, siempre caía en engaños infantiles y su paranoia tenía mucho que ver con su poco criterio. Ponía en duda la llegada del hombre a la Luna, el tamaño de los dinosaurios y no podía asegurar que los extraterrestres eran una tomada de pelo. Y eso que su padre era un cabrón. Hay tipos que no aprenden, el Bocinas era de ésos.

—No vi para dónde se fueron —me dijo, como acusándolos. Se refería a los hermanos y sus amigos.

—Vale madre, para qué los quieres aquí. Está buena la fiesta.

Y sí, de pronto, como espectros, la banda pesada había desaparecido y se aligeró el ambiente. Todo mundo bailaba y Amado se animó con Marcela. Bailaron *La Sampuesana* para lucirse, mientras la mayoría de los pendejos les hacía rueda. En un rincón de la estancia un grupillo de muchachos de ambos sexos y bien vestidos inhalaban mona, parecían los hijos de *La familia Partridge* caídos en desgracia. Tenían las manos resecas de tanto meterle al tíner y al pegamento para parchar cámaras de bicicleta.

En eso sentí una palmada en el hombro. Era Víctor Hugo, el jefe de grupo de nuestro salón. Gordito, chaparro, pulcro, de pelo negro con fleco peinado de lado. Aplicado, decente y odiado por la mayoría. Vestía un pantalón acampanado de terlenka azul celeste, camisa blanca de cuello muy amplio, un saco jotísimo con unas solapas que parecían baberos, de bailarín disco, y zapatos negros, anchos, de hebilla. Un júnior de barriada. Eran tan odiado que ni apodo tenía. Víctor Hugo para marcar distancia. Bigos, Bocinas y yo nos habíamos hecho sus cuates porque una vez nos tuvimos que tragar nuestro orgullo y pedirle dinero prestado para pagar unos tacos de canasta afuera de la secundaria. Se nos hizo fácil comer y luego pedir fiado y el taquero no aceptó. Éramos de sus mejores clientes, pero el desgraciado se puso pesado, dijo que si nos daba chance a nosotros al rato todo mundo lo iba a querer atracar. No es un atraco, te vamos a pagar, no mames. Así lo ven ustedes, para mí sí lo es, y no mamo, pinches changos abusivos, yo desto vivo. Bájale, wey, pinche ojete, eso nos hubieras dicho antes de tragarnos tus porquerías. Sacó un fierro filoso de debajo de la canasta de tacos y nos enfrentó amenazándonos con acusarnos de robo.

Bigos y Bocinas se quedaron en prenda con el taquero en lo que fui a buscar a Víctor Hugo, que estaba esperando el camión para su casa, en la esquina de Churubusco. Era el único que podía prestarnos dinero y estaba ansioso de quedar bien. Se había gastado todo en la cooperativa durante los descansos y sólo le quedaba lo justo para su pasaje, pero llevaba unos discos de vinil para presumirlos en el descanso largo a las chavitas bailadoras, los mismos que ahora traía. Casi lo obligué a que los empeñara con el taquero, a cambio de unos tacos para él también. A Víctor Hugo le encantaba llevar sus discos a la escuela, los presumía como si fueran algo único. En cierto modo sí, pues a nadie más de nuestro círculo le gustaba Giorgio Moroder. El taquero aceptó el empeño y todos conformes, pero dos semanas después el Bigos se negaba a pagar su parte para recuperar los discos. Quería madrear al taquero y de paso joderse a Víctor Hugo. Que se chingue, ese wey es oreja de los maestros. ¿Qué nos puede hacer el pinche gordo barbero? Total que Víctor Hugo recuperó sus acetatos y dejó de hablarnos.

Ahora me preguntaba:

—¿Crees que me dejen poner unas rolas?

—Pues inténtalo, no pierdes nada —respondí, indiferente, con la vista puesta en las portadas de un disco de Donna Summer y otro de Giorgio Moroder, los ídolos del gordito.

Fue hasta la consola, ahí estaba Marcela hablando muy entretenida con Amado, que la veía como si ella le estuviera explicando la ecuación perfecta para cogérsela sin que nadie nos diéramos cuenta.

Víctor Hugo negoció con ellos un rato. Marcela veía con disgusto al empalagoso aliado de todos los maestros. Por fin, luego de dos rolas del Tri souls in mai maind, puso un disco en la tornamesa.

Donna Summer y la versión larga de su éxito *Love to Love You, Baby*. Esa canción llevaba poco más de un año de oírse en todas partes, era de lo más caliente y duraba como un buen palo. A media canción todos nos habíamos quedado en silencio, azorados, riendo para nuestros adentros, perturbados por los quejidos de placer de la negra cachondísima mientras cantaba el estribillo. Amado dejó su cuba en la mesa y tomó de la mano a Marcela para llevarla al centro de la pista. Creía que por traer un pantalón de tela oscura no se le notaba el pito parado. Ja. Era el acabose ver bailar disco a la pareja, rodeada de otras más tímidas, siguiendo el ritmo de la música mientras veían de reojo si alguien les hacía burla. Odié al tal Amado, quería apuñalarlo. Él trataba de seguirle el ritmo a Marcela y sólo lograba verse ridículo balanceando los brazos por arriba de la cabeza y subiendo y bajando el cuerpo. Ya estaba a medios chiles el lagartón. Marcela lo sabía y se estaba encargando de ponerlo caliente como soplete. Así andábamos todos, a esa edad uno se calienta hasta con el flamazo del boiler. Pedos y calientes por culpa de Marcela. Era una golfa colmilluda y nosotros unos pobres diablos que no sabíamos de palabras bonitas, ni bailar cumbia ni disco, nada. Apenas y me había dado cuenta de que Víctor Hugo bailaba al lado de Amado, haciendo los mismos pasos, pero sin pareja, sonriéndonos a todos, feliz.

Los que estábamos de mirones, aplaudíamos y aullábamos para celebrar cada filigrana de los bailarines, sobre todo de Marcela, la festejada. Casi me vengo en seco. No me gustaba la música disco, pero ya me había ambientado y estaba vuelto loco y dispuesto a convertirme en un remedo de Travolta para agarrarme de Marcela y no soltarla nunca.

Para algunos de los invitados gritar y chiflar era una manera de ocultarse entre los otros y que no te fueran a pasar en medio de la pista a hacer el ridículo.

De pronto, de uno de los cuartos salió una mujer joven, pero mayor que Marcela, alta, fornida, con un rostro moreno y brillos de sudor, parecía ídolo azteca; muy maquillada, vestida de playera negra y pantalones de paño grueso cafés recogidos hasta las rodillas y calcetas negras. Calzaba unas botas parecidas a las que usábamos nosotros. Le daba un aire a Marcela, pero a la hermana le habían cargado todos los defectos de la familia. Una machorra.

—Oye, Mari, bájale al desmadre. Está muy alto el volumen, se van a querer meter a la fiesta. Estos chavitos están tomando mucho y yo no me voy a hacer responsable de ellos. Mi mamá ya está bien cansada y luego hay pedos.

Señaló a la puerta del cuarto junto al baño. Se oían unos toquidos fuertes y una voz carrasposa que decía: Ábreme, Guadalupe.

La hermana de Marcela cruzó decidida la estancia-comedor y de la botella de Bacardí sirvió un trago generoso en un vaso de plástico grueso, distinto a los de los demás, desechable. Daba miedo la pinche granadera. Regresó a la cocina, llenó de refresco el vaso y salió de nuevo en dirección al cuarto donde habían gritado su nombre. Al girar el pica-porte se votó un seguro de botón; abrió la puerta un poco, metió la cabeza después del vaso y alguien lo recibió dentro. Guadalupe dijo en tono de regaño:

—Órale aista, pa que no dé lata y ya cállese, ¿no ve que hay fiesta?

Luego cerró la puerta y fue a la cocina echándole ojos de pistola a Marcela. Al poco rato regresó el Fayo acompa-ñado de uno de los amigos y, aunque siguió la música, ya nadie bailaba ni perdía de vista al recién llegado. Tenía una actitud rijosa, retadora, pero no se metió con nadie. Algo le había pasado, se veía nervioso y de malhumor. Su amigo lo tranquilizó sirviéndole una cuba. Antes, alzó la botella para verificar cuánto quedaba.

—Marcela, ¿has visto las llaves de mi coche?

—Están arriba del refri —dijo sin voltear a verlo.

Fayo entró a la cocina, tomó las llaves y se quedó plati-cando un rato con la mamá y la granadera. Algo arreglaron entre ellos. Al salir le hizo una seña a su amigo y se fueron a sentar a un sofá cercano a la mesa donde tenían su pomo. Nadie quiso seguir bailando a excepción de Víctor Hugo, aunque más discreto y mirándonos de reojo. Se formaron grupos pequeños para platicar disimulando que no pasaba nada. Pero volvió a salir la mujerota de la cocina y fue directo a la consola mientras se dirigía a Víctor Hugo:

—Oye, amigo, ya chole con la musiquita, era un rato.

Hablaba a gritos como si tuviera un pelo atorado en la lengua y quisiera escupirlo. En eso se abrió la puerta del cuarto y apareció un viejo desgreñado y canoso, con una camisa amarillenta de manga larga desabotonada y en trusa, de zapatos y calcetines. Se quedó viendo a la estancia, como ido; el hermano de Marcela le hizo una seña para ordenarle que cerrara la puerta en lo que le decía: Métete, métete. La machorra fue hasta el cuarto, tomó al viejo por el hombro y de un empujón lo obligó a regresar a su encierro de animal sediento. Luego cerró la puerta dando un azotón y esta vez no se olvidó de apretar el seguro del picaporte.

Sin decir más, quitó el disco que se oía en la tornamesa sin ningún cuidado y se oyó el rayón del acetato con la aguja. Puso otro, de rock pesado. Deep Purple. Regresó a la cocina, se prendió un cigarro y comenzó a fumarlo recargada en el quicio, mirando hacia el cuarto del viejo y al hermano como para esperar órdenes. Asustado, Víctor Hugo fue por sus discos y los resguardó debajo de su saco que había dejado en el sofá opuesto adonde estaba sentado Fayo y su pegoste.

Amado aprovechó para despedirse.

—Ya es tarde y vivo un poco lejos —dijo, tomándole la mano a Marcela, galante, como si le fuera a besar el dorso, pero no lo hizo.

—Ay, quédate otro ratito.

—Gracias, Mari, pero no puedo.

—Pérese, profe, nos bailamos ésta mi carnala y yo, y luego ya le llega a la gaver —dijo el Fayo casi como una orden.

Amado se replegó hacia una silla pegada a una pared y se sentó con una pierna cruzada mientras prendía un cigarrillo para calmar los nervios. El secuaz del hermano puso una cumbia y la pareja comenzó a bailar con una gracia y coordinación vulgar pero atrayente, cachonda, de pareja, que del baile se va a coger. Acepté mi fracaso. Ni siquiera sabía bailar.

Con tanto humo de cigarro parecía billar. El Fayo le echaba miradas al profe para asegurarse de su atención. Había en él algo de lujuria controlada para lucirse con los pobres pendejos chamacos que éramos nosotros, sin callo y apenas malicia para tratar a las muchachitas de nuestra edad, que nos rechazaban por torpes; con un cigarrillo entre los dedos de la mano derecha, presumía la manera de llevar a su hermana dándole vueltas tomándola de la cadera como si le enseñara a su puta los secretos del oficio. Ambos abrían los brazos entre una vuelta y otra y daban brinquitos para cambiar de paso. Otra vuelta y otro pasito cada vez más rebuscado que el anterior. Miren, pendejos, así se hace. Cuando terminó la pieza, el Yeah Yeah alzó de inmediato su saco de la silla y fue a la cocina para darle la mano a la mamá y a la custodia de la pachanga, luego se despidió de todos con una señal de mano, con la V de la victoria, evitando mirar a los ojos al Fayo, que no lo perdía de vista, muy serio.

—Hasta luego, buenas noches.

Antes de que cruzara la puerta, alguien gritó:

—¡Quédese, no sea puto!

Todos volteamos a ver hacia el patio. Agazapado tras uno de los muros que dividían la sala del patio estaba el Cazuela, Luis Medina. Orejón, bocafloja y bravero, pero cobarde a la hora de que lo retaban a golpes. Por lo regular, cada vez que abría la boca era para escupir saliva y una barbaridad. Por un momento se hizo un silencio absoluto a no ser por la música. El maestro lo miró y sin decirle nada dio media vuelta y abandonó la casa. Estallaron las carcajadas y chiflidos burlones. ¡Yeah Yeah!, gritamos. Era el momento del Cazuela y, con su vaso en alto, fue a llenarlo con lo que quedaba en la olla.

El Fayo y su amigo se relajaron un poco y a partir de ahí la granadera se encargó de la música. Los invitados empezaron a irse poco a poco y en un momento dado, parte de la fiesta, es decir nosotros y el Cazuela, se había movido al patio, donde ya estaban el Fayo y su amigo, callado y sonriendo de todo lo que decía el patrón. El Quique, el otro hermano y el resto de los secuaces ya no regresaron a la fiesta.

El Fayo nos llamó a todos para reunirnos con él en el centro del patio, que no era muy grande, apenas lo suficiente como para aislar las voces y contener el ruido de la consola gracias a la entrada estrecha. Apenas quedaba espacio para una mesita con servicio de bebida, unas sillas de plástico, dos tanques de gas, un lavadero; arriba de la cisterna había una pequeña ventana que daba a la cocina, pero por la altura no se podía ver quién estaba dentro. La mamá se había metido a su cuarto, al lado de la cocina, y ya no salió. El Fayo le daba la espalda a la mesa del servicio y quedaba de frente a la entrada del cuarto principal. Su amigo no se le despegaba sin dejar de fumar un cigarro tras otro.

—¿Qué onda, chavos, se les antoja jalarle las patas al diablo?

Nos quedamos mirando unos a otros sin saber qué responder. Sentí un fuerte hormigueo en el estómago y miedo a lo desconocido. A esa primera vez que tanto exige y que no permite dar vuelta atrás una vez que has dado el paso, luchaba por definir si la invitación era para mí.

—¿Entonces qué?, ¿le barren? Nada más unos jalones —insistió pasándonos un churro que había prendido el amigo.

El olorcillo agridulce de la mariguana consumiéndose se impregnó en el patio. Una cosa es reconocer ese olor dulzón y picosito y otra muy distinta darle unos jalones a la hierba. Los pocos muchachos que quedaban ahí aprovecharon para tomar sus cosas y despedirse desde lejos y salir a la calle en bola. Víctor Hugo iba en ese grupo. Llegó Marcela y se paró junto a su hermano y nos veía a los demás, en silencio. Éstos ya cayeron.

Sin saber por qué, estiré la mano y tomé el cigarrillo, me lo llevé a la boca, jalé fuerte y contuve el aliento. De inmediato empecé a toser, ahogándome y con los ojos llorosos le regresé el cigarro al Fayo. Se rio. Le pasó el churro a Marcela, que se ensalivó los dedos índice y pulgar para agarrarlo, luego fumó tranquila, contuvo el aliento con la vista baja y al exhalar aventó el humo al cielo. Nos miró sonriente y relajada. Se frotó los brazos desnudos y luego los cruzó, abrazándose con un gesto de placer.

Empecé a sentirme mareado e inquieto, con el rostro caliente. Me ardía la garganta, y el volumen de la música y las voces se me hizo casi insoportable.

—Tanque y rol —dijo el Fayo luego de darle varias caladas largas y le pasó el cigarro al Cazuela, que se quedó atrapado entre la última tanda de invitados a la fiesta. Fumó, contuvo el aliento e infló los cachetes, parecía que le iban a explotar. Casi de inmediato soltó el humo y también comenzó a toser como tuberculoso. Se ahogaba y el Bocinas tuvo que darle unas abusivas palmadas en la espalda. Había que aprovechar cualquier oportunidad para darle sus madrazos a tipos como el Cazuela. Le tocó el turno al Bigos, lo mismo. El amigo del Fayo fumó un poco como si fuera tabaco y sacó poco humo. Al Bocinas le tocó la bacha. Terminó con ella como todo un experto: humedeciéndola para no quemarse los labios y sin desperdiciar nada. Contuvo el humo en los cachetes inflados y luego se tragó todo. Me pregunté cómo había aprendido eso si ni siquiera fumaba tabaco.

El Fayo prendió otro cigarro igual, fumó un rato, se lo pasó a su amigo; hasta ese momento supimos que le decían Pipo. Éste fumó, regresó el cigarro a Fayo, quien volvió a pasarlo en el mismo orden. A todos nos fue mejor, tosimos menos y la hierba empezó a provocar risillas. Traíamos los ojos como si nos hubieran untado chile. El Cazuela se apartó un poco del grupo y se puso a raspar el piso del patio con la punta de los zapatos como si quisiera descubrir la huella de algo. El tiempo comenzó a correr más despacio y la música al fondo era un eco lejano y agudo. Dejó de importarme quién ponía la música o si había música sonando.

—¿Qué tal estuvo? —preguntó Fayo.

Respondimos a la vez asintiendo con risillas y siseos. Nos habíamos convertido en reptiles de lengua reseca y pegajosa, incapaces de articular una frase de corrido; era como si en la punta de la lengua las palabras hubieran abortado la misión y regresaran al cerebro hechas retazos.

La granadera nos pegó un susto de aquellos. Llegó a reclamar a gritos:

—¿Me dejaste algo, pinche Fayo? Te pasas, cabrón, estaba durmiendo a mi mamá; chale, ¿ya se lo acabaron? No mames, ¿pa qué les diste todo a estos escuincles?

—Tranquila, Lupe, aquí hay más —el Fayo extrajo de una de las bolsas laterales de su saco otro cigarro y se lo dio a su hermana. Ella le hizo una señal al Pipo para que le diera el encendedor, prendió el toque y se fue fumar a la entrada del patio. Nos miraba indiferente. Cuando quedaba menos de la mitad del churro, se ensalivó los dedos pulgar e índice y apagó el cigarro apretándolo de la brasa. Marcela entró a la casa y puso más música.

En todo ese tiempo ya había cruzado miradas con Bocinas y Bigos, las suyas eran de alegría contenida; habían comenzado a recorrer un túnel de sensaciones nuevas que podrían andar a ciegas. Llevaban semanas, quizá meses, merodeando la oportunidad. Yo no estaba tan seguro. Me lo decía la palidez de sus rostros, el balanceo hacia atrás y hacia delante como si llevaran el ritmo de una música distinta a la que ahora sonaba en la consola. Comencé a sudar. Aunque el golpe de la mariguana nos había dejado momentáneamente mudos y con la boca como si hubiéramos tragado arena, por más que apurábamos otro vaso más lleno de ese asqueroso aguardiente. El Fayo se retrajo con Pipo a una esquina del patio y comenzaron a hablar entre ellos. Era como si no existiéramos más. Pipo se quitó los lentes y sus ojos lucieron hinchados e irritados. Se los frotó con el dorso de la mano y de inmediato volvió a ponerse los lentes oscuros de gota ancha. Los típicos lentes de sol que usaban los tiras, uniformados o no, y los gandallas con chamba.

Marcela se había esfumado, todo había cambiado de lugar y de orden. ¿Dónde estás? Aspiraba a que por lo menos me dirigiera una última sonrisa. Me parecía todavía más bonita y caliente. Quería bailar con ella. Llevármela de ahí para siempre. Podría tener un chance. El tiempo tan dilatado como las pupilas de todos, me impedía decir las palabras clave a mis amigos: Vámonos ya. En lugar de eso les hice una seña para meternos de nuevo a la casa, una vez que me di cuenta de que el Fayo no lo impediría. Me pareció que había aumentado el volumen del sonido. Marcela y su hermana estaban sentadas muy juntas en el sillón cercano a la consola, cuando nos vieron se comenzaron a reír como si hubiéramos regresado disfrazados de algo.

—¿Qué de qué?, ¿de qué se ríen? —acerté a decir lentamente, como si estuviera aprendiendo ruso.

—Nada, chavito —dijo la gorda—, es aquí entre mi carnala y yo. Tú clávate en la música, ¿a poco no está chida?

Marcela movía la cabeza de un lado a otro cubriéndose el rostro con el fleco alborotado. Sonaba Led Zepellin. *Perro negro*. Estaba cruzada de piernas y se le veían los muslos. En el sofá cercano al cuarto del viejo anexado en su propia casa, platicaban animadamente cuatro de nuestros compañeros de salón. Apretujados y totalmente sobrios; me sorprendió encontrarlos aún en la fiesta. Nos ignoraban a mí y a mis amigos, y si querían integrar a Marcela a su charla, bien drogada pero tranquila, se referían a ella como Marichula. Le preguntaban pendejadas como para congraciarse. Resultaron muy amiguitos y yo ni cuenta me había dado. Seguro terminarían poniendo juntos un salón de belleza.

Regresé mi atención a mis amigos. Con la vista clavada en el piso, simulaban tocar unas guitarras; habían dejado sus vasos encima de una mesita esquinera y el Bigos sostenía un cigarro en la comisura del labio a la Keith Richards. Estaban bien prendidos oyendo a todo volumen al Dirigible, como le decía Bocinas a Led Zepellin. Me sentía muy mareado, lento de movimientos y que en cualquier momento podría vomitar. Los colores habían aumentado de intensidad y todo me pareció siniestro y peligroso, como la marimacha.

—¿Cómo ves, wey? Está chido, ¿no? —alcanzó a decir el Bocinas con la boca pastosa. Me pasé la lengua por los labios y dije muy despacio, midiendo cada una de mis palabras:

—Mejor ya vámonos, está muy cabrón por aquí.

El Bigos me señaló para darme la razón. En la otra mano traía un vaso lleno y un cigarrillo. Dejó de sonar la música, pero de inmediato la machorra puso una rola delirante: *Paranoico*, de Black Sabath. De pronto me quedó claro cómo éramos: insolentes y solitarios, a veces retraídos y malencarados, refugiados en nosotros mismos para no tener que rendirle cuentas a nadie de nuestros actos.

Supe de inmediato lo que iba ocurrir, así que, haciendo un gran esfuerzo, me dirigí al baño sin molestarme en dejar mi cuba en la mesita esquinera.

13

Nunca me preocupó que me regañaran en casa por llegar borracho. No es que a mis padres no les importara, es que también bebían, mucho, y mis hermanos también. En algún momento, el que me vieran borracho les parecía gracioso, luego normal y, finalmente, una tristeza compartida. Si había un Dios que todo lo ve, como decía mi madre, me había castigado con un aguante para la bebida como el de mi padre y mis hermanos mayores. Cartucho y yo parecíamos portar en la sangre un veneno raro para el que no había antídoto, que a él le despertaba una furia incontrolable y a mí me sumía en una melancolía autodestructiva, donde beber era un pasadizo seguro a la inconsciencia, a perder cualquier noción de quién era yo.

Y ese yo que estaba ahí a punto de comenzar a tambalearse en casa de Marcela, ebrio como en cualquier lugar donde hubiera oportunidad de beber hasta perderse, recordaría, como siempre, alguna de sus insensateces que pedían a gritos que alguien o algo terminara con su vida.

Nunca había consumido mariguana. En aquellos tiempos no había muchas drogas disponibles. La mariguana la consumían los jipis y la soldadesca, en general. No me preocupaba, rara vez pensaba en ello. Como no me preocupaban muchas otras cosas de esta vida. No necesitaba las drogas, según yo. Apenas y sabía lo que eran. De todos modos, era un viajero frecuente en un mundo oscuro de voces y estados de ánimo que me mantenían alterado, a la defensiva y enojado. Empecé a beber porque en casa era parte de nuestra educación. No había nada de qué avergonzarse por más que una borrachera terminara mal.

Eso me repetía a mí mismo mientras me enjuagaba la cara en el lavabo del baño. Había tirado una meada que parecía interminable, de color guayaba y espumosa en tal cantidad que parecía contenida en mi vejiga desde que nací. Sentí un alivio enorme y las náuseas habían desaparecido. Lagrimeaba. Afuera se escuchaba la música y unos murmullos indescifrables. El Bocinas y el Bigos tomaron por sorpresa a todos y se apoderaron de la pista. Me les uní. La rola nos ponía fuera de sí. Era una explosión total de energía incontrolable. El himno del Bocinas lo volvía una especie de Frankenstein que tiraba manotazos sin dirección mientras brincaba y sacudía las piernas como si quisiera librarse de una jauría de perros rabiosos. Bigos y yo lo seguíamos al mismo ritmo alrededor suyo, como custodios que impediríamos que saliera volando por la ventana. Se oyó el ruido de algo que se rompía. En un giro alguien de nosotros tiró la mesa esquinera con los vasos y una lámpara que había permanecido apagada. Canyuhelmi, ocupai maibrein, oyeah. Sentí un fuerte manazo en la nuca. Al mismo tiempo la machorra cortó la música y entre el Fayo y su amigo nos tomaron de los hombros. Yo me zafé y fui directo con Marcela.

—Quiero coger contigo —le dije.

—¿Qué? —respondió más divertida que otra cosa.

—Ya, a la verga, pinches changos. Se van ahorita mismo o les parto su madre —dijo el Fayo mientras me apuntaba en la cabeza con una pistola, mientras con la otra mano nos empujaba a la salida. Al Bocinas le dio un manazo, pero en la cara.

—Aquí te vas a morir por faltarle al respeto a mi casa —me amenazó el Fayo apuntándome con la pistola.

—Chale, no te pases de verga —dijo el Bocinas. Traía la boca reseca y lucía verdoso, como enfermo.

Bigos hizo a un lado al Bocinas y enfrentó al Fayo.

—¿Qué, pendejo?

—Te va a cargar la verga, pinche piojoso.

—Tranquilo, carnal, ya se van, no hagas iris —Marcela se interpuso entre su hermano y nosotros hasta que salimos a la calle.

El Pipo comenzó a arremangarse la camisa e hizo la finta como que iba a sacar un arma de detrás de la cintura.

—Dales un plomazo, Fayo, por culeros —gritó la machorra.

—Ya estuvo, wey, tranquilo. Estábamos cotorreando chido —reclamó el Bigos sin alzar la voz, pero con ese tono ronco, nervioso, con que lo abrazaba el enojo contenido, antes de estallar a golpes sin medir las consecuencias.

En ese momento, no sé por qué, mi atención se fijó en el cuarto donde tenían encerrado al borrachín. Ya no se filtraba luz del piso. Me quedé en silencio, envalentonado y con un fuerte deseo de madrear al Fayo y su amigo. Pero no dije nada. La pistola nos calló el hocico. Sólo me mantuve firme, sin quitarles la vista de encima.

—Si los vuelvo a ver por aquí, chiquita no se la acaban. Pinches escuincles vergueros.

—Suelta la fusca, no seas puto —dijo el Bigos.

Marcela tenía bien agarrado a su hermano del brazo que sostenía el arma.

—Vámonos, vámonos —dije, y terminé de sacar a mis amigos rumbo a la noche en fuga, hacia donde el peligro tomara un rumbo distinto.

14

Caminamos muy de prisa, evitando correr para no llamar la atención. Teníamos que rodear calles y decidir si seguíamos por el camellón de Churubusco, amplio y sin alumbrado, o por las calles de las vialidades laterales. No era difícil toparse con bandas en las esquinas, algunas de teporochos; se escuchaban chiflidos de llamado a la guerra. Decidimos seguir por el camellón y camuflarnos entre los árboles y juegos infantiles mecánicos. Había que recorrer unos dos kilómetros antes de llegar a nuestro barrio, y aun así cuidarnos de las bandas locales. Si la cosa empeoraba, una razia podría treparnos a una camioneta de la policía y llevarnos a la delegación. Veinticuatro horas detenidos bajo cargos que hasta un burro podría argumentar: jóvenes adictos a la pobreza y a los problemas que hagan más evidente que no tienen futuro. Listo. Por lo menos eso nos evitaba una madriza de muerte de alguna banda de las que abundaban en nuestro barrio. El deporte más popular, las batallas campales. De gratis, el motivo era lo de menos. La única razón era un odio a todo lo que se pareciera a nosotros mismos.

15

Sin ocultarnos de nadie en especial, sin huir de un peligro real, nos guarecimos. Sentados en el piso de la cabina donde antes se administraba el embarcadero del lago y con las espaldas recargadas en el muro, debajo de las ventanas, compartíamos un Marlboro para hacer rendir la cajetilla con cuatro cigarros más.

—Deberíamos de ir por una caguama —dijo el Bigos—, traigo diez pesos. Bajo la luz amarillenta que atravesaba la ventana frente al lago, el humo del cigarro que se disolvía acariciando su rostro, parecía la ilustración de una historieta que cobraba vida.

—Es tarde, estoy cansado, prefiero irme a casa, además ya no traigo dinero —dije, muerto de hambre y frustrado por Marcela. Comenzaba a entender eso del monchis.

—Quieres ir a jalártela pensando en la putona ésa —dijo el Bocinas.

—Tengo hambre, pendejo. ¿Crees que lo sabes todo? A ver, ¿por qué no nos previniste del Fayo? Si por tu culpa nos corrieron —reviré.

Bigos se hacía el desentendido y hacía donitas de humo con la boca, así evitaba además compartir el cigarro.

De pronto comenzamos a hablar de los incidentes de la fiesta. Parecía que cada uno había ido a una distinta y que de las tres hicimos una, llena de especulaciones y verdades escurridizas entre el alcohol y la mariguana. Qué piernas las de Marcela. ¿Viste cuando su hermana se metió a la cocina con el cigarro prendido?, parecía soldado. El borracho ése que salió de la puerta, para mí que es el papá de Marcela. No, hombre, cómo va a ser, se veía muy viejo. ¿Qué? Se ve más joven que tu padre. Jajajajaja. Deja de chingar.

En lo único en que coincidimos fue en el miedo que nos provocó la pistola escuadra del Fayo, y ni así pudimos ponernos de acuerdo en si era muy grande o chica ni tampoco supimos definir por qué era automática y no un revólver. Algo nos decía que esa arma que apenas y vimos por unos segundos nos acercaba a algo diferente y que era la puerta de entrada a un mundo distinto en el que de todas maneras ya estábamos metidos sin saberlo.

Me sentía aturdido, ebrio, pero no al punto de arrastrar las palabras o dar tumbos. Sólo ebrio. Con ganas de hablar y de creer que salir de la mierda es cosa de suerte. De pronto me sentí poderoso, capaz de entender todo lo que ocurría ante mis ojos, aunque poco a poco, por más que me esforzaba, la bruma de mis temores y mi falta de sentido común que me avisara que ya no podía seguir bebiendo, me empujaron a un cuartucho lleno de temores hacia el presente y lo que se dibujaba poco a poco en mi futuro. Me sumí en un silencio provocador, que retaba a mis amigos a que me sacaran de ahí, de mi tristeza que quería parecer sabiduría. Bocinas y Bigos se despidieron de mí y no hicieron ningún esfuerzo por llevarme con ellos.

De camino a casa, cuidándome de la policía y de no ser atacado por sorpresa, me llegó a la mente una frase que Bigos, como no queriendo, dijo bajito para que no se oyera su voz en el camellón de Churubusco:

—Deberíamos de conseguir una fusca como la del puto ése y pegarle a un atraco.

Yo iba dejando atrás ruidos de botellas rotas, chiflidos que llamaban a la guerra, sirenas, y el siseo del follaje de los árboles meciéndose en el viento frío como un mal augurio continuo.

16

Al entrar a uno de los dos últimos estacionamientos que tenía que recorrer antes de llegar a mi destino, distinguí a lo lejos un tumulto. Granaderos y vecinos se enfrentaban a gritos y me impedían ver la casa de mi padre. Pensé que era el Cartucho el del problema y corrí a auxiliarlo.

Detrás de los cerdos armados con escudos y garrotes había estacionado uno de sus camiones y dos patrullas con las torretas encendidas. Aceleré el paso y casi al llegar reconocí las voces alteradas de mi padre y de don Maximiliano. Detrás de ellos había vecinos con palos, piedras, unas bazucas hechizas de tubos de cobre, pólvora y canicas grandes envueltas con cinta adhesiva de electricista. Mantenían detenidos a dos granaderos amarrados con alambre, les habían rociado gasolina y amenazaban con prenderles fuego. Mi padre y don Max negociaban una retirada de los granaderos. Otro vecino, gordo y descamisado, también representando a los vecinos, les gritaba insultos y amenazas a los policías. Se manejaba por su cuenta y no le importaba la negociación de los viejos a su lado. Estamos hartos de sus pinches redadas. Vamos a quemar a esos hijos de la chingada para que sepan con quien se meten. Mi hijo no estaba haciendo nada malo.

Al hijo del Gordo Ramiro, del mismo nombre, lo habían apañado y a macanazos lo pusieron fuera de combate. Padre e hijo marcados por el veneno del alcohol y la agresividad gratuita. Prietos, macizos y tercos. Toda la familia se dedicaba a la venta de artículos de limpieza en una camioneta destartalada. Ahora Ramiro hijo estaba dentro de una patrulla desangrándose del golpe, nada grave. Como era su costumbre, don Max portaba en el cinto un revólver calibre 22. Don Max y mi padre no eran amigos cercanos. Se reconocían a distancia como viejos lobos, cada uno con su experiencia, lidiando con herederos incorregibles. Uno joyero, el otro relojero.

Semanas atrás habían matado con una bala de goma en la cabeza a un muchacho identificado por los vecinos como trabajador y ajeno a las bandas de la unidad. El Cristiano. Christian. Su apodo hacía justicia a su aparente inocencia, empleado administrativo de una fábrica de ropa en Ciudad Neza, con frecuencia regresaba a su casa en la madrugada. Discreto. Solitario. Nos saludaba de lejos. Vivía con sus padres. Egresado del Poli de Contaduría. Le tocó la de malas.

Los vecinos tenían rodeado al escuadrón de granaderos y policías para impedirle la huida con detenidos luego de una batalla campal que terminó afuera de casa de mi padre. Los padres de Cristiano clamaban por venganza detrás de la primera columna de ataque.

Se me bajó la borrachera al ver a mi padre y a don Max dispuestos a todo como representantes espontáneos de los vecinos. Nunca habíamos visto algo así pese a que las redadas violentas eran comunes. De pronto reconocí los gritos del Cartucho y de algunos de sus amigos arengando a la turba para la masacre. Los hijos de don Max sostenían tubos y, en silencio, como lobos acorralados, custodiaban a su padre listos para desatar su furia. Max júnior y su hermano menor Juan Antonio, el Carnalillo, vestían como niños ricos, siempre pulcros, pero tenían un gen de furia familiar que los volvía muy violentos y cegados ante cualquier amenaza. Unos chulillos desmadrosos. Por lo demás eran decentes y educados y al igual que su padre, les salía su raíz vasca a la hora de gritar o beber sin fondo. Odiaban a sus vecinos pero no tenían de otra, con el salario de burócrata del padre en la Secretaría de Comunicaciones, no alcanzó para vivir en un lugar con más alcurnia.

Llegaron más vecinos, entre ellos mujeres jóvenes, maduras y viejas. Triplicábamos en número al enemigo. Los vecinos del segundo bloque mantenían a raya a los granaderos retenidos a punta de golpes y amenazas. De las ventanas de los edificios se asomaban señoras, niños y viejos que apoyaban a gritos y golpeaban con cucharas de peltre sus cacharros de cocina.

Llegaron refuerzos. Dos patrullas y otro camión repleto de granaderos. De una de las patrullas salió un policía corpulento y alto que se abrió paso entre el destacamento. Vestía gorra y un saco oficial con insignias. Su presencia acalló los gritos entre ambos bandos. Con firmeza se presentó como Teniente y sacó de la bolsa de su camisola una hoja de papel que desdobló antes de dirigirse a mi padre y don Max:

—Aquí tengo los nombres de personas identificadas por robo a mano armada, portación de arma de fuego, allanamiento de morada, tráfico de estupefacientes, asociación delictuosa y vandalismo. Algunos son reincidentes y han pisado el reclusorio. Son sus hijos, sus familiares, sus vecinos, son ustedes. No le juguemos al pendejo, a ver quién gana. Yastuvo. Vamos a llevarnos la fiesta en paz. Regrésenme a los granaderos, yo suelto al muchacho que tenemos en la patrulla y dejo pasar ésta, pero será la primera y única vez.

—Chinguen a su madre, ojetes —respondió don Ramiro.

—Cállese, cabrón —le gritó don Max. Como era su costumbre, mi padre se mantenía callado, observando. La turba de vecinos apoyaba a don Ramiro—. Aquí nos va a cargar la chingada a todos si no llegamos a un arreglo. La próxima vez que haya una redada vamos a salir todos a impedirla y a ver de a cómo nos toca.

—Como guste, yo sólo le digo que a nadie le conviene esto. Nosotros somos la autoridad y tenemos que actuar.

—Y nosotros vivimos aquí y no nos vamos a dejar —dijo don Max con su voz ronca y el Ramirote asintió tomando con las dos manos un tubo. Lo demás eran gritos y bravuconadas que amenazaban con romper la frágil tregua. Los granaderos se mantenían firmes en su posición y los policías custodiaban a su teniente.

—¿En qué quedamos? —dijo el teniente.

—Devuélvanos al muchacho y vemos —dijo don Max.

—O trate de llevárselo y de aquí no salen —dijo mi padre y extendió a un lado su brazo derecho para contener con la mano a don Ramiro, que amenazaba con atravesar a tubazo calado la franja de granaderos que lo separaba de la patrulla donde estaba detenido su hijo.

El teniente dio una orden para que liberaran al detenido. Una vez que llegó a la franja de enfrentamiento custodiado por dos patrulleros, el jefe de la policía exigió la presentación de los granaderos. A empujones se abrió un pasillo de vecinos armados con tubos, *bats* de beisbol, cadenas y cuchillos, y en medio apareció la pareja de granaderos amarrados con alambre, traían sus escudos y toletes rotos, el rostro hinchado por los golpes y caminaban a duras penas. Los empujaban cuatro custodios.

—El teniente empujó a Ramiro hijo al frente y esperó a que le entregaran a sus subalternos.

—Nos vamos a ir de aquí con la idea de que se van a calmar las cosas en este pinche mugrero. Si regreso no será para platicar, más vale que lo entiendan.

—Aquí estaremos, ojetes —dijo don Ramiro, envalentonado de nuevo, con su hijo detrás, que se tapaba con un trapo la herida en la cabeza. Su madre lo abrazaba a un lado, lloraba a gemidos como era costumbre en eso casos entre las abnegadas progenitoras de sus hijos de la chingada.

La turba de vecinos se compactó. Un aria de mentadas de madre, insultos y chiflidos acompañó lo que en el fondo era una lenta retirada que, para fortuna de todos, no pasó a mayores. En la calle permaneció un buen número de vecinos y, como no queriendo, comentando los sucesos de esa larga noche, tomó forma una parranda colectiva que se prolongó hasta bien entrada la mañana.

Don Max y mi padre regresaron a sus respectivos domicilios separados por la avenida Apatlaco, después de despedirse respetuosamente con una seña de mano. Don Ramiro hizo lo propio, pero los dos viejos no respondieron, no lo veían como a un igual.

CAPÍTULO IX

Amábamos a los perros
más que a nosotros mismos

1

En sus inicios a mediados de los años setenta, Infiernavit todavía era parte de una extensa zona de cultivo que se prolongaba por los cuatro puntos cardinales. Sólo que al norte, los terrenos de siembra terminaban de tajo, amputados por una línea ancha de pavimento que anunciaba el inicio de la ciudad. Una avenida solitaria, negra y lisa, rodeada de farolas separaba la unidad por el noreste de todo intento de urbanización. A lo lejos se distinguían las lucecillas de una que otra casita de cartón perdida en la inmensidad del llano, que poco a poco fue invadido por familias traídas, en su mayoría, de los tiraderos de basura muy al oriente de la ciudad. Ese campamento miserable y rijoso fue forjando su propia leyenda como colonia de asaltantes, desvalijadores de autos y traficantes.

Los habitantes de esa unidad éramos los únicos en varios kilómetros a la redonda que teníamos agua corriente y luz eléctrica sin tenernos que colgar de un diablito. Los colonos que comenzaron a invadir lotes, tenían que formarse en largas filas donde al principio había una llave que dejaba escapar un débil chorro de agua, tres o cuatro viajes al día acarreando el líquido hasta sus casuchas de lámina, adobe y maderas de desperdicio. Uno nunca sabía explicarse por qué esas llaves brotaban de la tierra, sin razón aparente, como serpientes de fierro entre los hierbajos que rodeaban las casuchas o los terrenos baldíos. A veces había que formarse con tapabocas porque el olor a animal muerto era insoportable. Esas llaves tan codiciadas de pronto quedaban en medio de una calle de tierra, donde con el tiempo se iban fraccionando los lotes. Por las noches, el flamante alumbrado público de tonalidad botella de caguama le daba a la noche un aire misterioso, de peligro oculto a las todavía solitarias calles y avenidas que rodeaban al conjunto habitacional. Pero más aún, el alumbrado nos advertía de que la unidad estaba siendo rodeada por esas colonias que con el paso de los años se convertirían en territorios de tragedias interminables.

De niño vi volar grullas, búhos y cuervos por encima de las cabezas de decenas de chiquillos que, como yo, corríamos tras las aves para cazarlas con resorteras y retazos de redes. Ahora, el lago artificial y sus embarcaderos estaban convertidos en refugio de malvivientes, ratas y perros callejeros. Inseguro y hediondo, pero al fin y al cabo refugio.

Infiernavit quedó aislado por cuatro avenidas amplias y rápidas. Si uno circula por ellas y mira hacia el interior de la unidad no hay nada que a simple vista pueda ser apreciado, si uno pasara en automóvil durante el día, sólo se verían unos bloques de hormigón con manchas de colores deslavados, muchos árboles y arbustos que rodean las construcciones aledañas. De noche, el viaje en ruedas resulta atractivo por la gran cantidad de neón intermitente que ayuda a que la penumbra en las laterales de las avenidas no sea total. Apatlaco es una recta larga que permite alcanzar por las noches velocidades delirantes, mientras al poniente emerge al frente, como ola, un puente vehicular que por algunos instantes permite mirar esa urbanización sórdida, cocida desde arriba por una espesa telaraña de cables y antenas.

Dentro del barrio hay que caminar mucho para encontrar misceláneas adaptadas en los departamentos que ocupan las plantas bajas de los edificios. Dan servicio a cualquier hora y casi siempre están a cargo de niños o ancianos. De noche se reconocen por sus focos pelones prendidos fuera de la ventana a manera de lámpara, ya no existe el famoso ventanazo para conseguir licor las veinticuatro horas, además de frituras, cigarros y refrescos. El transporte público no cruza el conjunto por dentro; todas las paradas y una estación del metro están en las avenidas, así que cualquier vecino sabe que lo mejor es hacer tantos amigos como pueda para evitar sorpresas o malentendidos cuando se camina de regreso a casa por las noches. Unos cuantos callejones aquí y allá, en algo dan variedad a la monotonía de esos interminables andadores por donde se accede a los edificios, que ahora ocupan lo que en algún momento extraviado en un tiempo, que parece bíblico, fueron establos. Hay muchas jardineras y jardines. Los alrededores de los edificios y de no pocas casas tienen plantas y árboles de diferentes tamaños y especies. No hay una sola grieta de asfalto donde no crezca la hierba al poco tiempo. Es una tierra pródiga, perfecta para que cualquier clase de semilla germine y crezca en proporciones inimaginables.

En la casa número dieciocho de Sauce del Agua vivió mi padre durante casi veinte años; está ubicada al final de una hilera de viviendas iguales rodeadas de bloques de edificios. Me es difícil precisar cuándo me di cuenta de que nos habíamos quedado solos mi padre, Cartucho y yo. A veces me cuesta trabajo reconocer que mi madre llegó con nosotros. Era yo muy pequeño para recordar los detalles con exactitud, pues la presencia del viejo llenaba todos y cada uno de los rincones de esa casa de ladrillo rojo y grandes ventanales manchados por el agua de lluvia y el polvo, a tono con el ambiente austero y ensimismado del interior. Había que andar con suéter de octubre a abril, y en verano el calor nos mantenía echados por horas, respirando los vapores salidos de la cocina donde siempre había algo en la lumbre.

A un lado de la casa había una franja de terreno empastado donde de niño solía jugar futbol con mis amigos. Era un hueco que hacía pensar que a alguien se le había olvidado construir una casa como la nuestra. Los vecinos lo usaban para tirarse al césped largas horas, emborracharse como gran final a un día de campo cerca de sus casas, y por las noches tirar basura cuidándose de que no les pidiera dinero algún drogadicto arrinconado al fondo. No era un terreno muy grande, que va, tenía las mismas dimensiones que la casa, pero se prestaba perfectamente para la holganza después del mediodía. El muro de nuestra casa ayudaba a formar una sombra que, conforme avanzaba la tarde, procuraba una frescura difícil de despreciar. Había algo extraño en ese lote pues crecía pasto en abundancia y ninguna hierba, y de no haber sido por nuestros juegos de niños, el pasto hubiera crecido sin control. Ese terreno servía por la noche de centro de reunión de los drogadictos y no pocos borrachos, quienes se recargaban en la pared para fumar y beber, aprovechando la penumbra remarcada por la luz de un poste que daba directo a la calle. Desde dentro de la casa podíamos escuchar las discusiones de los vagos mientras mirábamos televisión o durante la cena, así de delgadas eran las paredes. Mi padre toleraba los "topones" entre perros de pelea hasta que se dio cuenta de que el dueño de un mestizo de pitbull y bóxer ya ganaba demasiado dinero por las apuestas. El Hulk siempre vencía a los demás y los dejaba bastante maltratados. Mi padre y yo amábamos a los perros y, pese a nuestras diferencias, estábamos de acuerdo en que ningún animal debería de ser lastimado por gusto. Nuestro perro Ringo, un hermoso bóxer leonado, jamás peleó por apuesta hasta el día que nos lo robaron. La zona estaba llena de "piteros", es decir, sujetos que se dedicaban a pelear perros por dinero. Cuando al fin encontré a mi perro lejos de Infiernavit, en la colonia vecina Ramos Millán, dentro de una casucha con un terreno grande al fondo, Ringo estaba flaco y con muchas heridas frescas en la cabeza, el cuello y los belfos. Nada grave. El rescate me costó doscientos pesos de los de 1984. Ringo moriría envenenado. Nunca pudimos comprobar que la asesina había sido una vecina que odiaba a los perros. Tardé mucho tiempo en aceptar su muerte y ni siquiera pudimos enterrarlo porque huyó de casa loco por el dolor.

Mi padre decidió cercar el jardín y con ello terminar con uno de los lugares preferidos de los vagos, incluyendo a sus hijos. Lo hizo sin avisar a nadie. Luego de pasar toda una tarde fumando recargado en la esquina del muro de la casa, miraba al terreno como si no hubiera nadie en él y tiraba la ceniza de sus cigarros en la canaleta que separaba la hierba de la banqueta. Esperó a que el sol se pusiera, entonces entró a la casa y comenzó a sacar del patio trasero herramienta, barras de hierro, costales de cemento, grava, alambre y tornillos. Nunca supe de dónde sacó una planta de soldador. Lentamente armó un enrejado de barras de fierro que le tomó terminarlo hasta ya entrada la noche. Trabajó sin descanso y sólo hacía breves pausas para fumar un cigarro mientras observaba la obra. Yo lo miré sentado en la banqueta hasta que me corrió. En todo el tiempo no me pidió ayuda ni para acercarle alambre. Me ignoraba al igual que al resto de los peatones sorprendidos de ver terminar con ese pequeño centro comunitario.

Con los meses, mi padre convirtió ese terreno en su pequeño Edén, como otro intento de germinar en él todo aquello que había sido imposible con sus hijos menores.

CAPÍTULO X

Huérfanos del milagro mexicano

1

El lago artificial de Infiernavit en sus primeros años fue un muy gustado centro de reunión vecinal y de gente de los alrededores, maravillada por una urbanización enorme, llena de áreas verdes y explanadas con centros comerciales. Trabajadores de mantenimiento pagados por Infonavit limpiaban calles y hacían jardinería. En el lago había lanchas para alquilar, patos y peces grandes de agua dulce. Al centro, una fuente echaba chorros como de ballena. En el agua limpia se podía ver el fondo, cuya profundidad permitía tocarlo de puntitas a un niño como yo en esos años.

Pasear por el andador que cruzaba el lago de un extremo al otro con jardineras, arbolado, al frente de edificios con vista al lago provocaba un espejismo de tranquilidad y bienestar. En el quiosco del embarcadero había venta de golosinas y refrescos. El oasis duró tres años luego de organizarse un comité de administración de las áreas comunes que se robó el poco dinero recaudado como cuotas mensuales para mantenimiento. Se disolvió la mesa directiva entre disputas y denuncias en las oficinas de Infonavit. El lago y el resto de la unidad se convirtieron en tierra de nadie. Comenzaron los destrozos. Las lanchas desaparecieron. En un concurso de pesca organizado a saber por quién, se extinguieron las carpas. Las pescaban con cubetas. Se robaron los patos, y los que no, morían a pedradas o envenenados. Comenzaron los asaltos y las riñas entre bandas que se disputaban el control del territorio. El lago quedó bajo control de ladrones de las colonias vecinas y de bandas juveniles de la unidad que pedían dinero por cruzar de un lado a otro del andador. Algunos amantes osados, por las noches usaban el embarcadero como hotel de paso. Pagaban el precio de su pasión regresando semidesnudos a sus casas o a buscar una patrulla. La orilla norte del lago se prestaba para drogarnos y tomar cerveza sin que nadie molestara. Zona de *penthouses* con apariencia de búnkers de dos pisos en las plantas altas.

Ahí vivía el Cuaco con su familia en un amplio departamento de planta baja con vista panorámica al lago. Desde su sala conectaba una larga extensión a la bahía empastada para hacer sonar una grabadora.

Nada parecía importante, no había diferencia en el paso de los días, de las semanas, de los meses y los años. Vivíamos aislados y ajenos de una ciudad que desde una de sus periferias nos borraba el rostro. Mi energía y fantasías me situaban en otro país, en otro lugar, con mejor suerte y otras compañías. Nos aferrábamos a un presente continuo sin futuro. Nada mejor que recostarnos sobre la hierba verde y sentir su frescura sin podar, apestosa a agua estancada y mierda de perro, sobre todo, mientras mirábamos al cielo torvos e intoxicados de rock pesado y música negra. Acólitos de las estaciones de radio que nos hacían sentir distintos en nuestro trayecto de adolescentes a jóvenes adultos: Radio Capital y Rock 101, después. Nada ni nadie podía arrebatarnos esas noches de parrandas interminables para sobrellevar nuestro miedo al mañana. Éramos los huérfanos del Milagro Mexicano.

Nuestra vida alrededor del lago tomó un giro muy distinto luego del terremoto del 14 de marzo de 1979, conocido como el Terremoto de la Iberoamericana, que colapsó esa universidad privada. Magnitud de 7.6 grados. Fue el primer aviso de la debacle progresista de las clases medias capitalinas. Para nosotros, pepenadores del Progreso, relegados por origen, el lago se secó por completo en menos de veinticuatro horas por un agrietamiento ancho y profundo que lo atravesaba de punta a punta.

2

31 de octubre de 1987. Celebrábamos con nuestros amigos afuera de casa de mi padre el cumpleaños veintidós del Cartucho. Noche de viernes y la adrenalina al cien en el Infiernavit de esos años que no daba tregua a nadie y volvía común lo más perturbador. Dos cajas de caguamas, una patona de Bacardí, refrescos, mota y cigarros como para matar de cáncer a todos los vecinos de Sauce del Agua y Oyamel, la calle vecina paralela a nuestro domicilio de ladrillos rojos, al final de una hilera de dieciocho casas iguales.

En algún momento de la noche recordamos que había un Jalowin con los Bolos. Bastaba con dar la vuelta y a media calle habría donde refugiarnos de las redadas y pasar el rato en una de las tantas fiestas caseras que, cada fin de semana, parecían ensayos de Jalowin con invitados que no necesitaban disfraz para recordarnos lo cerca que estábamos de ser parte de un altar de Día de Muertos en algún momento.

Se nos ocurrió que no era mala idea invitarnos por nuestra cuenta al reventón en casa de los hermanos Bolo y Cacho. "Después le caemos", dije, pensando en dejar antes a Azalea, que en esa ocasión nos acompañaba. Extrañamente, mi Laurie Strodes había decidido tomarse un par de vasos de cerveza con mis amigotes entre los que se encontraba su primo Riguín.

La noche se prestaba para rendir homenaje a Michael Myers y divertirnos un poco, pese a que los anfitriones estaban lejos de ser nuestros amigos. Dos animalotes sobrealimentados, enormes y taimados. Dignos de una película de John Carpenter. Nos odiábamos sin aceptar las pocas diferencias de unos y otros. Ellos y nosotros. Oyamel y Sauce del Agua, los conservadores secos y los anarcoebrios. Nos despreciábamos mutuamente, pero teníamos un acuerdo de paz que a regañadientes permitía saludarnos y rivalizar en el tochito callejero sin agredirnos más allá de los golpazos durante el juego. "Llevársela leve o tranquila", eran frases muy usadas cuando no estabas seguro de darle en la madre al rival.

Por ahí andaba Nelson Osorio, un adolescente grandote, vestido con la ropa que le dejaba su papá. Tenía unas manotas de palmípedo, hinchadas y de dedos cortos. Manejaba temerario a todas horas su triciclo de repartidor de agua purificada amenazando con atropellarte si le gritabas uno de sus tantos apodos. También vivía en Oyamel pero no era amigo de nadie; era berrinchudo y se defendía gritando insultos con su lenguaje procaz expulsado con baba espesa. Cara de ajolote y andar de pingüino. Muy inteligente, altanero y un vago de altos vuelos en el dominó. A coyotes del juego como mi hermano Tamayo, les ganaba partidas con apuestas en los torneos de los jueves en el salón de eventos del Centro Social.

A veces Tamayo jugaba con él como pareja y no había quien les ganara. Aun así, se detestaban y se gritaban uno al otro: ¡Pinche tramposo!, cada vez que se encontraban en la calle o cuando jugaban de contrarios.

Calles paralelas y colindantes, casi siamesas por los patiecillos traseros separados por las bardas de ladrillo de cada una. Infiernavit era como nosotros: toscos y aspiracionistas sin oportunidades de crecer, pero las casas de Oyamel, en ambos lados de la calle, parecían torres de vigilancia de dos pisos de concreto con un pequeño estacionamiento empastado a la entrada. Separaba nuestras calles una herradura de asfalto rodeada de edificios cuya curva era un enorme estacionamiento que por los extremos desembocaba en la avenida Apatlaco.

Nelson era vecino de Bolo y Cacho. Estuvo un rato en la fiesta, aislado en un rincón, tomando cocacola hasta que su madre fue a sacarlo para evitarle más apodos y burlas acordes a la fecha.

A eso de las diez de la noche y ya encendido por el Bacardí quedé que alcanzaría al grupo luego de acompañar a Azalea de regreso a su casa.

No de muy buen modo les permitieron entrar. No éramos bien recibidos en la mayoría de las fiestas de la zona de Infiernavit donde rolábamos habitualmente, separados de la mitad de las secciones por la avenida Raíz del Agua, que partía en dos la unidad de norte a sur y de oriente a poniente por el lago desecado donde jugábamos tochito. Nuestras calles estaban del lado este. Algunos estacionamientos los usábamos como salón de bacanales por lo menos dos veces por semana.

Nuestro disfraz era el atuendo cotidiano, así que a nadie le extrañaba nuestra apariencia en una fecha así. Pantalón de mezclilla, botas de obrero o tenis Converse, playeras blancas, abrigos largos, chamarras de cuero o tipo militar a la gringa. Rapados, pinta de zombies por tantas desveladas y crudas acumuladas, carcajadas burlonas. Esa noche de su cumpleaños, Cartucho y Mogly se habían maquillado con un lápiz rojo las orillas de los párpados.

Al cabo de unas horas, los padres de los mazacotes decidieron que ya era tiempo de que se largaran los intrusos, borrachos y necios con poner rock pesado en la casetera del estéreo. Se negaban a irse sin antes terminar su Bacardí de a galón, conocido en aquellos años como pata de elefante. Quedaba un cuarto de botella, de la que habían invitado a algunos de los presentes.

De la discusión pasaron a los empujones con los hijos y el padre, luego a los gritos de amenazas y de ahí Cartucho destruyó el estéreo de un patadón, se iniciaron los descontones y el ruido de botellas rotas. Mogly arrancó una lámpara del techo de la sala. ¡NO LE PEEEEEGUEEEEN!, se oía de pronto, un grito familiar salido siempre de alguna cotorrona o novia que así defiende la integridad de su protegido, aunque sea como los otros, los indeseables.

Yo estaba a punto de llegar, me había retrasado por quedarme a fajar con Azalea en el embarcadero del lago. Luego de dejarla en su domicilio, puse atención en los adornos de Jalowin que colgaban de ventanas y zaguanes junto con fotos enormes a color de familiares muertos. Paré un rato para saludar a conocidos que compartieron conmigo a pico de botella sus caguamas en algún rincón oscuro. Las cumbias a todo volumen sonaban por todas partes y un par de estacionamientos habían sido tomados por los vecinos para hacer su Jalowin. Clones de Michael Myers y Laurie Strodes bailaban salerosos y hábiles sin soltar su vaso desechable con cubas preparadas en cacerolas enormes de aluminio.

Crucé un amplio andador cuadrado con piso de tierra arcillosa que utilizábamos para jugar Hoyos y canicas. Unía ambas secciones y por las noches era refugio de mariguanos y parejitas calentonas. Al subir una de las tres escaleras del andador para salir a Oyamel me alertó el resplandor inconfundible de la fatalidad: luces rojas y azules intermitentes. Iban a tono con la celebración de esa noche. Dos patrullas llegaron a la fiesta primero que yo y sus torretas expulsaban amenazadoras sus luces giratorias. Vecinos en pijama afuera de sus casas parecían secuelas de una misma película de terror como testigos del zafarrancho.

Corrí hacia las perreras temiendo lo peor y cuando menos me di cuenta me subían por la fuerza a una de ellas donde iban el Porleas, el Bigos y Riguín, echando espumarajos por la boca del coraje, bien pedos. En la otra iba Cartucho, Mogly y Pechos Chicos, igual. Bolo, el mayor de los hermanos, se burlaba de nosotros con el hocico roto.

Nos habían sometido en bola y los anfitriones de la fiesta aprovecharon para tirarnos golpes y palazos de escoba por la espalda mientras nos subían a las patrullas. Los policías no se llevaron a nadie del bando contrario. Padres y parentela protegían a los suyos y no dudaron en soltar dinero para garantizar su inocencia. Terminamos en el Ministerio Público de la delegación Iztacalco.

De camino, apretujados, gritábamos por venganza. La conspiración contra nuestros enemigos se había puesto en marcha; nos reímos de los polis, quienes nos amenazaban con darnos una "calentada" nomás llegando a la delegación. "Quítate el uniforme, culero, y nos damos", retó el Bigos al conductor de la patrulla. Así éramos: bravucones, altaneros, imprudentes contra toda posibilidad de salirnos con la nuestra. Luego de traernos paseando en las patrullas por más de media hora para convencerse de que no traíamos para la mordida, nos condujeron de inmediato a los separos luego de que un médico legista nos formara en fila para hacernos soplar por un cucurucho de papel y comprobar el grado de alcohol que traíamos. Nos pidió hacer "el cuatro" a uno por uno, es decir, flexionar la pierna derecha sobre la rodilla de la izquierda para comprobar nuestro equilibrio. Reprobados.

Esperamos horas encerrados en una celda repleta de malvivientes, casi todos ebrios o drogados, hasta que el MP se dignó a atender nuestro caso. Nos llevaron en grupo a una salita apartada del mostrador de denuncias. Por alguna razón que hasta la fecha no tengo clara, el MP decidió que el causante de todo el alboroto había sido yo, así lo indicaba el reporte de los patrulleros: "Vandalismo, conducta y lenguaje despectivos, sobre todo a la autoridad". Hubo una fuerte reprimenda llena de desprecio por nuestra apariencia y estado físico antes de regresarnos a los separos y nos obligaron a quitarnos las agujetas de los zapatos para entregárselas a un custodio. Yo traía un fuerte golpe en la espalda y nunca supe quién me lo dio.

Casi al amanecer ingresó a la celda un grupo de sujetos con pinta temible. El líder, chaparro, greñudo, con cicatrices en los brazos macizos y rostro de asesino, nos tiró un largo sermón amenazante para que firmáramos una carta de aceptación para ingresar a un anexo de rehabilitación de alcohólicos. Tenía su perorata bien ensayada y de corrido para que nadie lo interrumpiera, y si alguien lo hacía, quién sabe cuáles serían las consecuencias. Resistimos a las amenazas con referencias cristianas y nos negamos a firmar. La cara de idiota de Mogly, sentado en el suelo como si hubiera inhalado resistol 5000, hacía temer lo peor. Con frecuencia esa desconexión física y mental precedía a un ataque de furia donde nadie salía bien librado. Cartucho se mantenía expectante, mirando al techo como ajeno a todo, desafiando con su actitud a los crápulas redentores. El resto de los detenidos, dos o tres pobres diablos con la autoestima por los suelos y entregados a su suerte escarmentados por la vida, firmaban su aceptación a sabiendas de que no les quedaba de otra.

Se fueron los sicarios del alcoholismo y desde nuestro separo oíamos como insultaban a otros detenidos por no firmar la responsiva.

Pasamos la noche en vela, distrayéndonos con chistoretes y el recuento de la noche que poco o nada nos quitaban el miedo a las represalias ahí dentro. Con el paso de las horas muertas nos fue invadiendo una lucidez propia del bajón sin estimulantes que aminoren el castigo de la sobriedad forzada. Soporté las bromas a mi presencia tardía en la fiesta. Casi lo salvan las nalgas de su vieja, jajajaja. Riguín se reía negando con la cabeza, a saber de qué. Nuestros compañeros de encierro dormían la mona acurrucados sobre sí mismos o acuclillados abrazándose las rodillas. No pedían nada ni ofrecían nada, como si nada debieran, pese a la criba. Y tenían razón.

El MP fue llamando de uno a los detenidos. Menos a mí. Era sábado por la tarde. Los dejaba ir sin pedir mordida resignado a que no traían dinero; era cambio de turno y había urgencia por no dejar números rojos al juez de ingreso.

Me curé la cruda con el hedor a pies, solvente, tufo de borracho y orines, y tomando agua de una llave en el pasillo que un policía nos llevaba en un pocillo de plástico que compartíamos todos los detenidos en los cuatro separos. Permanecí encerrado hasta que mi padre fue a la delegación a pagar una mordida que negoció tras convencer al juez de que no le alcanzaba para mi fianza. Era domingo poco antes del mediodía. Salí directo a la calle sin pasar por el MP. Como si no existiera. Después me enteré de que el viejo me castigó con su tardanza y traía dinero suficiente.

Mi padre tomó un taxi sobre la avenida Churubusco y me dejó ahí sin dirigirme la palabra. Al regresar a pie a Infiernavit, mi hermano y los amigos se reían de mí. Volvía a la vida como Michael Myers. Tomaban caguamas en uno de los macetones del estacionamiento donde nos reuníamos habitualmente. Yo ni siquiera había participado en la trifulca, llegué cuando estaba terminando. Cuando vi lo que ocurría, ni tiempo tuve de reaccionar. ¿Para qué?

Alguien me reconoció como parte de ese desfile de acontecimientos que cada semana hacía de nosotros seres indeseables.

Confirmé que vivía anclado a mi presente y sólo me dejé llevar por sus designios.

3

Llegaron las armas a Infiernavit. Dio inicio el cambio de la ley de la calle. A Cartucho y a mí nos gustaba pasar horas por las noches encerrados en nuestro cuarto escuchando música. Yo leía de todo, mucho, sin método. Vivíamos a nuestro modo, sin rendir cuentas a nadie, incluido mi padre. Conseguíamos trabajillos mal pagados, extenuantes y ocasionales que nos permitían tener dinero para ayudar un poco en casa, sobre todo. Nos encantaba ir a la Lagunilla y a Tepito los domingos a comprar trajes usados de casimir que arreglábamos con un sastre remendón del barrio. Don Omar, otro borrachín que fiaba para evitarse líos. Queríamos lucir como nuestros ídolos del punk con aire de gánsteres de película. Aun en verano vestíamos abrigos largos, camisetas estampadas y botas de obrero. Pelo rabón. Guandajones. Cuando íbamos al cine con mi padre, siempre a ver películas policiacas, de luchadores o *westerns* con Tamayo y Estefanía, el viejo nos pedía a mí y a Cartucho adelantarnos unos metros para que la gente no se diera cuenta de que íbamos juntos. Se apenaba de nuestras fachas. Le exasperaba mi ensimismamiento, como ido de la mente que de pronto hablaba a gritos como si reclamara. Mordaz y melancohólico.

El Cartucho era su niño rebelde de mi padre y le solapaba sus desplantes pendencieros. Así era el viejo: despectivo hasta en sus afectos, ocurrente, nos hacía reír mucho de nosotros mismos. "Parecen freidores", nos recriminaba. Mi madre había muerto de una embolia cuando éramos unos niños crecidos y desde entonces, mi padre entró en una vejez prematura consumido por la pena y su lucha contra la diabetes. La familia se desperdigó y rara vez recibíamos visitas. Se acabaron las parrandas a domicilio. Mis hermanos llegaban a ver a mi padre como si fuera una penitencia. La precaria economía del viejo y el desorden en el que vivíamos los tres en esa casita que alguna vez había sido el cuartel general de una familia amiguera, rijosa pero desparpajada, ahuyentó a las visitas, que, en el caso de mis hermanos mayores, los llenó de remordimientos y reclamos.

4

Viví con mi padre hasta el invierno de 1987. Renegábamos de todo. Comencé a sentirme ajeno al viejo y dejé de buscar que me quisiera, a mi modo. Nuestras discordias eran virulentas pero atenuadas por el miedo a quedarnos solos. Ya lo estábamos. Ninguno de los dos quería verse reflejado en el otro. En la tregua, pasado y presente nos tendían la mano, empujados por la vida. Nos dejábamos de hablar durante semanas, meses. La soberbia nos hacía sentir vivos. Un día lo enfrenté.

Le dije que no regresaría a la escuela una vez que me sorprendió en mi cuarto rellenando un balón de futbol americano con mariguana. Quería pegarme con un sable, al que le había adaptado una pata de venado como empuñadura, él mismo lo había estañado a mano y le hizo una funda de cuero. No tenía filo. Era un adorno que lo mantenía unido a su juventud en Guadalajara. Siempre había estado con nosotros, casi siempre guardado en un clóset como si fuera un paraguas. Ese sable, como las deudas, siempre fue parte de la familia.

Se lo arrebaté por la empuñadora cuando lo alzaba amenazando con golpearme con la contraparte del filo.

—Ya estuvo —dije enfrentándolo en lo que tiraba al piso la espada.

—Ni falta que hace, de un madrazo te caes —respondió con el puño de su mano derecha fintando con pegarme en la cara. Recogió su sable y fue a su recámara para enfundarlo. Lo guardaba en la repisa alta del clóset como un preciado recuerdo que incluía una caja de madera con las pocas herramientas de joyero que no había malbaratado.

En ese momento el Nicaca me gritaba desde la calle: Vamos a jugaaar. Era la señal para entregarle el balón de reserva luego de terminar un tochito de práctica que no duraba más de media hora. Le enviaba un pase sin presión directo a sus manos para que el desastroso esquinero de los Cuervos lo atrapara trotando rumbo al parque con bombas de tratamiento de aguas residuales seguido de su equipo. Ahí fumaban y vendían. Yo les guardaba la merca escondida en un Spalding viejo y ponchado, pero relleno y sin chipotes.

Nos conocimos en los Cuervos. Garay terminó por correrlos. Su semblante verdoso delataba sus adicciones y mala alimentación. Al final del entrenamiento lo esperaban en un estacionamiento parejas de compradores que fingían interés en la práctica. Me llevaban unos cuantos años, pero su aspecto desastrado los hacía ver como manada de marginados pacíficos consumidos por las drogas. Yo me robaba los balones, aprendí a encordarlos. Les untaba una grasa neutra para zapatos para hacerlos brillar.

Una tarde llegó a buscarme a casa de mi padre con un bulto grande, escondido en su chamarra Levi's con cuello de borrega. El calorón de agosto volvía sospechoso el atuendo del Nicaca.

—Qué onda, guárdame este bultito —dijo abriendo la chamarra del lado izquierdo para mostrarme discreto un alijo de plástico donde habría por lo menos medio kilo de hierba.

—No mames, nos pueden apañar.

—Un rato, regreso en unas dos horas. Hazme el paro. No puedo andar por aquí así.

—Va.

Me deslizó el paquete y subí a mi cuarto a toda prisa para esconder el encargo. Abrí el clóset y vi en el suelo un balón ponchado. Lo agarré y fui sentarme en la orilla de la cama. Desencordé el balón, saqué la cámara de hule pegada al orificio de la válvula de goma y antes de rellenar el balón tomé un puñito de hierba para mí. Le di forma como si estuviera inflado. Luego lo encordé sin hacerle el nudo, que era lo más difícil, para dejarlo por dentro de la agujeta de cuero lisa. Quedó listo para un tochito entre pachecos.

Nicaca regresó al otro día. Cuando le entregué el balón soltó una risilla resbalosa y alargada que delata a los mariguanos. Su mirada alicaída con los ojos como canicas me daban las gracias.

—Chido, mi core —dijo al despedirse aludiendo a mi posición en los Cuervos.

El balón regresaba a mis manos cada cuando para inflarlo incluso después de que el sable de mi padre desapareciera. Alguien se lo robó y nunca supimos quién.

5

Mi padre era un viejo abandonado a su suerte, enfermo y pobre. Eso me hacía magnánimo. Era una tediosa rivalidad entre ambos nacida de una familia rota. La vida parecía reírse de nosotros. La gente que nos rodeaba vivía igual, aparentando compasión por los demás. De la misma manera, mi familia reía burlona como si todo fuera un chiste cruel que cada uno contaba a su manera. Nos sentíamos menos miserables y a la vez orgullosos de nuestra dignidad sin lamentos que disimulaba vernos reflejados en los otros.

Años después de que mi madre muriera, tuve una noche de pesadillas, me sentía cansado y más confundido que nunca. A mis veinte años podía beber mucho y apenas sentir los efectos de la cruda y las desveladas constantes. Si la juventud no sirve para eso y para coger como conejo, entonces mejor nacer viejo. Estaba en mis genes la herencia familiar. Cartucho dormía en la cama de al lado, ebrio, pero lo despertaron mis chillidos y en algún momento comenzó a sacudirme. Desde niños era así. Desperté agitado y sudoroso, lleno de malos presagios que la penumbra amarillenta anunciaba como emisaria del alumbrado callejero que se filtraba por la ventana sin cortina. Corrí al cuarto de mi padre. Dormía con la puerta entreabierta en la orilla de la cama que antes ocupaba mi madre, y como ella, de lado, dándose la espalda, él frente a la ventana que daba a la calle. Entre sollozos me acosté como lo hacía mi madre, con cuidado, pero lo desperté.

—¿Qué tienes?

Fue todo lo que dijo al momento de posar su mano sobre mi hombro para tranquilizarme y con ello permitir que pasara el resto de la noche con él. No quise darle la cara y casi de inmediato me quedé profundamente dormido. Clareaba cuando regresé a mi cuarto. Mi padre dormía en la misma postura con la cabeza apoyada en su antebrazo derecho y con la boca entreabierta, jadeando.

Cartucho roncaba echado bocarriba.

Presionado por una culpa que me acompañaba siempre, mientras almorzábamos el viejo y yo, le dije que había rentado un cuarto en la colonia Roma para ahorrar tiempo de camino al trabajo. Estaba harto de los traslados desde Infiernavit a Reforma. Era sábado y Cartucho se había ido temprano a jugar futbol. "Haz lo que quieras, aquí nadie te va a extrañar; siempre has sido un ingrato", dijo el viejo y se paró de la mesa a llevar los platos al fregadero eternamente repleto de trastes sucios. Respiré tranquilo.

Antes de entrar al banco, durante años recorrí enormes distancias en el transporte público para hacer entrevistas de trabajo que a veces conseguía a duras penas y abandonaba al poco tiempo. Maquiladoras de secadoras de pelo, cocinas de restaurante, bodeguero de zapaterías, mensajero. El metro se convirtió en mi sala de lectura. Línea azul, novelas y relatos. Línea rosa, ensayos y poesía. Línea verde, filosofía. Si el transporte iba atestado me conformaba con leer revistas o algún tabloide.

Una vez instalado en mi nuevo domicilio, mi plan era convencer al Cartucho de que viniera a vivir conmigo.

Una madrugada regresábamos a casa de mi padre acompañados de Mogly, cómplice infalible del Cartucho de quién sabe cuántos desmanes y encierros en la delegación de policía de Iztacalco. Pese a que estudiamos juntos la secundaria y estuvimos en la Preparatoria 6, de la cual deserté en el primer semestre, Mogly se convirtió en la pareja infernal de mi hermano. Locos e impredecibles, se hacían uno. Encantador y generoso con el dinero que le daban sus padres divorciados, Mogly nos cobraba con réditos su vocación suicida que competía con la del Cartucho. Así nos queríamos y yo era para ellos una contraparte alcahueta de la que aprendían a relacionar lecturas con nuestra vida desordenada.

La idea era dejar a Mogly ahogado de borracho con la frente apoyada en la puerta de su departamento en la orilla poniente de la unidad. Teníamos que sortear la peligrosa noche de Infiernavit internándonos por secciones llenas de malandros que al igual que nosotros bebían en los estacionamientos. Subirlo en hombros tres pisos luego de recorrer a tumbos media avenida Apatlaco, era en sí una prueba de nuestra amistad. Tocar el timbre y huir antes de que su madre o su hermana mayor abrieran la puerta para recoger en caída libre al bulto. Pero esa noche aún traíamos cuerda para rato e hicimos una escala en la casa de mi padre. Nos sentíamos inmortales y aún con energía para disfrutar de un instante que parecía mágico e irrepetible, hermoso, nuestro, eterno.

—Esperen —dije y entré a hurtadillas a casa mientras Cartucho y Mogly se recargaban para fumar en el muro de ladrillo de la fachada.

Subí a mi cuarto por un voluminoso microcomponente de audio Sony con doble casetera y tornamesa que había comprado en la fayuca de Tepito con mi primer aguinaldo del banco. El aparato y la música que reproducía en las parrandas callejeras nos daban una distinción como rockeros educados. Parecía un altar sobre el restirador de dibujo que Francisco había dejado en nuestro cuarto luego de graduarse como arquitecto. Debajo teníamos una extensión eléctrica de diez metros. Tomé todo conmigo y, al bajar, extraje de la cantina de madera imitación de teléfono de los años veinte, empotrada en un muro de la sala, una licorera ámbar llena de brandy Don Pedro. Reaparecí en la calle bien armado. Si el viejo no oía nada, era mentira. Teníamos un cómplice que dormitaba alerta, pero aliviado. Sus mortificaciones cotidianas estaban a salvo bajo su ventana. Luego vería qué decirle; no sería la primera vez que se retorciera de coraje por el hurto, ni la última botella que yo compraba para reponerla en cuanto recibía la quincena. Mi padre jamás nos reprendió por despertarlo de su sueño inquieto por nuestra ausencia. Nos prefería ahí que perdidos en la selva de Infiernavit.

Ya en la calle les pedí que bajaran la voz poniéndome el dedo índice en la boca: Sssssssssh.

Regresé a casa y de la estancia, junto a la consola pegada al muro interior de la fachada, conecté la extensión y la extendí por una de las dos ventanas para conectarla al microcomponente que acomodé al pie del muro de ladrillo. Parece fácil, pero requiere mucha práctica en situaciones similares.

Cartucho y Mogly me veían ansiosos esperando a que destapara la licorera para tomar del pico en lo que guardaba la tapa de madera en el bolsillo de mi abrigo. Luego me agaché para apretar el botón de la casetera y oír a volumen moderado a Alan Vega. Electropunk nihilista que nos sumergía en un trance frenético de baile. Combustible de tragos largos a la botella de brandy.

Mogly y yo llevábamos el ritmo del *show* estelar de muchas madrugadas iguales: la estrambótica danza solitaria que

Cartucho ejecutaba entre brinquitos hacia delante y hacia atrás como un ladrón que entra y sale sigiloso de un domicilio; se deslizaba en el rudo pavimento con sus botas mineras entre aparentes caídas de espalda que en el último momento detenía con una mano extendida hacia atrás apoyada en el pavimento; aullábamos enloquecidos por Alan Vega y su acólito salvaje. Una y otra vez el *Jukebox Babe* y luego, todo el *Collision Drive*. Cerrábamos con The Clash. Vuelvan a sonar otra vez y regrésenme a esas noches donde aún puedo abrazar a Cartucho, felices, retando al miedo de morir, arrepentidos por no haber sido más locos, más decididos, menos inocentes.

A lo lejos se oyen los ruidos del odio. Sabemos de dónde vienen y lo que significan.

6

Un domingo de septiembre fuimos toda la banda a un concierto en vivo del Tri, en Neza. Cartucho tenía veintisiete años y se había desaparecido desde el mediodía. Nos fuimos sin él a la tardeada rockera.

Al regresar por la noche a casa de mi padre, en el zaguán me esperaba un amigo del Cartucho para avisarme que estaba internado en el hospital de Xoco. Le habían dado un balazo dos horas antes. Un tiro derecho a golpes. Rencillas viejas. El papá del perdedor salió de su casa con un revólver calibre 22 para cobrar venganza. "Tírale si tienes huevos", retó mi hermano mientras su rival, sangrando de la cara, se refugiaba detrás de las espaldas de su padre. Dando brinquitos con el cuerpo ladeado del lado izquierdo para dificultar el blanco, el Cartucho se acercaba al tirador sin experiencia y aterrorizado. *Bang* a quemarropa. La bala entró por el costado derecho del vientre, y en su ruta de salida en zigzag perforó un pulmón y la parte de arriba del brazo derecho antes de perderse en el asfalto del estacionamiento de la escuela donde el Cartucho había terminado la primaria. ¡Corran! ¡CORRAN! En la dispersión, alcanzó a llegar a casa de mi padre luego de cruzar una avenida y una explanada. Se desmayó en la entrada. El viejo salió a levantarlo del suelo alertado por los gritos de la calle. El Toby, uno de los amigos de mi hermano presente en el pleito, corrió a su casa por las llaves del coche de su padre. ¡Le dieron un balazo al Cartucho! Gritaba en el trayecto para alertar al vecindario. En segundos, una multitud de chismosos con ganas de venganza, se arremolinaron frente a casa de mi padre en lo que él y el conductor de la ambulancia improvisada subieron al Cartucho en la parte trasera de un Fairmont 82 para llevarlo al hospital de Xoco. La mayoría de los mirones corrieron a buscar desquite a la sección donde había sido la bronca.

Los alcancé en Xoco. Llegué en taxi al centro de acopio de muchas de las desgracias del D.F. Encontré a mi padre acompañado de Tamayo y Estefanía. Su semblante era un diagnóstico compartido en la sala de espera de Urgencias atiborrada.

—Nos trajo Federico, *el Narizón*, ya se fue. Nadie sabe bien qué pasó. Lo están operando —dijo mi padre, conteniendo el llanto.

—¿Cómo que no saben qué paso? —dije, con el temple que te da la costumbre de la fatalidad.

—No te preocupes, jefe, yo me encargo. Cartucho la va a librar —sentenció Tamayo. Poco a poco llegaron Francisco y Sofía con sus parejas.

En algún momento de la madrugada una trabajadora social gritó desde su ventanilla de informes el nombre de mi padre. Fuimos todos.

—Su familiar ya salió de la operación, está muy delicado. Lo pasaron a terapia intensiva. No sabemos si pase la noche. El médico de guardia les dará un informe en el pasillo de ingresos en media hora.

Nos movimos de ahí cruzando un patio con cafetería que a todas horas reunía enfermeras, médicos, familiares y amigos de los pacientes, y personas que ofrecían servicios funerarios, medicamentos, instrumental médico o comida de los puestos callejeros.

El cirujano nos dio un diagnóstico funesto con una buena dosis de regaño y moralina. Vestía una bata con manchas de sangre. Sin responder a las dudas de mi padre regresó por el pasillo de ingreso a quirófanos por donde había llegado. La familia se fue a descansar a sus casas una vez que acordamos que yo llenaría la hoja de trámites para obtener un pase de visita intercambiable, que permite a la familia rolar por veinticuatro horas la angustia y la impotencia de enfrentar la muerte como oráculo.

Una silla al lado de la cama de un moribundo te confronta con tus creencias. En un pabellón de terapia intensiva con diez camas ocupadas, se juntan la fe convenenciera en Dios y en la suerte. Formas atroces de sufrimiento convertidas en súplicas por toda la religiosidad convertida en odio, mentira y cinismo. Sádicos y crueles pero temerosos de morir como perros. A dos camas de la de mi hermano, había un sujeto inconsciente esposado a un tubo de la cabecera. ¡Ay, ay!, se quejaba otro. Un sujeto recorría el pasillo arrastrando un perchero rodante del que colgaban una bolsa con líquido transparente. Traía la bata hospitalaria echa a un lado y le asomaba una verga enorme, flácida, como una membrana que volvía más miserable su inutilidad. ¡Ay, ay!

Durante la madrugada subió un judicial para hacerme unas preguntas y pedirme que bajara con él para llenar un reporte en el Ministerio Público instalado en el hospital. En la pequeña y apocada oficina me negué a llenar una declaración donde nos ponía como participantes de una riña con armas de fuego. El judicial había obtenido nuestros nombres con la trabajadora social. Me pidió dinero para cambiar su reporte por accidente, bajo amenaza de enviar al Cartucho a un reclusorio.

—No tienes pruebas, a mi hermano lo agredieron, tendrías que ir por el que le disparó, no mames —dije encolerizado.

—Como prefieras, pero no la libran —respondió sin alterarse. Era un burócrata acostumbrado a tramitar los impuestos del delito. Le regresé la declaración sin firmar y regresé a acompañar la agonía silenciosa de mi hermano.

Lloré en silencio las horas que siguieron.

¡Ay, ay!

7

A los tres días nos enteramos de que doña Magda, la mamá de nuestro amigo el Pelota, era la jefa de las trabajadoras sociales del hospital. Nunca nos había interesado saber cómo hacía para lidiar con su hijo, un muchacho en apariencia tranquilo, bien vestido con ropa de marca, pero que se había convertido en asaltante. Muy temprano en la mañana fue a ver al Cartucho y amablemente me preguntó por las condiciones de su ingreso. Le conté lo del judicial y respondió: Yo lo arreglo, no te preocupes. Subieron a mi hermano a sala, que significa fuera de peligro y una semana después tramitó su traslado al hospital del IMSS Magdalena de las Salinas, donde seguiría su convalecencia. Tres meses. No sé cuánto dinero habremos desembolsado en medicamentos, transportes y comidas fuera del hospital, pero tuve que pedir un préstamo de emergencia al banco. Acompañé a mi hermano dentro de la cabina de la ambulancia de traslado. Iba con un muerto en vida, con mangueras incrustadas en un brazo y las fosas nasales, como un suicida ajeno a las preocupaciones que le provocaba a su familia, a mí, y años después, a su esposa y a sus dos hijas. El sujeto que le disparó huyó de la unidad con su familia y no volvimos a saber de él, aunque tampoco hicimos mucho por encontrarlo. Dispara si eres tan verga, recordaban los testigos que gritaba mi hermano mientras enfrentaba a brinquitos al tirador asustado de enfrentar al energúmeno alcoholizado que había golpeado a su hijo. Al año de la riña, un conocido tocó por la tarde el timbre de casa de mi padre. Yo estaba de visita. Salí a ver qué quería y me entregó la bala que había encontrado en una jardinera cercana al lugar de los hechos. Creí que les podría interesar, dijo, y se fue. Mi hermano había vuelto a las andadas y poco le importó que el viejo viviera con la zozobra.

Mi padre guardó el recuerdo en el cajón del buró al lado de su cama que, como el resto del mobiliario, años después, regalamos para deshacernos del pasado.

CAPÍTULO XI

Falta de empatía

1

El 28 de febrero de 2007, volvería a hacer un viaje igual en ambulancia con mi hermano, pero ahora del Hospital General de Iztapalapa, donde permaneció inconsciente dos semanas conectado a un respirador, al hospital de Xoco, donde Cartucho moriría un 20 de marzo, solo, en una habitación individual en la cual aíslan a los desahuciados. Había sufrido un fuerte golpe en la cabeza debido a un resbalón de borrachera. Era el final de una vida de tumbos, a la deriva. Cartucho había vivido varios meses con mi hermana Sofía y su familia, en un pequeño departamento de Coapa, propiedad del viudo de Rosa María. Como bien aprendió con el agiotista de su padre, Adolfo *Popito*, era un arrendador implacable y puntual en el cobro de la renta. Cartucho se había separado de su esposa, no tenía contacto con sus dos niñas y su vida descontrolada lo llevó a pedir cobijo a Sofía. En diferentes momentos, durante un periodo de veinte años, mi hermana nos había ofrecido a sus hermanos menores hospedaje y alimentación en su entorno familiar seguro y afable. Cartucho, Greta y yo abusábamos de su hospitalidad desinteresada. Mis sobrinas aprendieron muchas de nuestras mañas y crecieron felices en un ambiente de parrandas continuas. Con la complicidad de su marido Yayito, permanecíamos pegados a las faldas de mi hermana en sus diferentes domicilios convertidos en albergue para dipsómanos rijosos y desempleados.

Mi sobrina Julieta, en aquellos años pasante de la carrera de Medicina, se encargó de medicar a mi hermano con Prozac y Captopril, antidepresivo y antihipertensivo. La salud de Cartucho mejoró mucho, pero un buen día se fue de casa de Sofía sin avisar. Tres meses después, Julieta y Raquel regresaban de visitar a Taydé en su domicilio en Oaxaca.

Raquel estaba embarazada de su primer hijo y vivía en un pequeño departamento muy cerca de su madre. Esa mañana calurosa y soleada recibió una llamada a su celular. El corazón comenzó a palpitarle con fuerza al aparecer en la pantallita verdosa el nombre de su tío Cartucho.

Al tomar la llamada, escuchó una voz de hombre destemplada y ronca.

—¿Señorita Raquel? Hablo de parte del señor Cartucho. ¿Es usté su familiar?

—Soy su sobrina.

—Está muy malo, se desmayó, necesita ayuda.

—¿Quién es usted?

—Una amistá. Me llamo Cipriano. Nos conocemos de hace tiempo. Apúrese, está sangrando por la boca. Estamos acá en el Infonavit de Iztapalapa.

Cartucho le había pedido a Taydé su departamento de interés social. Taydé vivía en Oaxaca y mantenía desocupado su departamento lleno de tiliches, cercano del panteón de San Lorenzo Tezonco. Era el refugio ideal para un alcohólico que estaba en la última etapa de su ruta suicida. "No tengo a donde ir", le dijo Cartucho a Taydé, que no sabía que su hermano había pasado otra larga temporada en casa de Sofía.

Cipriano era "padrino" de borrachera y encontró tirado a un lado del camastro, el celular de su "ahijado". Al buscar en el directorio el primer número que apareció fue el de Raquel, la sobrina consentida de mi hermano.

Yo ya vivía en Bucareli y al recibir la llamada de Julieta, pidiéndome apoyo, recuerdo bien la mirada de mi mujer, indiferente, mientras me despedía en la puerta del departamento deseándome suerte.

De metro Balderas a metro Constitución de 1917, luego microbús y medio kilómetro a pie. Una hora y media después encontré a Julieta pasando una toalla húmeda por la frente de mi hermano. Sofía y sus dos hijas habían llegado en la camionetita familiar. Raquel insistía en solicitar a Locatel una ambulancia a través del teléfono de una vecina del edificio. Esa vecina nos puso al tanto de la costumbre de mi hermano de meter vagabundos y gente extraña a emborracharse con él. Lo habían reportado a la policía y no pasó nada. Sofía y sus hijas llevaban dos horas de angustia esperando inútilmente una ambulancia. Cartucho estaba tirado bocarriba, inconsciente, bañado en sudor y con un tic en el párpado cerrado del ojo izquierdo. A su lado había una cubeta con vómito ensangrentado.

—Tiene mucha fiebre y la presión a tope. Se nos puede morir aquí —dijo Julieta.

Al igual que su hermana y su madre, le temblaba el pulso y la voz.

Pedí una ambulancia desde mi celular y obtuve la misma atención. Luego de varios intentos comencé a sentir la presión baja y un zumbido en los oídos. La angustia que vive alguien que enfrenta la muerte de un ser querido se manifiesta en un dolor abdominal tenue, que va reptando por el tórax y llega al cerebro para enquistarse ahí como una leve punzada que no se irá jamás. El dolor crónico del duelo anticipado. De Locatel enviaron una pick up de la policía que se estacionó a la entrada de la pequeña unidad habitacional. Ningún vecino a la vista, todo en silencio y apenas pasaba del mediodía.

Solicitamos ayuda a los polis para trasladar a mi hermano a un hospital y se negaron aduciendo que no tenían permitido subir personas con "urgencia hospitalaria". Estaban ahí para certificar que la ambulancia llegaría en algún momento. "Estamos pidiendo apoyo por radio", dijeron el par de inútiles indiferentes a nuestra desesperación.

El estacionamiento estaba desierto, como suele ocurrir en esos lugares cuando los ronda la muerte. No era posible trasladar a mi hermano en la camioneta de Sofía, no cabíamos, además había el riesgo de lastimar a Cartucho al momento de acomodarlo en los estrechos asientos traseros medio metro arriba del pavimento.

Dos horas después salí a la calle y conseguí que un vochito minitaxi nos llevara al hospital de Iztapalapa. Usamos como camilla una colcha que cargamos de las puntas entre mis sobrinas, Cipriano y yo. Durante el trayecto, con las dos camionetas como escolta, Cipriano me contó que era voceador, vendía el periódico *Metro* en las calles. Traía una camisola y una gorra de la empresa que le daba a ganar algunos pesos por vender el mejor tabloide del mundo que yo compraba y del que coleccionaba algunas de sus estridentes portadas. Íbamos tan rápido como lo permitían las callejuelas desoladas llenas de hoyos. En algún momento, mi hermana se adelantó y estuvo a punto de chocar con una camioneta que recogía desperdicios caseros. "Colchones, estufas, refrigeradoreees", gritaba la grabación de una niña adormilada desde un altavoz. Yo suspiraba y exhalaba como cetáceo esforzándome por no llorar en lo que sostenía la nuca sudorosa del cuerpo inerme de mi hermano. La camioneta policiaca nos seguía detrás con las torretas encendidas para dar su reporte de cumplir con su misión de apoyo que terminó en cuanto llegamos al nosocomio.

Sofía y sus hijas bajaron de la camioneta gritando por ayuda en la entrada de Urgencias. No había camillas y tuvimos que ingresar a Cartucho de la misma manera en que lo habíamos subido al taxi.

Regresé a la calle a pagar el taxi y Cipriano aprovechó para darme un abrazo. Su olor me asalta hasta el día de hoy mientras camino por mi vecindario y me topo con alguno de los teporochos que habitan las calles.

—Despídeme chido de tu carnal, es una verga —dio media vuelta y caminó en sentido contrario de la avenida Ermita Iztapalapa.

En la sala de Urgencias no había camas e improvisaron un colchón en el piso, pero dada la condición de mi hermano, los médicos internistas quitaron a otro paciente menos grave de su cama. El urgenciólogo le pidió autorización a Julieta para proceder con primeros auxilios radicales. Tu familiar viene muy grave, ¿autorizas intubarlo? Lo necesita para respirar. Julieta salió a informarnos de su decisión y nos dio un reporte de la condición de su tío: sangrado digestivo alto por varices esofágicas debido a cirrosis hepática y un derrame cerebral por la hipertensión descontrolada.

Salí a la calle a tomar aire antes de ingresar nuevamente a Urgencias. Recibí una llamada en mi celular.

—¿El señor Servín? Llamamos de Locatel para preguntarle su opinión sobre el servicio de emergencias hospitalarias.

—Vayan y chinguen a su madre —fue todo lo que se me ocurrió responder y colgué.

Cartucho permaneció catorce horas en la sala de Urgencias porque no había lugar en terapia intensiva ni en medicina interna. No le hicieron casi nada. No había medicinas, ni médicos suficientes para cubrir los turnos maratónicos. Necesitaba una cirugía urgente en el cerebro para extraerle un coágulo, pero el hospital no contaba con el equipo ni los especialistas necesarios. Zona de guerra. La sala de Urgencias donde los recién ingresados permanecían echados en el suelo por falta de camas, conducía a un sórdido pasillo que al final tenía un altar enorme a San Judas Tadeo. Había dos cuartos con mingitorios donde escurrían de un tubo orines de bolsas de diálisis. El aire viciado apestaba al escalofriante hedor del cloro, formol, fluidos corporales y adrenalina. El agua de colonia de la muerte se olía por todos los rincones del nosocomio.

Pasé cuatro noches en vela dentro y fuera de la sala de espera del hospital. Compartimos dolor y resignación como parte de una masa de desvalidos que nos da valor y energía, para soportar las duras condiciones que nos impone enfrentar la cercanía de la muerte de los seres queridos mientras resistimos las inclemencias de lo que parece un hospital de guerra.

Por la noche llegaba un grupo de evangelistas a regalar cenas antes de empezar sus sermones callejeros. Por todas partes surgían pedigüeños que casi se arrebataban los lonches antes de tirar de a locos a los predicadores. Convoyes policiacos circulaban toda la noche para cuidar el orden en la calle de un hospital que recibía balaceados, golpeados y heridos con armas blancas cuyos familiares, a veces de bandas rivales, permanecían desafiantes en los alrededores del hospital. Fumé como locomotora, pero me mantuve abstemio.

Luego de todo ese tiempo, Julieta recurrió a un médico, su amigo y pretendiente, sobrino del jefe de hospital, para que autorizara el traslado de Cartucho a Xoco. "Ahí podrán atenderlo mejor", dijo el tío con la frialdad que dan los años de tratar con lo imposible.

Horas más de trámites y espera. No hay ambulancias.

Tarde soleada que asfixia con su aire viciado, el de todos los días, para todos. Julieta iba en la cabina cuidando de su tío. Yo iba adelante con los paramédicos. La ambulancia detuvo su lento trayecto a medio camino para darle primeros auxilios a un motociclista arrollado por un camión de volteo. Iztapalapa.

Hicimos casi tres horas de viaje y las puertas del nosocomio se abrieron como una fortaleza que pocos abandonan por su propio pie.

2

Aquella mañana del 20 de marzo en la silenciosa habitación del hospital de Xoco, dos semanas después de su trasladado del Hospital Civil de Iztapalapa, llegué a despedirme de Cartucho. Nos envolvía un manto de luz pálida que entraba por las ventanas. Recordé lo mucho que le gustaba la novela *Espera a la primavera, Bandini*. Excepto por Francisco, que había pasado la noche en el hospital, aún no llegaba el resto de la familia. Con su característica expresión imperturbable, Francisco me esperaba fumando a la entrada del pasillo de Urgencias, antes de iniciar los pesados trámites para que nos entregaran el cuerpo. Un enfermero le había informado a Francisco de la muerte de Cartucho. "Subí a despedirme", me dijo con un tono de voz sordo que expresaba un dolor solitario contenido durante años. Era el lunes de un puente festivo, durante el fin de semana hubo poco personal y el misterio de la agonía de un guerrero sin bandera, nunca me fue revelado. Como todos mis hermanos, estaba agotado y con los nervios deshechos. Cuando me reuní con ellos y sus hijos alrededor de la cama de hospital (aunque habían sido avisadas desde un inicio, Beatriz y Greta rechazaron involucrarse en la situación), Cartucho parecía dormir profundamente envuelto en sábanas blancas. El médico en jefe de la unidad entró a la habitación y nos preguntó si alguno de nosotros podía subir con él a la oficina de los médicos para llenar el acta de defunción y autorizar la salida del cuerpo.

Fui solo. La familia prefirió esperar en el patio del hospital.

El médico no sabía usar la máquina de escribir mecánica para llenar el formulario. Otro incompetente. Tuve que hacerlo yo. De algo me sirvió las muchas horas de tecleo en mi Olivetti mecánica. Media hora después regresé a reunirme con la familia. Había dolor profundo, pero no llanto. Se nos acercó el representante de uno de los tantos servicios funerarios que les dan su mochada a las trabajadoras sociales para informarlos de los decesos. Le pregunté cómo supo que esperábamos a un difunto. "Tenemos un acuerdo con las compañeras de trabajo social", respondió el zopilote acostumbrado a recibir cualquier insulto o humillación. De mal modo acepté pagar un servicio muy económico que no incluía ataúd, innecesario, a decir de Francisco, pues Cartucho iría directo al crematorio de un cementerio en La Noria, en Xochimilco. Nadie quería pasar por el fatigoso trámite del velorio. Eran más gastos y lidiar con chismosos y gorrones. Los despediríamos así, en caliente, como hacía todo el Cartucho.

Llevábamos casi dos meses de resistir a lo inevitable. Taydé viajó de Oaxaca, donde residía desde hacía quince años, y todos los días iba al hospital a limpiar a mi hermano con una toalla humedecida con loción astringente. Cartucho tenía un grado mínimo de sensibilidad, pero lloraba por el dolor que le producía el aspirado por nariz y cráneo. Francisco lo rasuraba. Yo, incapaz de ayudarlos, permanecía junto a ellos paralizado por el dolor sordo que me acompaña hasta hoy cada vez que me veo en una situación de apremio. Le dirigíamos palabras de aliento y en silencio me preguntaba qué pasaría si lo daban de alta así, como un bulto. ¿Quién se haría cargo de él? Me vi arrasado por el augurio de hacerme cargo del bulto indefinidamente por ser yo el único hermano que vivía en un departamento muy amplio.

Pasábamos días enteros metidos en un café de la Cineteca Nacional mientras nos rotábamos para hacer guardias diurnas. Los internistas nos habían pedido comprar una válvula desechable para drenar, que supuestamente era indispensable para la operación de cerebro. Al final no usaron nada y gastamos un dineral con un díler de instrumental médico que nos entregó el artefacto dentro de un coche frente al nosocomio, del mismo modo en que se conecta droga. Julieta guardó la válvula durante muchos años al igual que un colchón de agua que supuestamente usaría Cartucho una vez dado de alta.

Tres horas después, una trabajadora social nos avisó que ya podíamos disponer del cuerpo y fui con el zopilote funerario a una morgue en la planta baja, separada del nosocomio, oscura, ruinosa y con otros tres cuerpos entre planchas que esperaban más muertos. El único lugar que no estaba saturado de gente. Enfrente había una bodega abierta con ataúdes vacíos. Uno de los dos intendentes empujó la plancha rodante por una rampa hacia un estacionamiento pequeño para ambulancias y coches funerarios, donde nos esperaba una vagoneta traqueteada sin identificación del servicio. Trasladaron el cuerpo amortajado en una manta blanca de lona ligera a una especie de camilla cóncava a ras del piso en la parte trasera del vehículo.

Nuevamente acompañé a mi hermano menor en su viaje ambulatorio, el último. Yo iba adelante con los dos zopilotes, chofer y agente, durante el trayecto a un cementerio con crematorio en La Noria. De pronto volteaba a ver el cuerpo para ver si no le molestaba el zangoloteo.

El cementerio lucía desolado como corresponde al olvido de los vivos por sus muertos a menos que sea Día de Muertos. Sólo una familia con niños perdía el tiempo en el jardín arbolado que rodeaba un salón habilitado como capilla. Ahí, un tanto forzados por el encargado del servicio que la hizo de Caronte, organizamos una breve ceremonia luctuosa una vez que llegaron la exesposa de Cartucho y sus dos hijas. Antes de convertir en cenizas a mi hermano, los operadores nos preguntaron si queríamos pasar a despedirnos al cuarto donde estaba el horno. Entramos todos. La imagen de un bulto envuelto en mantas hizo explotar en llanto a todos, sobre todo a las niñas, que se despedían a gritos de lo que quedaba de su padre. Los hermanos éramos pésimos para consolarnos entre nosotros y optamos por tranquilizar a las niñas y a su madre. Casi tres horas después nos entregaron las cenizas en una urna de madera que nos vendieron carísima. Era el final del viaje agotador y tormentoso de un inadaptado que eligió el lento suicidio de la bebida sin control. Imitación y camaradería hasta las últimas consecuencias con su grupo de amigos imbéciles y pequeños delincuentes. Gracias, Cartucho, por liberarnos.

No esperaste a la primavera. ¿Para qué?

CAPÍTULO XII

Mérida 236

1

Me mudé a un cuarto de techos amplios en una vecindad de la calle de Mérida casi esquina con Coahuila. La renta, muy barata, incluía una estufilla eléctrica y el consumo de luz. Una vecindad de dos pisos al frente, integrados como conjunto por un patio interior largo que conducía al fondo a otro edificio de tres pisos. La vetusta construcción que daba a la calle tenía una entrada independiente a la planta alta ocupada por una familia de yucatecos con dos niños que siempre vestían el uniforme de primaria. El jefe de familia, Mario, compacto, fortachón y amable, andaba en la treintena. Era normalista y con su esposa Ernestina y un hermano menor del profe, Tato, que vivía con ellos, militaban en el naciente PRD. Eran del ala dura, terca y sacrificada. Cuauhtémoc Cárdenas era una especie de Nazareno que los liberaría de su sufrimiento en la tierra del PRI, aunque el mesías proviniera de ahí. Capaces de todo por su partido. Tato estudiaba economía en la UNAM, pero seguramente él decidía cuándo asistir a clases. Afuera de su ventanal que daba a la calle tenían colgada una manta con el emblema del partido. Debajo de su vivienda había una cochera techada con portón de madera ruinosa. La usaban de bodega de triques y tenía acceso a su domicilio por una escalera de metal al fondo.

A un lado del portón había un amplio local remodelado y limpio, con un ventanal panorámico y entrada desde la calle por una puerta de hierro. Siempre estuvo vacío por razones que nunca supe y era codiciado por los yucas. Otro sujeto apodado Kalimán rentaba una accesoria enorme colindante con el local cuya entrada estaba a mitad del pasillo principal de la vecindad. Era frecuente encontrarme con Tato fumando y leyendo libros de filosofía a la entrada de su vivienda. Aprovechaba cualquier ocasión para recitarme los conceptos que aprendía de memoria sin asimilar gran cosa. Pura necedad de fanático adoctrinado por el hermano mayor. Estaba al pendiente de lo que ocurría en la calle, de mis salidas a la tienda por cerveza y de las mujeres que pasaban por ahí, se las devoraba con la mirada y a veces se cubría con el libro la erección bajo sus pants de algodón percudidos. Los yucas para todo querían organizar asambleas, pero los tirábamos de a locos.

El resto de los inquilinos ingresábamos a la vecindad por un zaguán de hierro abierto día y noche. En la accesoria entraban y salían jovencitas de apariencia indígena que maquilaban uniformes de basquetbol. Ahí vivía el patrón, muy alto, moreno, delgado y greñudo; tenía semblante de médico brujo sin clientela. Vestía playeras y tenis de basquetbolista. El Kalimán era muy conocido en las canchas de los parques cercanos. Se corría el rumor de que las jovencitas eran su harem. De pronto alguna de ellas se embarazaba y desaparecía. La accesoria despertaba sospechas. El Kalimán no hablaba con nadie, inspiraba desconfianza su apariencia de indio norteño malencarado y pocas veces se le veía salir o entrar de la vecindad.

Durante el día los niños jugaban en el pasillo principal. Mi vecino Agustín y su mujer tenían un bebé que se pasaba todo el tiempo dormitando con la mamila pegada al hociquito en una pequeña hamaca que cruzaba su cuarto colgada de lado a lado, a baja altura para que Agustín pudiera mecerla con el pie recostado en la cama. Yo vivía en la planta baja al final de un corredor angosto y frío con tres cuartos a cada lado, uno frente al otro, en medio había un baño común con boiler de leña. Del techo del baño y del pasillo colgaban unos focos de luz pálida prendidos día y noche, a menos que a alguien se le ocurriera bajar el *switch* en la entrada general. En el cuatro vivía doña Carmen, una viejecilla mañosa y chacotera que trabajaba en los baños de mujeres del Manolo's, en la calle de López. Otro cuarto lo ocupaba el Champi, un joven moreno y ceñudo que trabajaba como guardia privado en un edificio de oficinas en avenida Chapultepec. Era fanático de Cuauhtémoc Cárdenas, y en un inicio nos ensartamos en largas discusiones sobre lo que cada uno entendía por socialismo. Champi esperaba el triunfo del Inge, así le decía a su mesías, para, como en la toma de la Bastilla, organizar los saqueos y los linchamientos. El apodo le venía por su adicción a la mariguana y sus continuas referencias al consumo de hongos. Se largó de la vecindad un día debiendo tres meses de renta. El cuarto frente al mío estaba vacío y el de al lado lo habitaba una mujer solitaria y callada que casi no se dejaba ver ni sabíamos a qué se dedicaba.

Mi cuarto de techo alto, amplio, apestoso a humedad y salitre como todos los demás, tenía una ventana vertical panorámica con dos puertas, desde donde se podía salir a un patio nublado todo el año por falta de luz natural. Excepto Cartucho y yo, que a veces lo ocupábamos para tender ropa, nadie se paraba por ahí. Uno de los muros del cuarto daba al cabaret San Luis y, salvo el domingo, la orquesta en vivo me mantenía despierto hasta la madrugada cuando de tajo paraba de tocar y una voz amable e impostada despedía a la clientela por el micrófono.

En las áreas comunes todo era suciedad y ensimismamiento indiferente al peligro de las calles rudas y solitarias. Podías morir sepultado en ese edificio ruinoso que, como tantos otros en los alrededores, estaba invadido de gentuza perdularia, en ciertos casos con antecedentes penales que, poco a poco, se acostumbró a mi presencia en su comunidad de desocupados y trabajadores de antros cercanos. Mi experiencia como colono de Infiernavit y rescatista en el terremoto del año anterior, me hacía sentir temerario y no dudaba en caminar por la colonia Doctores y de la misma Roma sólo para probarme a mí mismo que era un tipo callejero. De nada valía que me hubieran asaltado en varias ocasiones, una afuera de la vecindad donde vivía, o que en alguna de las cervecerías del rumbo me echaran la bronca y tuviera que salir huyendo de un ataque en pandilla.

Con todo, la vecindad era el ambiente ideal para un joven derrotista y leído, familiarizado con el hampa tracalera de bajo nivel, pero sin la malicia cínica del delincuente de oficio. Por más que intenté ponerme al nivel de su experiencia y filosofía de vida, me di cuenta de que lo mejor era mantenerme alerta y no hacerme el "duro".

Al medio año de haberme cambiado a esa vecindad, mis vecinos confrontaron a los del edificio en la calle de enfrente, para negociar que nos dejaran circular sin riesgos. Aquellos vendían drogas en la calle a todas horas y usaban de prostíbulo uno de los departamentos. Agustín y don Toño, un veracruzano de ojos claros, calvo y pinta de nazi, nos representaban. Don Toño tenía lista siempre una pistola automática fajada en la parte trasera del pantalón.

Era agosto de 1986 y Cartucho y yo éramos conocidos como los Güeros.

—Mira, Güero —me dijo don Toño una tarde cuando yo regresaba de trabajar. Él estaba recargado en el zaguán de la vecindad; rumiaba por falta de dientes mientras un cigarrillo sin filtro pendía de la comisura de los labios. Tenía la vista atenta a lo que ocurría enfrente. Su tono de voz sonaba ligeramente a costeño—, esa gente no no va a asustá. No hagan nada tu hermano y tú que nos haga un problema. Si se meten con ustedes veme a tocar, ya sabes dónde vivo, ¿no? Es el nueve. A cualquier hora salgo con mi cuete.

Tenía afeitada la cabeza, piel blanca y ojos zarcos. Andaba siempre con camiseta de tirantes y chanclas. Era mesero en el Manolo's y algunas noches tocaba las tumbadoras con la orquesta del cabaret. Doña Carmen y él se llevaban de piquete de culo.

2

Descubrí la vecindad una de tantas tardes de vagabundeo luego del trabajo. Me gustaba recorrer las colonias cercanas, las conocía bien y conservaba buenos recuerdos de mi niñez. Después del terremoto, la Roma se convirtió en un territorio abandonado y peligroso, lleno de construcciones devastadas, oscuras por las noches y lacras que pululaban por todas partes. Un anuncio en el *Aviso Oportuno* de "Se renta amplia habitación amueblada para soltero", me puso en contacto vía telefónica con la señora Urdiales, propietaria de la vecindad. A la tarde siguiente me encontré con la típica avara de familia rica venida a menos que vivía de sus rentas. Vestía una chalina negra y usaba lentes de armazón metálico con un cintillo que colgaba de las terminales en el pecho. Pese a mi apariencia inspirada en The Clash, durante nuestra entrevista dentro del cuarto se quejó de sus inquilinos y me dijo que pensaba correrlos a todos para que llegaran otros de mejor nivel social. No pudo ocultar su alegría cuando pagué en efectivo un mes de renta y otro de depósito antes de firmar un contrato de arrendamiento hecho a mano por un año sin fiador. Con tono obsequioso me presumió un viejo ropero de cedro arrumbado en una esquina. Un chifonier muy fino, según ella, maltratado y con dos cajones astillados que perteneció a su ilustre familia de parásitos y cazatenientes. El resto del mobiliario consistía en un camastro individual de madera con un pesado colchón relleno de borra.

Todo favorecía mi ideal del aspirante a escritor forjado en la adversidad. Mi pequeña biblioteca era un compendio de misantropía: Dostoyevski, Bukowski, Nietzsche, Schopenhauer, William Blake, Jack London, Revueltas, Spota, Patricia Highsmith, Lafarguè y otros más. Descubrí a Céline y le metió combustible a mi amargura. Punk rock en la casetera. Mi vida comenzaba a tomar sentido. Parecía que escribían sólo para mí.

Leí mucha literatura mexicana y latinoamericana. Encontré poco de qué agarrarme. Pero ahí estaban *La sangre enemiga*, *Lo de antes*, *La casa que arde de noche*, *Los muros de agua*, *Los días terrenales*, *La ciudad y los perros* y *El juguete rabioso*. Con mi salario podía comprar en las librerías de viejo de Donceles saldos y ediciones baratas que te volvían miope con su letra pequeña; me robaba muchos más, sobre todo de las librerías al sur de la ciudad. Muchas veces al momento de pagar, sentía un cosquilleo de adrenalina por los libros importados que extraía ocultos bajo mis holgadas camisas y gabardinas. Pagaba el barato y me robaba el caro.

Descubrí talleres de redacción y apreciación musical casi gratuitos en oficinas de gobierno y el Museo del Chopo. Era un mundo nuevo. Asistía de vez en cuando con más desconfianza que otra cosa, pero intuía que era necesario aprender las bases de lo que por intuición me iba llevando por un sendero escabroso. Me di cuenta de que con algunos tipos de mi edad o algo mayores tenía puntos en común. Pero ellos eran desertores universitarios de humanidades y ciencias sociales, bohemios pretensiosos sin vocación y tiempo de sobra, casi todos solitarios, izquierdosos, sin novia y desesperados por encontrar una mujer (u hombre en muchos casos) que se ajustara a nuestro ideal de belleza, libertinaje, toxicomanías y cultura pop oscura y pedante que renegaba de las convenciones; teníamos fuertes conflictos de autoridad, pero la mayoría de ellos eran mantenidos por sus padres o con chambas de bajo perfil que no exigían mucho esfuerzo intelectual o físico. Era un pequeño universo de marginalidad leída, desbalagada y berrinchuda, llena de puntos de vista librescos, pero con brotes de espontaneidad e irreverencia. Introvertidos, presuntuosos o solitarios y algunos con una memoria prodigiosa llena de referencias librescas. Se habían radicalizado tanto en lo abstracto, que yo les negaba el beneficio de la duda. Mal que bien vivían con menos apremios que yo. Pocas mujeres. Algunas resistían hasta el final; las guapas me intimidaban, se iban a lucir, llevaban libros de lectura profunda, rara vez ligaban, casi siempre al maestro o al galancillo verboso; dejaban de asistir luego de unas cuantas sesiones. Éramos Bartlebys y Circes frustrados.

Yo quería mucho más y no sabía cómo conseguirlo.

En alguna ocasión me asomé a un taller de creación literaria en uno de los edificios del metro Juárez. Lo impartía un señor que iba a tono con la atmósfera sórdida de un amplio salón para reuniones de trabajo o celebraciones de burócratas. El mentor tenía prestigio como especialista en cuento. Tenía una muy buena revista de divulgación del género de la que yo era lector. Fumador empedernido, como correspondía a la imagen del hombre de letras mundano antes de que los vicios legalizados fueran un placer culposo. De bigote fino y traje de cien puestas, fumaba sentado en una silla de otras muchas arrumbadas en un rincón. Parecía harto de tantos años de oír en voz alta textos de aspirantes a escritores de incierto futuro. Éramos como quince y leíamos según llegáramos. Yo era el penúltimo y no llevaba nada. Me deprimí y no regresé. Parecía una reunión de Literatos Anónimos.

En la Librería Buñuel, en Insurgentes, muy cerca de mi chamba en el banco, había conseguido en la mesa de remates *Viaje al final de la noche*, editado por Cátedra. Los farragosos comentarios a pie de página me distraían y terminé por ignorarlos. Para un lector autodidacta, los análisis a profundidad de una obra literaria la volvían un objeto sin vida, como un informe forense. La amargura biliosa y sublime de Céline fue una revelación.

A partir de mi cambio de domicilio, la relación con mi padre mejoró. Él era un Bardamú y comencé a encontrar sentido a sus provocaciones llenas de mala leche. Sólo lo visitaba cuando esporádicamente regresaba a Infiernavit para buscar con quien emborracharme. En la madrugada me saltaba el zaguán del viejo, me había permitido conservar sólo la llave de la entrada. Con el ruido de la reja de hierro al brincarla se mantenía al tanto de mi hora de llegada.

Algunos domingos por la tarde aprovechaba para llevarme mis objetos personales que luego remataba en los tianguis. Como mis padres, siempre he sido chacharero y aprendí el valor del regateo.

Mi padre dispuso poco a poco de mis pertenencias, excepto los libros a los que nunca les encontró valor. En cada visita me invadía una sensación de ausencia, ya no había cama ni los huacales pintados a brocha de rojo y negro que usaba como libreros. Dormía en el piso arropado con mis abrigos largos. Para entonces había convencido a Cartucho de vivir conmigo, pero tozudo, se quedaba unos días conmigo y luego regresaba con mi padre. A veces lo encontraba durmiendo la mona; otras más, ahogados de borrachos e incapaces de regresar a la vecindad, nos quedábamos discutiendo idioteces en la banqueta frente a casa de mi padre. El viejo solía recriminarnos: Llegaron a la hora de la pistolita, para referirse al tic de Cartucho con la mano derecha cerrada y el dedo índice disparando en todas direcciones contra nuestra realidad enemiga.

CAPÍTULO XIII

Un Hillman clásico

1

La rutina laboral mantenía mi energía intacta. Leía durante horas y me daba tiempo de ir a la Cineteca o algún cine club dos veces por semana. Siempre algo zarandeado por la bebida.

Había opciones baratas o gratuitas para distraerme y educarme por mi cuenta. No me importaban las distancias y tenía tiempo de sobra para escapar de la violenta monotonía del barrio y los problemas familiares.

¿Qué tipo de trabajo podía encontrar un tipo con apenas la secundaria terminada y ninguna calificación técnica? De pronto, parecía que la suerte me favorecía luego de semanas o meses de entregar en decenas de lugares parecidos el formato amarillento Printaform de solicitud de empleo con foto de mustio. La hojita amarilla es hasta hoy la ficha signaléctica de millones de urgidos, como ya dije antes. ¡El expediente de la Necesidad Nacional! Gran invento de control que nunca se le ocurrió a la policía. La llenas una y otra vez hasta que, como en una quiniela ganadora, eres bienvenido a "nuestro equipo de trabajo", te dice al fin el gerente de cualquier tienda de departamentos, una empresa rascuache o el capataz de una fábrica. Firmas sin leer el contrato, atemorizado porque puedan arrepentirse en el último momento. Reglamentos y obligaciones que aceptas a ciegas. Aquella vez así fue. Octubre de 1983. Por eso mi situación en el banco era tan especial.

El robo o las transas grandes como *modus vivendi* me daban miedo. No era lo mío. Dos de mis hermanos estaban metidos hasta el cogote con eso: Tamayo, el timo y un empleo respetable; Cartucho, el atraco y chambas ocasionales. Yo no tenía su sangre fría.

Aun así, de pronto me daba por seguir sus pasos.

Azalea en alguna ocasión me invitó a una fiesta de oaxacos con toda su familia. Su primo Riguín, iba acompañado de su mamá, sus dos hermanas y el novio de la mayor que no se le despegaba. El papá, don Rigoberto, odiaba esas reuniones y prefería aguardar en casa a la reseña de su hijo menor para reírse a pierna suelta de los eventos a los que con frecuencia asistía su familia.

En el norme salón repleto de "yopes", como ellos mismos se decían despectivamente en tono jocoso, abundaba la comida, los alcoholes baratos y el infaltable mezcal. Orquesta en vivo e invitados que parecían monos de pastel con sus trajes de gala. Las mujeres, que se sentían parte de una aristocracia regional con sus vestidos largos o trajes típicos, compartían mesas presumiendo sus alhajas de oro. Celebraban a una quinceañera de Tuxtepec, pariente de la mamá de Riguín y de Azalea. Gorda pero, como dicta la tradición, había ensayado un vals de moda. Ridículo garantizado. *La Zandunga* y luego una rola de Whitney Houston con la festejada sostenida en el aire a duras penas en brazos de los torpes chambelanes. Parecía un acto de circo sin redobles de tambor.

Estaba muy tranquilo con mi cuba de tequila en la mano derecha mientras con la otra acariciaba la entrepierna de Azalea debajo del mantel. Ella vestía un conjunto floreado de saco a la cintura y falda tres cuartos, blusa blanca de una tela porosa y delgada que permitía ver el sostén del mismo color que cubría sus senos pequeños con pezones puntiagudos que yo conocía de memoria. Me ponía caliente que me apretara la mano como respuesta placentera a mi atrevimiento donde disimulábamos indiferencia de uno al otro.

Parecía que no éramos novios y eso propició que la sacaran a bailar, ignorándome. Oaxacos al fin. Pinche chilango. Azalea regresaba a la mesa sola luego de portarse en la pista como un maniquí y entre risitas me contaba al oído las insinuaciones que le hacían. Luego me besaba en la boca como lo hace una mujer segura de su atractivo físico. Se había trenzado en la nuca la cabellera negra y abundante con un listón rojo como diadema. Yo había aprendido a hacer de mis celos y fracasos amorosos un arma a mi favor, adoptando una ecuanimidad de matón que aprendió lo que es estar herido de muerte y seguir vivo, eso impedía que Azalea o cualquier otra me manipulara con sus coqueteos y si se daba el caso, enfrentar rivales a lo pendejo.

Iba vestido con mi traje gris rata zancón de las perneras con bastilla y una camiseta a rayas horizontales negras y blancas. Calcetas rojas. Botines con casquillo, boleados, bañado, oloroso a la loción Old Spice de mi padre y gel en mi corte de pelo a ras de navaja. Pese a mi corta estatura, mi facha de loco estrambótico intimidaba en ese ambiente acartonado y chovinista. Llegó el inevitable momento en que Azalea me sacó a bailar. Así se despejaba de mis caricias furtivas e intentaba inútilmente dosificarme la bebida. Azalea era todo fuego, chacota y glotonería. Comía como náufraga y pese a ello su cuerpo voluptuoso se mantenía firme y sin lonjas. A los veintitrés años, lo que menos te apura es la ley de la gravedad en el cuerpo.

En la pista de baile repleta, los hombres que nos rodeaban no le quitaban la vista. Yo hacía el ridículo tratando de seguirle el paso. Con tacones me sacaba media cabeza. Detestaba la música tropical, y por más que Azalea se empeñaba en enseñarme lo básico, hacía lo imposible por quedarme clavado en mi imagen de rebelde rockero inconmovible. Baila como Juana la cubana. Déjenme contarles lo que a mí me sucedió. Cumbia de la cadenita. Qué mierda. Era la burla de mis amigos sin acompañante casi siempre, excepto Mogly, que era un auténtico cinturita de barrio, hábil danzarín con aire andrógino que lo volvía irresistible, incluso a algunos hombres. Él sí que sudaba cada canción a cambio de un faje o una cogida. Esa noche le había salido un ligue con una compañera de la facultad y su ausencia nos relajaba a los amigos. Estudiaba Química y había aprendido a fabricar *poppers*. Durante un año nos hicimos adictos y llegamos a venderlos en fiestas y tocadas en envases pequeños ambarinos que comprábamos en boticas. Llegó un momento en que teníamos hemorragias en la nariz y taquicardias prolongadas que nos desquiciaban, eso hizo que nuestros amigos dejaran de inhalar asustados de esa droga eufórica y fugaz, popular entre los jotos y en las discotecas.

A la hora en que apretaba por la cintura a Azalea susurrándole al oído obscenidades, Cartucho seguía merodeando en los alrededores de Ciudad Universitaria con su inseparable cómplice el Pescado, entrenaban futbol por las tardes con las fuerzas básicas de Pumas. Delanteros de primer nivel, se quedaban por allá a beber hasta muy tarde luego del entrenamiento o los juegos en sábado, antes de atracar incautos de regreso a Infiernavit a seguir la peda. Traían balones, playeras, zapatos de fut, tenis, algo de dinero, lo que se pudiera con tal de no irse en blanco.

En una vuelta de baile descubrí en medio de la pista, casi a mis pies, una pulsera gruesa, solté a Azalea y me agaché a recogerla. Su prima Carmencita bailaba a un lado de nosotros con un tío de Tuxtepec, se dio cuenta de lo que hice y me miró con ojos de ya te vi. Terminó la pieza y regresamos a nuestra mesa. Yo había metido en la bolsa izquierda de mi saco la pulsera. La apretaba con la mano como si quisiera evitar que regresara con su dueña. Su prima se acercó a Azalea y le dijo algo al oído en lo que me paraba al baño. Me metí al gabinete de un excusado para ver bien la pulsera: parecía de oro, traía monedas como adornos colgantes y pesaba mucho. La mierda atascada en el excusado me confirmó que traía algo de valor. Oriné como si vaciara el agua de un río nauseabundo y sin lavarme las manos regresé a la mesa. Azalea me dijo amenazante:

—Hay que regresar la pulsera.

—Si vienen a pedirla, la entrego —respondí.

—Carmencita te vio.

—Me vale madres, no es de ella. Estaba en el piso, ¿a ella qué le importa? Si la reclaman, la entrego.

Salimos borrachísimos y preferí apretar la pulsera en el bolso de mi saco en vez de las piernas de Azalea, que, apretujada contra mí en la Caribe de Riguín, no me habló en todo el camino, enojada y nerviosa. A su lado iba un matrimonio, el señor era un pariente que balbuceaba idioteces a su esposa, que venía apachurrada como yo contra la puerta, con la vista fija en las calles desiertas donde a cada dos por tres cruzábamos retenes de granaderos y patrullas. De milagro no nos pararon. El gobierno de la ciudad había endurecido el control policial de las calles para disimular la ola de asaltos y la proliferación de bandas armadas. Escuadrones de granaderos detenían gente en las calles, entraban al metro y aprehendían en los andenes a pasajeros, a punta de golpes y empujones los regresaban a la calle y, contra la pared, esculcaban sus bolsos para llevarse carteras; a los quejosos los subían a las camionetas para llevarlos a una delegación o madrearlos. El terror de los vagos, los trasnochadores, los incautos, los desposeídos, o sea, de todos.

Carmencita iba adelante sentada sobre las piernas de su madre en el asiento del copiloto y volteaba a vernos con una sonrisilla que nos recordaba una complicidad donde ella tenía el poder de nuestro secreto. Riguín, pedísimo, conducía con destreza. La prima no tenía novio, era libre de cogerse a quien se le antojara, discreta, de poco hablar y buena bebedora disimulada bajo su cara de sonsa. Me encantaban sus piernas y su discreción para ligar. La hermana se había regresado en su propio coche conducido por el mosca muerta del novio.

Al llegar a Infiernavit nos despedimos frente a la casa de la familia de Azalea, un pequeño dúplex apretado, pero con las comodidades de una familia de clase media digna, que hospedaba a mi novia para que estudiara en una universidad pública. Azalea compartía con sus primas un cuarto en la planta alta con tres pequeños dormitorios. Jalaba su cama con ruedas debajo de una litera. Sus primas estudiaban en una universidad privada. Los padres de Azalea podían pagarle la colegiatura, pero habían decidido que estudiara en la UAM Xochimilco, para serle fieles a esa tradición de la clase trabajadora identificada con las luchas sociales apelmazadas.

El padre de Azalea era jubilado de la Comisión del Papaloapan, que durante el sexenio de Miguel Alemán construyó infraestructura urbana en la región y una unidad habitacional para los trabajadores. Ahí vivían los padres de la orgullosa Azalea: Ciudad Alemán, en la frontera con Tuxtepec, Tierra Blanca y Loma Bonita, puebluchos llenos de narcos y homicidas macheteros en la frontera de Oaxaca y Veracruz. Con su primo y la bola de amigos íbamos dos veces al año, en Semana Santa y navidades, a vacacionar en el rancho de los tíos, comerciantes de abarrotes que tenían ranchos con ganado en las afueras de Tuxtepec. Nos permitían acampar a cambio de no hacer desmanes en las cantinas de la segunda ciudad del estado y una de las más feas. Nos embrutecíamos de aguardiente de caña y mariguana durante una semana. Sin bañar, cagábamos bajo los árboles lejos de las casas de campaña. Nos vigilaban los caporales que mantenían informados de nuestros desmanes a sus patrones. Deteníamos camiones que transportaban caña en la orilla de los caminos para que nos llevaran a los pueblos cercanos con ojos de agua que los lugareños usaban como balnearios. Exotismo tropical a la *Chanoc*. Encontrábamos mujeres bañándose con el torso desnudo. Nos jugábamos la vida con nuestro desparpajo irresponsable que sin querer provocaba el odio de los lugareños que amenazantes nos vigilaban y, en su lengua autóctona mezclada con español, nos insultaban mostrando machetes y rifles para cazar animales silvestres. Al mismo tiempo, se llenaban los bolsillos con nuestro dinero para caguamas y cigarros en sus tienduchas y mota que ellos mismos nos ofrecían. Los parientes de Azalea y Riguín nos advertían del riesgo y nos encargaban a sus familiares respetados en los puebluchos. Puras lacras locales ávidos de cotorrear con los extranjeros. Al final, no nos los quitábamos de encima. Qué graciosos son los pinches chilangos. Son borrachos y traen dinero.

En un par de ocasiones, un destacamento de soldados, en cuanto descendimos del camión que nos llevaba del D.F. a la terminal en el quiosco de Tuxtepec, nos detuvo para interrogarnos: Procedencia, a qué vienen, quién los invitó, ándense con cuidado o se los carga la chingada, pinches mariguanos. ¡Chilangos!, nos gritaban amenazantes. Querían hacer patria, pero no era tan fácil a nuestras costillas. Y así, todo el tiempo, nuestras vacaciones. Vigilados, maltratados en todas partes, pero recomendados por una parentela de comerciantes prósperos, que empeñaba su palabra por una pandilla de pránganas.

2

De la casa de Azalea regresé a la de mi padre sorteando el medio kilómetro de secciones custodiadas por borrachos que bebían en los estacionamientos alrededor de los enormes macetones de concreto con pirules y setos crecidos en una tierra fértil, incluso para la barbarie. Me saludaban y me seguían con la vista esos trasnochadores perdonavidas.

Al llegar a mi cuarto, encontré a Cartucho dormido. A un lado de sus tenis había un balón. Prendí la lámpara del buró que separaba nuestras camas. Bajo la tenue luz revisé la pulsera tan atentamente como me lo permitía mi visión de borracho. Decidí que era fina, oro alto, dirían los valuadores del Monte de Piedad donde mis padres y sus hijos llevábamos a empeñar alhajas con frecuencia. Apagué la luz.

3

Pasó casi un mes. Visitaba a Azalea a la entrada de su domicilio o la esperaba por las tardes en el metro Ermita a la salida de su escuela. Nos metíamos a algún hotel baratón de Tlalpan, al cine o simplemente caminábamos hasta Villa de Cortés antes de tomar un trolebús que nos llevaba a Infiernavit. Nos despedíamos luego de horas de platicar sentados en las escaleras que conducían al dúplex donde ella vivía. Enfrente teníamos el estacionamiento atiborrado de coches de medio pelo. Luces caseras que nunca se apagan. Un escenario que muchos años después aparecería continuamente en mi escritura. Dos o tres conocidos preferían reunirse alrededor de los macetones sin árboles al centro del estacionamiento para intercambiar su aburrimiento. Nos servían de barra y basurero de botellas y colillas. La calle aligera el peso de una vida en familia que prolonga por generaciones tu lealtad al fracaso.

Evadíamos el tema de la pulsera, pero la mirada de Azalea era la de una jueza que esperaba mi confesión de un delito.

Un domingo por la noche salió la tía del dúplex dizque a saludar. Una arpía menuda, siempre bien maquillada, con pantalones y zapatillas, pulcra, con las cejas depiladas y marcadas de negro con delineador.

—Buenas noches, ¡ya te cortaste el pelo otra vez! Oye, disculpa la molestia, ¿cómo estuvo lo de la pulsera? ¿Te dijo Azalea? Es de una persona que conocemos y se la quiero devolver.

Azalea me apretó la mano.

—Este, sí. La quise regresar, pero nadie la reclamó, ya ve que estuvimos un buen rato en la fiesta.

—No, mejor dámela. Está muy preocupada la señora que me encargó recuperarla.

—¿Es su pariente? Si gusta dígame quién es y la dirección y yo la entrego.

No hubo respuesta. Ni madres. Estaba seguro de que la tía se la quería clavar.

—En la semana se la traigo.

La pequeña arpía se metió torciendo la boca luego de pedirle a Azalea que no olvidara apagar la luz de la cocina.

—Tu tía es una cabrona.

—Baja la voz. Carmencita le dijo. Han de creer que la pulsera es cara.

—No vale un peso, pero en fin, se la voy a regresar; no sea que me acuse de ratero.

—Por fa, para no tener problemas.

Me dejó meterle mano un ratito y luego se despidió de prisa argumentando que ya era muy noche. Nuestra calentura tenía horario. Ni la Cenicienta.

En lugar de ir a casa fui a buscar a Tamayo. Al llegar a su edificio, miré hacia su ventana del cuarto piso y estaba oscuro. Tamayo se desvelaba por borrachera, por borrachera y jugada de dominó o porque de plano no podía dormir curándosela con anís, veía la tele con las luces de la sala apagadas. Era raro.

Me fui a casa riendo de la posibilidad de que el gran insomne al fin dormía. Subí a oscuras las escaleras a mi cuarto. En el suyo, mi padre roncaba y por debajo de la puerta escapaba una luminiscencia azul de su tele portátil. Llegué a mi cama. Cartucho no había llegado y el aguijón de la zozobra me picó el vientre. A tientas prendí la lámpara del buró. Abrí el cajón y saqué del envoltorio de servilleta de papel la pulsera; por enésima vez la revisé y mi intuición me confirmó que valía buen dinero. De algo servía ser hijo de un joyero y tener un hermano que se las sabía todas. Sin proponérselo, mi padre lo había formado como timador en alhajas chuecas cuando Tamayo fue su aprendiz durante su infancia y adolescencia. Tenía aptitudes para joyero, pero desertó de un oficio que lo sometería durante años al control de mi padre. Sólo Raúl y Cartucho tenían el talento minucioso para la joyería artesanal. Raúl se graduó. Cartucho y Tamayo le daban la vuelta a todo lo que fuera rutinario y buscaban atajos para conseguir dinero rápido y sobre todo un placer enorme de salirse con la suya limpiamente, como decían, de sus movidas que en Infiernavit lo graduaron a Tamayo como maestro de una generación de timadores y tramposos. Padrinón o Don Ganón, sus apodos entre el gremio que se extendía a los tianguis de chácharas del rumbo y coyotes de casas de empeño del Centro.

En mi cuarto, ya a oscuras, recostado bajo el manto de luz cobriza del alumbrado público que se filtraba por la ventana tras la cortina de gasa, el botín de la fiesta y el paradero de mi hermano me sumergieron en una somnolencia intranquila. Poco después, dormí en paz al oír el costalazo de Cartucho sobre su cama luego de desanudarse las botas mientras discutía con sus demonios.

4

A la tarde siguiente, fui a buscar a Tamayo a la hora en que regularmente regresaba de su trabajo como jefe de recursos materiales en una oficina de Hacienda, leal a sus jefes, unos hampones que operaban dinero para las campañas del PRI; de pronto agarraban a mi hermano de mensajero para que llevara portafolios con dinero quién sabe a quién; era disciplinado y leal hasta en su ocupación extra con la que completaba sus ingresos. Lo agarré bajando de su Volkswagen setentaitantos, lo traía al tiro. Lo esperaban en el estacionamiento dos chavos para ofrecerle mercancía robada: relojes. Cuando me vio acercarme, me saludó con la mano izquierda en alto. Se estacionó y sin salir del coche le echó un ojo a la mercancía.

—Uy, más de cien pesos no les doy por cada uno.

—¿Qué pasó, mi Tama?, valen mucho más.

—En tu imaginación, es pura bisutería, son relojitos de pila, casi desechables —eran digitales, marca Swatch, casi nuevos.

—Ofrece un poco más, somos barrio, familia.

—Por eso les digo la verdad, son chafitas y seguro robados. Les estoy haciendo un bien, si van con alguien más se dará cuenta. Si creen que pueden hacerla, adelante, yo trato de que no les vean la cara. No es maquinaria fina, es digital, no hay reparación. Un cien por cada mollejita y nos ayudamos todos.

—Va —dijo un chaval gordo, de bermudas, camiseta sin mangas, tenis Converse amarillos y el cabello a rape. Fingir resignación era parte del juego.

Y ahí van los relojes a las manos del Padrinón. Los vendedores felices. ¿Por una botella? ¿El cine? ¿Mota con peda? Quién sabe. Camino al lado de mi hermano mientras se ríe para sí de su negocio.

—Mira, carnal, aquí nadie les va a dar más, es robado, o igual de sus papás. A esto le sacó un militar.

—¡¿Mil pesos?!

—Hoy mismo.

En su casa, decorada con cuadros de leyendas de Hollywood de pared a pared, lo esperaba Estefanía con la comida lista. Fans de Elvis.

Comimos en abundancia costillas de cerdo en salsa verde, arroz, frijoles, queso fresco, chicharrón seco y tomamos mucha cerveza. Chismeamos de la familia renovando apodos y de pronto, mientras Tamayo destapaba una botella de Absolut, me preguntó:

—¿Y qué? ¿A qué viniste?

Le conté toda la historia y luego de pensar un rato mirando su vaso de pepsilindro repleto de vodka con un poco de agua mineral y muchos hielos, dijo:

—Enséñame la pulsera.

La saqué de mi abrigo y se la di con miedo de que se burlara, por no saber reconocer un buen "piquito".

La revisó minuciosamente antes de dar su avalúo.

—No les des nada, esto vale una feria.

—¿Como cuánto?

—Algo, es de hechura corriente, pero es buen oro —dijo pesando con la mano la pulsera.

—Pero ¿qué hago?

—Mañana nos vemos a las tres afuera de Catedral. ¿Tienes dinero?

—¿Cuánto?

—Unos doscientos pesos.

—Umta, sí.

—¿Vienes por mi asesoría y desconfías? Toma tu chingadera.

Me aventó la pulsera y cayó sobre la mesa. Estefanía fumaba apoyada en el respaldo de la silla donde estaba sentado su marido y me dirigió una mirada de ¿con quién crees que tratas?

—No, no, no, está bien, perdón —dije, apenado.

—Ponte vivo, esto no se aprende en los libros. No le digas nada a tu oaxaca.

—No, cómo crees, ya quedamos.

Cerrado el acuerdo, nos tomamos entre los tres el litro de Absolut y luego Tamayo dijo, paternal:

—Ya vete, luego mi jefe se enoja porque los sonsaco a ti y al Cartucho.

Pasaba la medianoche. A lo lejos ladraban perros vagabundos en la calle. Sin repelar, bajé las escaleras bien flameado y de camino a casa de mi padre me dieron ganas de ir a buscar a Azalea. Me detuve a medio camino para retar la distancia que imponía mi calentura. Decidí irme dormir para estar fresco en mi cita del día siguiente.

5

Me escabullí de la chamba en el banco a las dos en punto. Miércoles. Una hora antes de mi horario de salida. A nadie le importaba a menos que por una urgencia me mandaran por comida al comedor ejecutivo del piso dieciocho. Caminé por Reforma en dirección al Zócalo y llegué a la Catedral con media hora de anticipación. Me seguí de inmediato a la cervecería Kloster, en la calle de Cuba casi con Allende; me tomé una bola de cerveza oscura y regresé al lugar de la cita.

Cuando llegué al portal repleto de desocupados, turistas, indigentes y pedigüeños lisiados, Tamayo salía del metro por el acceso de la Catedral. Me hizo una seña con la mano que apretaba doblado su *Esto*.

—Pura gentuza —dijo como saludo—. Vente, es buena hora.

Caminamos hacia el norte por Brasil, a media calle de Donceles pasamos por el Bar León y luego por un expendio de aguardientes que vendía a granel con una pequeña barra para probarlos. En el Bar León, Sofía y Yayo pasaban noches enteras en compañía de amigos incombustibles. Mi hermana y mi cuñado vivían en un departamento enorme en el tercer piso de Donceles 90, edificio vecino del Café Río, propiedad de una señora libanesa y sus hijas. Las apodaban las Narizonas.

Papá Ricardo, un español emigrado a México en 1939, era dueño de la cantina El Paraíso, casi en la esquina de Justo Sierra y Argentina. Era padre de Yayo, bonachón y generoso, siempre procuró a su hijo incluso cuando ya estaba casado con Sofía. Por esas casualidades de la vida, Lucio y Papá Ricardo eran viejos conocidos, eso lo supimos hasta que ambos se encontraron la noche en que Yayo vino a nuestra casa en Infiernavit a pedir a mi hermana acompañado de su padre. Lo que se guardaron los viejos en complicidad de parroquiano y cantinero.

Dimos vuelta en Justo Sierra y pasamos por un viejo edificio de departamentos en el número 27, con la entrada sepultada por puestos ambulantes y cajas de cartón con mercancía.

—¿Sabes quién vivía aquí? —me preguntó Tamayo.

—Sí —dije seguro.

Lucy, Yayo y su tío Jaime vivían en el número 8, frente a uno de los accesos a la Escuela Nacional Preparatoria 1. Lucy trabajaba como secretaria en las oficinas generales del Banco Longoria. Yayo cursaba el primer año en la Secundaria 7, ubicada en 5 de Febrero e Izazaga. Jaime era sobrecargo de las aerolíneas Braniff. Todas las mañanas Lucy iba a dejar a su hijo a la entrada de su escuela antes de abordar un taxi en Reforma que la condujera a su empleo. Era una mujer desprejuiciada y mundana con pretendientes para elegir. "Ni dios ni marido", decía orgullosa de su independencia cuando le proponían matrimonio. Yayo y su madre llevaban una relación de mucha camaradería y complicidad, más de hermanos que se quieren y respetan. Lucy tenía treinta y tres años, Jaime veintisiete y Yayo trece. En la familia Cortés no se acostumbraban los besos ni los abrazos, el amor filial se expresaba con una solidaridad pachanguera que hacían extensiva a los demás.

A las cinco de la tarde del 29 de agosto de 1968 se llevó a cabo la tercera manifestación estudiantil en la plaza del Zócalo. Media hora después se habían reunido entre doscientos y cuatrocientos mil estudiantes, según las estimaciones imprecisas de los medios informativos. El mitin transcurrió sin incidentes pese a su duración. Participaron seis oradores por cada una de las demandas del pliego petitorio. Habían transcurrido treinta y siete días desde el inicio del movimiento. Durante la manifestación del día 27, el Consejo Nacional de Huelga decidió ocupar la plancha del Zócalo hasta la resolución del conflicto.

Pero el gobierno del presidente Gustavo Díaz Ordaz estaba decidido a endurecer su postura ante los justos y pacíficos reclamos de los jóvenes y ordenó su desalojo. Pasadas las diez de la noche la manifestación fue dispersada por los granaderos y muchos manifestantes corrieron a refugiarse al barrio universitario a unas calles de ahí.

En ese momento, el Centro de la capital del país se convirtió en la sede de una heroica resistencia en pie de lucha apoyada por los vecinos.

Un buen número de estudiantes se atrincheró en la Preparatoria 1. Montaron barricadas en los accesos de San Ildefonso y Justo Sierra. Los vecinos les alertaron que los soldados iban por ellos. Un enorme contingente policiaco incursionó en la zona controlada por los estudiantes para reprimirlos con violencia. El ataque con gases lacrimógenos y macanazos fue repelido con piedras, bombas molotov y quemando autobuses escolares utilizados como barricadas. Para entonces, del Campo Militar No. 1 se desplegaba un destacamento de soldados hacia el Centro Histórico.

Durante los enfrentamientos, los estudiantes habían hecho tañer las campanas de la Catedral para advertir a los vecinos de lo que ocurría en los alrededores de San Idelfonso. El Zócalo estaba a oscuras por instrucciones del regente Alfonso Corona del Rosal.

Cuando el ejército llegó a la zona, lanzó un ultimátum a quienes resistían dentro del plantel. Al no obtener respuesta, un bazucazo derribó las puertas en las entradas de San Ildefonso y Justo Sierra. Los estudiantes habían atrancado las dos entradas de la Preparatoria 1 y durante los enfrentamientos muchos huyeron por las azoteas de los edificios aledaños.

Los soldados irrumpieron en el plantel pasando por encima de las barricadas. Oficialmente se reconocieron ocho muertos y un número incuantificable de heridos y detenidos, todos estudiantes.

Aquel 27 de agosto luego del mitin, el Consejo General de Huelga izó la bandera rojinegra en el asta de la Plaza Mayor. Por la noche llegó al Zócalo un destacamento castrense respaldado por bomberos y fuerzas policiacas. Al mando del general Benjamín Reyes García, comandante de la Primera Zona Militar, iba un batallón de paracaidistas, los batallones 43 y 44 de infantería, 12 carros blindados de Guardias Presidenciales, 4 carros de bomberos, 150 patrullas y 4 batallones de policías de tránsito. El operativo era para combatir un grupo armado y no para disuadir a estudiantes indefensos.

El regimiento se estacionó frente a Palacio Nacional y de una tanqueta bajó el general con un altavoz para dirigirse a los estudiantes:

—Tienen cinco minutos para abandonar la Plaza de la Constitución. Se les dejó hacer su mitin. Han estado demasiado tiempo aquí y no se puede permitir que la plaza, para usos comunes, sea dedicada a otros menesteres.

Uno de los líderes estudiantiles lo impugnó decidido:

—Es nuestra plaza, la hemos ganado y no la vamos a abandonar.

Estallaron gritos de apoyo de parte de sus compañeros y, de los altavoces instalados frente a Catedral, se escuchó a todo volumen el Himno Nacional al tiempo que comenzaron a arder miles de antorchas hechas con rollos de papel y mantas con consignas. Por unos instantes destellos de luz dorada y chispeante iluminaron los rostros de cientos de jóvenes que, como deidades trágicas, retaban los alcances del poder represor al que se oponían.

Cumplido el plazo de cinco minutos, los soldados avanzaron para tender un cerco contra los huelguistas.

Los estudiantes gritaban: "¡Orden!", para animarse entre ellos y se sentaron en el suelo para aplaudir. Pero ante lo inevitable, minutos después inició la desbandada. Un grupo nutrido de estudiantes salió huyendo por la calle de Madero al tiempo que gritaba: "¡Libertad, México, libertad!" A su paso volcaron un automóvil particular para convertirlo en barricada. Ahí comenzaron los primeros enfrentamientos que se radicalizarían dos días después.

A la altura de la Torre Latinoamericana, los estudiantes se dieron tiempo para armar un breve mitin y denunciar la represión, pero en cuanto vieron acercarse a los soldados corrieron hacia avenida Juárez para reagruparse en la Alameda Central. Otros compañeros llegaron al cruce de Juárez y Bucareli, para dirigirse a la glorieta de Colón sobre el Paseo de la Reforma, donde comenzaron a avanzar en un contingente compacto y numeroso exigiendo un alto a la represión.

6

A eso de las diez y media de la noche del día 29, Jaime se asomó al balcón de su departamento y dejó de preguntarse por quién doblan las campanas de la Catedral, algo inusual a esas horas. Observó horrorizado lo que ocurría a lo largo de la calle Justo Sierra. Conocía perfectamente la Catedral y sus secretos gracias a sus buenos contactos entre el alto clero que administraba el templo. El arzobispo Ernesto Corripio Ahumada era pariente lejano de la familia y llevaba buena relación con Jaime, a quien consideraba buen católico pese a que no escondía su homosexualidad en abierto cuestionamiento a la secrecía clerical sobre el tema.

Jaime decidió apoyar a su modo a los estudiantes acorralados en la preparatoria. En un momento de calma chicha bajó a la calle y escabulléndose del control militar y policiaco, caminó hacia la calle de Argentina en busca del costado oriente de la iglesia, ahí había una discreta puerta de hierro sin candado que podía abrirse fácilmente. Cruzó la construcción por detrás hasta llegar al lado poniente, donde está la sacristía y las oficinas. En el patio había un poste de madera con las dos cajas de electricidad de las potentes lámparas que iluminaban la Catedral. Sin dudarlo subió los *switches*. Era una espontánea muestra de apoyo contra los abusos e intolerancia del gobierno. Contra una sociedad hipócrita y represiva. Durante cinco lapsos de cinco minutos prendió y apagó la iluminación. Antes de irse dejó prendido el alumbrado. En todo ese tiempo lo acompañaron alaridos de júbilo y aplausos de parte de los huelguistas que comenzaron a gritar porras a la universidad y proclamas en favor de su movimiento. El Zócalo se llenó de una brava energía que estimuló a Jaime durante el anónimo regreso a su domicilio. De camino prendió un Chesterfield y a sus espaldas escuchó un "Goya" más. Se preparaba para contarle los detalles a Lucy y a su sobrino, mudos del miedo. Al llegar a Justo Sierra dio las buenas noches a los soldados que encontró a su paso. Nadie podía imaginar que un adulto en fina bata de casa y pantuflas, avejentado prematuramente por el cigarrillo y la alopecia pudiera simpatizar con los insurrectos. Su sueldo en la aerolínea le permitía vestir bien, llevar un ahorro que siete años después, ya jubilado, usó para comprar un departamento en Donceles y abrir un próspero negocio de enmarcado dentro del Pasaje Catedral. Como la mayoría de sus vecinos, amaba su barrio y estaba orgulloso del ambiente estudiantil animado por las numerosas cantinas de la zona, entre ellas el famoso El Paraíso, propiedad de Papá Ricardo. Jaime se sentía identificado con la intolerancia y la represión que sufrían los estudiantes. Él mismo las evitaba disimulando sus preferencias sexuales y se manejaba con un bajo perfil que no le impedía emprender acciones temerarias.

7

Al término del operativo militar del día 27, el general Reyes García se apersonó en el viejo edificio del Ayuntamiento capitalino para darle el parte al regente del Departamento del Distrito Federal. El gobierno declaró a los medios que la acción de los militares fue pacífica y que habían recuperado la Plaza del Zócalo.

Mentira. El gobierno trataba de deslegitimar el movimiento propagando entre la opinión pública que no representaba a la sociedad mexicana y que era parte de una conjura internacional desde Moscú. Alrededor de las tres de la mañana del día 29 un destacamento del ejército cercó las calles de San Idelfonso y Justo Sierra para asaltar a sangre y fuego los dos accesos a la Preparatoria 1. Iban tras los estudiantes que se habían refugiado de la represión en el Zócalo. Los sometieron a macanazos, con gas lacrimógeno, disparos y culatazos. Decenas de ellos fueron detenidos para llevarlos al Campo Militar No. 1. No se sabe qué fue de ellos. Los portones de madera del siglo XVIII fueron destruidos por los cañonazos de las tanquetas. Ocho muertos y decenas de heridos quedaron regados en el patio del plantel y en las afueras.

Un buen número de estudiantes trataron de impedir el ingreso de los militares empujando sus cuerpos contra los portones. Muchos otros que habían logrado mantenerse ilesos, fueron sometidos a culatazos y arrastrados a los camiones del ejército.

El estruendo de los cañonazos estalló los vidrios del edificio donde vivía Jaime con su familia. Se refugiaron en la cocina y Yayo fue a ocultarse en cuclillas a un costado del refri. Lucy no lo sospechaba, pero ya para entonces su consentido hijo tenía novia y le daba por fumar después de las clases en compañía de algunos compañeros de aula. Se refugiaban en el patio de la vecindad donde vivía uno de sus condiscípulos más destacados de la secundaria, el Chore, hijo de comerciantes de La Merced. Once años después, Lucy le compraría un Super Bee con el que llegaba a buscar a mi hermana a Infiernavit. Para entonces, ya tenía un estilo caifanesco de vestir y le gustaba apretar el acelerador de su deportivo nuevo, para que el potente motor de ocho cilindros dejara salir por el escape un rugido presuntuoso. Los primos de Yayo de la Portales lo apodaban el Farol.

Minutos después, se oyeron disparos lejanos y gritos en la calle. Decidieron salir a asomarse y tirados boca abajo en el balcón de su departamento, atestiguaron el violento conflicto en el plantel de enfrente. El olor a pólvora y los gases lacrimógenos apenas les permitían respirar. Justo Sierra estaba convertido en un campo de guerra con tanquetas bloqueando las calles. A oscuras y cubriéndose con paños húmedos la nariz, Yayo, Lucy y Jaime oían trepar de la calle gritos de dolor o imperiosos llenos de insultos, sirenas de las ambulancias, pisadas de militares en persecución y de civiles corriendo para ponerse a salvo. De los balcones brotaban reclamos: ¡Déjenlos, están indefensos! ¡Asesinos! ¡Abusivos! ¡No están haciendo nada malo! Fueron acallados con disparos de rifle dirigidos como amenaza a las fachadas.

El hermano mayor de Lucy, Hernán, rentaba un departamento de soltero en el número 27 de la misma calle. Se dio cuenta de que un grupo grande de muchachos se metía a su edificio y poco después los oyó subir a la azotea. De inmediato fue a socorrerlos antes de que saltaran hacia abajo los tres metros que los separaban de la azotea del edificio vecino. Los metió en su pequeño departamento. Eran alrededor de treinta. A gritos le pedían que no les abriera a los militares que ya ingresaban a los edificios y comercios para catearlos. Hernán logró calmar a los muchachos luego de advertirles que si seguían gritando los oirían y vendrían por ellos. Fue a su recámara y regresó con una pistola escuadra. "Aquí no se rinde nadie o nos carga la chingada a todos", dijo. Se hizo el silencio y comenzó a apilar a los estudiantes de tres en tres en el piso de la recámara.

Al poco rato se escucharon fuertes toquidos en la puerta y pasos marciales subiendo las escaleras del edificio. "¡Abran!", gritó una voz marcial intimidante. Hernán corrió a la recámara para ponerse su pijama, escondió el arma fajada detrás del pantalón, se desgreñó y fue a abrir.

—¿Qué quieren aquí? —preguntó apenas abriendo la puerta lo suficiente para mostrarle su rostro al soldado. Con la mano derecha sostenía firme la empuñadura de su pistola.

—Estamos buscando a un grupo de revoltosos, son de peligro.

—Aquí no hay nadie, ¿yo qué voy a saber? Estoy muy cansado y entro muy temprano a trabajar; déjeme en paz, por favor.

Hernán le mostró al militar una credencial apócrifa con foto que lo acreditaba como supervisor de Nacional Azucarera, donde trabajaba su hermana Lucy. El soldado lo mira a los ojos con desconfianza, luego se disculpa y da media vuelta para seguir con su rastreo en el departamento de enfrente. Hernán era un solterón, mujeriego y apostador, el arma no estaba en su domicilio para fanfarronear.

Eran las tres treinta de la mañana; para entonces Lucy le hacía un lavado de ojos a su hijo para aliviarle la irritación provocada por los estallidos. Ella decidió que nadie saldría de su casa al otro día. Jaime se reportaría enfermo a su trabajo y se hizo cargo de su hermana y sobrino.

A eso de las siete, Hernán sube a la azotea a echar un vistazo de la situación en la calle. Es un día despejado, pero aún huele a pólvora y madera quemada. La entrada de la preparatoria está custodiada por una patrulla de la policía. El ejército se ha retirado, pero deja un retén en la esquina de Justo Sierra y Argentina, a la altura de la Librería Porrúa. Hernán baja al departamento y encuentra a los estudiantes abrazándose amontonados unos sobre otros como luego de una orgía de terror. Su benefactor ha tomado una riesgosa decisión. Se las comunica con tono que no permite réplicas.

—Pueden irse de dos en dos, caminen una cuadra hacia el poniente a la calle del Carmen y den vuelta a la derecha hasta llegar a Tepito. Ahí estarán a salvo y cada uno podrá regresar a sus casas como pueda.

De una caja de galletas metálica que guardaba en su clóset sacó un montón de monedas de a peso que repartió entre la mayoría de los estudiantes para ayudarlos con los pasajes. A otros más les regaló camisas y playeras para que se cambiaran las que traían, rasgadas o ensangrentadas.

Cada media hora, con la fusca metida en la parte trasera del pantalón, acompañaba a una pareja hasta la entrada, ahí comprobaba que no había peligro antes de dejarlos salir. Durante toda esa media jornada tuvo listo café de olla para todos.

Cuando salió el último estudiante, Hernán se dirigió a casa de sus hermanos. Eran casi las seis de la tarde del 29 de agosto de 1968. Los encontró en pijama sentados en la sala fumando nerviosos, acompañados de una taza de café. Comenzaron a intercambiar experiencias y hasta ese momento repararon en el peligro que habían corrido. Una hora después Hernán regresó a su domicilio. Lucy y Jaime se pusieron a preparar la cena para Mamá Pita, la abuela de Yayo, que vivía en el departamento de arriba, sola. No se enteró de nada la viejecilla soreque y gruñona. Nunca preguntó por qué había tantos vidrios rotos en la estancia. Yayo preguntó si lo llevarían a jugar beisbol el sábado a los campos de la Ciudad Deportiva.

—¿Qué? —gritó la viejilla desde su sillón frente a la tele.

Yayo repitió su petición dirigiéndose a la abuela temible por sus regaños.

—Ay, niño, qué lata das, si ya no quieres ir a la escuela que te metan a trabajar a la cantina de Papá Ricardo, para que aprendas de la vida, vaquetón.

Nadie le mencionó lo que había ocurrido en la víspera. Mamá Pita se enteró hasta mucho después y nunca creyó la historia.

8

Pasamos frente al restaurante de cabrito Hevia en la calle de Peralvillo. El dueño, don Florentino, era viejo amigo de mi padre; le hacía generosos descuentos cuando íbamos toda la familia acompañados de la bola de amigotes. Al llegar a la calle de las chácharas cerca del campo de futbol Maracaná, en el corazón de Tepito, recorrimos los puestos de ida y vuelta sin yo saber el plan de mi hermano. De pronto se paró frente a un puesto que tenía extendida una lona con pedazos de cadenas tejidas, monedas, imitaciones de piedras de ornato como jade y ámbar y bisutería de diferentes metales. Tamayo saludó al marchante pringoso, enteco, rostro avejentado por millones de desveladas, camisa de vestir arremangada y pantalón acampanado con mil puestas; anillos grandes en siete dedos manchados de nicotina en las yemas, botines de tacón cubano y un aire de soberbia que cambió en cuanto mi hermano se agachó para revisar la mercancía.

—Pura caliche, güero, dime si no.

—Se ve, se ve.

Tamayo alzó una cadena tipo panza de víbora de unos veinte centímetros de largo idéntica a la de la pulsera y dijo:

—¿Cuánto por esta ruinita?

—Cómo que ruinita, mi güero, si está pulida y lista para bañarla.

—¿Cuánto?

—Dame un cien.

—Con eso pago la boda de mi hermano —dijo Tamayo con una risilla, señalándome con su pulgar izquierdo.

—Chaaa, no es pa tanto, mi güero, dame noventa. El chavo todavía nostá en edá.

—Nos vamos con sesenta y me dejas invitarle una cerveza al novio.

—Invítanos a los dos y va.

Tamayo sacó de una bolsa de su pantalón de vestir el dinero justo que ya traía calculado y, mientras seguía platicando con mi padrino de alhajas, de la nada apareció un muchachillo con un bote de pintura con cervezas y hielo derretido. Nos tomamos en chinga dos Carta Blanca cada uno y las pagamos con mi dinero, que había enrollado en una bolsa de mi pantalón, luego salimos de prisa por la misma ruta hacia la calle de Palma. Eran casi las seis de la tarde.

—Si tenemos suerte, ahorita hacemos todo.

En un local especializado en bodas y bautizos compramos un cofrecito metálico lleno de moneditas para bolo. En otro compró unas monedas un poco más grandes, chapadas en oro bajo. Subimos a un edificio de talleres y entramos en uno pequeño donde trabajaban cinco maquiladores de metales a destajo. Tamayo habló con el capataz y al negociar un precio nos hicieron esperar un buen rato en lo que hervían la cadena en un compuesto de agua y ácido bórico, antes de chapearla dos veces en oro una vez que la ajustaron como pulsera. Al final quintaron el broche con un martillo pequeño y un cincel grabado con "14 K". Salimos con una pulsera idéntica a la que yo había levantado en la fiesta. Costo total: doscientos cincuenta pesos incluidas las cheves.

—¿Cómo ves? —dijo Tamayo al salir del edificio.

—No, pues idéntica.

Mi hermano me había dado un curso intensivo del goleo, es decir, hacer pasar por oro una pieza de metal cualquiera. Una variante del artegio que poco a poco iba desapareciendo entre los viejos pícaros y estafadores; un negocio limpio donde no cabía la extorsión, las armas o la violencia.

—Ya la hicimos.

Le invité unas cervezas en la Puerta del Sol en la esquina de Palma y 5 de Mayo, guarida de coyotes del Monte de Piedad. Nos seguimos al Salón Corona en Bolívar y rematamos en La Giralda, en la calle Motolinía, la cantina predilecta de mi padre. En todo ese tiempo, Tamayo me explicó los pormenores de su maña y, sobre todo, me advirtió de no cagarla a la hora de regresar la joyita.

—A todos nos gana la codicia, la cosa es saber cómo usarla a favor —me instruía en tono docto mientras veía discreto alrededor nuestro a la clientela: coyotes, timadores, joyeros y aprendices; sastrecillos, mecánicos dentales y demás rentistas de oficios modestos de los despachos de la zona.

Lo importante era hacerme entender que él llevaría su tajada por el trabajito.

—Se ve que la ñora es una gurbia —concluyó refiriéndose a la tía de Azalea. Gurbia, una expresión muy usada por mi madre.

Yo iba nervioso al regreso, pero riéndome de sus ocurrencias y de la manera en que me explicaba cómo funcionaba esa variante del timo. En Infiernavit me dio la pulsera trucada.

—Espérate unos días antes de dársela a la ñora. Así come ansias y no se fija en la hechura. Mientras, me quedo con la buena y veo cuánto le puedo sacar. Mitad y mitad, es mucho trabajo.

Resignado, asentí con la cabeza y no dije más. No tenía sentido negociar y eso, todos los que teníamos tratos con él lo sabíamos.

Encaminé mis pasos a casa de mi padre. No había nadie. Me metí a mi cuarto, me desvestí y ya recostado en la cama continué mi lectura de *El llamado de la selva* hasta que me quedé dormido.

9

Al viernes siguiente fui a esperar a Azalea sentado en las escaleras del dúplex. Llevaba la pulsera hechiza envuelta en papel celofán en una bolsa de mi chamarra. Después de fumarme tres cigarros, apareció ella por la entrada del estacionamiento atestado de coches viejos y descompuestos algunos. Venía de sus prácticas. Estaba por titularse en la carrera de Comunicación y elaboraba en grupo con otras cinco compañeras una tesis sobre una película de Bergman. Cuando le daba por ponerse intelectual para explicarme la profundidad del aburrido director sueco, más apto para intelectuales de Coyoacán que para una pasante de Tuxtepec avecindada en Iztacalco, la mandaba al carajo sin escalas. Yo leía y veía cine mucho más que ella y sus santurronas amigas que bien que les gustaba que se les insinuara el sinodal de la tesis, un cineasta con una sola película que pasó sin pena ni gloria en las salas de cine.

Al verme movió la cabeza negativamente como para reprobar de antemano algo que yo aún no había hecho. Era su costumbre. Nos besamos y luego preguntó:

—¿Qué haces aquí?

—Vine a buscar a la tía de mi novia.

Esa muletilla que usaba siempre para hacerse la desentendida, quedó desechada en cuanto supuso lo que me traía entre manos.

—¿Trajiste la pulsera? Menos mal, mi tía no me deja en paz.

Entramos al dúplex y, como era costumbre, encontramos a don Rigo en la sala viendo la tele como hipnotizado, mientras su mujer recalentaba la comida.

Saludé y me senté en un sillón. Riguín seguro andaría de pedo con compañeros de la universidad. Si regresaba a buena hora, conectaríamos la parranda.

Azalea se metió a la cocina a hablar con la tía y poco después salieron. La señora me saludó de lejos secándose las manos con un delantal.

Me paré de mi asiento y dije:

—Aquí le traigo la pulsera.

—Ay, hijo, muchas gracias; no tienes idea del peso que me quitas de encima. Mañana mismo la regreso. Iban a creer que te la querías robar.

—Perdón, pero yo me la encontré tirada y nadie la reclamó. ¿Por qué tendrían que pensar que quería robarme esta baratija? Acuérdese que mi papá es joyero.

La tía no dijo nada. Nomás levantó la ceja depilada y delineada.

Algo en ella disimulaba cierta coquetería en su gesto de sacrificada.

Azalea me echó ojos de pistola. Acepté un café y me despedí. Azalea me acompañó a la puerta y la emparejó tras de sí para que nadie oyera su regaño.

—Eres un pinche grosero. ¿Crees que mi tía no se da cuenta de lo que dices?

—Me vale madres, se quiere quedar con la pulsera, por eso armó tanto pedo.

—De todo mundo desconfías.

—Ya regresé la pulsera, ¿qué más quieres? Nunca te pones de mi lado. Ya, olvidémoslo y dame un beso.

Le apreté una nalga con la mano, pero se zafó empujándome del pecho y fue a abrir la puerta.

—Nos vemos luego —dijo en voz baja; después, con tono alto para que la oyeran dentro, repitió la despedida y se metió al dúplex. Cerró la puerta por dentro asegurándola con las llaves de las tres cerraduras. Seguramente traía prisa por ayudar a la tía a preparar la cena y servir la mesa para todo el clan de siete integrantes de buen diente, incluida Azalea.

Regresé a casa respirando profundamente para bajar la erección y poco a poco comencé a disfrutar el dulce sabor de una victoria entre esos andadores arbolados que conducían a las secciones de edificios de cuatro pisos, inhóspitos, rodeados de estacionamientos repletos de coches de medio uso, muchos de ellos inservibles y oxidados. Infiernavit era como un enorme tablero de juego de mesa, con algunos miles de habitantes que, como fichas intercambiables y de valor similar, tenían decenas de opciones para avanzar o retroceder en el círculo de precariedad en que nos movíamos, bajo el riesgo de que los dados cargados a favor de los tahúres del poder, hicieran de nuestras vidas un accidente del azar o de una mala jugada y nos sacaran del juego donde a lo más que podíamos aspirar era a ser desechados, tragados o, con buena suerte, coronados como reyes momentáneos de una victoria efímera a salto de mata. En ese tablero apenas había lugar para algunos ganadores, perdedores de a montón y raras posibilidades de salir con un empate.

Había engañado a la tía y a toda su familia, incluida la palera de Azalea, que siempre me daba la espalda en situaciones así. Para ella yo siempre tenía la culpa de lo que fuera: de las borracheras maratónicas que nos metíamos en bola los amigos como pacto de sangre donde su primo Riguín y, con frecuencia, algún incauto ocasional se nos unía para olvidar el peso del trabajo, del desempleo, la frustración del no futuro o la indiferencia familiar. Acabábamos como chivos en matadero, degollándonos en broncas absurdas entre pandillas, a merced de las razias que nos llevaban a cada rato al MP de la delegación Iztacalco. Preferíamos pasar las veinticuatro horas de arresto a llamar a nuestras familias para que pagaran la mordida o la fianza.

Los vecinos de la sección donde vivía Azalea nos odiaban por escandalosos y bravucones. En fin, para ella yo tenía un talento natural para provocar líos y sin embargo estaba enamorada de mí y de mi liderazgo que atraía a quienes, como yo, se negaban a repetir la historia de sus padres. Los había ingeniosos; sabían robar la luz de los postes del alumbrado callejero para conectar grabadoras o colarse por las ventanas y robar de las tienditas adaptadas en los departamentos de planta baja donde vendían abarrotes y cerveza, los osados que, en pareja o en trío, se iban a atracar a otras colonias cercanas, igual de peligrosas, para comprar un pomo o salían al frente primero cuando había bronca, los que se desplazaban largas distancias para comprar drogas en barrios infames. Los que ya habían pisado Cana, la cárcel, por robo o lesiones con arma blanca. Éstos eran respetados y temidos, los amanuenses del infierno que actualizaban nuestro lenguaje callejero cambiando las sílabas al revés. Qué Satran. Mosva dosto por el mopo. Le tagus la gaber al topu. Se no jerra, ñalpu. Adoptar su habla, sus ademanes de fiera mañosa que acecha, balanceando el cuerpo de lado al hablar, amenazando como cuchilleros prestos a matar o morir, era reconocerles su valor como bestias solitarias que vivían entre espectros. Habían convertido su miedo explosivo e impredecible en un espejo roto donde nos mirábamos en un futuro incierto y cruel. Sus amenas narraciones del mundo carcelario eran como fábulas sin moraleja de una pesadilla real que a veces queríamos vivir en carne propia.

Pelotita, el Bigos y Archi, entre otros amigos y conocidos, de la noche a la mañana se convirtieron en asaltantes a mano armada. Las pistolas escuadra las había conseguido el jefe de la banda, el Profe, a través del comandante que lo apadrinaba, un tal Juve. Él se las rentaba a su subalterno y el Profe las subarrendaba: Quédense con un extra como comisión de los trabajitos. Como el resto de su banda, el Profe tenía apariencia de buen chico, educado y bien vestido, algo mayor que nosotros, con un empleo seguro en Televisa como encargado de uno de los archivos de video, que mandó al carajo por una actividad más emocionante y redituable. Todos eran hijos de madre soltera trabajadora. Su hermano menor, el Bofo, era su lugarteniente, un loco de atar violento y adicto a los solventes. Nos llevábamos bien todos. Disfrutaban su fantasía de hampones con dinero metidos en antros, acompañados de putillas de ocasión cuando no paseaban a las novias o se unían a nuestras parrandas ya de madrugada, luego de darle a su negocio o enfiestarse por su lado. Insistían en reclutarme, pero nunca quise, me daba miedo. Aun así, asistía a sus reuniones nocturnas en un cuarto de vecindad cerca de la unidad. El Profe y su hermano habían cambiado de domicilio para no despertar sospechas cuando se profesionalizaron.

Una noche llegó el Juve en su Galaxie rojo con rines cromados deportivos. Nos saludó muy jovial de mano y se comportaba y vestía como un veinteañero de nuestra edad cuando en realidad tendría casi cincuenta años. Primero nos ofreció coca que sacó de la bolsa de su camisa de vestir azul celeste.

Ni sí ni no, obtuvo por respuesta, pero cuando nos acercó la orilla del dorso de la mano cerrada con el polvo en una montañita entre el índice y el pulgar, varios le entramos a los raquetazos.

—¿Les gustaría ganar una lana chida, sin mucho riesgo?

Ni sí ni no.

Fue a la cajuela y discretamente sacó dos pistolas escuadras. Le pasó una al Profe y con la otra cortó cartucho. Todo lo que hacía parecía sencillo, fácil de imitar. Lo pensé, lo pensamos.

Al final, no lo seguimos. Éramos los perdedores, así nos vieron el Juve y el Profe desde aquella noche, como perdedores sin remedio. Los indecisos, los cobardes. Aunque ya estábamos ahí y teníamos padrinos de primera. Parecíamos listos para dar el siguiente paso en la darwiniana ley de la calle. Nunca lo dimos. Trabajar para ellos, para él, el Juve. Callados, no decir nada, irse por la tranquila y no hacer iris, desmadres. Su propuesta nos traería un respeto que muchos ambicionaban. Y esa invitación él, y otros muchos más antes como el Juve, con sus miradas cínicas y autoridad callejera, de matar o morir, se las habían hecho a muchos otros como yo y el resto de inadaptados. El futuro en el corto plazo era alistarse a la policía o en la delincuencia a las órdenes de capos mayores. Perder la inocencia dependía de nosotros, a pesar de todo, de ese camino sin retorno que pinta mal desde el inicio, sin desviarse de la ruta y que con suerte, tomando atajos, casi siempre terminaba en los mismos lugares: la cárcel o la funeraria.

Yo estaba inquieto siempre por la lujuria y las fantasías de grandeza; me creía un genio del bajo mundo, eso me volvía grandilocuente y fanfarrón, por eso éramos tan amigos todos; vivíamos inmersos en una telaraña de simulaciones y embustes a cuál más de disparatados, pero que a nadie le interesaba desmentir. Me había vuelto un experto en ocultar mis verdaderas intenciones a los otros (vivir bien con el mínimo esfuerzo), aunque participara de pequeños robos y atracos que no me ponían en peligro. Tomaba del poco dinero que mi padre guardaba en su cartera; vendía cosas robadas en los tianguis. Con el Cartucho y el Pescado robábamos embozados tiendas de abarrotes y vinaterías. Yo iba directo a la caja por el dinero una vez que Cartucho rodeaba el mostrador y le ponía por sorpresa unos madrazos inclementes al encargado, mientras el Pescado metía en una maleta deportiva la mercancía. Después nos echábamos a correr cada quien por rumbos distintos y luego nos reuníamos en algún parque o en el camellón de Churubusco.

Una epidemia de atracos obligó a los dueños de los negocios de la zona, y luego de toda la ciudad, a poner rejas de acero con apenas un hueco para extraer la mercancía una vez hecho el pago. Algunos encargados ya cargaban cuete. Yo era un pinche caco como todos, que no me atrevía a dar el gran salto que el Profe y su banda ya habían dado: robo a mano armada con el objetivo de graduarse en un banco, para formar parte de la élite de la que Alfredo Ríos Galeana era el Rector.

El Profe y su banda ya le pegaban a negocios grandes, lo hacían limpios, es decir, sin drogarse, con las armas medio temblorosas, pero listas en sus manos para meterle un plomazo al que se las diera de héroe. En aquellos tiempos no había cámaras de video, así que asaltaban sin cubrirse el rostro. El cine de Hollywood nos traía pendejos con sus historias de héroes marginales, contra la ley y el orden, por lo que volverse un asaltante de huevos era el ideal de muchos de nosotros, pero muy pocos daban el paso decisivo. Era mejor a vivir como otro pobre pendejo más en esa barriada. Ni el Profe ni los demás me podían ver por arriba del hombro porque los conocía bien y era más listo que ellos. Y a mi manera, el chupe y las viejas no me faltaban, aunque, claro, envidiaba que estos sujetos que consideraba incultos y con mal gusto siempre trajeran dinero y ropa de marca cara. Las chamaquitas se les derretían, sobre todo cuando el Profe y su banda sacaban la droga.

Mi padre había previsto el final de la banda y se cumplió a los pocos años. El comandante de la DIPD que los protegía cayó preso y dentro del reclu lo quebraron. Al igual que muchos asaltantes y rateros del rumbo, siguieron el mismo camino: uno detrás de otro cayeron en redadas, pararon en los separos antes de llegar al reclusorio y se ganaron condenas de tres a cinco años; tuvieron suerte de no acabar cojos, lisiados o paralíticos por un balazo, una calentada. Vidas destruidas, como apestados, los que lograban librar la cárcel o la muerte, convivían entre ellos, soportando la desconfianza y el estigma de unos vecinos que no eran mejores que ellos, pero que podían enorgullecerse de no ser carne de presidio. Tuvieron suerte. Les dieron condenas cortas gracias a las mordidas que soltaron sus familiares para liberarlos. Los hermanos reincidieron y armaron una banda nueva. El Bofo cayó muerto en un tiroteo con una banda de la unidad. El Profe desapareció con una ruca y no volvimos a saber de él.

Archi y Pelota sólo pasaron un año presos porque sus mamás se movieron para pagar una fianza y mochadas por todas partes. Ambos se reformaron y prosiguieron la vida a la que parecía tenerlos destinados los mimos maternos. Obtuvieron empleos en las ventas y se casaron con sus novias de toda la vida. El Bigos siguió una ruta de malandro apocado. Se hizo experto en administración de antrillos en el Centro y la Zona Rosa donde era el encargado de suministrar cocaína a la clientela. Murió de un paro respiratorio por sobredosis.

11

Una vez, Azalea nos invitó a una fiesta de fin de semestre allá en lo profundo de Iztapalapa. Callejuelas sin pavimentar, vulcanizadoras abiertas las veinticuatro horas, vinaterías con servicio de ventanazo y pandillas por todas partes. Acabamos en una golpiza tremenda contra sus compañeros de generación. Terminé descalabrado y con un ojo moreteado como de boxeador. De milagro no nos mataron. Toda la fiesta se nos vino encima de un momento a otro. Azalea entró a calmar la bronca, perdió sus sandalias de tacón y le rompieron un rebozo oaxaqueño, según ella muy caro. Su prima lloraba en un rincón de la azotea abrazada de un tipo que se ligó en la fiesta. Estábamos en lo que en algún momento sería una azotea con dos cuartos, llena de tabiques de adobe y varillas que parecían antenas. Como en ese tipo de construcciones no había armonía, subir y bajar escaleras metálicas sin pasamanos era una trampa mortal. El resto de mis amigos terminaron más o menos como yo. Había sangre y vidrios rotos por todo el suelo.

Huimos de milagro corriendo hacia la combi del padre de Riguín estacionada en un callejón cercano. En reversa salimos pitando y por alguna extraña razón, los rivales no nos apedrearon ni obstruyeron el paso. Sólo nos siguieron con la mirada burlándose de nosotros. Según Azalea, yo provoqué a sus amiguitos de la universidad, una bola de ignorantes vestidos como empleados de banco. Muchachitos con "futuro" que nos veían con desdén: vagos con secundaria o prepa sin terminar y pinta de rockeros que inflaban duro ron Alianza, muy barato, a la venta en Aurrerá. Ponía idiota. Nos habían recetado horas de Mijares, Emmanuel y cumbias. Una mierda. En fin. Acabamos donde siempre: en el estacionamiento de la sección donde vivían Riguín y Azalea, repasando a gritos los incidentes de la noche entre un trago y otro de una botella que compramos de regreso. Las heridas las enjuagamos con agua del grifo de un patio cercano. La prima bajó unos trapos para limpiarnos las heridas. Así nos agarró el amanecer y cada uno regresó a su casa con el orgullo por los suelos.

12

Dos semanas después, Tamayo fue a buscarme a casa de mi padre. Nos encontró en la sala tomando brandy Presidente con café y escuchando El Fonógrafo en la radio de la consola.

—Ven, acompáñame —dijo, evitando encarar al viejo.

—¿Adónde te lo llevas?, si estamos muy a gusto platicando.

—Tenemos un negocio, al rato regresa.

—Ummmm —fue todo lo que dijo el viejo, mofándose. Salimos a la calle y Tamayo me dijo:

—¿Te gusta el cochecito que ves allá, el color marrón?

—Claro que sí —dije sin dudarlo.

—Pues es tuyo a cambio de la pulsera.

En el estacionamiento para los edificios de la sección vecina había un coche mediano de diseño redondeado en sus partes. Parecía un bombín rodante. Era un Hillman 1961. Inglés. Sólido, de fácil mantenimiento y no muy rápido, pero seguro en su manejo. Así era yo de algún modo. Lo más cercano a mi sueño de tener un carro clásico. En el asiento del conductor estaba sentado un tipo moreno de pelo chino.

—Es Marianito, un chalán de la oficina, él me ayudó a ponerlo en marcha. Es un Audax —dijo Tamayo en lo que nos dirigíamos al coche. Tenía algunas abolladuras y el color pardo se debía al antioxidante que se pone a la carrocería antes de la pintura. Los asientos de vinil amarillento estaban desgastados pero no rotos. Algunos cables se desprendían de debajo del volante enorme color marfil. Yo no tenía ni idea de cuánto podría costarme poner al tiro el cochecito, pero no me importaba, ya era el flamante dueño de un coche clásico.

Saludé a Marianito en lo que se apeaba para sentarse en el asiento trasero. Tamayo tomó el lugar del copiloto y me dejó manejar.

—Pruébalo, es una seda —dijo al momento en que Marianito le pasaba las llaves y Tamayo me las extendía—. Danos un aventón a Vértiz y el Eje 5, vamos a terminar otro negocito.

—Así es, mi jefecito —confirmó el chalán frotándose las manos en lo que ocupaba el asiento trasero.

Prendí el motor y pisé el acelerador un poco, se oía como una licuadora, pero al meter primera arrancó sin tropiezos. Como coche de espías de película barata, dejábamos detrás una discreta cola de humo gris.

—En la cajuela están los tapones originales de los rines, las molduras y el espejo retrovisor derecho. ¿Sí te fijaste que trae placas? —me informó Tama al pendiente de mi manejo.

Tomé ruta como si me dirigiera a mi cuarto en la Roma y de salida de la unidad saludé a mis conocidos que me veían extrañados conduciendo un coche tan raro. La ruta por el Eje 5 sur era prácticamente en línea recta, lo que me permitía acelerar el coche que olía a viejo y hule requemado. Íbamos de buen humor fumando de los Raleigh de Tamayo. El radio funcionaba y sintonicé Radio Capital. *La hora de los Creedence.* Los frenos no estaban del todo bien, pero poco a poco evité las sacudidas, sobre todo en los altos de semáforo. Al llegar al cruce con Vértiz bajaron del coche y Tamayo me dijo, asomándose por la ventana del copiloto:

—No podrás decir que no hiciste un buen negocio, ¿a poco no, Marianito?

—Así es, mi jefe, ese cochecito nunca me dio problemas.

Tamayo sacó los papeles del coche de la bolsa sobaquera de su chamarra de cuero y me los dio.

—Ya tú los pones a tu nombre. Yo hasta aquí llego con esta pieza de colección. Te rayaste, es una joya. Bien arreglado vale más que la pinche pulsera. ¿A poco no, Marianito?

—Sí, ¡claro!, chulada de coche —respondió el palero.

Cuarenta minutos después, cuando me estacioné frente al zaguán de la vecindad y apagué el motor, lo primero que me pregunté fue qué clase de acuerdo habrían tenido Marianito y mi hermano antes de cederme el coche así: sin respingos ni regateos. Recorrí los pasillos que conducían a mi cuarto, abrí la puerta, prendí la luz y miré a mi alrededor feliz por un instante de la vida que había elegido.

Salí de nuevo a la calle a comprar una caguama en la miscelánea de la esquina. Regresé a echarme a leer con un vaso de cerveza fría que después de cada trago posaba en un huacal de madera que servía de buró y librero. Cuanto terminé con la caguama, dejé a un lado *Germinal* y me dispuse a dormir. Aún no era muy noche, pero mi plan era llegar temprano a trabajar y al regreso dedicarle la tarde a mi "pieza de colección".

CAPÍTULO XIV

No podrás, no podrás, no podrás

1

Días después regresé de prisa de la chamba. Le había dejado un recado telefónico a Cartucho en casa del viejo para que viniera conocer el Audax. No arrancaba. Me gustaba el nombre del modelo, iba bien con nuestras fantasías de tipos indomables. Más adelante le contaría a Azalea, era demasiado apresurado y no quería que sospechara de mi compra repentina. Aventé sobre la cama mi mochila de lona donde portaba libros, cigarros, una libreta de apuntes, bolígrafos, lapiceros, algún tabloide, recortes de periódicos y una licorera de metal que vaciaba en el trabajo. Siempre traía aliento alcohólico y mi ropa apestaba a cigarro, pero a esa edad, un joven fuerte y testarudo, con la adrenalina a tope, es candidato a cometer cualquier tipo de insensateces.

Salí del cuarto armado con un desamador y unas pinzas. Abrí el cofre del Audax e inspeccioné el motor. No sabía nada de mecánica, pero pensaba que con un poco de pensamiento mágico el coche arrancaría sin problemas. Fui a sentarme en el asiento del conductor y le di juego al encendido. El motor sonaba como un viejo a punto de morir de tuberculosis.

"Gasolina, eso es", pensé. O la batería necesitaba recarga. Cerré el cofre y caminé tres calles a la tlapalería; compré un garrafón de plástico de un galón y caminé otras cinco calles hacia una gasolinera en avenida Cuauhtémoc. Ya de regreso hice un cucurucho de cartón para vaciar el combustible en el tanque. Bombeé varias veces el acelerador, luego encendí el motor y fue lo mismo. Estaba sentado dentro de un cacharro achacoso. Con la frustración y el enojo quitándole claridad a mis ideas, prendí un cigarro y me quedé sentado con la puerta abierta. Apoyé sobre la pierna el codo de la mano izquierda con la que sostenía el cigarro y descansé los zapatos en la banqueta.

Me quedé hundido en cavilaciones hasta que de pronto apareció Cartucho, muy sonriente, como una hora después. El sol estaba a punto de ocultarse. Vestía un largo abrigo de lana holgado, lentes oscuros, pantalones de mezclilla sostenidos con tirantes, camiseta negra, botas de obrero y portaba al hombro un morral de lona sin cubierta donde metía sus chácharas. Giraba una baqueta entre los dedos de su mano derecha.

—Vengo de ensayar y le voy a dar otro rato acá. ¿Qué, y esa ruina? —dijo, refiriéndose al Audax.

—Acabo de comprarlo.

—¿Y jala?

—Ayer sí, hoy no sé qué le pase.

—A ver.

Cartucho dejó su morral en el suelo, se quitó el abrigo y me lo dio antes de meter medio cuerpo en el cofre del motor. Movió los cables de las bujías para revisarlas, les sopló con fuerza en el arco de encendido y por último revisó una tripita por donde llegaba la gasolina al motor. Derramó un poco de combustible y de la tripa brotaron algunos grumos negros.

—No mames, está bien sucio el motor. Hay que llevarlo a servicio.

Me pidió las llaves del encendido y luego de quitarme se sentó en el asiento del conductor. Con el pie izquierdo, apoyado en la banqueta, puso la palanca de velocidades en neutral, con el pie derecho pisó el pedal del acelerador y por último encendió el motor. Funcionó a la primera.

—Vamos a dar una vuelta —dije más contrariado que otra cosa y con una seña de mano le indiqué que se recorriera. Prendimos unos cigarros y con una inyección de euforia decidí que era un buen momento para comprar una botella de ginebra Oso Negro y un litro de naranjada. Pasamos a la tienda y además compramos vasos desechables. Ya con los tragos bien cargados, fuimos a dar una vuelta por la colonia Roma y Juárez, destruidas, deshabitadas y sórdidas. A eso de las diez de la noche estábamos de regreso y a medios chiles. Entramos al cuarto y nos servimos otra tanda de tragos. Yo iba a prender la grabadora, pero el Cartucho se opuso:

—Quiero ensayar un rato primero, la música me distrae.

Sacó del morral sus baquetas y una goma negra redonda, plana y gruesa, como del tamaño de un plato para postre:

—Es un rebotador —dijo.

No hablé más y me fui a la cama para sentarme a leer recargado contra la pared, que daba al estrado de las orquestas que tocaban todas las noches en el cabaret San Luis. El ruido de las trompetas y percusiones acompañaba hasta la madrugada mis pocas horas de concentración o sueño.

El Cartucho se había sentado en un banco después de poner el rebotador en una silla.

Ahora yo tenía como fondo un rítmico y monótono golpeteo de baquetas sobre el pedazo de caucho negro. De pronto me levantaba de la cama para servir otros tragos. Mi hermano parecía un poseso golpeando la goma, sudaba copiosamente, de vez en cuando suspendía su ensayo para darle largos tragos al vaso con ginebra. El Bonzo Bonham de Infiernavit.

Dos horas después, estábamos borrachos. El Oso Negro completito daba zarpazos en nuestro cerebro y mi hermano dejó de ensayar. El sudor mojaba su playera y se secaba el rostro con una toalla. Yo quería discutir de algo, pero hacerlo con el Cartucho era llegar a ningún lado; tenía la habilidad de encerrarte en un callejón sin salida donde te asaltaría con dudas y argumentos ambiguos hasta de la existencia de la sangre que nos convertía en hermanos y cómplices a muerte.

—Carnal, préstame el coche para ir a ver un rato a Rosita.

Su novia pasaba de un trabajo a otro, sin importarle las condiciones. Entrona pero torpe para encontrar empleos como secretaria donde no la explotaran. Le molestaba la pasión de Cartucho por la música. "De eso no se vive", insistía.

—No mames, es casi la una —dije.

—A esta hora va llegando a su casa. Voy y vengo, nomás para saludarla.

—Estás bien pedo, no puedes manejar así.

—¿Y eso qué? Sí puedo manejar, no mames.

Como dictador yo sería un desastre, le alcancé las llaves y no supe del Cartucho hasta el mediodía siguiente que me llamó a la oficina para avisarme que antes de llegar a Infiernavit, el coche se había descompuesto en Apatlaco y tuvo que estacionarlo en una calle de por ahí. Había que ir a recoger el Audax y llevarlo cuanto antes a un mecánico. Entendí que mi calvario apenas comenzaba.

2

Empujamos la carcacha varias calles hasta llegar al inicio del puente que conecta la avenida Apatlaco con Infiernavit. Ahí esperamos a que algún vehículo nos ayudara a empujar el Audax para subir la prolongada cuesta. Al cabo de un rato llegó una combi pesera vacía y el conductor nos tocó el claxon para indicarnos que empujaría el coche. Subimos y con la mano izquierda fuera de la ventana le hice señas al chofer de la combi de que se acercara hasta topar con la defensa trasera. Una vez en la cima le hice indicaciones de que se adelantara agradeciéndole la ayuda. La bajada sería con el puro impulso y ahí intentaría echar a andar el coche con el motor encendido y metiendo segunda. Imposible. El pesero nos rebasó al tiempo que tocaba su claxon con el tema de *El Padrino* a manera de saludo. Con el puro vuelo llegamos a una calle de donde vivía el viejo, a mitad de la unidad.

El resto del camino tuvimos que empujar. Mi padre estaba en la entrada de su casa, como era costumbre, fumando. Nos vio de lejos y comenzó a reírse socarrón.

—Y con lo que les gusta trabajar —dijo cuando nos tuvo cerca.

Veníamos sudorosos y con resaca. Eran alrededor de las siete de la noche. Estábamos a fin de quincena y sólo traía unos doscientos pesos. De ahí tenía que apartar para comida y alguna otra eventualidad. Una caguama serviría de aspirina. El Cartucho, aunque trabajara, lo cual no era probable, nunca traía dinero y mis apremios económicos se debían en parte a que yo lo mantenía. Le había comprado en abonos una batería que nunca me pagó y que guardaba en una bodega donde ensayaba con su grupo. Nadie nos había enseñado a ahorrar, el dinero nos quemaba las manos y conseguirlo era el dolor de cabeza de toda mi familia. Trabajadores duros, honrados, de pocos estudios y malos administradores de sus habilidades y economía. Vivíamos al día, endeudados siempre. Las notificaciones de embargo y las visitas de aboneros enojados, las mentiras y excusas para evadir cobros, los cortes de teléfono y las deudas con los abarroteros marcaban una larga historia de familia que habíamos heredado los menores.

—¿Eso fue lo que te vendió Tamayo?

—Sí.

—No aprendes. Lo que te va a salir reparar esa chatarra.

—Lo vale —respondí orgulloso y a la vez apenado.

—Allá tú. No tienes remedio.

Mi padre entró a la casa y Cartucho observaba la escena con el brazo recargado en la puerta abierta del copiloto. Le di cincuenta pesos para que fuera a comprar una caguama.

—Me traes el cambio —dije. Me ignoró y fue de prisa a la tienda de la esquina.

Cuando terminamos la cerveza, Cartucho dijo, mientras yo agitaba la morralla del cambio en mis manos:

—Hay que llevarlo con el Cuba.

Era un mecánico que vivía en la misma sección que Tamayo. Tenía rasgos negroides, las piernas arqueadas y apenas llegaba al metro sesenta de altura. Había montado su taller mecánico en un lote abandonado de la colonia vecina, en el costado sur de la avenida Apatlaco. Sin pagar renta, sin título de propiedad, se volaba la luz y el agua como tantas otras familias y sujetos en esa misma colonia. Abundaban los talleres mecánicos, las vulcanizadoras, las funerarias, un par de farmacias y un par de anexos de AA donde habíamos escuchado historias escalofriantes de boca de nuestros conocidos internados ahí contra su voluntad por sus familias; taquerías de puesto callejero, los perros sin dueño; en las casas en obra negra vivían madres solteras, chamacos bravucones candidatos al consejo tutelar y luego al reclu: robo, lesiones, homicidio culposo, daño en propiedad ajena. No falla. Apestaba a animal muerto, a agua estancada, a cohetones. De pronto te cruzabas en plena calle con un cerdo, un chivo o un perro bravo, pitbull o pastor alemán; o con un par de perros amarillos que parecían ferales hasta que intentabas apedrearlos, entonces aparecía el dueño, igual de bravo que las mascotas. Padres e hijos conocían la terapia de las granjas para alcohólicos y toxicómanos. La muerte era el sereno que, puntual, anunciaba la hora de la siguiente tragedia.

—¿Ahorita? —pregunté fatigado y aún resintiendo la cruda.

—Primero vamos a decirle qué pasa, igual y viene con su herramienta y aquí lo arregla.

Llegamos al taller. Estaba abierto el portón de hierro oxidado. Dentro había tres coches deshuesados, ruinosos y chocados. El Cuba estaba al fondo fajándose a una mujer joven, gorda, de apariencia indígena, a la que no le importaba que el mecánico con parecido al boxeador Ultiminio Ramos la manoseara sobre la falda de licra azul con las manos llenas de grasa automotriz. Cuando el Cuba nos vio se alejó de su novia y fue a nuestro encuentro.

—Y ahora, ¿qué se traen?

—Échanos la mano con un coche, no arranca.

—¿De quién es?

—Mío, se lo acabo de comprar a Tamayo.

—¡Uy! —gritó el Cuba y se echó a reír como si le hubiera contado un chiste picante—. Ya me imagino. Orita estoy ocupado, tengo que sacar ese coche para mañana, pero paso más tarde a revisar tu Cadillac —señaló un coche igual de fregado que el Audax.

—¿De plano no puedes ahorita? Me tengo que ir en unas dos horas.

—No, mi carnal, esto no es como tú quieras, es como yo puedo. ¿Me entiendes? Igual cómprate un pomito para echárnoslo mientras reviso el carrazo que te vendió Tamayito. Jajajajajajaja. ¡Cartuchito, asesora a tu carnal! Lee mucho, pero no aprende. Cuídalo, chingao.

—Otro día que andes de chillón mendingando por un trago así te voy a decir —respondí. Nos fuimos. Caminamos en silencio y yo iba enojado, con la idea de esperar dentro de casa de mi padre y si veía la oportunidad, le robaría un par de cigarros y un trago de su brandy que siempre tenía en su licorera color ámbar.

—Igual ni viene ese pinche zambo —dijo Cartucho.

—No queda de otra más que esperar.

Y sí, esperamos inútilmente mientras veíamos por enésima ocasión el capítulo de Letito, el emisario de la mafia en *Los intocables*. Soy Letito, nos gustaba decir cuando íbamos a comprar alcohol de madrugada en tienduchas donde, antes de atenderte a través de una puerta con espacio suficiente para ver cabezas y pasar la botella, el vendedor preguntaba quién eras.

A eso de las diez nos despedimos de mi padre, estaba en su estancia de televisión en el primer piso de esa casita que, por increíble que pareciera, fue diseñada para un espacio así.

—¿Para qué se van tan tarde? Quédense aquí, aistán sus camas.

—Yo al rato regreso —dijo el Cartucho y salió de fuga a la calle.

No lo pensé mucho, le agradecí al viejo su hospitalidad y me metí al que había sido mi cuarto. Al prender la luz me invadió una sensación de tristeza y angustia. No había libros, ni grabadora, nada. Tendría que viajar con la imaginación como *El vagabundo de las estrellas*, de Jack London. Cerré la puerta, me desnudé, apagué la luz y me eché a dormir en el suelo agotado y resacoso.

Por la madrugada escuché al Cartucho abrir la puerta del cuarto y luego cerrarla con cuidado. Venía ahogado de borracho.

Desperté temprano para ir al trabajo, me di un regaderazo y antes de partir desperté a mi hermano.

—Insiste con el Cuba, te llamo a mediodía acá con mi papá para ver qué pedo.

El tufo a alcohol acedo de mi hermano me siguió hasta la calle. Pasé el resto de la mañana muy tranquilo; nadie requería de mis servicios de mensajería y me dediqué a leer todos los periódicos que llegaban al Centro de Información Económica. A mediodía le acepté una invitación a Paquito para comer tacos de guisado. Al regresar llamé a mi hermano.

—Dice el Cuba que viene a las cuatro. ¿A qué hora llegas? Estoy crudísimo.

—Estoy por allá como cuatro y media. A ver cuánto cobra.

—No creo que mucho. ¿Traes lana? Necesito curármela.

—Pídele a mi papá, a ver qué te dice.

—No quiero que se dé cuenta.

—Claro, el viejo es bien pendejo.

—De verdad, me siento fatal.

—No tomes si no tienes para curarla. Regla de oro.

—Vete a la chingada.

Colgó.

3

Los servicios fiados del Cuba para echar a andar el Audax costaron mil pesos. Le pagué en cuanto cobré mi quincena. Sus honorarios cubrieron cuatro días de funcionamiento del motor a duras penas. Ya con dinero invité a salir a Azalea un sábado por la tarde. No paró de hacer preguntas y yo de mentir. Veníamos de un hotel y los cables de la electricidad del coche hicieron corto mientras circulábamos por el Viaducto poco antes de tomar la desviación sur a Troncoso, lo que provocó un incendio en el motor. Frené de golpe y logré evitar un choque de frente contra un camión repartidor de agua que venía a pocos metros adelante. Casi morimos asfixiados por el humo de plástico quemado. A duras penas Azalea abrió la puerta del copiloto y por ahí salimos a rastras al carril del extremo derecho. Yo no pude salir de mi lado porque el humo y las llamas que brotaban de detrás del tablero me lo impidieron y de milagro no salí quemado. Los coches que circulaban en los carriles de la izquierda bajaron la velocidad y los pasajeros me miraban entre condolidos y molestos, pero nadie paró a auxiliarnos. Tosíamos con los ojos irritados, la garganta me ardía y me costaba trabajo jalar aire. Azalea tuvo arcadas apoyada en un árbol. Crucé el amplio camellón hacia una miscelánea cercana y, por el consejo de un mirón, compré una Pepsi gigante, que usé como extinguidor agitándola, para apagar las flamas que brotaban del motor después de abrir la tapa con dificultad. Controlado el incendio, enfurecida y tosiendo, Azalea me ayudó a empujar el coche hasta la lateral, donde pude estacionarlo, luego de varias cuadras, en la esquina de una calle aledaña sobre Troncoso. Lo raro fue que el radio del coche no sufrió ningún daño y siguió funcionando después mucho mejor que el motor y el sistema eléctrico.

Durante meses, casi todo mi salario se fue en el Audax y quedé endeudado por todas partes. Lo más preocupante era la renta del cuarto, debía casi medio año. No era el único y nos organizamos para depositar la renta en un juzgado de Villalongín donde cada uno decidió lo que quería pagar. De doscientos pesos decidí que la renta valía cincuenta. Luego me di cuenta de que me vi espléndido, según lo que comenzaron a depositar mis vecinos.

Pocas veces funcionó el Audax a pesar de los continuos ingresos al taller del Cuba y al de unos electricistas automotrices conocidos del Cartucho que tenían su taller en la colonia Doctores. Costó una fortuna cambiar el sistema eléctrico con la amenaza de embargar el coche si no pagaba a tiempo. Los electricistas eran un par de hermanos fortachones adictos al gimnasio, acostumbrados a trabajar en una zona de comercio con autos robados. Desconfiaban de nosotros. El Audax funcionó mejor. Le instalaron un encordado de cables gruesos y delgados recubiertos de cinta aislante de colores. El Cartucho comenzó a ocupar el coche para atracar con sus compinches. Yo ya ni lo usaba. Un día encontré en la cajuela varillas de construcción con punta aplanada para botar tapones de coche, piezas automotrices, desarmadores, seguetas afiladas, tiras de metal con gancho en una punta para botar seguros, guantes de cuero fino y de látex, sangre en el tapete raído que cubría la llanta de refacción y el gato mecánico. Como maldición, la dueña de la vecindad cortó la luz y abrió una zanja en el pasillo para dejar intencionalmente el drenaje descubierto hasta la entrada de nuestro cuarto. La dueña ya no quería inquilinos como todos nosotros. Morosos, rijosos, tramposos. Migrantes de un tipo de lumpen a otro. Nos quería desalojar, pero no iba a ser tan fácil.

5

Año y medio después nos organizamos como asociación sin registro. Pura supervivencia. Había hecho amistades con la mayoría de los inquilinos. A Agustín y a mí nos eligieron como representantes. Éramos los de más verbo y los líderes naturales ante una comunidad tan rijosa como indolente. Hacíamos juntas mensuales y establecimos una cuota mensual de treinta pesos como fondo para contingencias y pagar un abogado. Asistía la mitad de los inquilinos. A los dos meses ya había problemas para reunir el dinero. Aun así, propuse al novio de la hermana de Riguín como abogado. Tartamudo. Asistía a las juntas y tiraba rollos interminables con lenguaje legaloide. La la ley diceeee que no que no pue que no pue den eee eeecharlos sin un juiciooo. En Infiernavit le decíamos el Verdaguer, le daba un aire al cantante con su mostacho y constitución delgada, reía de lado, socarrón, mostrando su dentadura muelona. Hábil para engatusar, aunque a la fecha no le conocíamos un caso ganado. Otro engendro de Bernabé Jurado. Trabajaba para su hermano, abogado de la Policía Federal. Creí que con ese respaldo ganaría el juicio de desahucio. Todo bien hasta que empezó a pedir adelantos para gastos de operación y no veíamos claro. Puro verbo. En una votación los vecinos decidieron darle aire. Cuando se lo comuniqué después de una junta donde no le dimos dinero, me dijo, mientras lo acompañaba al coche de la novia:

—Salte ya de aquí, está muy difícil con esta gente.

En algún momento pedimos asesoría a la Unión de Vecinos y Damnificados 19 de Septiembre. Nos proponían afiliarnos y asistir a sus marchas a cambio de asesoría jurídica; nos ofrecían además darnos unos departamentos nuevos en un conjunto habitacional en Ecatepec, a cambio de que les cediéramos el predio una vez que lo expropiaran. Nos negamos a lo último y nos retiraron el apoyo.

A la siguiente junta, Agustín nos contó de un pariente suyo que también era abogado, pero que vivía en Orizaba, el lugar de origen de ambos.

—Olegario es muy bueno, pero cobra caro. Le podemos decir que le pagamos con un departamento cuando ganemos el juicio. Hay que irlo a ver, ya le hablé. Yo digo que vayamos, Güero, a ver qué nos dice, sirve que nos distraemos.

Agustín hablaba con siseo por la lengua metida entre los dientes. Yo era el Güero grande y Cartucho el Güero chico. Quince días después tomamos el dinero de las cuotas y nos lanzamos un viernes en un autobús de medianoche a Orizaba. Agustín no durmió, como era su costumbre, y todo el viaje se la pasó platicando con el chofer desde su asiento delantero pegado al pasillo. La vista panorámica de la carretera le permitía reclinarse hacia el frente y dar indicaciones como si fuera el copiloto. Yo me quedé dormido durante la madrugada y al despertar estábamos en la terminal.

Con nuestras maletillas de viaje caminamos hacia el centro de la ciudad rumbo a la casa del padre y un hermano de Agustín. Estaba nublado y caía una llovizna que hacía parecer las calles un trasplante tropical de algún relato de Dickens. Nos topábamos con obreros que salían de su turno en la fábrica de cerveza Superior. Agustín saludó a algunos. Su hermano trabajaba ahí.

Durante las largas y frecuentes desveladas en el cuarto de Agustín, descubrí que mi vecino era un tahurcillo del dominó y los dados. Por más que se empeñó en enseñarme los juegos y sus secretos, jamás aprendí. Soy muy distraído pero muy picado y me interesó más entender a un ludópata medio padrote que puede pasar horas jugando incluso contra él mismo o con un pelmazo. Agustín tenía un truco de cubilete donde al momento de arrastrar los dados con el vasito, se acomodaba uno de ellos con el as arriba entre los dedos índice y medio. Azotaba bocabajo el vaso en la tablita que usaba como tablero y mesa de juego sobre la cama. Al soltar el tiro retenía el dado una fracción de segundo antes de dejarlo caer. A veces apostábamos cervezas que casi siempre yo salía a comprar a la miscelánea con ventanazo toda la noche a una calle de la vecindad. Se reía y volvía a enseñarme el truco. Nada, era vista y habilidad con la mano.

En una de esas sesiones conocí a su padre, don Arnulfo, que visitaba a Agustín varias veces al año. El viejillo se pasaba un par de semanas metido en el cuarto haciéndose cargo del bebé mientras el hijo salía a comprar víveres y chupe o a hacer alguna movida chueca. Dormía en el piso sobre una colchoneta. Don Arnu jugaba solitario con una baraja tan gastada como él o dominó con el hijo día y noche. No les interesaba nada más. La esposa de Agustín, Begonia, mantenía a la familia fichando en un cabaret de la Doctores y con la venta de productos de Stanhome.

Don Arnu y Gonzalo ya nos esperaban con unas cervezas al tiempo. Vivían en un cuarto muy parecido a los nuestros, un poco más amplio y dividido a la mitad por una cortina de tela descolorida y un ropero. Nos preguntaron sobre nuestro proyecto de llevar una caravana de burlesque a Orizaba. Don Arnu conocía al dueño de un viejo cine que estaba dispuesto a rentarlo. Agustín, su mujer y doña Carmen reclutarían chicas que trabajaban en antros. Conocían a muchas. El obstáculo era la inversión en viáticos, pero eso saldría si ganábamos el juicio y yo pediría un préstamo de tres meses de sueldo al banco. Me fui a dormir en un catre que habían acondicionado del lado de don Arnu. Me despertó el humo del cigarro, a eso del mediodía, los tres jugaban dominó en una mesa metálica con cuatro sillas con el logo de Superior. Pregunté si habían desayunado, pero no respondieron concentrados en las fichas.

Al poco rato nos fuimos a un billar cercano y jugamos Pool Bolita en lo que daban las tres de la tarde, hora de la cita con el primo de Agustín. Sólo fuimos él y yo. Abogados, dijo en voz alta don Arnu en tono desconfiado al momento de romper filas afuera del Bola 8.

6

Tocamos en un portón de madera en una casa antigua a las orillas del centro de la ciudad. Una construcción bien cuidada con mampostería, dos ventanas amplias y largas, protegidas con herrería gruesa y acabados finos. Un barrio tranquilo con calle empedrada sin comercios. Esperamos unos minutos y luego nos abrió una muchacha muy guapa de tipo indígena, vestía sencillo e impecable. Nos condujo a un amplio despacho del lado izquierdo a la entrada de la casa y se retiró. Al frente, un corredor adoquinado conducía a un patio con fuente en medio y habitaciones cerradas alrededor. La frescura y quietud del lugar contrastaba con el clima húmedo y frío de octubre. Ya no lloviznaba. Se sentía una atmósfera austera de gente adinerada.

Nos sentamos en uno de los dos elegantes sillones frente a una mesa de centro a tono con el mobiliario de madera fina y acabados sencillos. Un juguetero con figuras de porcelana y artesanías de barro decoraba uno de los muros. Al otro extremo de la puerta había un pulcro escritorio con máquina de escribir mecánica, teléfono, fax y un lapicero de fina piel, que hacía juego con un portadocumentos acojinado para escribir o firmar sobre la base. De la pared trasera, a ambos lados del librero repleto de libros de derecho encuadernados finamente, colgaban un diploma de abogado por la Universidad Veracruzana, reconocimientos por barras del gremio local y un cuadro con alcatraces. Una discreta ostentación del prestigio profesional bien remunerado.

Agustín prendió un cigarro con una pierna apoyada en el muslo de la otra y tiraba despreocupado la ceniza en un cenicero enorme de vidrio al centro de la mesa.

Regresó la muchacha con una jarra de agua de limón y vasos y, en silencio, sin mirarnos, se retiró cerrando tras de sí la puerta de dos piezas.

En lo que esperamos, Agustín se fumó otros tres cigarros. No decíamos nada e ignoramos el agua intimidados por el lugar y calculando en cuánto nos saldrían los servicios del primo.

Apareció un sujeto chaparrito, esmirriado y pulcro. Vestía guayabera blanca y pantalón de casimir azul. Mocasines cafés. Parecía un jovenzuelo a no ser por su semblante calculador y estudiado con discretas arruguitas a un lado de los ojillos negros. Nos saludó de mano, se presentó como el licenciado Olegario Hernández Araujo e ignoró la efusividad de Agustín cuando lo llamó: Primo.

Se sentó en el sillón detrás del escritorio y fue al grano.

—Ya me dijo tu papá de qué se trata. De entrada, les digo que es un juicio largo y caro. ¿Traen los documentos de su caso? A Arnulfo me lo encontré hace unos días saliendo del dispensario médico. ¿Está enfermo? Ese señor es de acero. Necesito la demanda de la propietaria, el recibo de predial de la propiedad, de agua y luz al corriente; de las rentas depositadas, de los comprobantes de empleo de los inquilinos y de su identificación oficial. Todo en original y copia. ¿Tienes algún documento notarial que los acredite como asociación de vecinos? Sin todo eso no se puede proceder.

—¡Uy!, no trajimos nada; primero queríamos consultarte y saber cuánto nos cobrarías por llevar el caso.

El egresado de la facultad Bernabé Jurado apoyó los bracitos venosos en los descansos del sillón y dijo en tono firme:

—No trabajo así. Trae lo que te pido y luego hablamos de mis honorarios. Salgo de la ciudad quince días, a mi regreso nos vemos.

Se paró de su lugar y fue a darnos la mano para despedirse.

Nadie nos acompañó a la salida, pero oímos cerrar por dentro los cerrojos.

7

Pasamos el resto del fin de semana embriagándonos con don Arnu y el hermano. Mientras Agustín hacía la sopa removiendo las fichas de las interminables partidas de dominó, les contaba los pormenores. El primo era un ojete y nunca les había tendido un lazo, coincidían. Oíamos por radio de una estación local programas dirigidos a traileros: ¡Bálsamo negro, todo lo curaaaa! Le perfumierrrrr, lo más delicado en perfumes para damaycaballerooo. Yo aderezaba el informe con chistoretes, o respondía a las preguntas del hermano sobre mis ocupaciones y opinión dizque sensata sobre el asunto que nos había llevado a esa triste ciudad.

—El Güero es muy listo, pero Agustín es Agustín —comentaba don Arnu como moderador de la charla sin despegar la vista de las fichas.

Regresamos crudísimos a la vecindad el lunes por la tarde. Al poco rato comenzaron a tocar los vecinos en la puerta de Agustín. Les hizo el cuento largo y las cuentas chinas. Lo apoyé en todo y como buen palero exigí paciencia y prudencia. A solas le pregunté qué había hecho con el dinero de las cuotas y dijo que nos lo habíamos gastado todo en Orizaba.

A la siguiente reunión de vecinos sólo firmó la lista doña Carmen, Agustín, los yucas, don Toño, su esposa y yo. Discutimos. El Kalimán nunca participó en las reuniones. Le tenían sin cuidado, era respetado en el barrio y pagaba su renta.

La casera comenzó a presionar con amenazas de judiciales pagados por ella y citatorios en un juzgado del Tribunal Superior de Justicia en la Doctores.

Los judas estacionaban su coche frente a la vecindad. Uno de ellos tocó a mi puerta un sábado a mediodía para dejarme un citatorio. Yo estaba crudo y lo único que acerté a decir fue:

—No nos van a sacar.

—Ponte al tiro, chavo, te va a caer la voladora —dijo el tira antes de irse caminando por el pasillo como matón con miedo a una emboscada.

Mi nombre no coincidía con el de la demanda, pero de todas maneras me presenté en el juzgado el lunes siguiente en la mañana. Esperé una hora. No llegó nadie y me fui al trabajo. Agustín había recibido el mismo citatorio, pero se rio al verme llegar esa noche. Recargado en el quicio de su cuarto, dijo en voz alta:

—Güero, mándalos a la chingada, ¿qué nos van a hacer? Le gente aquí es culera —luego se metió a su cuarto dando un portazo.

Tenía un tono de voz desapegado y despectivo, como si no nos conociéramos.

En todo ese tiempo seguía ejercitándome en la escritura en mi Olivetti portátil. Usaba hojas recicladas que sustraía del banco por paquetes. Agustín había cerrado la puerta de su cuarto para indicarme que ya no éramos cómplices. El Cartucho era una presencia ocasional en el cuarto de la Roma. Nunca se entendió con Agustín. "Ese wey es más crápula que nosotros", me advertía mi hermano. Ensayaba en las horas en que yo no estaba; a veces llegaba borracho de madrugada; me despertaba para platicar sus locuras en lo que compartíamos un resto de botella de licor barato. Doña Carmen y Agustín se quejaban conmigo de la actitud pendenciera de mi hermano. "Llegó con cuates, no dejan dormir." ¿Y yo? Dormía en hoteles con la novia o solo, o borracho y sin dinero en casa de algún amigo. "Yo hablo con él, no pasa nada", les decía al regresar luego de ausentarme. "Está muy loco, Güero, desconoce, cuídense", respondía Agustín. Nunca mencionaban las veces que el Cartucho les invitó la peda y todo era alegría. En alguna ocasión organizamos una posada, vecindad llena en el patio; el Cartucho pagó mucha bebida y todos celebraron su alegría bailarina y ocurrente.

8

Una tarde de septiembre fui a visitar a Sofía a su departamento de Marsella 3. Solía ir a gorrear la comida y a dormir una siesta antes de regresar a mi cuarto de vecindad. Esa vez me quedé arrellanado en el sillón de la sala y, cuando me di cuenta, en la televisión transmitían un programa juvenil muy popular: *XEtú*. Lo miré con atención y en cuanto acabó me despedí.

El trayecto a la Roma despabiló mis frustraciones. Sentía una culpa angustiante por ser lo que era. Cuando crucé el pasillo de la vecindad, vi un cintillo de luz asomado por debajo de la puerta de nuestro cuarto. Cuando abrí, el Cartucho practicaba con su batería antes de ir tocar con su grupo de rock.

—Ya casi me voy, vente, va a estar chido —dijo.

Dije no con una seña de mi dedo índice izquierdo, como si estuviera pedo.

—Pus qué puto, al rato llego —dijo mientras guardaba sus baquetas en un estuche. Nos abrazamos y se fue.

Comencé a escribir en mi Olivetti sobre lo que había visto por televisión. Una diatriba inmisericorde con bases de redacción elementales que había estudiado en libros de periodismo y practicado en un taller de escritura en el Museo del Chopo al que deserté luego de cuatro sesiones. Dos cuartillas reescritas unas cinco veces con ayuda del corrector líquido que me robaba de la chamba. Parecía pintor de brocha gorda.

Me llevé las dos cuartillas a todas partes y las leí una y otra vez, borraba palabras y frases como supongo que hace para torturarse desde el genio hasta el negado.

Dos semanas después, al salir de la chamba fui a buscar al director de la página de Cultura de *El Universal*. No perdía nada; me di cuenta de que estaban publicando textos de gente joven, al parecer, con inquietudes cercanas a las mías. Entré como si nada al edificio luego de que una recepcionista me indicara adónde debía dirigirme. En aquellos tiempos no había los protocolos de seguridad de hoy en día y cualquiera podía entrar donde sea.

Al llegar a la redacción, me dio pánico escénico cuando me di cuenta de que no sabía a quién dirigirme. La redacción estaba encapsulada por una vitrina panorámica donde, dentro, una decena de redactores escribían frenéticos en el teclado de una pantalla enorme como de televisión con caracteres verdes. Yo sabía el nombre del editor y del jefe de redacción, pero hasta ahí. Pregunté a alguien que pasó por ahí y me señaló al jefe de redacción. Era un hombre enorme y barbón. Parecía leñador. Estuve casi una hora de mirón antes de atreverme a rodear la vitrina con puertas abiertas a los costados.

—¿Andrés Ruiz?

—Sí —dijo sin despegar la vista de la pantalla mientras tecleaba frenético.

—Traigo esto para el "Cronista de guardia".

Le extendí mis dos cuartillas parchadas con corrector líquido.

—¿Se te cayó la pintura o qué? Muy bien, lo leo. Te digo qué onda, ven la próxima semana.

Me fui con mi ilusión entre las patas. Miedoso, eres un insolente, pensé.

Salí a la calle con la quiniela puesta en la taquilla. Los destrozos del terremoto parecían acompañar mi presente sepultado en los escombros. Cuando un jugador apuesta, es por mantener viva la posibilidad de perder. Su suerte ya está echada y hace cualquier cosa para que no cambie. Jugar a la contra. Lo seguro no tiene riesgos, quédate ahí. O ve por lo imposible.

9

Regresaba al periódico cada semana y Ruiz me decía lo mismo:

—Dame chance, no he podido leer tu nota.

Tenía una pila enorme de artículos en su escritorio. Y me iba sin repelar. Buen intento. *XETú*. El cardenismo en pleno. Universitarios con su revolución social buena onda. ¡Gracias por participar! Marchas por Reforma ambientadas con bandas rockeras con atuendos de franelero en camiones de redilas. Yo como espectador de un movimiento social que no me decía nada. A veces metido en hoteles de paso con Azalea, ajenos a todo, descreídos. Vagar por el Centro, regresar a mi cuarto o Infiernavit, a veces sin dinero ni para una cerveza, pero con empleo, no me checaba. ¿Cómo era posible?

10

Al quinto intento Ruiz me dijo:

—¿Tienes recibos? Pagamos los jueves.

Pensé que me había confundido con un mensajero. Le aclaré por qué estaba ahí.

—Tu artículo sale este lunes. Es el de *XEtú*, ¿cierto?

Casi me desmayo. No recuerdo si me despedí. Bajé el elevador al borde del llanto. Caminé sobre avenida Juárez y en la Alameda me senté en una banca. No podía asimilar lo que me pasaba. Me entró mucho miedo y comencé a imaginar lo peor. "No podrás, no podrás, no podrás", me decía.

A partir de ahí cada semana me revolcaba de angustia por escribir algo legible. Tuve suerte: publicaron casi todo lo que llevaba, nada que valiera la pena, pero la coyuntura editorial me favoreció. Cada quince días más o menos, aparecía mi texto. Poco a poco comencé a encontrar espacios en otros medios. No podía creerlo y el peso de esa enorme emoción terminó por sepultarme.

Toma el poder Salinas de Gortari. El Centro de Información Económica del Banco Mexicano Somex se disuelve y quedo a disposición de personal. Rosa María había renunciado para irse a un trabajo similar en el gobierno del Estado de México. "Por favor, no me hagas quedar mal", me advirtió días antes de despedirse de los altos mandos y de la bola de lambiscones que la detestaban a sus espaldas. Me llamó a su oficina y en cuanto llegué le marcó por el conmutador a la Licenciada.

—Gloria, gracias por todo. Te encargo a mi hermano. Sí, aquí está… Ya le dije. Es por su bien… Claro, no es nada tonto, pero es flojo. Pues mira, todo bien, voy como directora con un muy buen sueldo. Es una empresa ecologista, administra la riqueza maderera del Estado de México. ¡No me digas! Sí, ya ves que se está poniendo muy fea la cosa aquí… ¡Ay, qué gusto! ¿Cómo? Síií, lo que se te ofrezca. Nos vemos pronto para comer, ¿sí? Cuídate.

La Licenciada y su séquito huyeron como ratas. Lo mismo ocurrió con los altos mandos en muchas otras áreas. El cuerno de la abundancia se había convertido en un caño tapado. Como todo en el gobierno. Me pusieron a disposición de personal. Pasé seis meses en el Centro de Fotocopiado sin hacer nada. Un cuartucho diminuto apestoso a tinta y sudor con tres fotocopiadoras Xerox gigantes y una máquina *offset*. Había un sillón arrinconado y quedé bajo las órdenes del ejecutivo de mensajería y fotocopiado, un sujeto enclenque y chaparro, acomplejado por su origen indígena. Por más que impostaba la voz, a Osvaldo se le escapaba un tonillo agudo que delataba sus orígenes. Amargado y servicial con los jefes, era el amo y señor del pequeño cuarto de máquinas donde se había pasado metido sus últimos veinte años de vida. Vestía camisas de manga corta. No sudaba. En su hora de comida, cerraba la puerta con pasador para quedarse solo a comer sus alimentos caseros en recipientes de plástico. Poco antes de que regresáramos su achichincle y yo, iba al baño y volvía con los utensilios enjuagados.

Todos los encargos eran urgentes; se movía presuroso de una copiadora al *offset* y siempre tenía un regaño o una indicación en la punta de la lengua. No paraba de ordenar con las manos los bonches de hojas que disponía por juegos sobre una mesa. Como yo no tenía definida ninguna asignación, pasaba mi turno leyendo arrinconado en un sillón sin patas. Osvaldo y su chalán me acuchillaban con sus miradas, pero no podían correrme ni hacerme trabajar. Sólo interrumpía mi lectura para saludar a alguna secretaria que se asomaba por la ventanilla para solicitar fotocopias o pedirle un favor personal al achichincle. Osvaldo era uno de los tantos gatos imprescindibles en el banco. Repartía las entregas y estaba enterado de todos los chismes. Aumentos, despidos, amoríos e intrigas. Pasaron tres meses y un buen día esperó a que nos quedáramos solos y me dijo en tono confidencial:

—Están solicitando un redactor en la revista interna. Pide tu cambio.

Fingí no darle importancia, pero esa misma tarde me acerqué a las oficinas de *Somos Somex* en la calle de Atenas para postularme como redactor. En tantos años de trabajar en el banco no se me había ocurrido. Con mis estudios no podía aspirar a nada mejor, ni me interesaba.

Me recibió en su oficina el subdirector de Información y Enlace Institucional, Ernesto Rincón Saavedra, lo acompañaba su segundo de abordo, Arturo Villalpando. Ambos fumaban un puro, arrellanados uno en su trono de piel con respaldo alto y el otro frente a él en una silla acojinada, uno barbón y el otro lampiño, ambos miopes, usaban lentes de gota que los hacían ver como piojos detrás de unas lupas. Flacos como carrizos, bien trajeados y con un aire de autosuficiencia. Eran los ganadores de la lotería de cargos, dedazos y beneficios por haber participado en la campaña de Salinas en el área de Prensa. Los separaba un enorme escritorio con máquina de escribir eléctrica, un portalápices y algunos documentos. La oficina parecía ser un modelo de muestra para quien quisiera enterarse de qué se trata una aviaduría de medio pelo.

Luego de una breve entrevista, Rincón me preguntó cuándo podía integrarme a su equipo.

—Desde ahorita —dije.

—Nooo, cálmate amigo, no es pa tanto —dijo entre risas con su acento de Torreón.

—Acá, el lic y yo tenemos unos asuntillos que atender, ¿verdad, mi Artur?

—Vámonos ya —respondió su segundo con mueca maliciosa. Se sentía un J. R. Ewing. Se veía ridículo de traje, con su delgadez de refugiado de campo de concentración y un puro sin encender entre los dedos.

Entre risas, felices de la vida por diferentes motivos, cada quien tomó su rumbo y alcancé a ver cómo mis nuevos jefes se dirigían a un Valiant cuatro puertas nuevo. Los esperaba dentro un par de mujeres de no mal ver. Rincón tomó el volante y arrancó rechinando llanta.

11

Al otro día llegué a mi nueva oficina, puntual a las nueve, y me encontré con que sólo estaba en su lugar la secretaria de Rincón. Me presenté muy educado y la señora robusta y caderona soltó su libro de *Como agua para chocolate*. Me indicó cuál sería mi cubículo, a un costado de su escritorio. El mobiliario consistía en un escritorio con silla rodante y una máquina Olimpia mecánica.

Con el paso del tiempo me daría cuenta de que doña Berenice leía muchísimo al igual que su esposo Luisito, el mensajero del área, pero no asimilaban gran cosa. Llegaban puntuales a las nueve de la mañana y se iban puntuales a las siete de la noche. Pasaban el día leyendo e intrigando. Para ellos leer era como comer palomitas. Poco a poco fueron llegando los demás integrantes del equipo: Fausto, el editor de la revista, y Roberto, un corrector de estilo que trabajaba por honorarios. Me presenté con ambos en sus cubículos individuales. Con Fausto hice migas de inmediato. Era desparpajado, chismoso y bien informado, militante de izquierda que apoyaba a Heberto Castillo, pero que, como muchos, un buen empleo en una paraestatal del gobierno lo hacía pregonar que no había vendido sus ideales por una buena chamba con prestaciones. Ese mismo día me invitó a comer.

Luego fui a saludar a Roberto. Un gigante fornido y malencarado, grosero y sin modales. Parecía afiliado de alguna organización campesina. Hacía lo mismo a unas calles de la oficina, en *La Jornada*, pero sindicalizado, y era defensor a muerte de su periódico y del naciente PRD. Miraba con desprecio y rara vez saludaba al llegar, crudo siempre y adicto a las pastas, mantenía cerrada la puerta de su cubículo apestoso a cigarros Delicados. Nos caímos mal y yo procuraba ignorarlo. Como Roberto no tenía nada que ver con mis funciones, pocas veces cruzábamos palabras. En las muchas horas muertas que Fausto y yo pasábamos cotorreando en la oficina del jefe, Roberto se aparecía para contarnos grillas izquierdosas en *La Jornada* o de lo que denunciaban heroicamente sus amigos reporteros. Me gustaba hacerlo desatinar, cuestionando sus ínfulas de revolucionario. "Tú qué sabes, pobre wey", me interpelaba, desdeñoso, con la rabieta contenida entre un cigarro y otro. De milagro no me madreó.

En alguna ocasión le dio por platicar conmigo sobre su esposa, maestra de preparatoria en la UNAM, hasta los aspectos más ordinarios de su vida tenían que ver con la grilla. Era un ejemplo del resentido de ideas áridas y pendencieras. Payán era su dios. Fausto y él discutían con frecuencia, pero a Fausto lo salvaba su sentido del humor, mayor cultura general que le permitía citar escritores comprometidos con la izquierda y que estaba a gusto con su vida de burgués de Coyoacán.

En fin. Tres días después fui por la tarde a las oficinas de Recursos Humanos en la calle de Gante y formalicé mi cambio solicitado por el licenciado en Comunicación, Ernesto Rincón Saavedra, y autorizado por el jefe máximo del área: el licenciado en Administración de Empresas por la UNAM, Ignacio Otamendi Ramos. Un pelmazo tan apocado como Roberto, pero con algunos peldaños arriba gracias a su militancia en el PRI.

12

Agarré un callo enorme redactando boletines y notitas institucionales. Además me esforzaba mucho para ser constante en mis entregas a los periódicos. Comencé a publicar en *El Financiero* y en un par de revistas gracias a Víctor Roura, a quien conocí en un taller de periodismo musical.

Comencé a ganar mejor. Mi consagración vino cuando, por iniciativa de Rincón, inauguramos una nueva sección en la revista: "Perfiles Somex". Muy original. La idea era buscar empleados del banco de cualquier nivel para entrevistarlos por sus aptitudes deportivas y artísticas. Una imagen divertida y feliz del talentoso personal.

Obviamente el encargado de la sección era yo, a menos que la entrevista fuera a un funcionario de muy alto nivel tan gris como sus subalternos, la cual estaría a cargo de Rincón o de su piojo. Yo sufría para encontrar a quién sacarle algo más que aserrín de sus cabezas. Aprendí estrategias de periodismo indagando con otros empleados; cotejaba fuentes, acompañaba a los posibles entrevistados al metro o las paradas de autobús, al estacionamiento donde dejaban sus coches y en ocasiones a pie hasta sus domicilios no lejos de las oficinas. Me las ingeniaba para sacar entrevistas de cinco cuartillas con fotografía. Era fastidioso y rutinario. Dos por mes. Era deprimente darse cuenta de su vida personal. Parecían personajes de Chéjov.

Se me ocurrió inventar los perfiles. A veces tomaba de la sección de sociales y espectáculos de los periódicos detalles menores para adaptarlos a mis personajes. Un fotógrafo del banco tomaba placas de los entrevistados, que posaban con instrumentos musicales, leyendo un libro de García Márquez, con agujas de tejido o en uniforme deportivo. Si no era posible que los llevara a su oficina para retratarlos, bastaba con una foto de medio cuerpo en su lugar de trabajo con una enorme sonrisa de satisfacción.

Comenzaron a llegar llamadas de felicitación a la oficina. Algunas veces tomaba el teléfono y me pedían otra entrevista para dejarme saber de otros talentos que no habían tenido oportunidad de mostrarse, me sugerían temas y personajes del banco. Me presumían a sus familiares y a sus hijos. De la distribuidora en el sótano se llevaban paquetes de diez a cincuenta revistas, y, cuando menos me di cuenta, todo mundo me saludaba de buen modo solicitándome una entrevista.

Me gané el respeto de mis jefes y ello me permitía desenvolverme a mis anchas. Mantenía cerrado mi cubículo y sólo lo dejaba para ir a chismear con Fausto, a quien después comencé a llevarle para corrección mis textos antes de publicarlos en el periódico. En las juntas de trabajo no me incluían cuando estaba el tal Otamendi. Mi apariencia y actitud negada a quedarme un par de horas más después del horario de salida para cualquier idiotez, enojaba al director de área, pero no tenía manera de obligarme. Cuando se le ocurría una asignación especial, me la hacía saber a través de Rincón poco antes de mi hora de salida. Me ponían a sintetizar en cuatro cuartillas a manera de nota periodística discursos del director general. Páginas y más páginas de verborrea demagógica plagada de términos financieros. Así me castigaba Otamendi, pero ya había adquirido algo de callo para enfrentar sus encargos.

Ese año me avisó un líder sindical que me habían otorgado un crédito de Infonavit para un departamento en Cuemanco. Bastaba con que Azalea firmara una carta asegurando que vivíamos en concubinato. Llené algunos trámites, firmé la hipoteca y asistí un fin de semana a la ceremonia de entrega de las llaves en la flamante unidad habitacional, enquistada como otras unidades y fraccionamientos emergentes, entre zonas de cultivo y rancherías. Un suburbio sureño lejos de mi campo de acción. Al lado de la unidad, sobre Periférico, había una fábrica de Hermanos Vázquez con venta al público, pensada en las familias de clase media de la zona. Un páramo con una UAM a unos metros de la entrada por Calzada del Hueso. Mi hermano y yo nos sentíamos a gusto en la Roma y no estábamos dispuestos a pasar cuatro horas diarias en promedio entre la ida y la vuelta, para ir y venir del Centro, o un poco menos de tiempo hasta casa de mi padre. Ese beneficio salarial amenazaba con sepultar mis últimos intentos por no convertirme en todo lo que detestaba. Sin darme cuenta, mi empleo me había instalado en una posición de privilegio, que en el caso de mis hermanos les había costado un enorme sacrificio y luchaban a brazo partido por mantenerlo.

13

Aparentemente yo debería de llevar una vida tranquila como un empleado próspero, pero no era así. El trabajo mantenía un equilibrio frágil en mi vida desordenada que llevaba por fuera. Alcoholizado siempre, con deudas por todas partes, producto de mi mala administración del salario que incluía mantener la vida disipada y pendenciera del Cartucho que, como yo años atrás, era incapaz de hacerse de un empleo que lo ayudara a sostenerse. Me hacía cargo de nuestra manutención y ayudaba con algo de dinero a mi padre. El Audax era una fuga continua de dinero, pero me aferraba a él como un trofeo a mis fantasías de rebelde sin causa. Era demasiado soberbio para reconocer las ventajas de un empleo seguro y hacía hasta lo indecible para que me corrieran y, después de eso, ir en busca de una vida libre y aventurera. Las mensualidades a veinte años por un departamento que no habitaba mermaban mi cheque mensual. Prefería vivir en un cuartucho sórdido. Quería ser escritor al modo en que lo habían conseguido algunos de mis héroes literarios.

Me ligaba secretarias divorciadas y una que otra libertina. Lo que habré gastado en bares y hoteles de paso a cambio de sus favores. Azalea ni por enterada. Sabían más de mí los empleados con puestos bajos y medios gracias a los chismes e indiscreciones que circulaban como virus en el banco. Así me hacía de una reputación, que casi siempre era buena, en la medida en que me señalaran como otro bribón. Quizá mi verdad y circunstancias no diferían mucho de la mayoría de los empleados, era una realidad maleable e incierta, que se endurecía con los años antes de romperse en añicos. Quizá podía contarles a mis compañeros de trabajo los años que pasé yendo de un trabajo mediocre a otro agotador y mediocre, de lo que significaba en mi familia obtener un empleo decoroso y mantenerlo a base de esfuerzo y un talento intuitivo para sobresalir sin estudios. Pero siempre algo salía mal y ahí estábamos todos, al pie del desbarrancadero. Mis compañeros de trabajo y todos aquellos que me rodeaban compartíamos la misma experiencia y eso evitaba explicaciones innecesarias.

Tenía un servicio médico de primera que me aliviaba las crudas frecuentes y una gastritis crónica que me hacía consumir Mélox y búlgaros por litros. Cargaba los envases en las bolsas del saco o del abrigo como si fueran anforitas. Me hice paciente asiduo al consultorio del doctor Mendoza en la colonia Álamos por recomendación de un mensajero que vendía dulces de amaranto entre los empleados del banco y que tenía mis mismos padecimientos. En siete años el doctor apenas mayor que yo y con pinta de galán, me había extendido un par justificaciones para ausentarme del trabajo tres días por golpizas que expliqué como "accidentes en coche". En una de ésas llevaba el rostro tumefacto, como de boxeador acribillado sin piedad. La última vez que lo visité me diagnosticó fatiga crónica y me sugirió ver a otro doctor. Abrió un cajón de su escritorio y extrajo dos condones que me deslizó sobre la receta que incluía pruebas de sangre en un laboratorio e inyecciones de complejo B.

14

Mi doble vida entre el empleado responsable a regañadientes y hampones, vagos, desempleados por gusto o a la fuerza y vividores de poca monta, me cobraba réditos que no quería reconocer. Habían comenzado a publicarme reseñas de música y libros, y pequeñas crónicas que idealizaban el mundillo de cantinas y lupanares, sobre todo en el Centro de la ciudad. Mis escenarios y personajes eran esbozos mal trazados. ¡Me pagaban! Aprendí a usar recibos que compraba en papelerías y poco a poco comencé a experimentar lo que exigía un oficio de escritura. Colaboraba con cierta frecuencia en tres periódicos y alguna revista. Comencé a sentir el rigor del periodismo. Del oficio de la escritura. Me enfrentaba a algo grande y desconocido. Me dio miedo y me refugié en la borrachera y la indulgencia. Le mostré a mi padre mis primeras colaboraciones y las leía, antes de comentar implacable desde su silla de ruedas, abandonado en la sala de su casa en Infiernavit: "¿Y esto qué? Eres muy inocente", sentenciaba con una risilla burlona y me regresaba la publicación evitando mi mirada.

Era mi mayor acicate. Me hizo sentir consciente de que quería ir más lejos.

Con mis días contados en la Roma, comencé a buscar alojamiento. Pasé semanas en hoteles inmundos de la colonia Obrera y noches en el sofá de la sala de Sofía; en bolsas de dormir de campismo dentro de las recámaras de un par de amigos. Sus padres toleraban eso y más. Arrinconado, le pedí el departamento a mi cuñado Rafael. Se lo había prestado para que lo usara como estudio. Luego de tres años se negaba a abandonarlo. Se rehusó, lo consideraba suyo. Meses después, luego de pleitos y mi amenaza de suspender el pago de la hipoteca, Rafael aceptó irse. Entendió por las que yo pasaba.

Dejó el departamento en ruinas. Parecía una venganza de desalojo. De inmediato lo habité y tramité un préstamo para liquidar la hipoteca. Me sobró para remodelaciones y lo dejé habitable. Se convirtió en mi estudio de trabajo.

En tres años publiqué casi cincuenta textos en publicaciones diversas y cientos más para la revista donde yo trabajaba. Pero en 1991 vino un recorte masivo de personal del banco y me liquidaron.

Dejé de publicar en medios. Me deprimí y no pude mantener la constancia que requería colaborar con regularidad. Lo poco que escribía lo colocaba en revistas *underground*. Había mucha competencia y poca calidad. Conseguí un trabajo por las tardes como carnicero en el restaurante Carlos & Harris de Insurgentes en la esquina del Eje 5. Salía a las tres y media de la madrugada. Me tocaba viajar hasta Cuemanco en convoyes de microbuses con esa ruta repletos de trasnochadores, ebrios y asalariados como yo. Éramos la resaca del desempleo y el trabajo mal pagado. Para entonces el cuarto de la Roma era inhabitable, Agustín había huido con el dinero de las cuotas de los vecinos y tuve que enfrentarlos. La vecindad era una pocilga sin servicios de agua y luz. Para llegar a mi cuarto había que recorrer un camino de tablas sobre el drenaje abierto a marrazos. Para la Junta de Vecinos Mérida, me convertí en un traidor. Los yucas cambiaron las chapas del zaguán de acceso a la vecindad y durante un mes mi hermano y yo tuvimos que brincarnos para entrar antes de que accedieran a darnos llaves mediante una cuota mensual de cien pesos por los dos. Una asociación de vecinos surgida después del temblor les prometió construir un condominio en la vecindad a cambio de afiliarse. Hacíamos guardias para no dejar solo el cuarto por temor a un desalojo de los mismos vecinos. Compramos dos lámparas de petróleo y por las noches las manteníamos encendidas. Nuestros amigos nos visitaban para hacer bulla como advertencia de lo que haríamos frente a cualquier agresión. Pasamos año y medio así y de pronto el Cartucho sólo iba a ensayar por las tardes con su grupo. Se había mudado con su novia que rentaba un cuarto no lejos de donde vivía su madre, por Iztapalapa.

El dinero de mi liquidación se fue en despilfarros y mensualidades para pagar el préstamo del banco. El Cartucho se fue a vivir conmigo y proseguimos la vida desordenada que nos encadenaba. El edificio 1-404 se convirtió en una leonera en lo que para nosotros era el inicio del Periférico, no el final. Nosotros siempre estábamos al principio de todo, rezagados. Las noches de los fines de semana salíamos a la avenida con tragos o cerveza y desde un paso a desnivel nos entreteníamos con los arrancones de autos. Descubrimos una piquera sobre la avenida Calzada del Hueso dentro de un terreno enorme que en medio tenía una vivienda habitada por una familia de ejidatarios sobrevivientes a la urbanización. Daba servicio de miércoles a viernes. Su principal clientela eran estudiantes de la UAM Xochimilco. Escandalosos, pederos, cantaban las rolas de la grabadora que ambientaba el convivio. Rock en español y salsas eróticas. "Llegando a la fiesta ouooo." "Enamórame otra vez." Cada uno por su parte. Nosotros acá, ellos por allá. De pronto el Cartucho se les acercaba para decir salud y platicar un poco en tono retador: ¿Qué pedo, estudian y trabajan? Saquen algo, ¿o qué, se van abrir? Aaaaa verdá, putitos. ¿Qué, no les gusta The Clash? Vengo con mi carnal, ese wey sí es macizo y lo ando cuidando, así que a las vergas, mis chavos. No, pos sí, todo chido. Salú. Salú. No faltaba el respondón, pero las nietas del anfitrión que nos atendían corrían a la casa para avisarle al padre que fuera a calmar los ánimos. El viejito salía a poner orden con el hijo mayor detrás, dispuesto a rifarse. Todo tranqui, mi señor, ya nos vamos, sírvanos la caminera. A todos nos parecía que la cuenta entregada en un pedazo de papel de estraza no checaba, pero al final pagábamos; no había de otra si queríamos regresar. La cuenta incluía botana gratis de patitas de pollo y tacos de arroz con huevo. A veces empeñábamos la chamarra, un reloj o yo dejaba mi credencial de empleado bancario aún vigente bajo el juramento de regresar a pagar pronto. No podíamos quedar mal. Había al fondo un par de vacas flacas, borregos percudidos y dos perros pitbull encadenados que no paraban de ladrar. Apestaba a estiércol. Entre árboles y buganvilias frondosas, nos embriagábamos en mesas y sillas de latón rotuladas con la cervecería que surtía a la piquera vernácula.

Otras veces caminábamos durante la madrugada desde Infiernavit hasta el final de la avenida Troncoso y luego hacia el poniente, a la mera orilla, custodiados por una colonia residencial y aislada, sin vida. "No se vayan, quédense en casa de su papá." Nos suplicaban los amigos. Ni madres, somos necios, y la peda nos exige respetar nuestra herencia de héroes sin mañana. La policía nos daba la razón cada vez que nos detenía para cobrar la cuota de vejaciones por circular a pie en horario no apto para jodidos.

CAPÍTULO XV

Que trabajen las máquinas

1

Y ahí tenía de frente a mi padre, escudriñándolo a placer mientras dormía. Le faltaba su pierna izquierda y pocas semanas para morir mientras Taydé lo conducía en silla de ruedas por un pasillo del hospital donde le habían realizado un chequeo de rutina. Paro cardiaco. Así murió.

El hombre a quien odiaba a veces y otras, me reflejaba en él, perdonándonos pese a todo. Ese anciano recostado en su cama tapado con una gruesa cobija en posición de cúbito lateral derecho, como definen los médicos y los peritos forenses a los cuerpos que yacen de lado. Sus mechones canosos en las sienes, la camisa raída de la pijama, el humor a acedía combinado con el de la loción, me hacían más triste esa soleada mañana de domingo en mi antiguo domicilio de Infiernavit. Como en tantas otras ocasiones, me iría de su casa sin despedirme luego de pasar la noche en ese lugar que me deprimía y restregaba mis resentimientos y temores.

Dándome la espalda dormía el hombre que me había comprado a mis cuatro años unas botitas y un sombrero vaqueros, quien nos había comprado un álbum triple de Cri-Cri: "En la ratonera ha salido un ratón / con sus dos pistolas y su traje de *cowboy*", mi canción favorita, y así me vestían, como un ratón vaquero bilioso que disfrutaba mucho en compañía de mis padres los paseos dominicales en Chapultepec para montar a caballo. Mi padre, quien nos había enseñado a amar a los animales —sobre todo a los perros: "Son como nosotros: convencieros pero leales a quien les da de comer", nos decía—, a andar en bici, a jugar futbol, a amar a las Chivas como único punto de unión y armonía en la familia.

Cartucho y él se amaban. Yo nunca pude perdonarle al viejo sus desdenes, que nunca hubiera sido yo su preferido. Que me despreciara sordamente, como si no fuera su sangre.

Recuerdo una noche, yo tendría unos diecisiete años y había desertado de la preparatoria, mi padre no lo sabía, lo mismo daba. Dormíamos Cartucho y yo en nuestros respectivos cuartos de la casa paterna. Habíamos dejado la luz del cubo de las escaleras prendida para que mi padre pudiera subir a su recámara sin riesgo de tropezarse. Sabíamos que llegaría ebrio en algún momento de la incipiente madrugada. Ya no era de parrandas largas, a diferencia de mis años de infancia en que se las tiraba de días sin importarle la zozobra de mi madre, que lo esperaba resignada sin quejarse nunca.

Su recámara era la primera a la derecha al subir las escaleras, junto al baño. Mi cuarto estaba al terminar las escaleras, a la izquierda y contiguo al de Cartucho, que quedaba frente a la recámara del viejo. Por mi puerta emparejada se filtraba un cintillo de luz blanca que, de abrirse, dejaría entrar un deprimente resplandor. En eso oí el cerrojo de la puerta de entrada y poco después los pasos de mi padre, raspando con las suelas de sus botines el piso de linóleo mientras cerraba con llave. Escuché sus rezongos habituales cuando estaba briago y buscaba algo en los anaqueles de la cocina: casi siempre un vaso limpio para servirse un último trago de su cantinilla de madera empotrada en la pared de la sala, a un lado del sillón individual. Había dos licoreras color ámbar, usualmente con una media de brandy Don Pedro. Pero esa noche las encontró vacías; mi padre no lo recordaba en ese momento, pero unos días antes las había vaciado en compañía de mis hermanos mayores que de vez en cuando lo visitaban para emborracharse juntos. Se puso de malhumor y siguió rezongando un rato, yendo de un lado a otro de la cocina a la estancia, mientras decidía si subir a dormir o sentarse en el sofá a escuchar la radio de la consola, como acostumbraba por las tardes. Sobrio o no, en sus últimos años bebíamos una copita de brandy, él acompañada de café. Aprendí a escucharlo, a perdonarlo, a amarlo a pesar mío. En la vejez, estragado por la precariedad, mi padre había adquirido un aire de nobleza y bondad, contenida durante sus años de patriarca lleno de soberbia mal avenida.

Por fin se decidió a subir las escaleras en dirección a su recámara con paso lento, deslizando las suelas para que la punta del zapato pegara con el tope de la escalera. De frente le quedaría el baño, entraría a orinar, no jalaría la palanca del excusado y se enjuagaría la boca antes de entrar a su recámara y desvestirse dejando caer la ropa en un banco a un lado del buró. Luego, tomaría su pantalón para dejarlo encima de todo lo demás. Tenía el sueño pesado. Gracias a eso, muchas veces pude bolsearlo para sacarle dinero, sobre todo morralla. Estoy seguro de que Cartucho también estaba despierto, pero ambos pretendíamos dormir, yo dándole la espalda a la puerta. Del lado izquierdo, al subir las escaleras, había un pequeño cuarto de televisión con balcón hacia la sala. Mi padre abrió mi puerta de golpe.

—Mi sable, ¿dónde quedó mi sable? —gritó.

Pretendí despertarme y, volteando lentamente con una mano en la frente para proteger mis ojos de la luz, dije:

—¿De qué hablas? No sé dónde está.

—No te hagas pendejo, Cabezón. No la hayas vendido porque te chingo. Tú, hijo, dime dónde está —se dirigía a Cartucho en un tono más amable mientras daba unos pasos de costado para entreabrir cuidadosamente la puerta del cuarto de su consentido.

—¿A mí por qué me preguntas?, si no sabe el Cabezón menos yo —escuché decir a Cartucho regresándome el pelotazo por mi apodo de confianza entre los tres.

Mi padre regresó sus pasos y apoyó su mano derecha en el marco de mi puerta. Otra vez el viejo sable con empuñadura de pata de venado.

Mi padre parecía cavilar en algo mirándome fijamente y de pronto la soltó:

—El intelectual —dijo con escarnio. Luego remató—: Me cago en tu inteligencia. Yo quiero a mi Chato, es más cabrón —se refería a Cartucho.

Azotó mi puerta y se fue a dormir.

2

Y así, con frecuencia, se repetían escenas similares. Habían pasado cinco años desde la muerte de mi madre, y Cartucho y yo registrábamos en nuestra bitácora de vida diaria la amargura y decadencia del viudo. Siempre me pregunté si mi padre era alguna clase de delincuente. Al menos en el sentido en que yo podía compararlo con esos personajes del cine y las novelas que yo consumía por toneladas. Sus andanzas me hicieron interesarme en la criminología y profundizar en mi atracción por la nota roja.

Me dio por hacer perfiles criminales de mis hermanos y amigos, y el de mi padre lo modificaba cada vez que teníamos una discusión. A veces era un Cagney, otras un Tarzán Lira, el apandado Albino o Roberto de la Cruz. Un tipo encantador. A veces osado, que siempre marcaba una distancia bien disimulada para relacionarse con los demás, incluidos sus hijos. Sólo mi madre le hacía doblar las manos. Nunca fue violento con nosotros, no al menos físicamente. Era altanero y arrebatado con los extraños. Nunca supimos si tuvo hijos con otra mujer; nunca mató a nadie, pero podía ponerle el alto a quien fuera con un comentario hiriente o a golpes. Siempre pensé que se odiaba a sí mismo, porque nunca encontró la pieza que le faltaba en su mente para conseguir lo que se proponía, casi siempre, hacer dinero. Ideas e iniciativa no le faltaban. Su mente funcionaba de prisa y tenía olfato para ver dónde estaba el dinero, pero al final, algo faltaba al momento de concretar el negocio. Sacó adelante a su familia con su modesto trabajo de joyero y le gustaba sobajar a sus amigos cuando la suerte le sonreía: "Que trabajen las máquinas, los jodidos y los casados", decía socarrón. Luego de que traspasara su taller en 1982, de lunes a sábado se alistaba para, según él, ir a trabajar o a hacer un negocio. Luego vino la amputación. Detestaba la idea de que los vecinos y los conocidos lo tomaran por desempleado y hasta el final de sus días pretendió tener ingresos. Cartucho y yo nos acostumbramos a verlo taciturno o de malhumor, renegando sobre todo de nosotros, de nuestra vagancia improductiva y peligrosa.

3

Hoy es diciembre de 1989 y mi padre ha cumplido un mes de muerto. Es de madrugada y, como sucede con frecuencia, tengo uno de esos sueños perturbadores que me obligan a despertar entre palpitaciones y jadeos, con una pesada incertidumbre de saber si sigo despierto o mi vida es como aparece en mis delirios nocturnos. Es mediodía en mi sueño, según recapitulo. Salgo de mi cuarto en la vecindad de Mérida para comprar algo de despensa y me introduzco en un mercado cercano a mi domicilio. El sol y el calor me han puesto de malhumor durante el trayecto y trato de pasar por alto todos los obstáculos que implica caminar por las calles de esta ciudad sin sufrir un accidente o pescar un pleito. Llevo una bolsa de plástico cubriéndome la cabeza y pese a que me sofoco con la respiración que pega el plástico a mi piel, no tengo angustia ni siento que me falte el aire.

Cuando termino mis compras, me detengo en un puesto de plantas con la idea de llevarme una muy grande y seca de las hojas. Paso un buen rato observando y trato de decidirme por la planta más adecuada para un pasillo sin luz. Una muy pequeña llama mi atención y me pongo en cuclillas para apreciarla mejor. En eso siento un ligero empujón en la espalda y una voz que viene detrás de mí me estremece:

—Hágase a un lado, ¿qué no ve que obstruye el paso?

Reconozco la voz y siento una sensación de vértigo. Me resisto no sólo a incorporarme, sino a voltear para comprobar quién me llama la atención en ese tono altanero casi enterrado por completo en recuerdos lejanos. Cuando al fin alzo la vista, el hombre que me había regañado ya seguía su camino, pero su silueta y andar terminan por provocarme angustia, desconcierto y una repentina acidez estomacal.

Ha desaparecido el mercado y ahora echo andar tras el hombre que camina con ese donaire altanero. Busco la oportunidad de rebasarlo para buscar un pretexto de quedar frente a él y verlo con mayor detenimiento. Lo hago por la orilla de un andador de un parque lleno de baches.

Casi me desmayo y tengo que recargarme en un tubo de unos juegos infantiles. El hombre que tengo frente a mí, con una bolsa de plástico llena de mandado, es idéntico a mi padre. Frente muy amplia, piel clara, patillas canosas y abundantes, brillantina en el pelo rizado y un grueso bigote canoso muy pulcro. Empiezo a jadear por la asfixia que me provoca la bolsa que envuelve mi cabeza. Mi padre carga una bolsa igual con frutas y legumbres. Pasa junto a mí y me mira de reojo, tal y como lo hacía con esa actitud altanera que expresaba cuando quería comprar un pleito o demostrar lo que él creía su superioridad sobre los demás.

Me quedo de pie, indeciso entre arrancarme la bolsa de la cabeza o ir tras aquel hombre y corroborar de una vez por todas que no es mi padre, sino una simple coincidencia física. "Mi padre está muerto y hecho cenizas", me digo.

Desperté llorando como un niño inconsolable. Para entonces ya vivíamos Cartucho y yo en el departamento de Cuemanco. Fui a sentarme al sofá de la salita para leer un poco, con la idea de distraerme. En otras ocasiones me había dado resultado. Pero me sentía tan alterado que me costaba trabajo concentrarme en la lectura del tabloide que compraba con frecuencia. Solté la grotesca lectura del periódico y tomé una novela de Stephen Crane: *La roja insignia del valor*, pero apenas pasé dos páginas cuando solté un llanto desbordado e incontrolable. De inmediato la cara se me llenó de lágrimas y comencé a moquear. Era un llanto de niño castigado con no salir a la calle. Era un llanto de niño triste porque su equipo de futbol perdió el campeonato. Era el llanto de un niño triste porque su padre se ha ido a trabajar por largo tiempo a Estados Unidos. Es un llanto de niño que no sabe cómo decirle a su padre que lo han expulsado de la escuela porque le da miedo ir a clases. Es un llanto de niño que está cansado de oír tantos problemas a la hora de cenar. Era el llanto de un joven de treinta años que tiene que reconocer que hay muchas cosas de su vida que no puede aceptar y que a ello se debe que todo parezca confabularse en su contra. Es el llanto de un hombre inmaduro que tiene miedo de morir, aunque no sepa de qué y que todos los días se siente amenazado por una realidad que no deja una rendija por donde mirar a un futuro menos sombrío.

Permanecí el resto de la tarde echado en el sofá sin darme cuenta de en qué momento pude calmar mi llanto. El hombre de mis sueños se iba difuminando poco a poco hasta el punto en que me pareció ridícula mi actitud. Me quedé dormido otra vez. Mi padre me visita. Se sienta en la silla de mi escritorio y revisa mis notas apuntadas en una libretita. No habla, yo infiero su estado de ánimo por la expresión de su rostro. Algo parece lastimarlo ligeramente y trata de disimular su dolor. Toma mis cigarros y prende uno. El espacio de mi departamento se reduce radicalmente hasta tomar las dimensiones del cuartucho en la Roma. Mi padre se va con el cigarrillo encendido. Cierra una puerta alta y estrecha tras de sí y yo permanezco sentado en el sofá de mi sala con un cigarro apagado entre los dedos.

4

Al despertar, tras la ventana el crepúsculo me regalaba una hermosa postal de intensas tonalidades de naranja, gris y azul. Me sentí más relajado y decidí salir a la calle y subir al paso peatonal que atraviesa el Periférico para desde ahí disfrutar de ese atardecer azufroso y ensordecedor.

CAPÍTULO XVI

¿Y de qué te va a servir?

1

El viejo murió de un paro cardiaco, a los sesenta y nueve años, mientras Taydé lo conducía en silla de ruedas a un chequeo de rutina por un pasillo de un hospital privado al norte de la ciudad. Habían pasado casi dos años desde que le amputaron la pierna derecha y en su trono rodante tuvo que acostumbrarse a depender de sus hijos. Hasta el final conservó algo de entereza y el gusto por la bebida. Se veía a sí mismo como un veterano de guerra. Mis hermanas, sobre todo Taydé, le servían brandy en una copa pequeña que mi padre acompañaba con café. No le importaba nada fuera de su realidad de lisiado.

—Mira, me publicaron esto en el periódico.

—¿Y de qué te va a servir? Nadie vive de eso —respondía arrojando con desdén la publicación a la mesa de centro donde yo le acercaba sus cigarros y bebidas vespertinas.

En mi familia siempre se reciben con estoicismo los decesos. Luego de un modesto funeral en el mismo crematorio donde casi veinte años después incinerarían a Cartucho, le dijimos adiós a mi padre con una sencilla misa en el Templo del Sagrado Corazón de Jesús, en la colonia Juárez. Cuando uno de los cremadores preguntó si alguien quería despedirse de mi padre, fui el único de mis hermanos que se acercó para ver por última vez su expresión cérea. Me puse de rodillas a su lado y me apoyé en la orilla del féretro abierto tapizado con raso blanco. Quería decirle muchas cosas, pero sólo se me ocurrió murmurar: "Buen viaje, recabrón".

NOTA DEL AUTOR

Así llegó a su fin una etapa de mi vida, ni peor ni mejor, tras muchas más que seguirían hasta mi partida a Estados Unidos en 1993 para trabajar como indocumentado, escapando de mí mismo. Convertirme en escritor podía esperar. Tenía treintaiún años. Y ya no queda casi nada de lo que fui.

Esto es una novela de no ficción escrita bajo digresiones, tropiezos y dudas. No es una autobiografía, sólo recupero una parte de mi historia familiar. Reconstruí ciertos pasajes de mi anecdotario personal que descartan cualquier atisbo de "objetividad" o rigor historiográfico. Enturbiar o embellecer lo que reconozco como memoria, puede resultar agotador, imposible. Una farsa.

Mi vida no tan secreta es tramposa, como lo es también los recuerdos. Hay mucho de verdad en lo que escribo bajo una inmersión profunda en la historia social del D.F. de los últimos cincuenta años, de la cual he sido testigo y de la que la nota roja ha sido parte fundamental para darle sentido.

Acudo a una idea de Don DeLillo, extraída de su colofón en *Libra*, a modo de lo que expongo: "Algunos pueden pensar que una obra de ficción sólo es un punto oscuro más en la crónica de lo desconocido".

Este relato está construido a través de cuadernos de apuntes, epistolarios familiares, mi colección de revistas policiacas y recortes de periódicos de nota roja, visitas a hemerotecas, largas conversaciones familiares a manera de catarsis, lecturas comparadas diversas y recorridos interminables por las calles que hasta hoy trazan mi mapa personal. Ahí quedan conmigo, sin saber durante años para qué me servirían en el futuro. Las dosis de ficción me permitieron dialogar con mis fantasmas. Hay verdades a medias porque son mis verdades, mis recuerdos y mi entendimiento sobre cómo escribir un relato de largo aliento que involucra mis emociones. Tengo una foto de Pancho Valentino con su atuendo de luchador y otra de mis padres enmarcadas una al lado de la otra. Voy a Infiernavit de vez en cuando necesitado de combustible para mi oficio.

Mi familia fue protagonista de las verdades sutiles, aquellas que circulan como oráculo entre los que resisten la adversidad sin otras armas que un amor arrebatado a la vida.

Mi herencia.

Este libro no se hubiera escrito sin el valioso apoyo, comentarios, lectura y reconstrucción de hechos de las siguientes personas: Dabi Xavier Kaiser, Gilma Luque, Lucía Vázquez Enríquez, Daniel Espartaco, Eloísa Nava, Andrés Ramírez, Pedro Francisco Martínez, Gerardo Cortés Macías y familia, Taydé María Luisa Martínez, René Velázquez de León Collins, Eduardo Hernández Garay, Socorro Herrera *Cerillo* y Pedro Raymundo Martínez Herrera.

Kato, siempre conmigo.

Verano de la pandemia 2022